STEVENSON · WATTERS · NOWAK · LAIHO

# LEÑADORAS

UN PLAN TERRIBLE

Traducción de Inga Pellisa

SAPRiSTi

Título original: *Lumberjanes. A Terrible Plan*

Lumberjanes es ™ y © 2016 Shannon Watters, Grace Ellis, Noelle Stevenson y Brooke Allen. Originalmente publicado en un solo volumen como LUMBERJANES N.º 9-16. ™ y © 2015 Shannon Watters, Grace Ellis, Noelle Stevenson y Brooke Allen. Todos los derechos reservados. BOOM! Box™ y el logo de BOOM! Box son marcas de Boom Entertainment, Inc., registradas en varios países y categorías. Todos los personajes, hechos e instituciones que se describen en este documento son ficticios. Cualquier similitud entre cualquiera de los nombres, personajes, personas, eventos y / o instituciones de esta publicación con los nombres reales, personajes y personas, vivos o muertos, eventos y / o instituciones no es intencional y es pura coincidencia.

Esta edición incluye los números nueve a dieciséis de la serie original.

Primera edición: octubre 2017

© de la traducción: 2017, Inga Pellisa
© de esta edición: 2017, Roca Editorial de Libros, S. L.
Av. Marquès de l'Argentera 17, pral.
08003 Barcelona
info@sapristicomic.com
www.sapristicomic.com

Dirección editorial: Octavio Botana
Maquetación y rotulación: Ángel Solé

Impreso por Egedsa
ISBN: 978-84-945063-9-0
Depósito legal: B. 16.403-2017
Código IBIC: FX
Código del producto: RS06390

## ESTE MANUAL DE CAMPO DE LAS LEÑADORAS PERTENECE A:

NOMBRE: _____

TROPA: _____

FECHA DE INGRESO: _____

## SUMARIO DEL MANUAL DE CAMPO

# MANUAL DE CAMPO DE LAS LEÑADORAS

*Nivel intermedio*

*Décima edición • Enero de 1984*

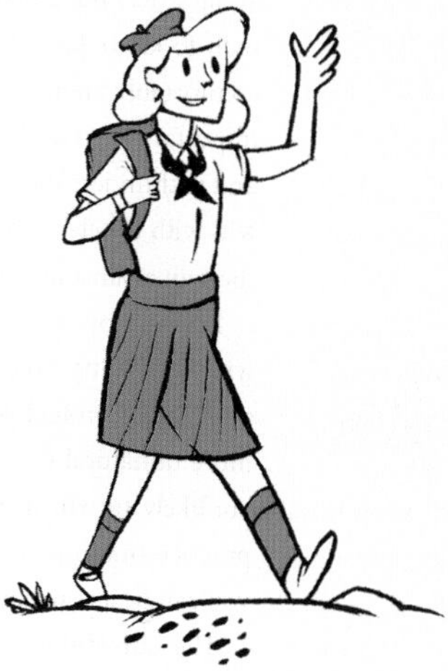

*Elaborado para el*

**CAMPAMENTO PARA [redacted]** CHICAS MOLONAS

**de miss Qiunzella Thiskwin Penniquiqul Thistle Crumpet**

*¡Amistad a tope!*

## MENSAJE DEL CONSEJO MAYOR DE LAS LEÑADORAS

Campamento para
CHICAS MOLONAS
de miss Qiunzella Thiskwin Penniquiqul Thistle Crumpet
¡AMISTAD A TOPE!

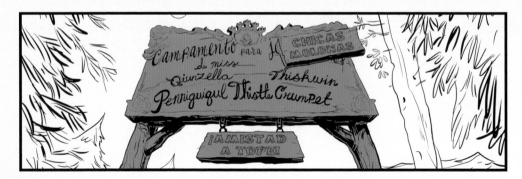

La captura y suelta es una parte esencial del aprendizaje de la pesca, y nos enseña también cómo hacer frente a muchas cosas con las que tal vez nos encontremos a lo largo de nuestra larga vida. La mayoría de las veces, el pescador puede quedarse con su presa como trofeo o para guisarla. Algo no muy distinto de cuando superas un curso y das un paso adelante en tu educación: básicamente, llevas tu trofeo contigo para acceder a la siguiente fase. En la vida, algunos trofeos tienen auténtica consistencia física, pero no así la mayor parte, que son algo que llevas contigo y que compartes con los demás, tanto si eres consciente de ello como si no. En lo que respecta a la captura y suelta, a veces los peces son liberados obedeciendo a la normativa de pesca estatal y otras veces por elección. En el caso de las normativas, puede que el pez no llegue al tamaño permitido, o que se trate de una zona o una especie protegida. En otros casos, puede que esa fuera la intención del pescador desde el principio. Sea como fuere, habría que dedicar todos los esfuerzos a liberar al pez rápidamente y sin daño alguno. Las normas están ahí para algo, y tal y como aprenderá cualquier joven exploradora cuando la preparemos para su primera experiencia de captura y suelta, dichas normas están pensadas para mantenernos a salvo, a nosotras mismas y a todo lo que nos rodea.

Las normas son importantes, las normas están ahí para algo. Las normas nos ofrecen un modo de regularnos, nos dan la oportunidad de acceder a mundos con los que de niñas solo podíamos soñar. Pensemos en los beneficios de una adecuada captura y suelta, y en cómo, gracias a esas normas, ha demostrado ser esencial para el futuro de numerosos caladeros a lo largo y ancho del país, dado que es un modo de preservar y aumentar la población de peces. Siguiendo las normas, los pescadores contribuyen al compromiso a largo plazo de conservar y preservar nuestros recursos naturales, un compromiso que nosotras, como leñadoras, compartimos.

En este campamento, deseamos mostraros el mundo a través de nuestros ojos, y queremos enseñaros las normas y las prácticas que harán que vuestra estancia aquí no solo sea placentera sino también inolvidable.

## LA PROMESA DE LAS LEÑADORAS

*Me comprometo solemnemente a dar lo mejor de mí*
*Día tras día, y en todo lo que haga,*
*A ser fuerte y valiente,*
*Honesta y compasiva,*
*Interesante e implicada*
*A respetar la naturaleza*
*A atender y cuestionarme*
*El mundo que me rodea,*
*A pensar en las demás primero,*
*A proteger y ayudar siempre a mis amigas,*
[redacted]
*Y a hacer del mundo un lugar mejor*
*Para las Leñadoras*
*Y para el resto de la gente.*

AQUÍ VENÍA UNA FRASE SOBRE DIOS O ALGO

## UN PLAN TERRIBLE

**Escrito por**

# Noelle Stevenson
# & Shannon Watters

**«No me seas fantasma»**
Ilustrado por
**Brittney Williams**

**«Número equivocado»**
Ilustrado por
**Aimee Fleck**

**«La chica fantasma»**
Escrito e ilustrado por
**Faith Erin Hicks**
Color de **Maarta Laiho**

**«El caramelo maldito»**
Ilustrado por
**Rebecca Tobin**

**«Una carretera solitaria»**
Ilustrado por
**Carolyn Nowak**

**«El tailypo»**
Ilustrado por
**Felicia Choo**

**«La vieja Betty»**
Ilustrado por
**T. Zysk**

**Ilustrado por**

## Carolyn Nowak
(capítulos 10-12)

**Color de**

## Maarta Laiho
(capítulos 10-12)

**Rotulación de**

## Aubrey Aiese

**Cubierta de**

## Noelle Stevenson

Diseño de las insignias
**Kate Leth and Scott Newman**
Diseñador
**Scott Newman**
Asistente editorial
**Whitney Leopard**
Editora
**Dafna Pleban**

*Y un agradecimiento especial a **Kelsey Pate** por darles a las Leñadoras su nombre.*

**Creado por Shannon Watters, Grace Ellis, Noelle Stevenson y Brooke Allen**

## MANUAL DE CAMPO DE LAS LEÑADORAS
# CAPÍTULO 9

*Área de especialidad: «Al aire libre»*

## INSIGNIA DE NO ME SEAS FANTASMA

*«Porque a nadie le amarga un buen susto.»*

Las cosas hacen ruidos extraños por la noche, que es básicamente el mejor momento del día para hacer ruidos extraños si hubiera que escoger franja horaria. Esta es una lección que toda leñadora aprenderá a medida que avance en su camino. Toda leñadora debería abandonar el campamento con unas nociones básicas de lo que hay ahí fuera, de cómo puede atraparnos y de por qué no logrará hacerlo. A lo largo de la vida deberá hacer frente a muchos problemas, y serán estos conocimientos los que la ayudarán a superarlos. Las historias de miedo son algo más que una oportunidad de ponerle la piel de gallina al de al lado, son también una ocasión de compartir lo que sabes de un modo no solo divertido, sino entretenido. A fin de cuentas, ¿las mejores historias de miedo no son aquellas que tienen algo de ciertas? No debería sorprendernos que la amistad y las historias de miedo vayan de la mano en la insignia No me seas fantasma.

Los fantasmas son una realidad. Hay espíritus por todas partes. Desaparecidos desde hace mucho y vivos al mismo tiempo, a menudo tratan de contactar con nosotros de la única manera que saben. Una leñadora no solo querrá ayudar a estos espíritus, sino que, junto a sus amigas, será capaz de ir más allá de su deber de exploradora. Y si no le es posible conectar con los espíritus como han hecho tantas otras antes de ella, esperemos al menos que sea capaz de dar con un par de buenas historias de miedo que contar en torno a la fogata.

Para hacerse con la insignia de No me seas fantasma, una leñadora debe contar ya con la insignia de Trasnochadora y hacer gala de unas dotes de pensamiento creativo prometedoras. Puede que una buena imagen valga más que mil palabras, pero una buena historia es solo el principio de lo que se puede hacer con esa misma cantidad de palabras. Tenemos mucho que aprender de las grandes narradoras que nos precedieron. De las mujeres que cogieron pluma y papel y tejieron relatos tan profundos, que sus historias nos siguen acompañando a día de hoy. Para una leñadora es importante que

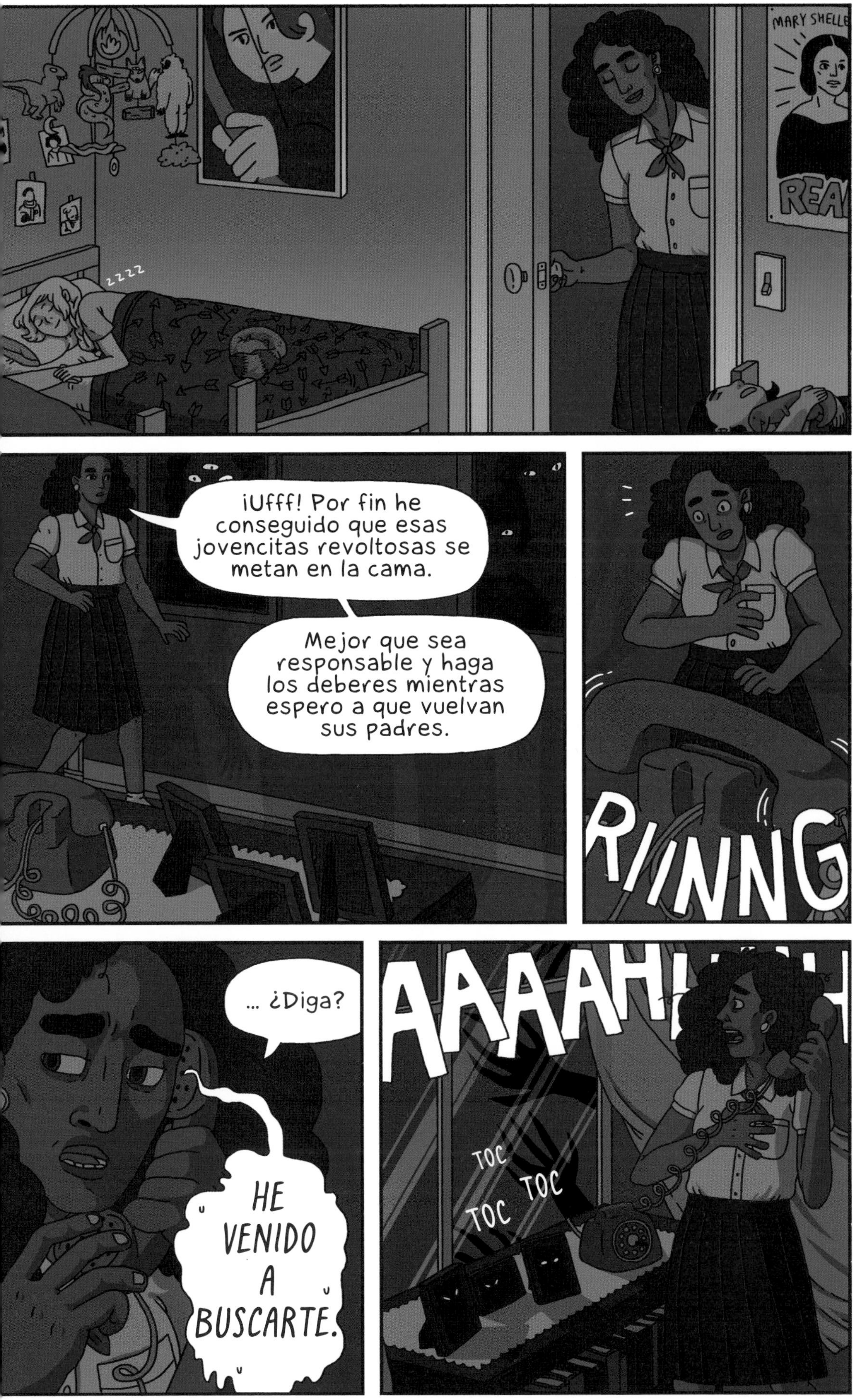
MARY SHELLE
REA
zzzz
¡Ufff! Por fin he conseguido que esas jovencitas revoltosas se metan en la cama.
Mejor que sea responsable y haga los deberes mientras espero a que vuelvan sus padres.
RIINNG
... ¿Diga?
HE VENIDO A BUSCARTE.
AAAAH
TOC
TOC TOC

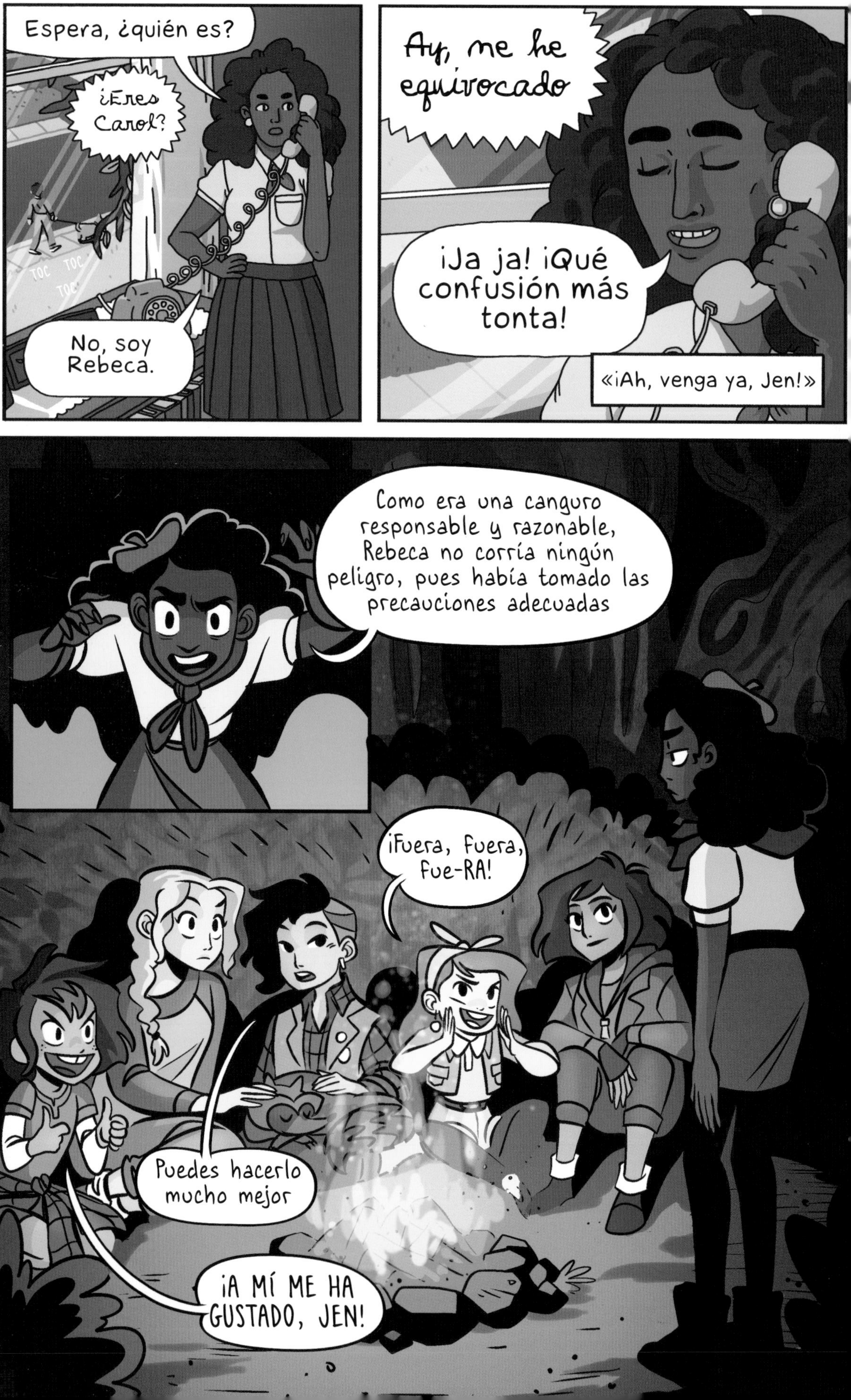
Espera, ¿quién es?
¿Eres Carol?
TOC TOC TOC
No, soy Rebeca.
Ay, me he equivocado
¡Ja ja! ¡Qué confusión más tonta!
«¡Ah, venga ya, Jen!»
Como era una canguro responsable y razonable, Rebeca no corría ningún peligro, pues había tomado las precauciones adecuadas
¡Fuera, fuera, fue-RA!
Puedes hacerlo mucho mejor
¡A MÍ ME HA GUSTADO, JEN!

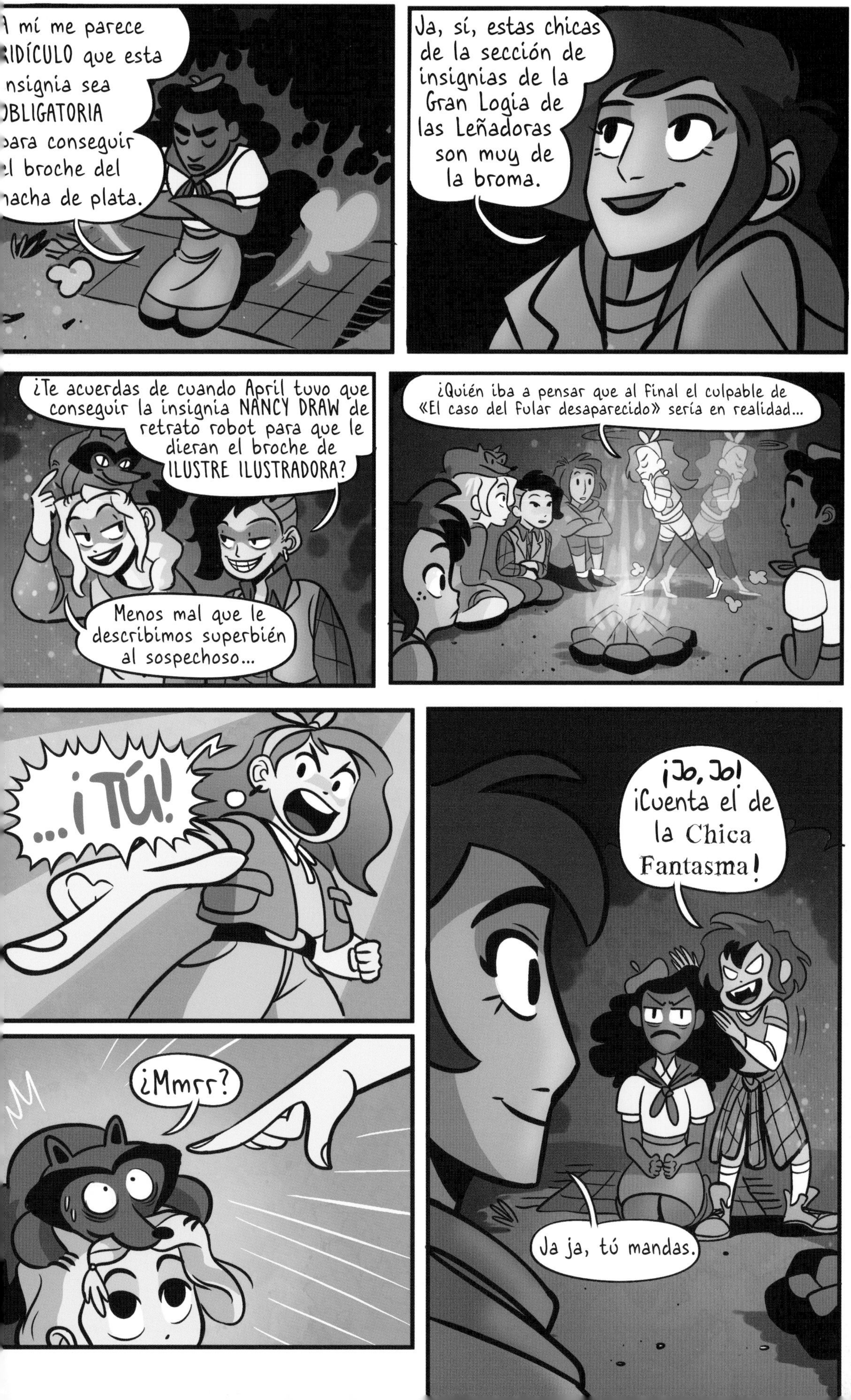
A mí me parece RIDÍCULO que esta insignia sea OBLIGATORIA para conseguir el broche del hacha de plata.
Ja, sí, estas chicas de la sección de insignias de la Gran Logia de las Leñadoras son muy de la broma.
¿Te acuerdas de cuando April tuvo que conseguir la insignia NANCY DRAW de retrato robot para que le dieran el broche de ILUSTRE ILUSTRADORA?
Menos mal que le describimos superbién al sospechoso...
¿Quién iba a pensar que al final el culpable de «El caso del fular desaparecido» sería en realidad...
...¡TÚ!
¿Mmrr?
¡Jo, Jo! ¡Cuenta el de la Chica Fantasma!
Ja ja, tú mandas.

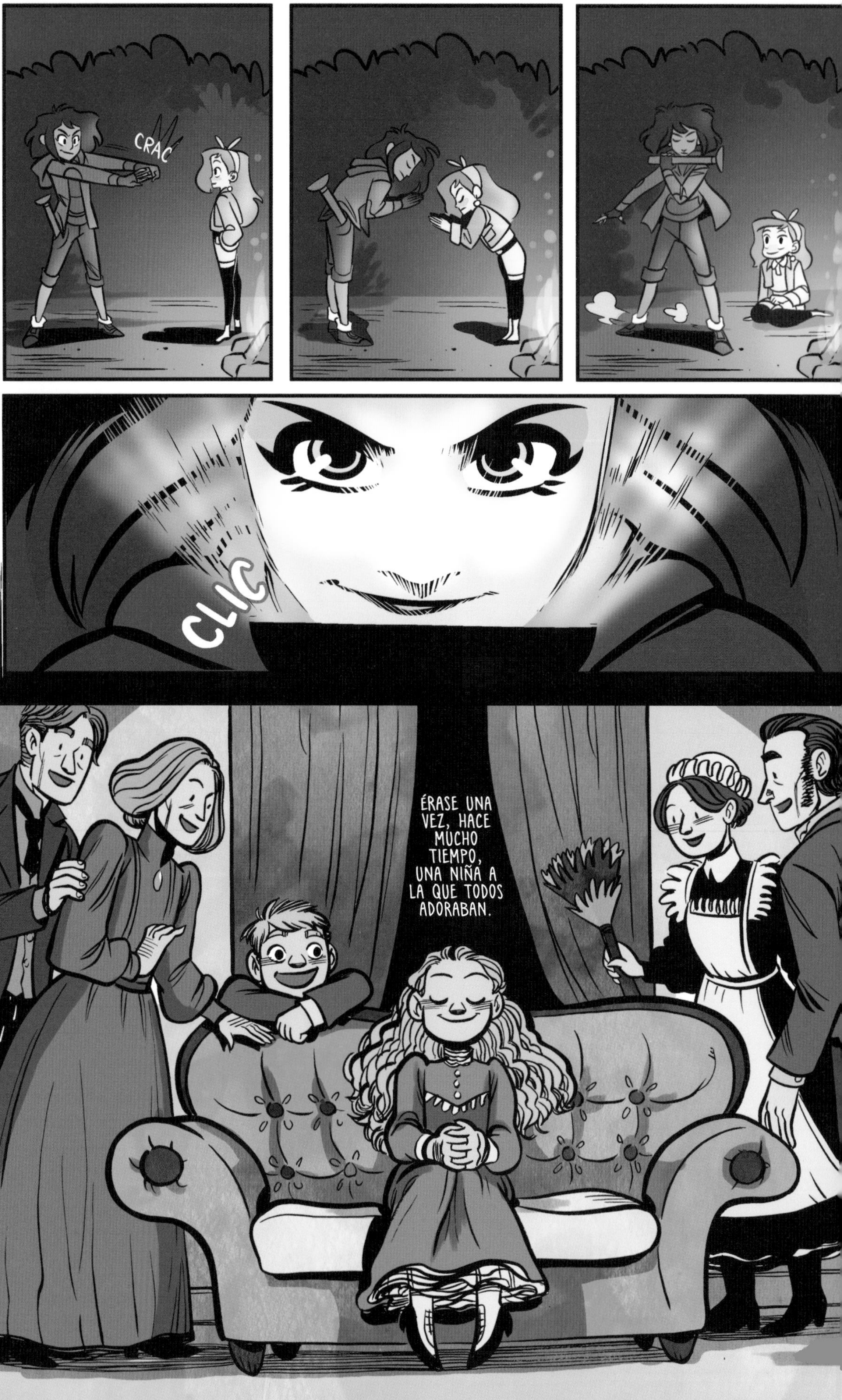
CRAC
CLIC
ÉRASE UNA VEZ, HACE MUCHO TIEMPO, UNA NIÑA A LA QUE TODOS ADORABAN.

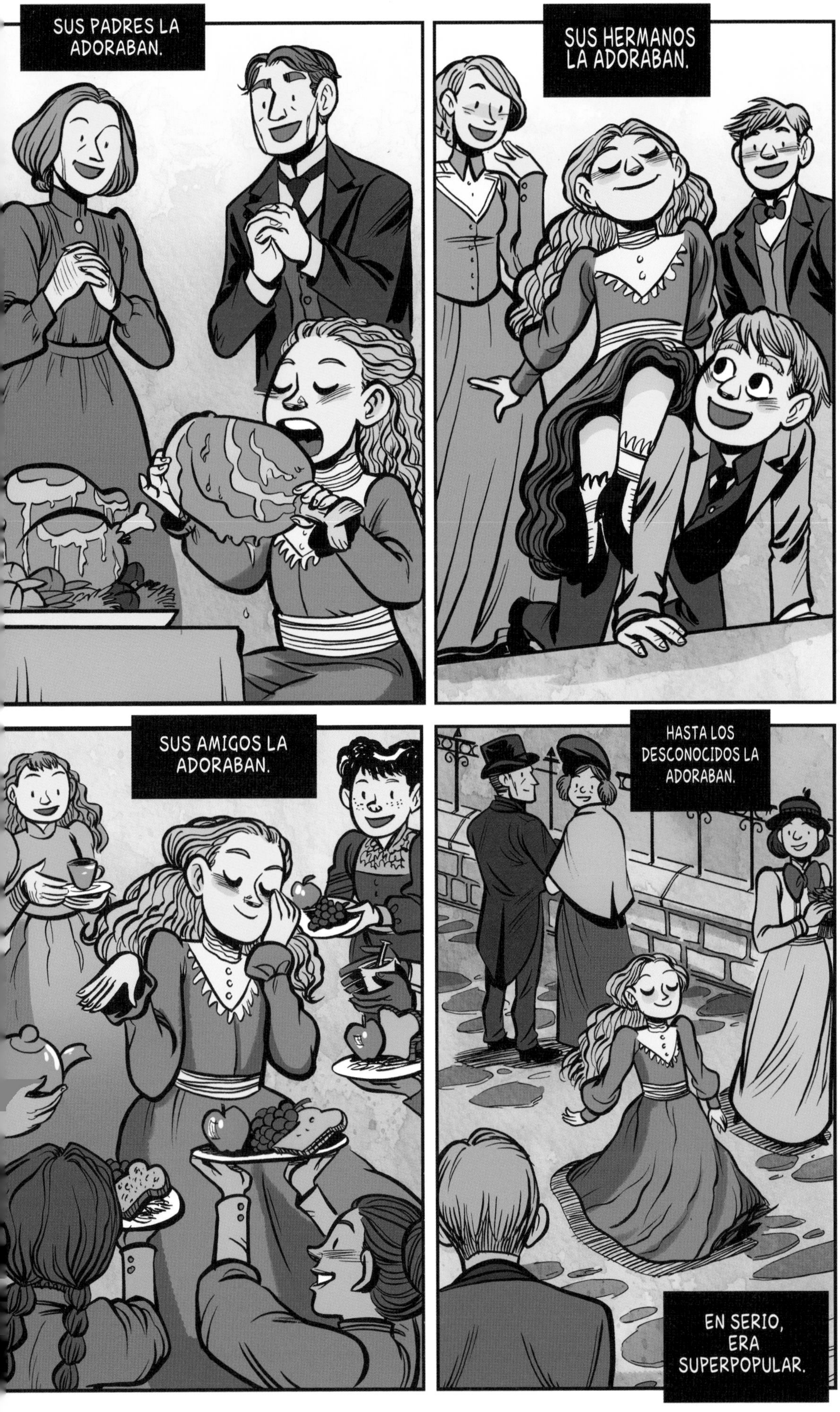

SUS PADRES LA ADORABAN.
SUS HERMANOS LA ADORABAN.
SUS AMIGOS LA ADORABAN.
HASTA LOS DESCONOCIDOS LA ADORABAN.
EN SERIO, ERA SUPERPOPULAR.

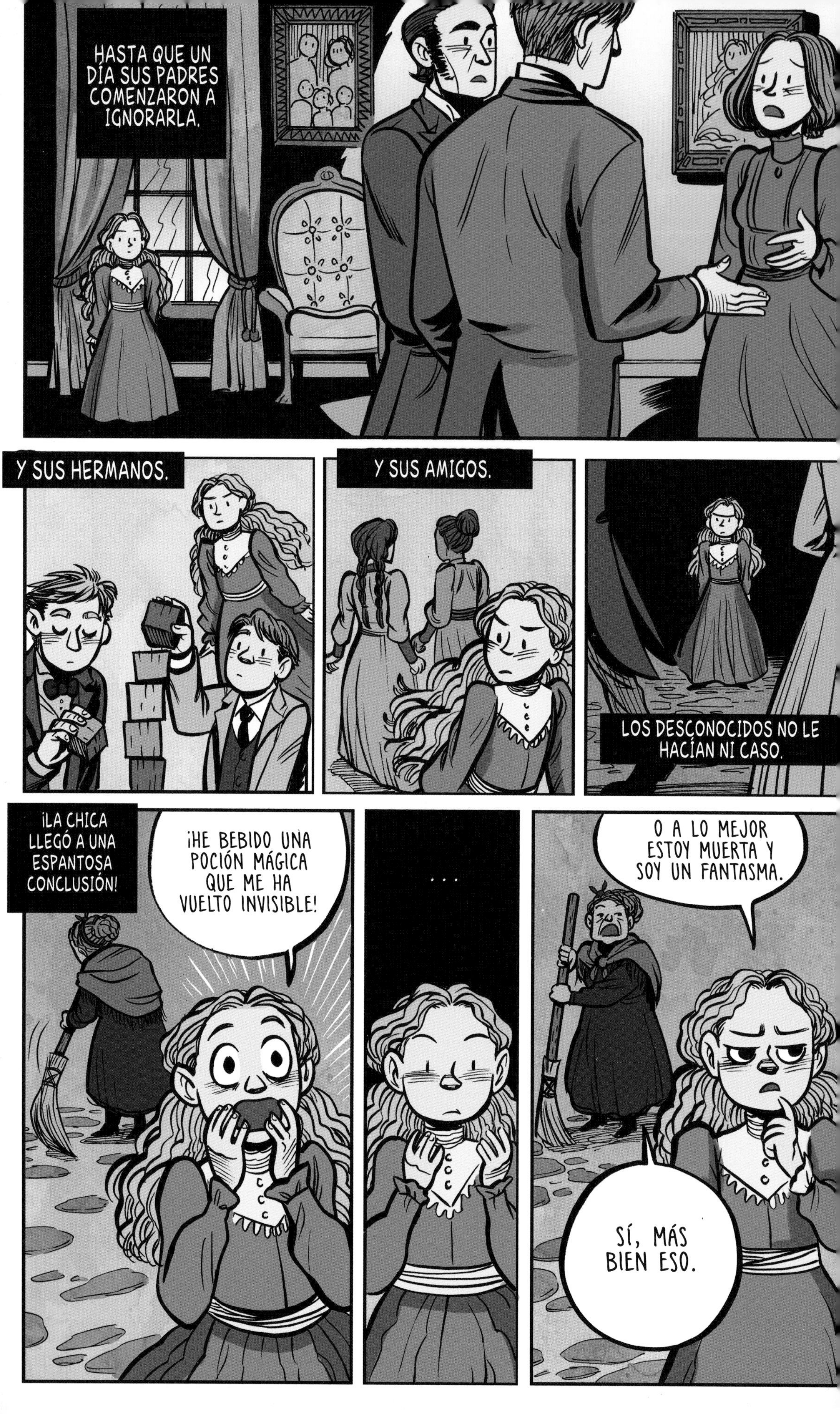
HASTA QUE UN DÍA SUS PADRES COMENZARON A IGNORARLA.
Y SUS HERMANOS.
Y SUS AMIGOS.
LOS DESCONOCIDOS NO LE HACÍAN NI CASO.
¡LA CHICA LLEGÓ A UNA ESPANTOSA CONCLUSIÓN!
¡HE BEBIDO UNA POCIÓN MÁGICA QUE ME HA VUELTO INVISIBLE!
...
O A LO MEJOR ESTOY MUERTA Y SOY UN FANTASMA.
SÍ, MÁS BIEN ESO.

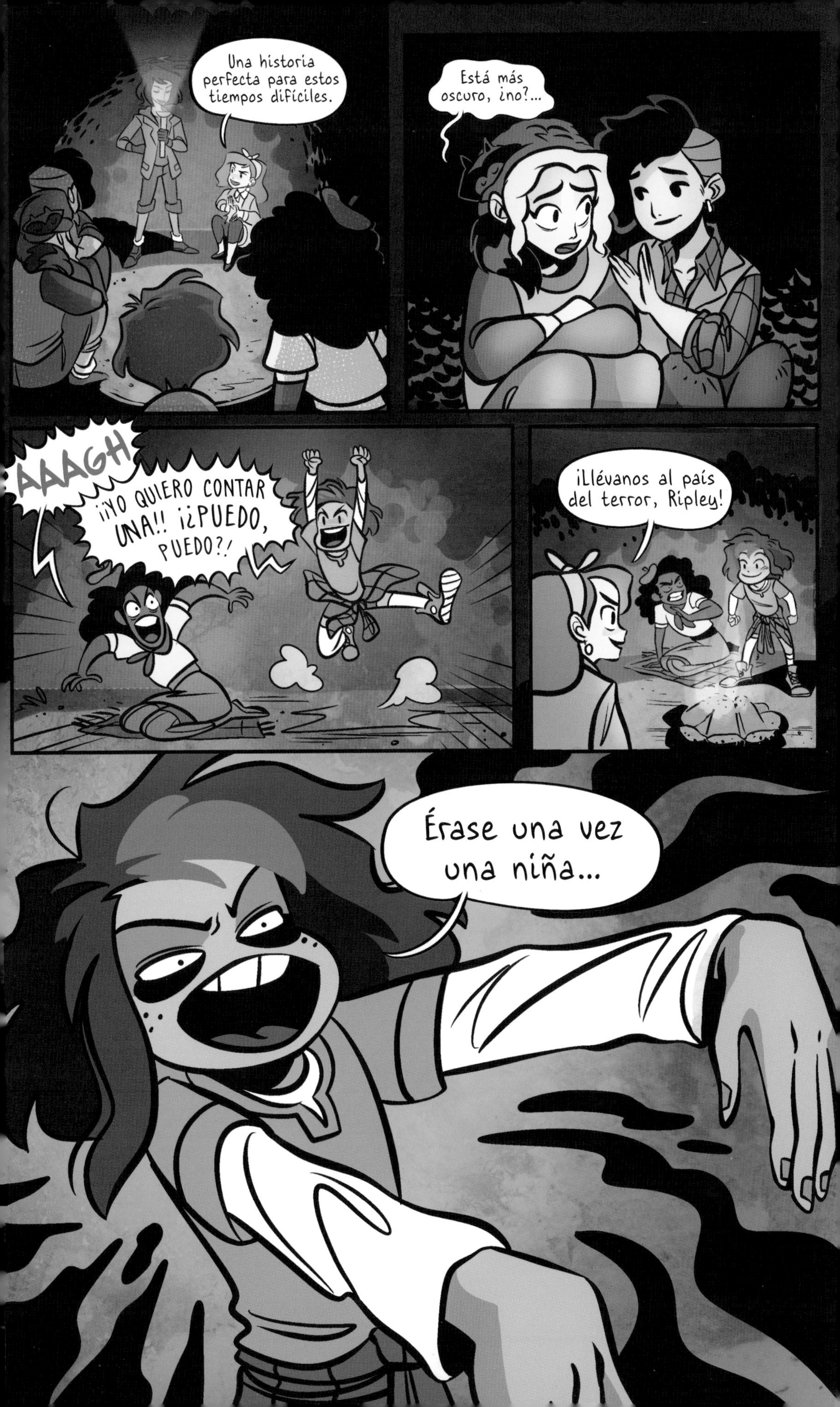
Una historia perfecta para estos tiempos difíciles.
Está más oscuro, ¿no?...
AAAGH
¡¡YO QUIERO CONTAR UNA!! ¡¿PUEDO, PUEDO?!
¡Llévanos al país del terror, Ripley!
Érase una vez una niña...

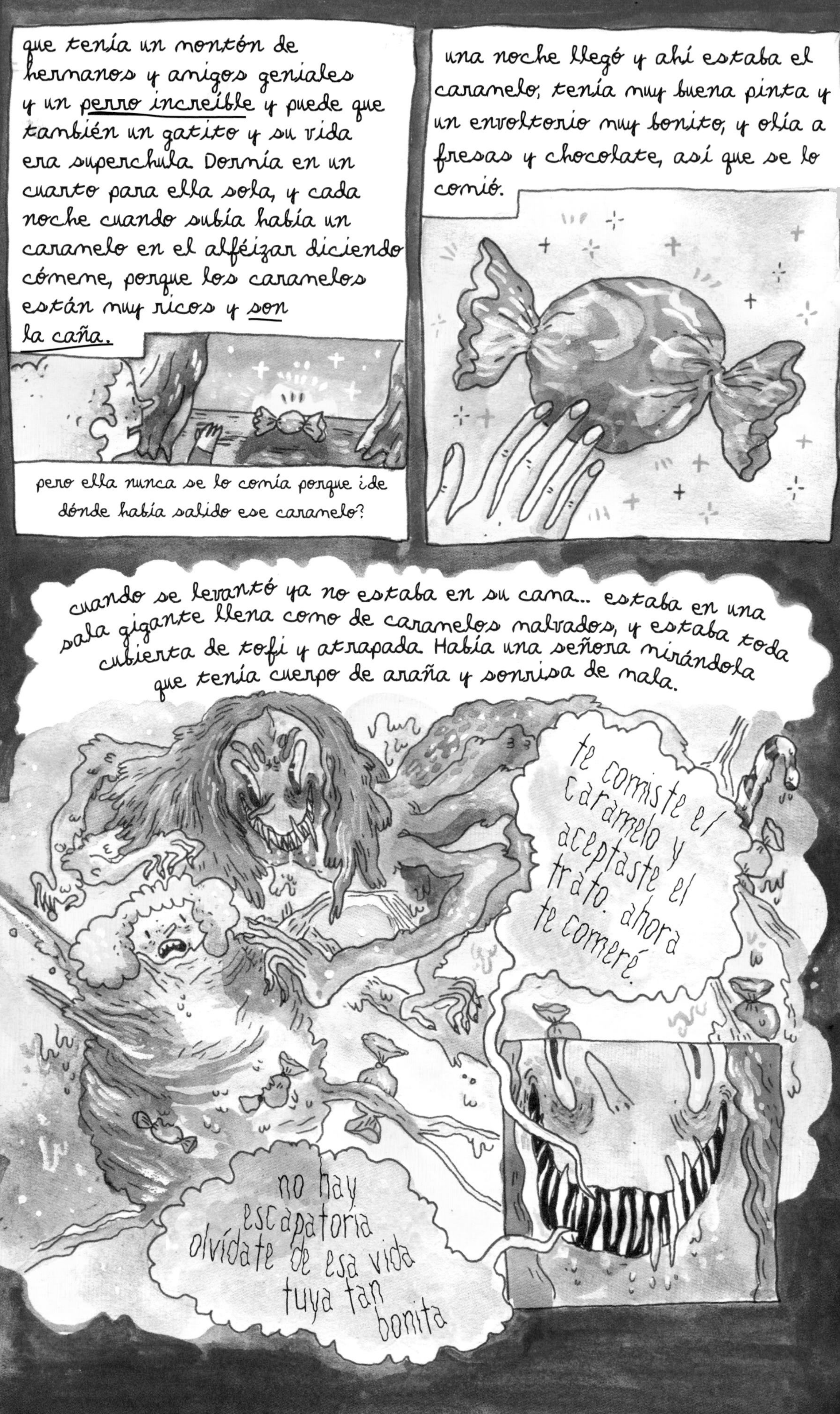
que tenía un montón de hermanos y amigos geniales y un perro increíble y puede que también un gatito y su vida era superchula. Dormía en un cuarto para ella sola, y cada noche cuando subía había un caramelo en el alféizar diciendo cómeme, porque los caramelos están muy ricos y son la caña.
pero ella nunca se lo comía porque ¿de dónde había salido ese caramelo?
una noche llegó y ahí estaba el caramelo, tenía muy buena pinta y un envoltorio muy bonito, y olía a fresas y chocolate, así que se lo comió.
cuando se levantó ya no estaba en su cama... estaba en una sala gigante llena como de caramelos malvados, y estaba toda cubierta de tofi y atrapada. Había una señora mirándola que tenía cuerpo de araña y sonrisa de mala.
te comiste el caramelo y aceptaste el trato. ahora te comeré.
no hay escapatoria olvídate de esa vida tuya tan bonita

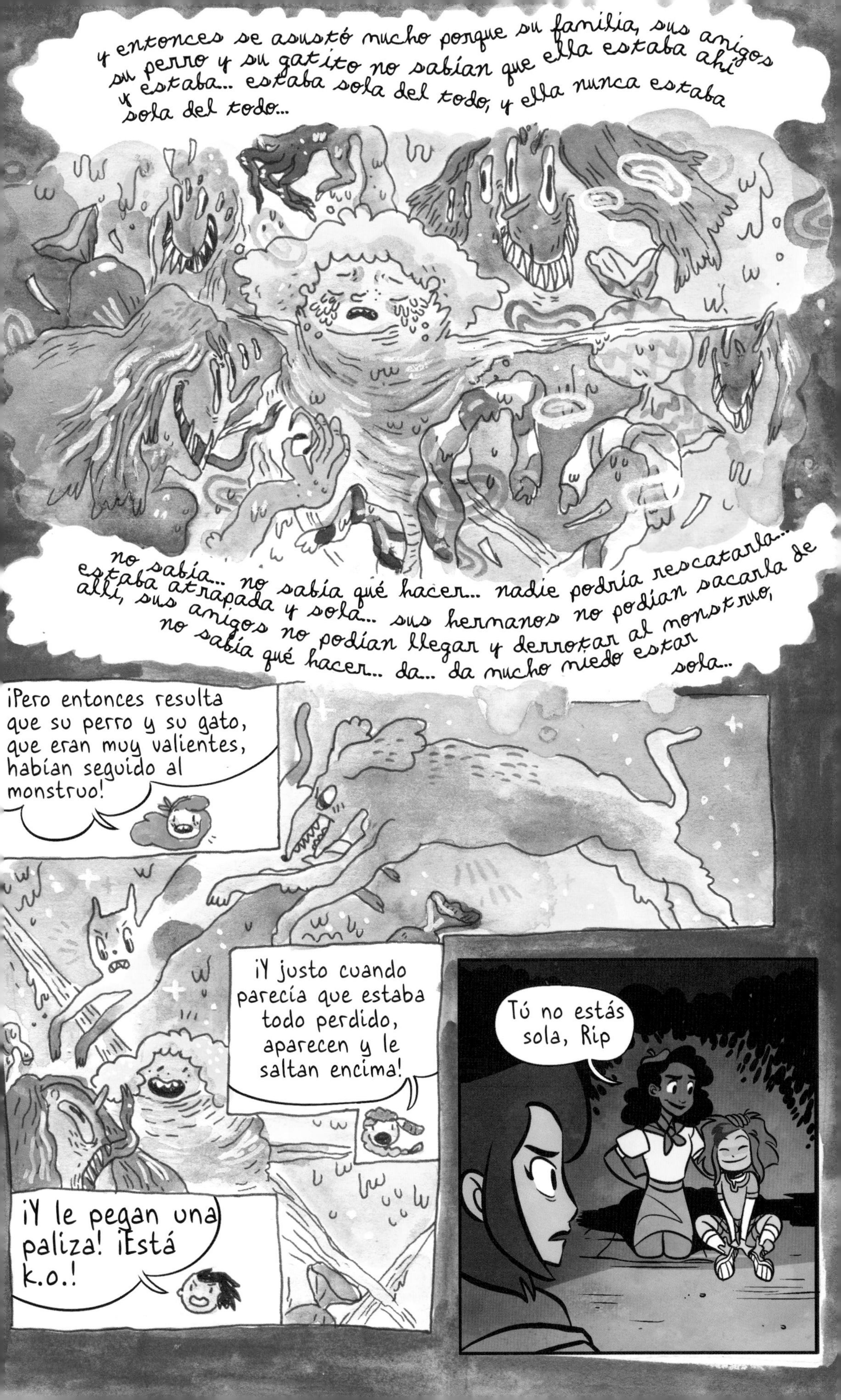
y entonces se asustó mucho porque su familia, sus amigos su perro y su gatito no sabían que ella estaba ahí y estaba... estaba sola del todo, y ella nunca estaba sola del todo...
no sabía... no sabía qué hacer... nadie podría rescatarla... estaba atrapada y sola... sus hermanos no podían sacarla de allí, sus amigos no podían llegar y derrotar al monstruo, no sabía qué hacer... da... da mucho miedo estar sola...
¡Pero entonces resulta que su perro y su gato, que eran muy valientes, habían seguido al monstruo!
¡Y justo cuando parecía que estaba todo perdido, aparecen y le saltan encima!
¡Y le pegan una paliza! ¡Está k.o.!
Tú no estás sola, Rip

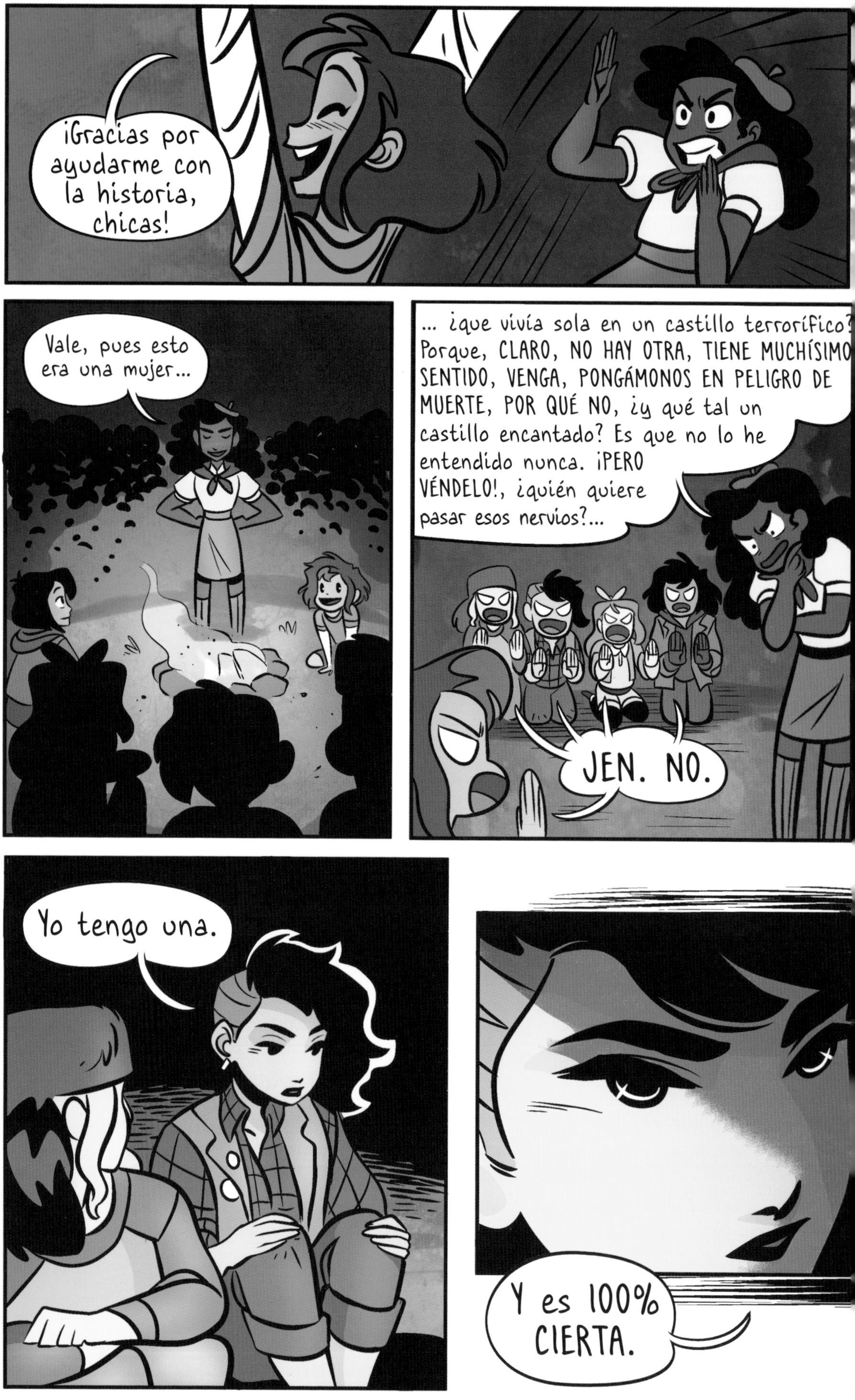

¡Gracias por ayudarme con la historia, chicas!
Vale, pues esto era una mujer...
... ¿que vivía sola en un castillo terrorífico? Porque, CLARO, NO HAY OTRA, TIENE MUCHÍSIMO SENTIDO, VENGA, PONGÁMONOS EN PELIGRO DE MUERTE, POR QUÉ NO, ¿y qué tal un castillo encantado? Es que no lo he entendido nunca. ¡PERO VÉNDELO!, ¿quién quiere pasar esos nervios?...
JEN. NO.
Yo tengo una.
Y es 100% CIERTA.

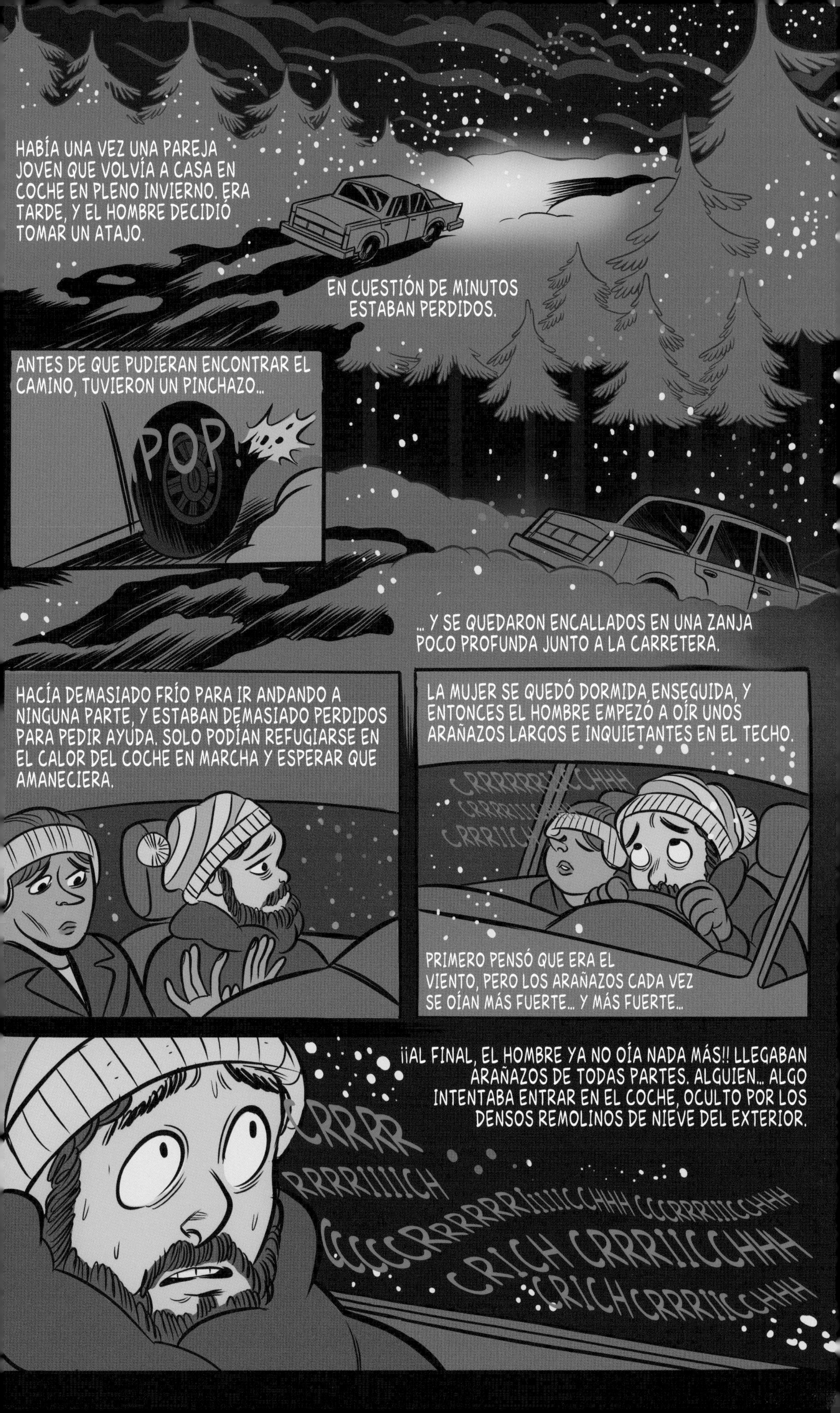
HABÍA UNA VEZ UNA PAREJA JOVEN QUE VOLVÍA A CASA EN COCHE EN PLENO INVIERNO. ERA TARDE, Y EL HOMBRE DECIDIÓ TOMAR UN ATAJO.
EN CUESTIÓN DE MINUTOS ESTABAN PERDIDOS.
ANTES DE QUE PUDIERAN ENCONTRAR EL CAMINO, TUVIERON UN PINCHAZO...
POP
... Y SE QUEDARON ENCALLADOS EN UNA ZANJA POCO PROFUNDA JUNTO A LA CARRETERA.
HACÍA DEMASIADO FRÍO PARA IR ANDANDO A NINGUNA PARTE, Y ESTABAN DEMASIADO PERDIDOS PARA PEDIR AYUDA. SOLO PODÍAN REFUGIARSE EN EL CALOR DEL COCHE EN MARCHA Y ESPERAR QUE AMANECIERA.
LA MUJER SE QUEDÓ DORMIDA ENSEGUIDA, Y ENTONCES EL HOMBRE EMPEZÓ A OÍR UNOS ARAÑAZOS LARGOS E INQUIETANTES EN EL TECHO.
CRRRRRRIICCHHH
CRRRRIIICH
CRRRIICH
PRIMERO PENSÓ QUE ERA EL VIENTO, PERO LOS ARAÑAZOS CADA VEZ SE OÍAN MÁS FUERTE... Y MÁS FUERTE...
¡¡AL FINAL, EL HOMBRE YA NO OÍA NADA MÁS!! LLEGABAN ARAÑAZOS DE TODAS PARTES. ALGUIEN... ALGO INTENTABA ENTRAR EN EL COCHE, OCULTO POR LOS DENSOS REMOLINOS DE NIEVE DEL EXTERIOR.
CRRRR
RRRRIIIICH
GCCCCRRRRRRRIIIIICCHHH CCCRRRIIICCHHH
CRICH CRRRIICCHHH
CRICH CRRRIICCHHH

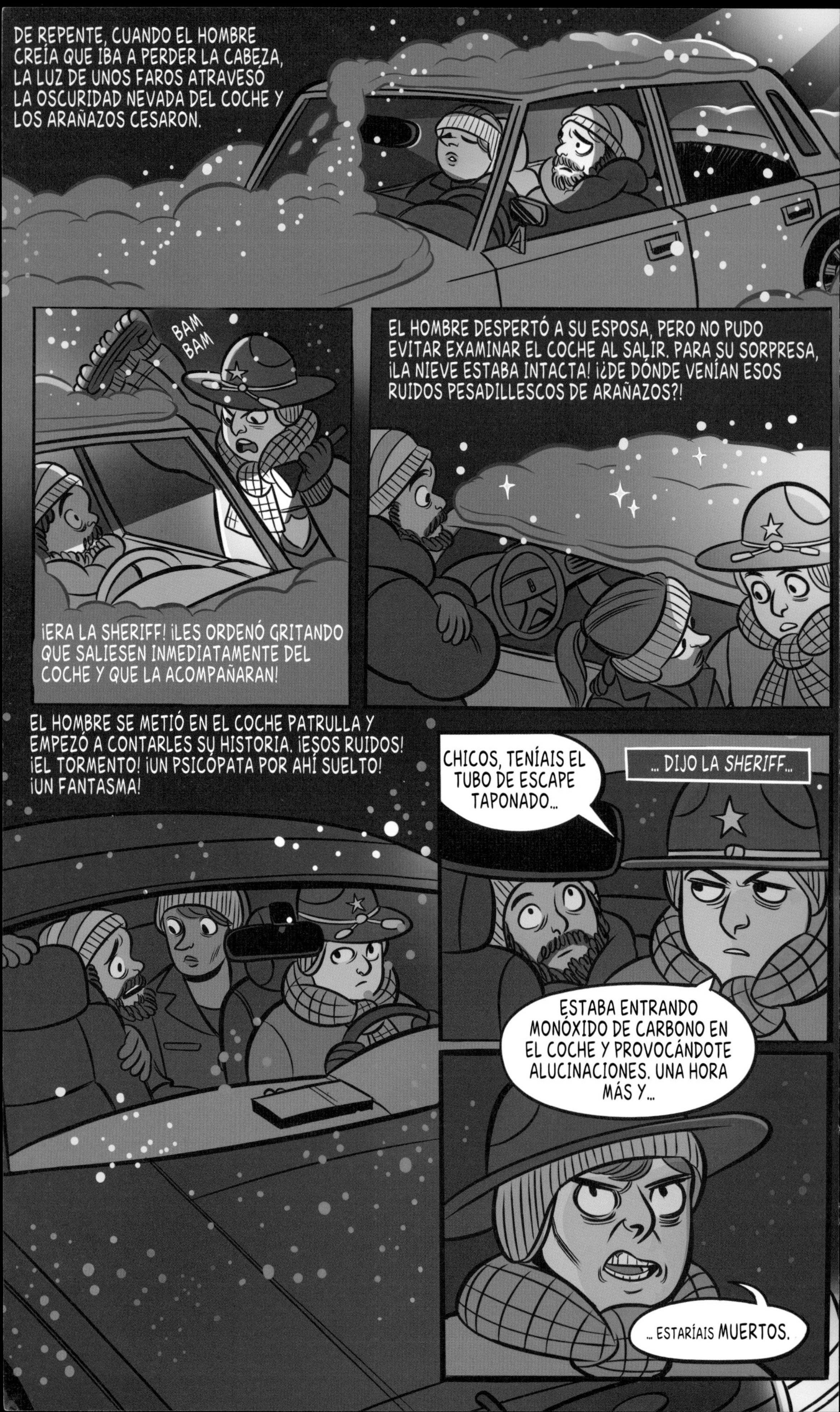
DE REPENTE, CUANDO EL HOMBRE CREÍA QUE IBA A PERDER LA CABEZA, LA LUZ DE UNOS FAROS ATRAVESÓ LA OSCURIDAD NEVADA DEL COCHE Y LOS ARAÑAZOS CESARON.
BAM BAM
¡ERA LA SHERIFF! ¡LES ORDENÓ GRITANDO QUE SALIESEN INMEDIATAMENTE DEL COCHE Y QUE LA ACOMPAÑARAN!
EL HOMBRE DESPERTÓ A SU ESPOSA, PERO NO PUDO EVITAR EXAMINAR EL COCHE AL SALIR. PARA SU SORPRESA, ¡LA NIEVE ESTABA INTACTA! ¿DE DÓNDE VENÍAN ESOS RUIDOS PESADILLESCOS DE ARAÑAZOS?!
EL HOMBRE SE METIÓ EN EL COCHE PATRULLA Y EMPEZÓ A CONTARLES SU HISTORIA. ¡ESOS RUIDOS! ¡EL TORMENTO! ¡UN PSICÓPATA POR AHÍ SUELTO! ¡UN FANTASMA!
CHICOS, TENÍAIS EL TUBO DE ESCAPE TAPONADO...
... DIJO LA *SHERIFF*...
ESTABA ENTRANDO MONÓXIDO DE CARBONO EN EL COCHE Y PROVOCÁNDOTE ALUCINACIONES. UNA HORA MÁS Y...
... ESTARÍAIS MUERTOS.

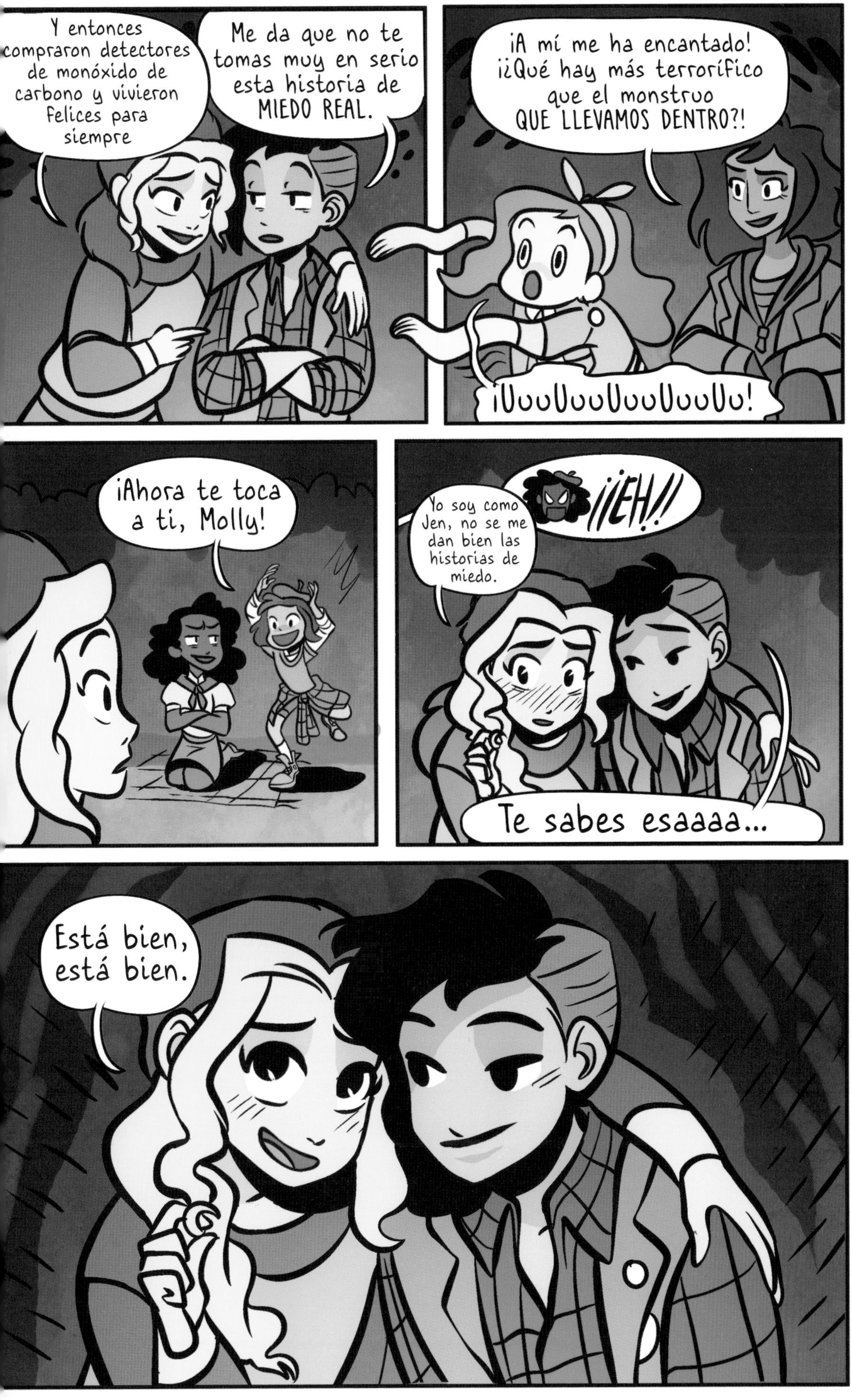
Y entonces compraron detectores de monóxido de carbono y vivieron felices para siempre
Me da que no te tomas muy en serio esta historia de MIEDO REAL.
¡A mí me ha encantado! ¡¿Qué hay más terrorífico que el monstruo QUE LLEVAMOS DENTRO?!
¡UuuUuuUuuUuuUu!
¡Ahora te toca a ti, Molly!
¡¡EH!!
Yo soy como Jen, no se me dan bien las historias de miedo.
Te sabes esaaaa...
Está bien, está bien.

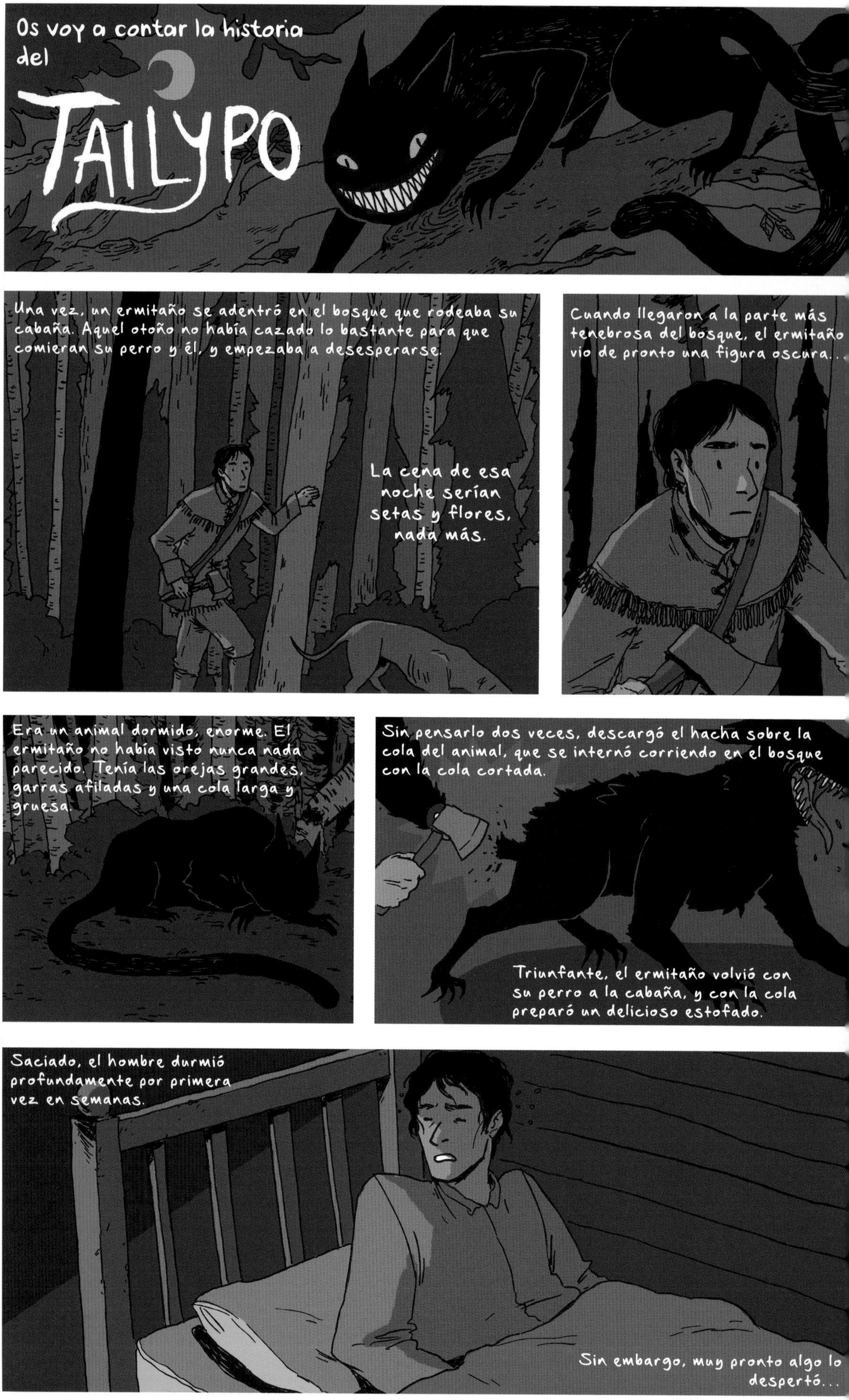
Os voy a contar la historia del
TAILYPO
Una vez, un ermitaño se adentró en el bosque que rodeaba su cabaña. Aquel otoño no había cazado lo bastante para que comieran su perro y él, y empezaba a desesperarse.
La cena de esa noche serían setas y flores, nada más.
Cuando llegaron a la parte más tenebrosa del bosque, el ermitaño vio de pronto una figura oscura...
Era un animal dormido, enorme. El ermitaño no había visto nunca nada parecido. Tenía las orejas grandes, garras afiladas y una cola larga y gruesa.
Sin pensarlo dos veces, descargó el hacha sobre la cola del animal, que se internó corriendo en el bosque con la cola cortada.
Triunfante, el ermitaño volvió con su perro a la cabaña, y con la cola preparó un delicioso estofado.
Saciado, el hombre durmió profundamente por primera vez en semanas.
Sin embargo, muy pronto algo lo despertó...

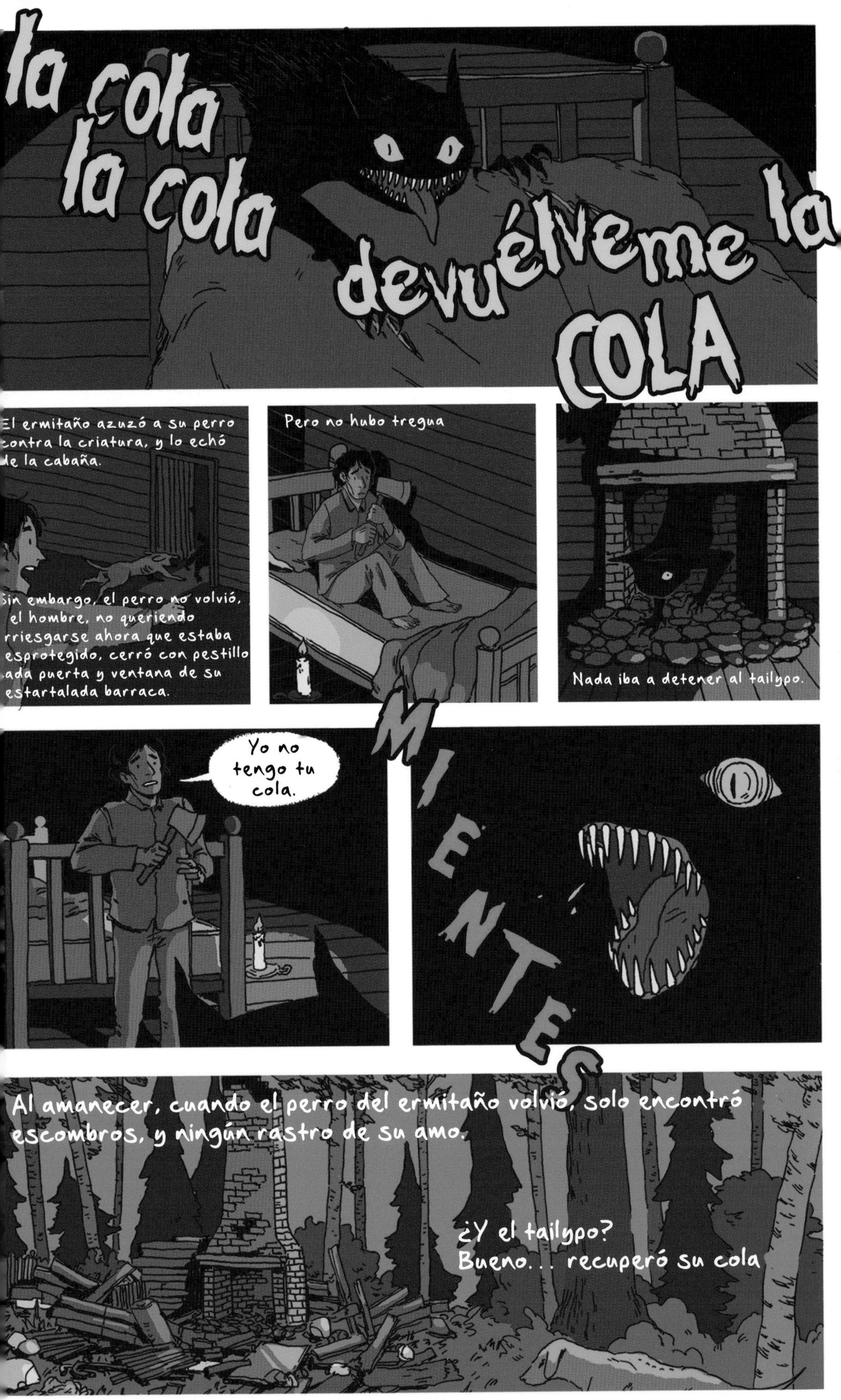
la cola
la cola
devuélveme la
COLA
El ermitaño azuzó a su perro contra la criatura, y lo echó de la cabaña.
Sin embargo, el perro no volvió, el hombre, no queriendo rriesgarse ahora que estaba esprotegido, cerró con pestillo ada puerta y ventana de su estartalada barraca.
Pero no hubo tregua
Nada iba a detener al tailypo.
Yo no tengo tu cola.
MIENTES
Al amanecer, cuando el perro del ermitaño volvió, solo encontró escombros, y ningún rastro de su amo.
¿Y el tailypo?
Bueno... recuperó su cola

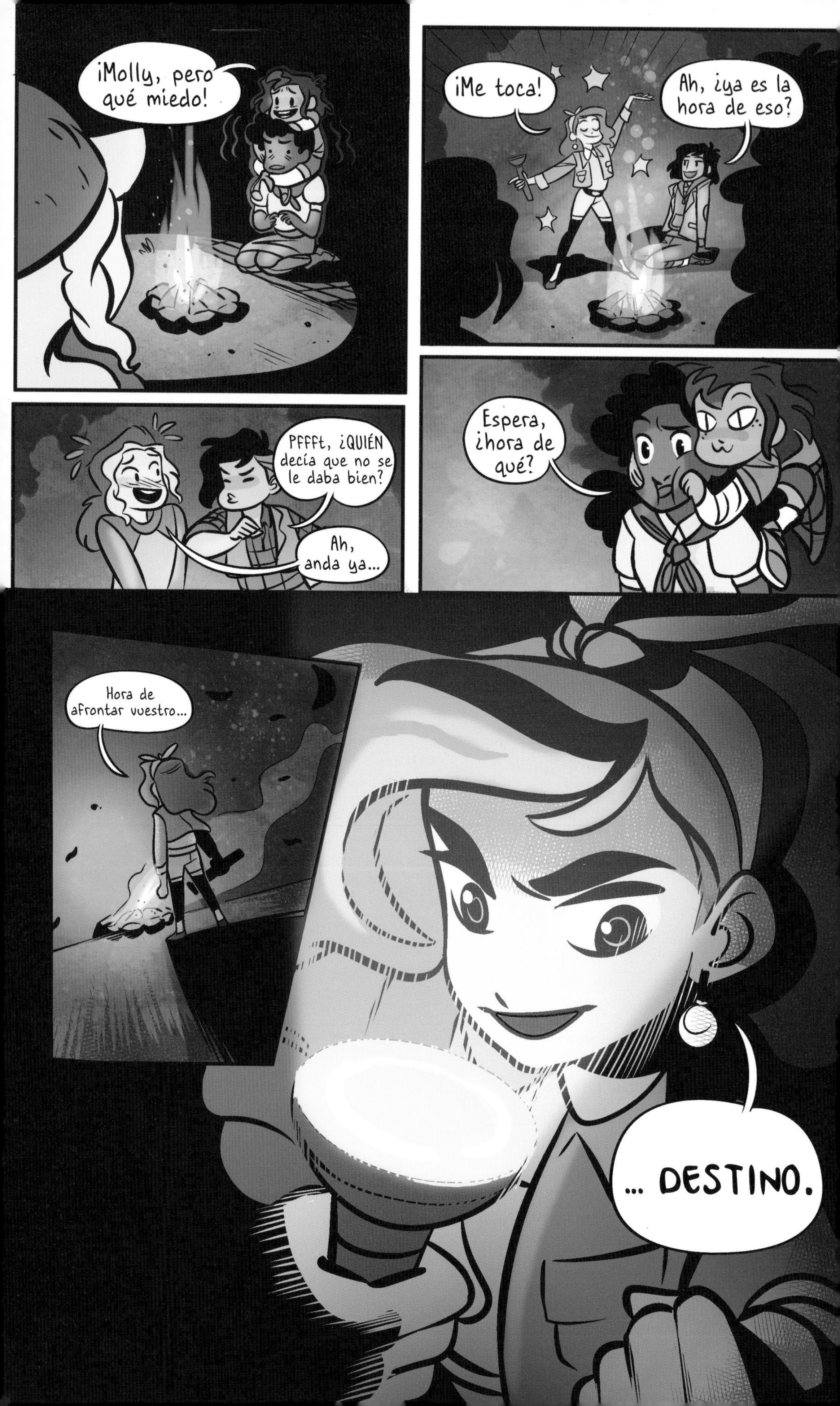
¡Molly, pero qué miedo!
¡Me toca!
Ah, ¿ya es la hora de eso?
Pffft, ¿QUIÉN decía que no se le daba bien?
Ah, anda ya...
Espera, ¿hora de qué?
Hora de afrontar vuestro...
... DESTINO.

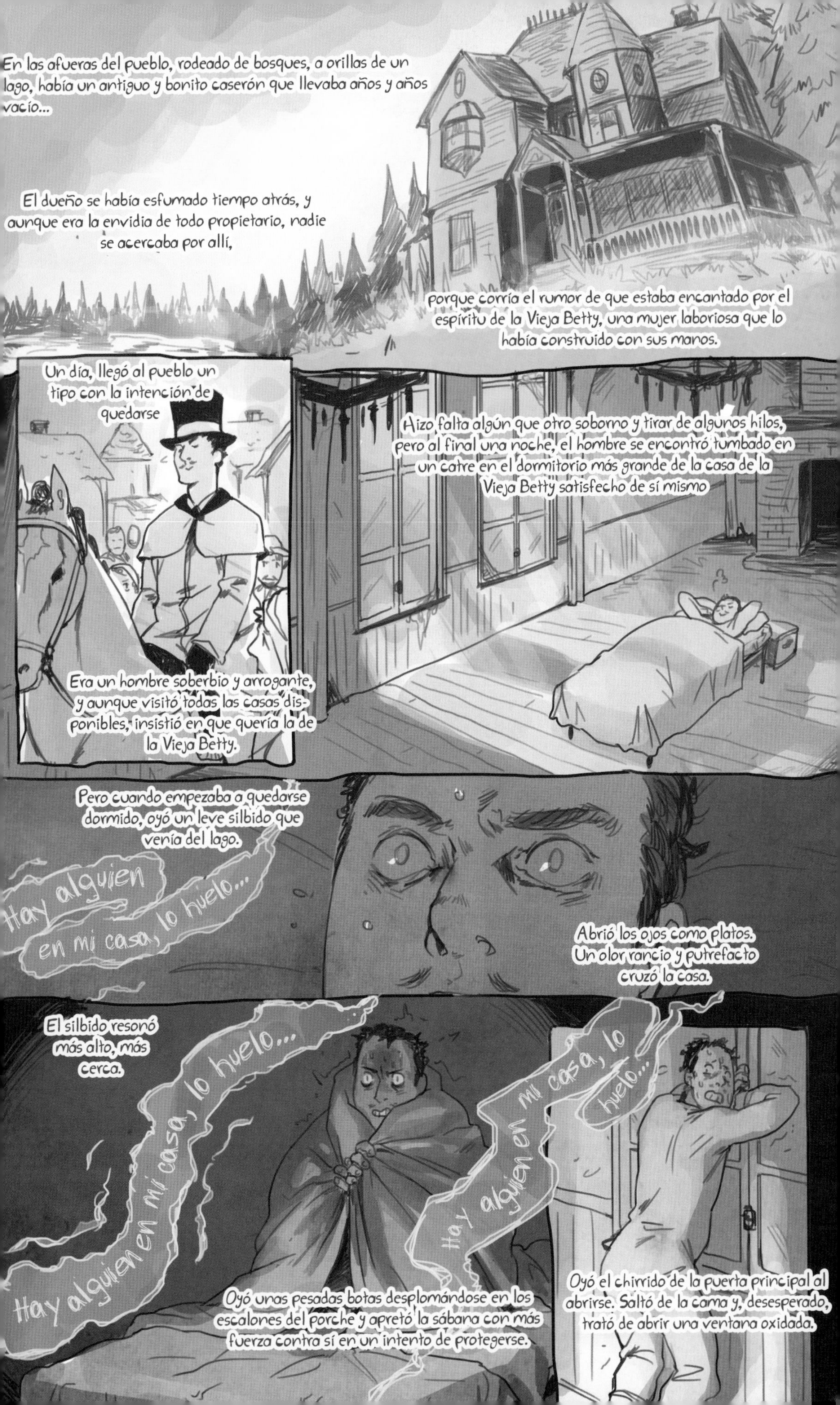

En las afueras del pueblo, rodeado de bosques, a orillas de un lago, había un antiguo y bonito caserón que llevaba años y años vacío...
El dueño se había esfumado tiempo atrás, y aunque era la envidia de todo propietario, nadie se acercaba por allí,
porque corría el rumor de que estaba encantado por el espíritu de la Vieja Betty, una mujer laboriosa que lo había construido con sus manos.
Un día, llegó al pueblo un tipo con la intención de quedarse
Era un hombre soberbio y arrogante, y aunque visitó todas las casas disponibles, insistió en que quería la de la Vieja Betty.
Hizo falta algún que otro soborno y tirar de algunos hilos, pero al final una noche, el hombre se encontró tumbado en un catre en el dormitorio más grande de la casa de la Vieja Betty satisfecho de sí mismo
Pero cuando empezaba a quedarse dormido, oyó un leve silbido que venía del lago.
Hay alguien en mi casa, lo huelo...
Abrió los ojos como platos. Un olor rancio y putrefacto cruzó la casa.
El silbido resonó más alto, más cerca.
Hay alguien en mi casa, lo huelo...
Hay alguien en mi casa, lo huelo...
Oyó unas pesadas botas desplomándose en los escalones del porche y apretó la sábana con más fuerza contra sí en un intento de protegerse.
Oyó el chirrido de la puerta principal al abrirse. Saltó de la cama y, desesperado, trató de abrir una ventana oxidada.

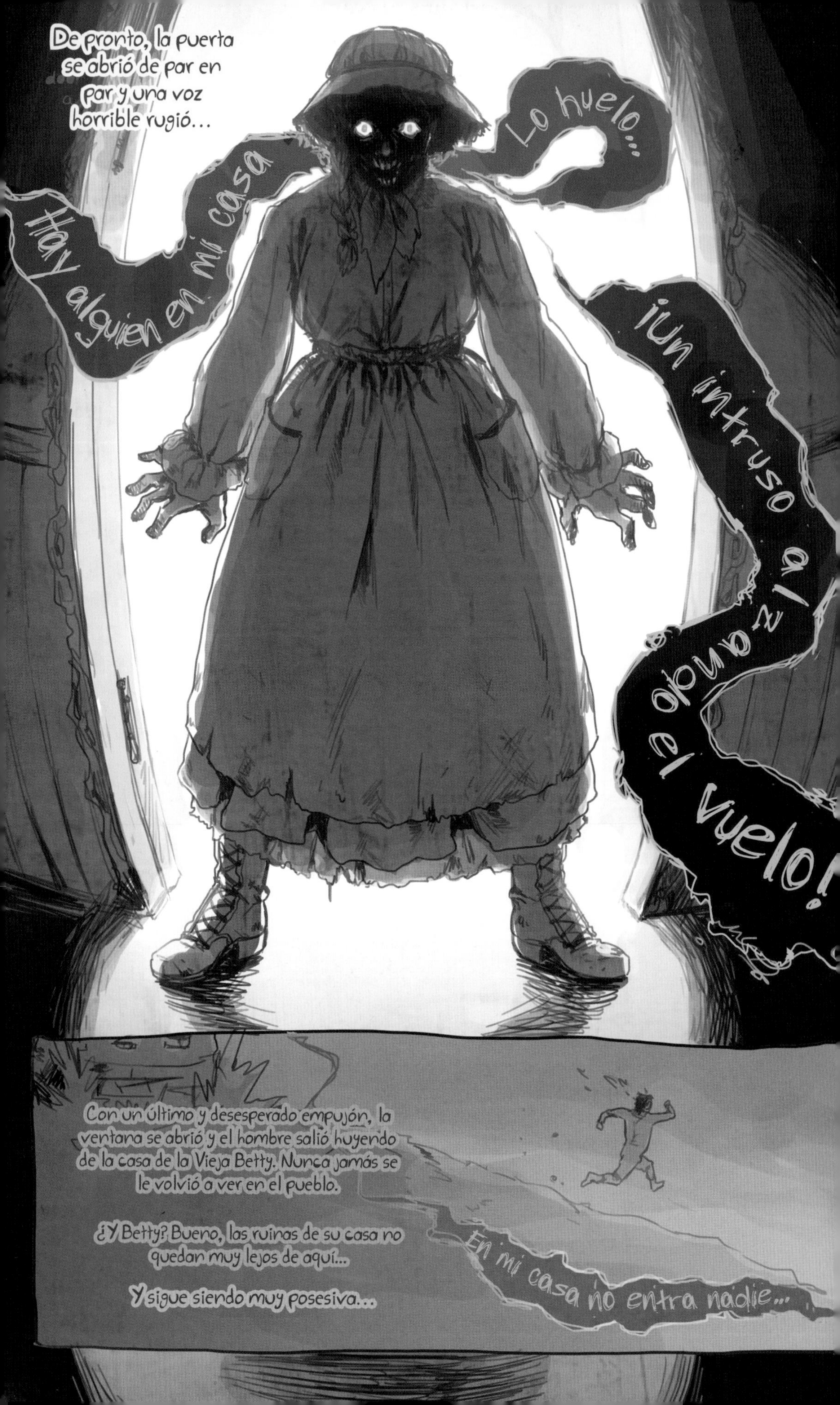

De pronto, la puerta se abrió de par en par y una voz horrible rugió…
Hay alguien en mi casa
Lo huelo…
¡Un intruso al azando el vuelo!
Con un último y desesperado empujón, la ventana se abrió y el hombre salió huyendo de la casa de la Vieja Betty. Nunca jamás se le volvió a ver en el pueblo.
¿Y Betty? Bueno, las ruinas de su casa no quedan muy lejos de aquí…
Y sigue siendo muy posesiva…
En mi casa no entra nadie…

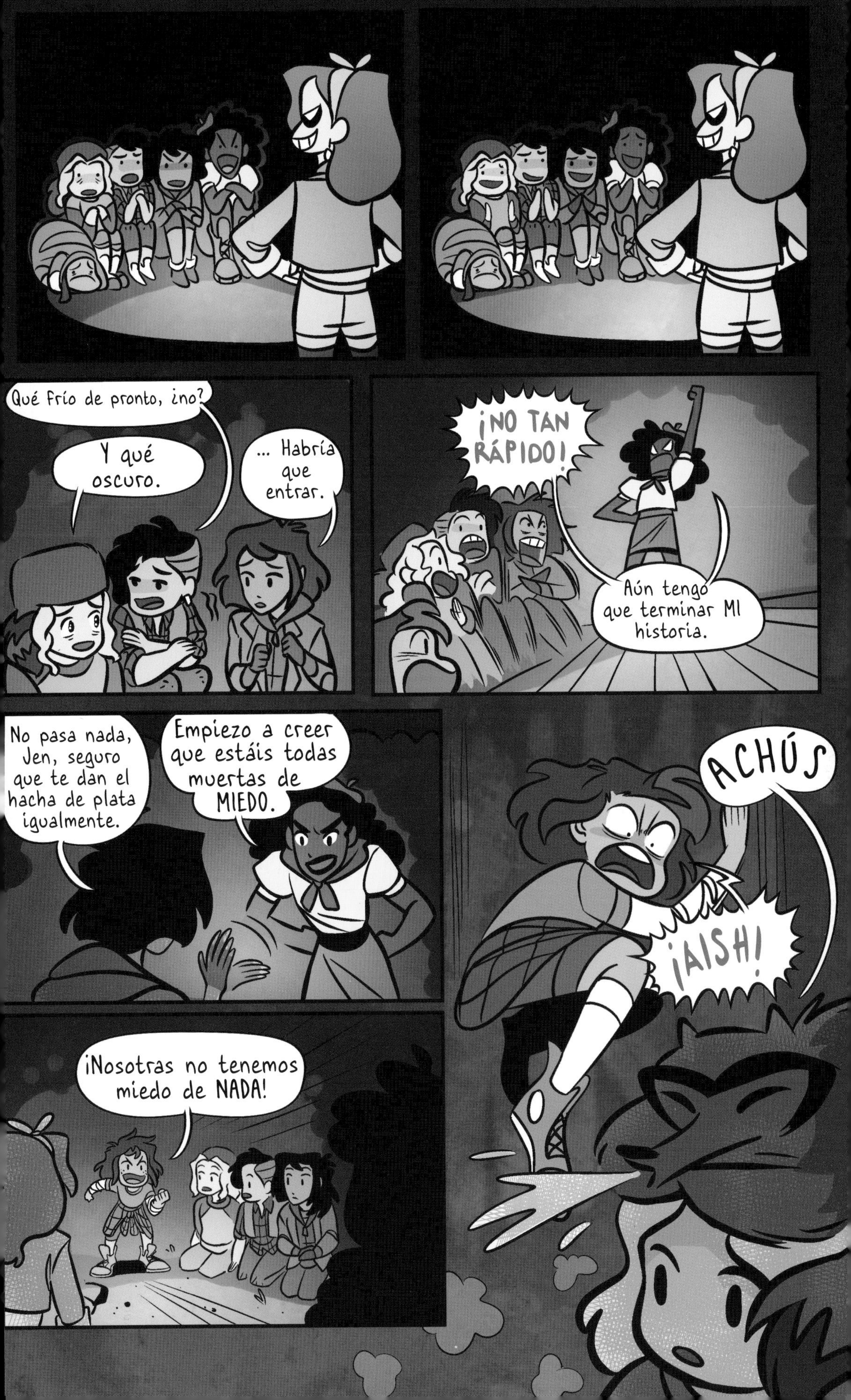
Qué frío de pronto, ¿no?
Y qué oscuro.
... Habría que entrar.
¡NO TAN RÁPIDO!
Aún tengo que terminar MI historia.
No pasa nada, Jen, seguro que te dan el hacha de plata igualmente.
Empiezo a creer que estáis todas muertas de MIEDO.
ACHÚS
¡AISH!
¡Nosotras no tenemos miedo de NADA!

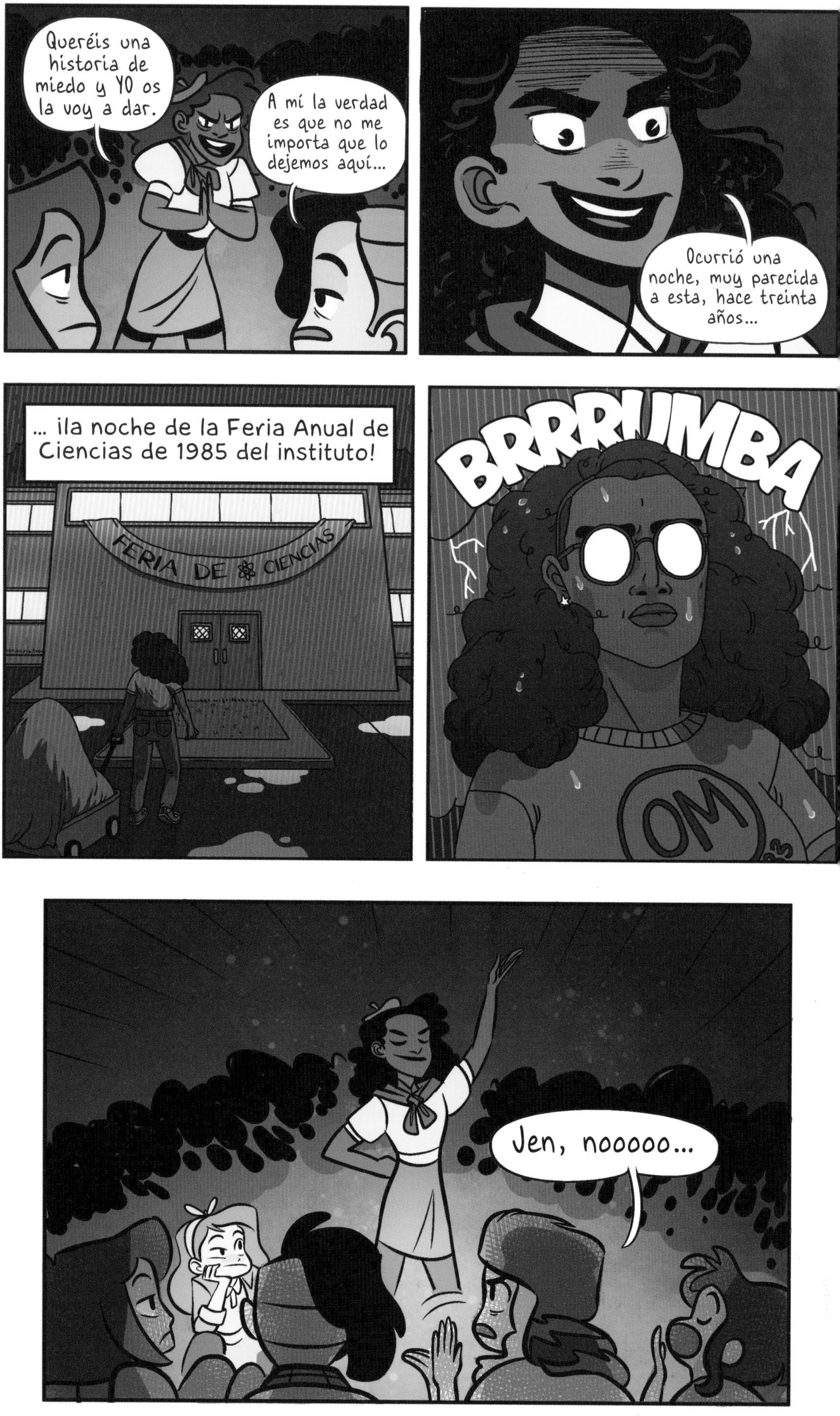
Queréis una historia de miedo y YO os la voy a dar.
A mí la verdad es que no me importa que lo dejemos aquí...
Ocurrió una noche, muy parecida a esta, hace treinta años...
... ¡la noche de la Feria Anual de Ciencias de 1985 del instituto!
FERIA DE CIENCIAS
BRRRRUMBA
OM
Jen, nooooo...

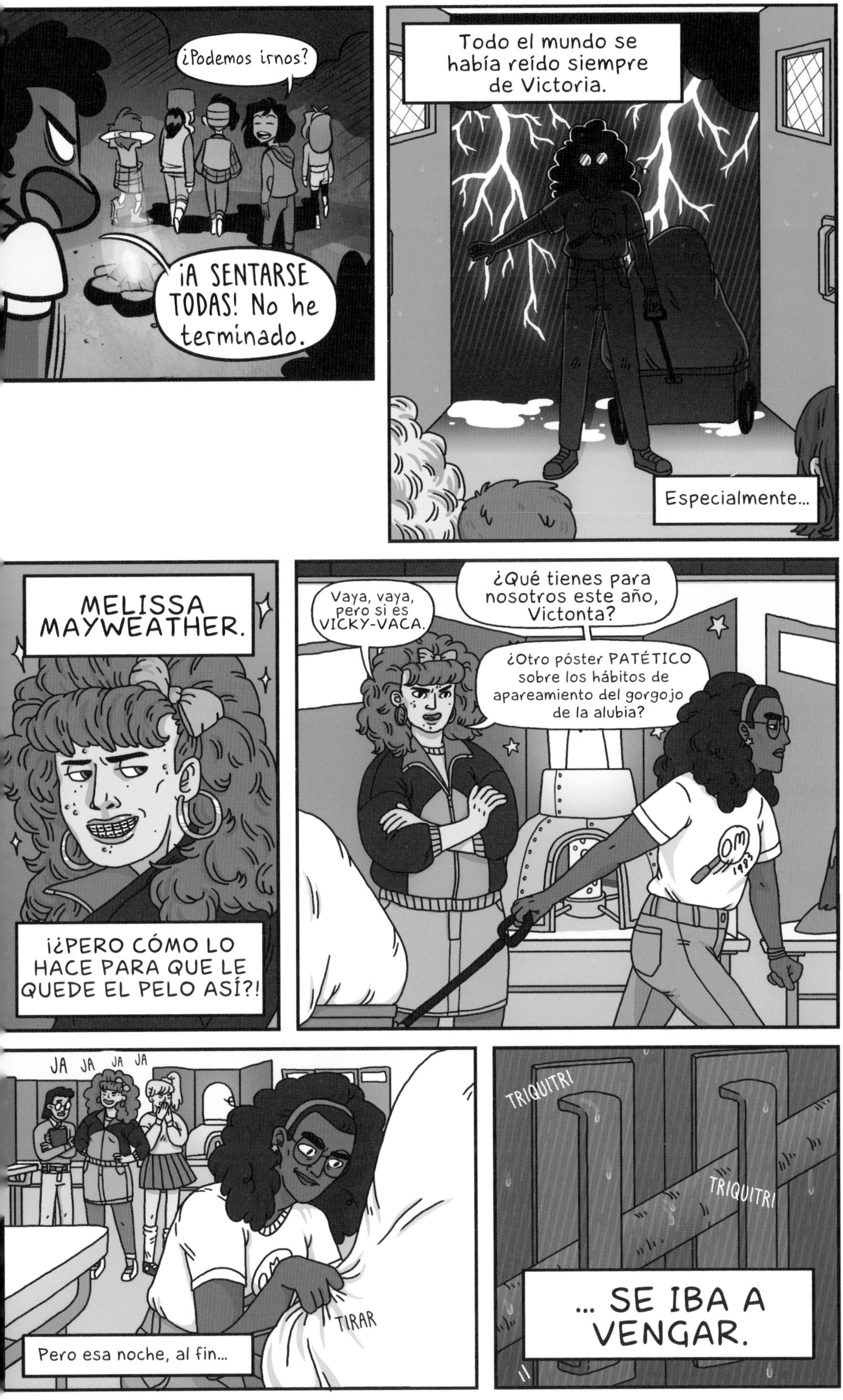
¿Podemos irnos?
¡A SENTARSE TODAS! No he terminado.
Todo el mundo se había reído siempre de Victoria.
Especialmente...
MELISSA MAYWEATHER.
¡¿PERO CÓMO LO HACE PARA QUE LE QUEDE EL PELO ASÍ?!
Vaya, vaya, pero si es VICKY-VACA.
¿Qué tienes para nosotros este año, Victonta?
¿Otro póster PATÉTICO sobre los hábitos de apareamiento del gorgojo de la alubia?
JA JA JA JA
TIRAR
Pero esa noche, al fin...
TRIQUITRI
TRIQUITRI
... SE IBA A VENGAR.

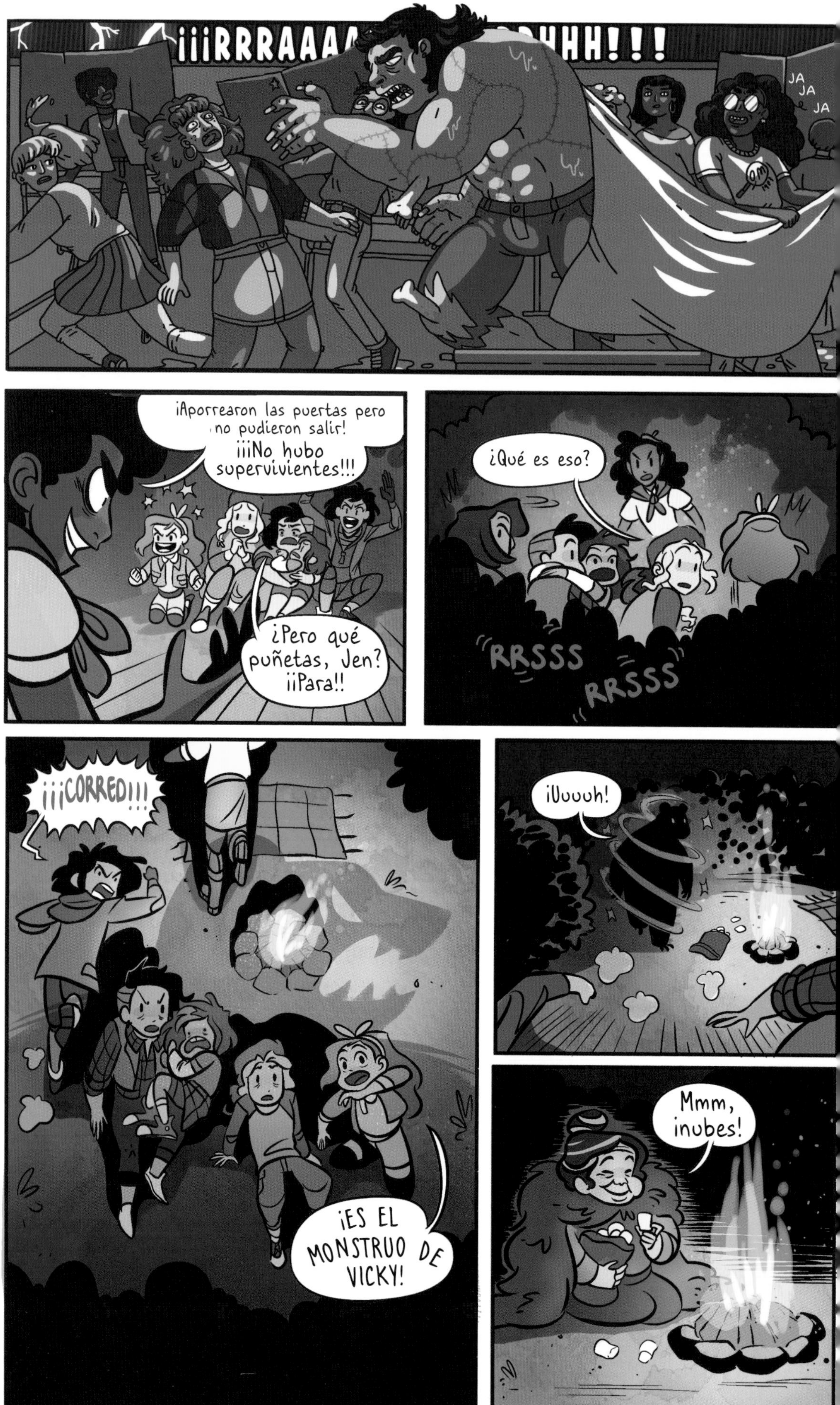
¡¡¡RRRAAAA
HHH!!!
JA JA JA
¡Aporrearon las puertas pero no pudieron salir!
¡¡¡No hubo supervivientes!!!
¿Pero qué puñetas, Jen? ¡¡Para!!
¿Qué es eso?
RRSSS
RRSSS
¡¡¡CORRED!!!
¡ES EL MONSTRUO DE VICKY!
¡Uuuuh!
Mmm, ¡nubes!

se com

El
Ayud...
aspecto
ropa pa
Además
Leñador
tener u
parte
Thiskw
Molon
tiene
ellas

EL UNIFORME

...evarse en el campamento
...en los que las Leñadoras
...puede requerirse en otras
.. Debería utilizarse como
.. opción de uniforme con
...os apropiados, y medias o

...queda pequeño el uniforme
...a otra leñadora
...sta tiene
...h ella

**¡CUÉNTANOS UNA HISTORIA DE MIEDO!**

El u
bordado la band...
escc
panta
hechos
activid
boina ve
el cuello
de la amis
Los zapa
ser de ta
Por su pa
juntar co... ...o o con el del uni
forme. Por últi... ...ollares, pulseras y ...más joy
no tienen cabida en el uniforme de ...

**SEÑORAS, OJO AL GORRO**

CÓMO LLEVAR EL ...

Para vestir bien el unif...
es que el uniforme esté en...
planchado. Asegúrate de que...
apropiado para tu altura y constr...
turón se ajuste bien y que los zapato...
hagan juego con los colores del uniform... ...trola
tu postura y muévete con gracia y dignidad. Si te
quitas la boina al entrar en algún sitio, asegúrate
de llevar el pelo bien peinado y recogido con una
discreta horquilla o una diadema. Cuando llevas
el uniforme de leñadora estás representando a esta
organización, por lo que debes procurar comportarte de un modo que muestre a todo el mundo que
la cortesía y la consideración son parte fundamental de una leñadora. La gente tiende a juzgar a un
país entero por el egoísmo de unos pocos, a criticar a toda una familia por el mal comportamiento

jdian,
ayuda a
en un gru...
vida activ...
del otros la...
futuro, y la...
con el fin de...
leñadora que...
Penniquiqul...
chicas molon...
pero la mayor...
Pueden co... ...o confeccionarlo ellas
mismas co... ...es disponibles en la tienda
del campamento.

**BIENVENIDA AL PAÍS DEL TERROR, POBLACIÓN: TÚ**

## MANUAL DE CAMPO DE LAS LEÑADORAS
# CAPÍTULO 10

*Área de especialidad: «Cocina»*

# INSIGNIA DE PONLE LA GUINDA AL PASTEL

*«No hay nada que una tarta no pueda arreglar»*

Todo y todos necesitamos alimento para sobrevivir. No es algo exclusivo de las personas o de los animales, y deberíamos tenerlo presente. En el campamento de las Leñadoras, cada exploradora aprenderá que, si bien la comida es esencial, eso no significa que no nos podamos divertir un poco con ella primero. Si bien puede que a algunas señoritas les hayan enseñado que no es de buena educación jugar con la comida, el Consejo Mayor de las Leñadoras discrepa en este punto. Todo está pensado para ser divertido y emocionante; no deberíamos dejar nunca de aprender y de mejorarnos a nosotras mismas, igual que no deberíamos dejar nunca de reír. La vida está pensada para ser divertida, y si eso significa que horneemos unos cuantos pasteles por el camino, entonces toda leñadora debería colgarse su mejor delantal y ponerse manos a la obra.

La insignia de Ponle la guinda al pastel implica una destreza que todas las leñadoras deberán aprender, y es que cualquier exploradora ha de ser capaz de valerse por sí misma sea cual sea la situación. Eso signi-

fica que no solo debe saber hacer frente al ataque de un oso sin salir herida y sin dañar a los animales que la rodean, sino que también tiene que poder crear un pastel elaborado que haga las delicias de sus invitados, no solo por su aspecto, sino por su sabor. Aprender a manejarse en la cocina no supondrá ningún reto para una leñadora, ya que en el campamento irá perfeccionando su adaptabilidad y sus dotes resolutivas.

Para conseguir la insignia de Ponle la guinda al pastel, la leñadora debe participar en una sesión de repostería. Se le proporcionará un bizcocho del sabor que ella elija, así como las herramientas necesarias para dar a la cobertura el diseño que prefiera. Cuando el tiempo empiece a contar, la leñadora deberá decorar por completo su pastel con un estilo creativo que juzgará la líder de la clase, y pese a que el arte es subjetivo, todas las participantes deberán seguir las instrucciones que se les facilitarán antes del comienzo de la sesión de repostería. Al final, será la exploradora con

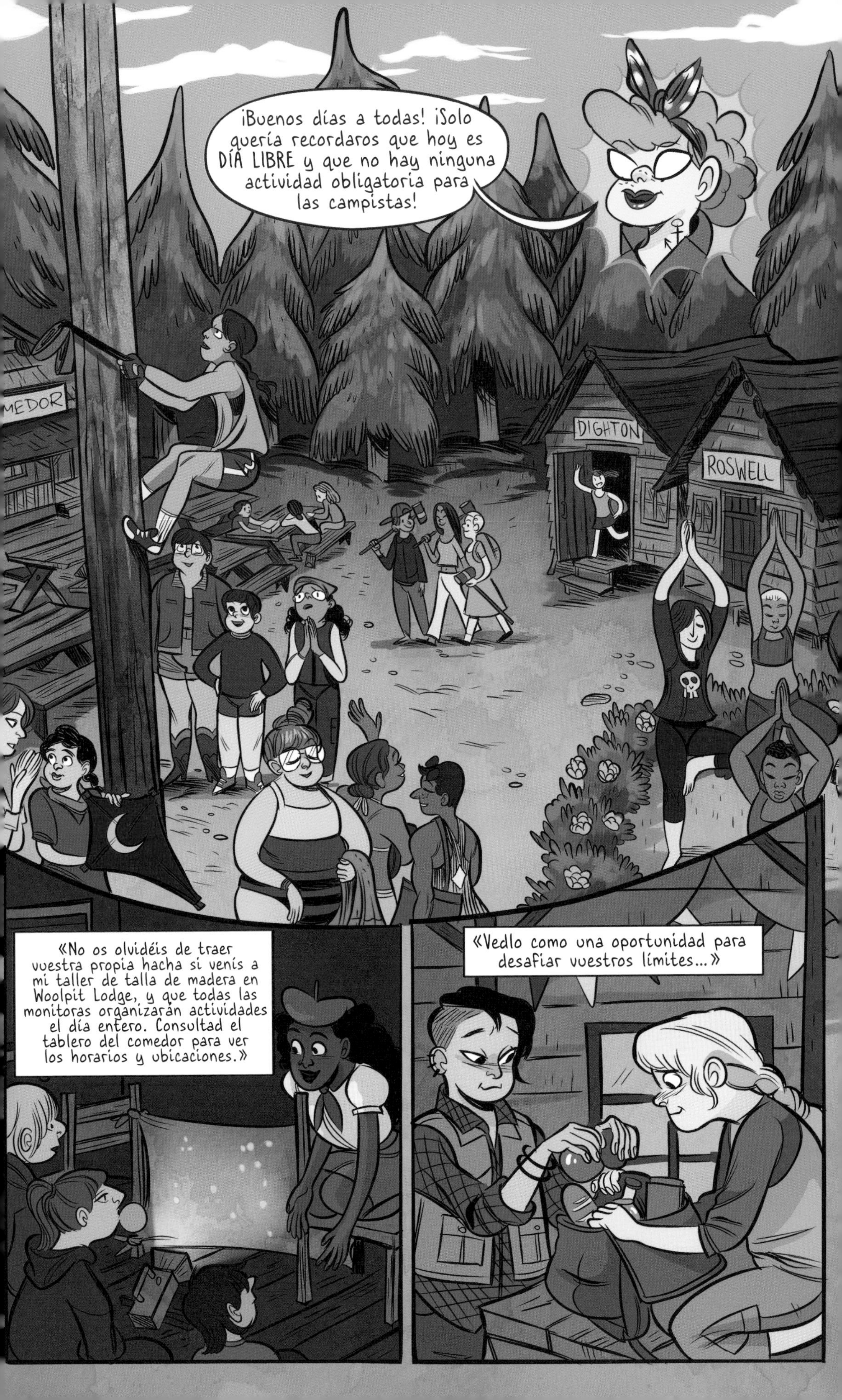
¡Buenos días a todas! ¡Solo quería recordaros que hoy es DÍA LIBRE y que no hay ninguna actividad obligatoria para las campistas!
MEDOR
DIGHTON
ROSWELL
«No os olvidéis de traer vuestra propia hacha si venís a mi taller de talla de madera en Woolpit Lodge, y que todas las monitoras organizarán actividades el día entero. Consultad el tablero del comedor para ver los horarios y ubicaciones.»
«Vedlo como una oportunidad para desafiar vuestros límites...»

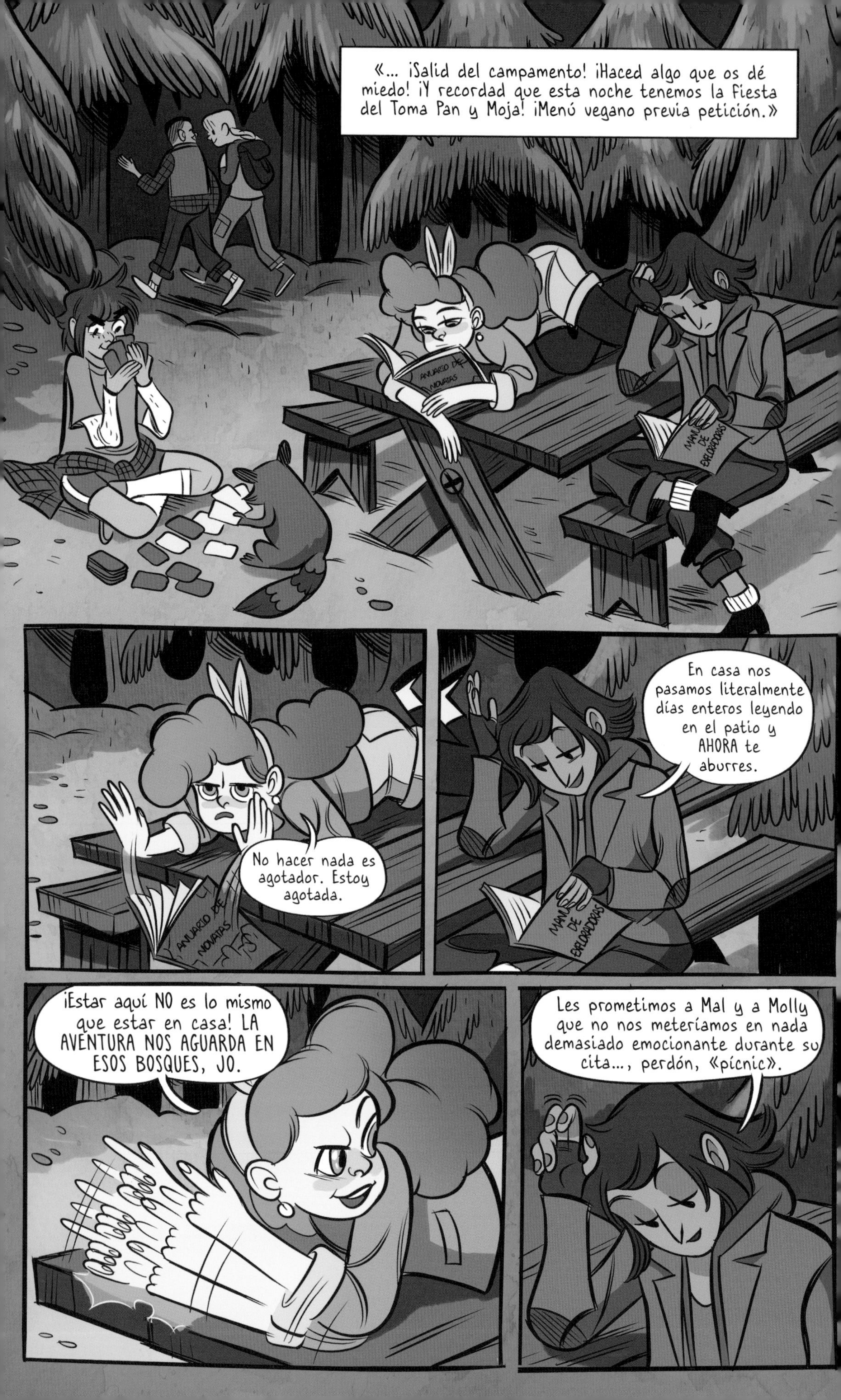
«... ¡Salid del campamento! ¡Haced algo que os dé miedo! ¡Y recordad que esta noche tenemos la Fiesta del Toma Pan y Moja! ¡Menú vegano previa petición.»
ANUARIO DE NOVATAS
MANUAL DE EXPLORADORAS
No hacer nada es agotador. Estoy agotada.
ANUARIO DE NOVATAS
En casa nos pasamos literalmente días enteros leyendo en el patio y AHORA te aburres.
MANUAL DE EXPLORADORAS
¡Estar aquí NO es lo mismo que estar en casa! LA AVENTURA NOS AGUARDA EN ESOS BOSQUES, JO.
Les prometimos a Mal y a Molly que no nos meteríamos en nada demasiado emocionante durante su cita..., perdón, «pícnic».

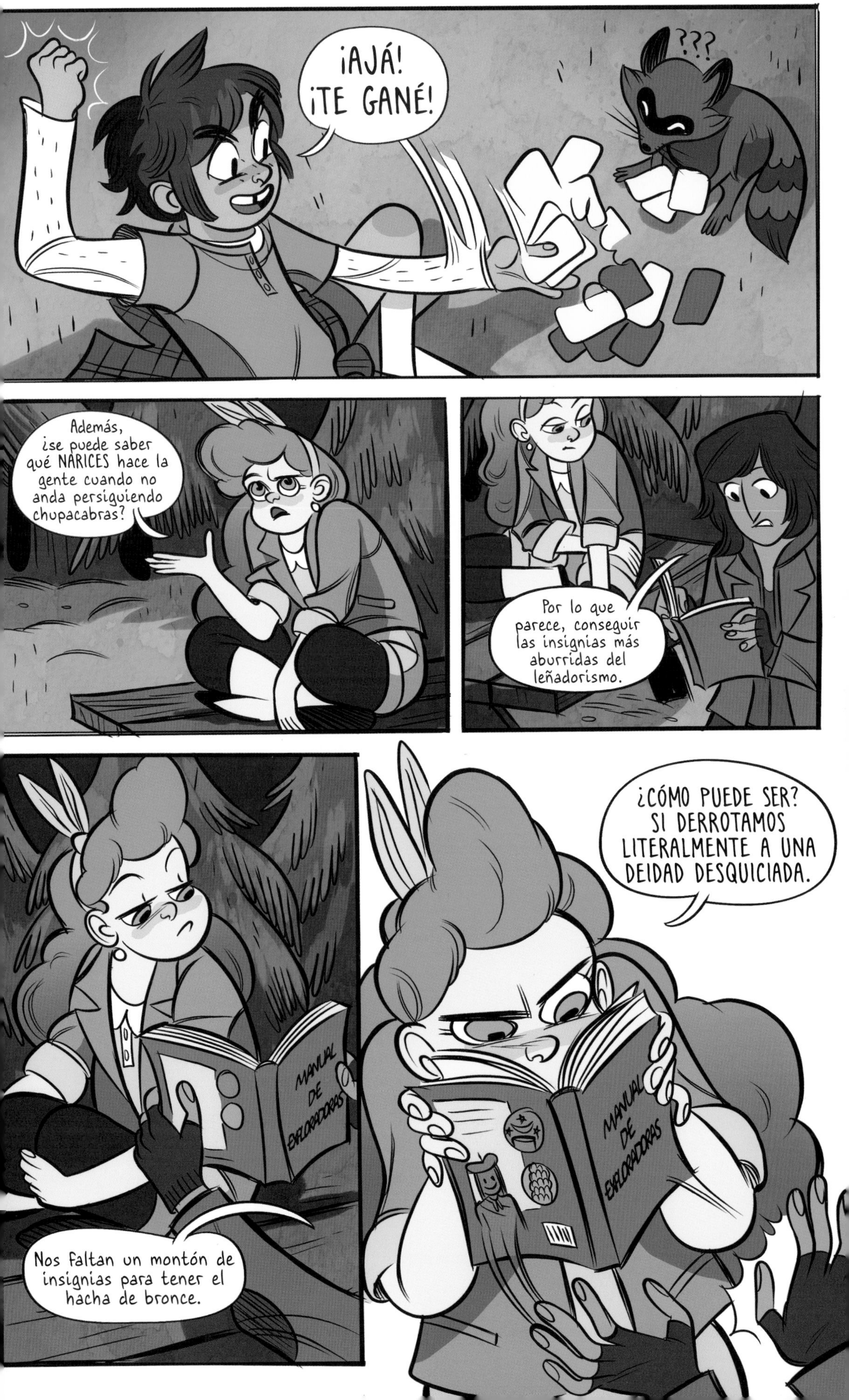
¡AJÁ! ¡TE GANÉ!
???
Además, ¿se puede saber qué NARICES hace la gente cuando no anda persiguiendo chupacabras?
Por lo que parece, conseguir las insignias más aburridas del leñadorismo.
MANUAL DE EXPLORADORAS
Nos faltan un montón de insignias para tener el hacha de bronce.
¿CÓMO PUEDE SER? SI DERROTAMOS LITERALMENTE A UNA DEIDAD DESQUICIADA.
MANUAL DE EXPLORADORAS

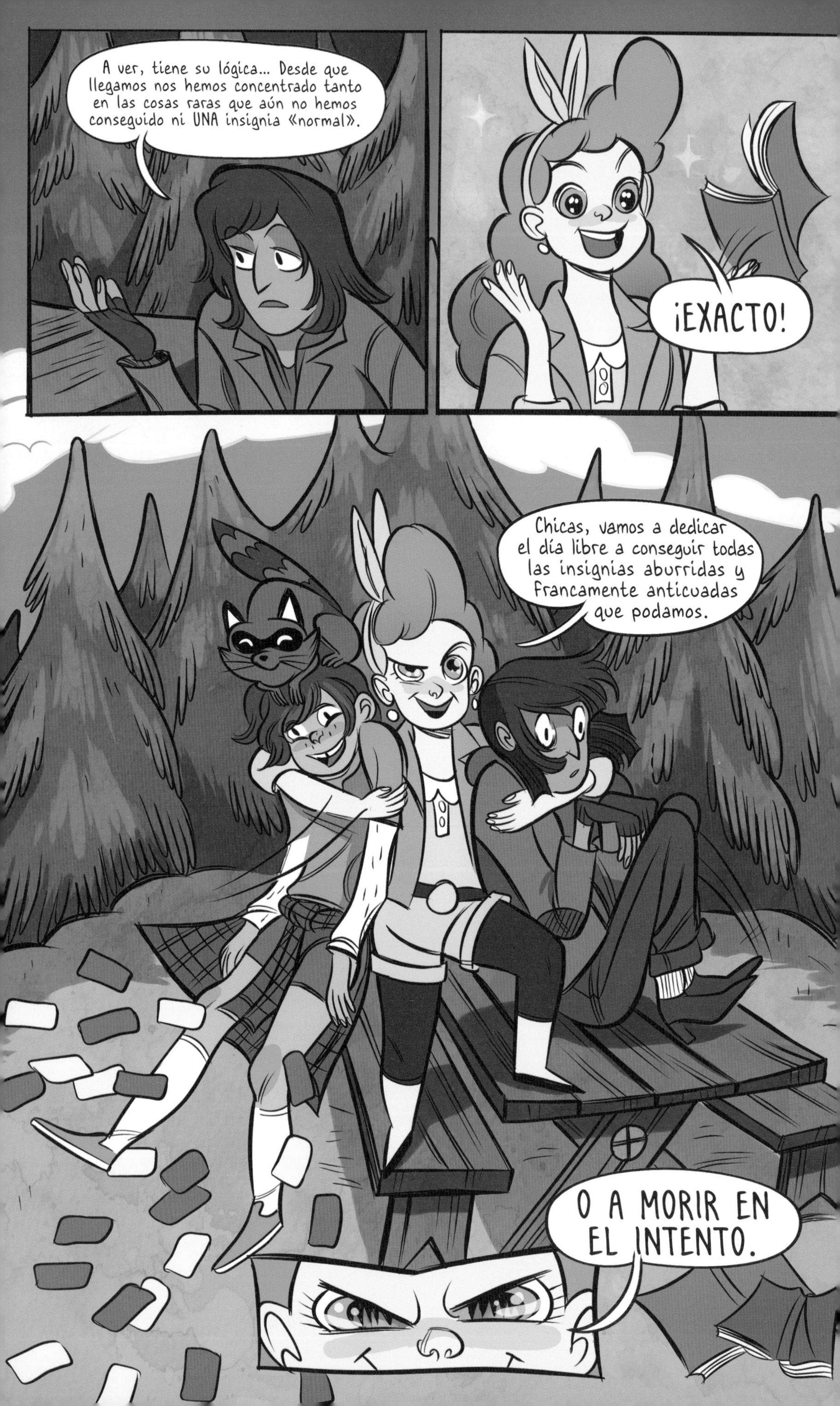
A ver, tiene su lógica... Desde que llegamos nos hemos concentrado tanto en las cosas raras que aún no hemos conseguido ni UNA insignia «normal».
¡EXACTO!
Chicas, vamos a dedicar el día libre a conseguir todas las insignias aburridas y francamente anticuadas que podamos.
O A MORIR EN EL INTENTO.

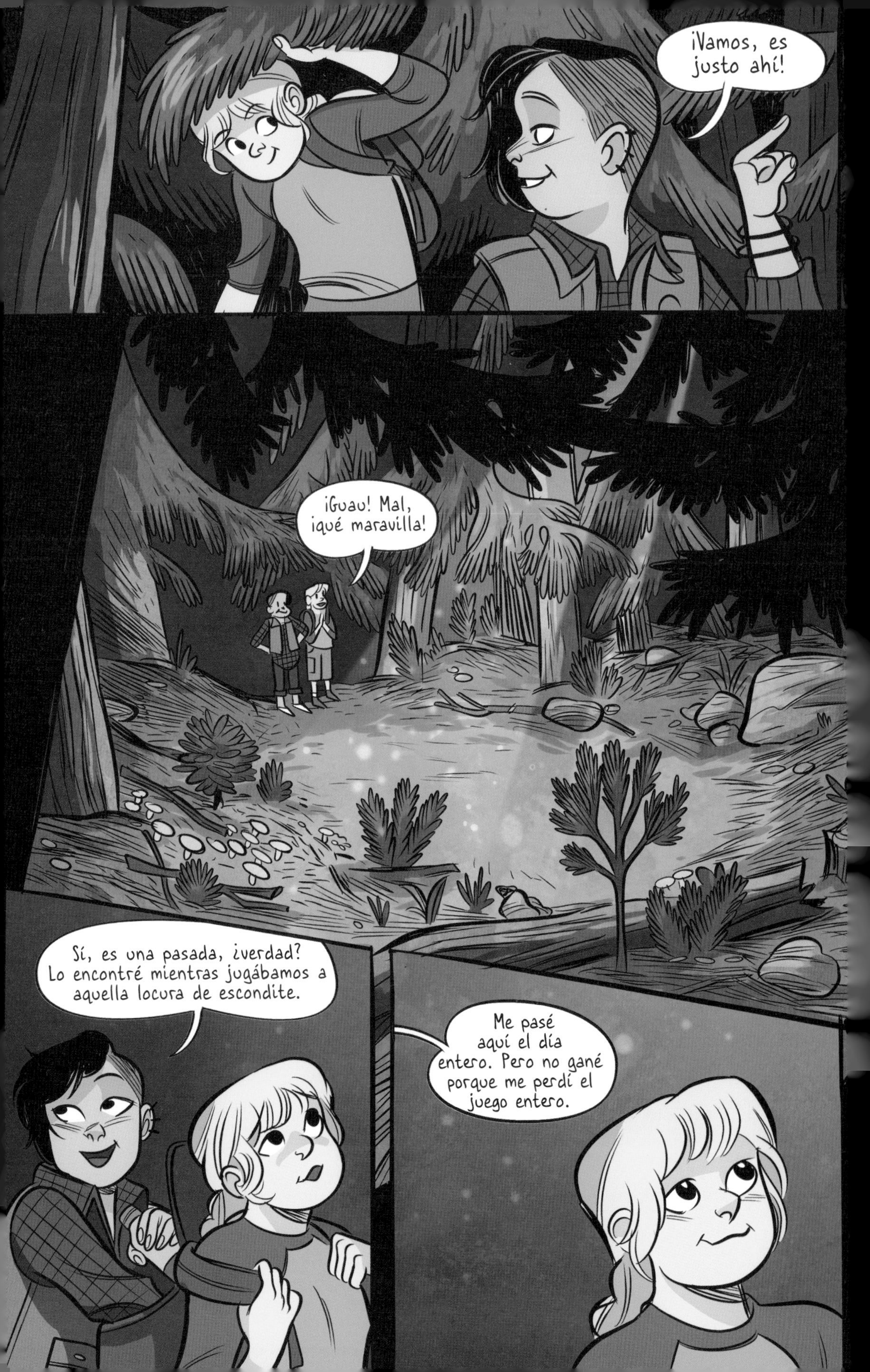
¡Vamos, es justo ahí!
¡Guau! Mal, ¡qué maravilla!
Sí, es una pasada, ¿verdad? Lo encontré mientras jugábamos a aquella locura de escondite.
Me pasé aquí el día entero. Pero no gané porque me perdí el juego entero.

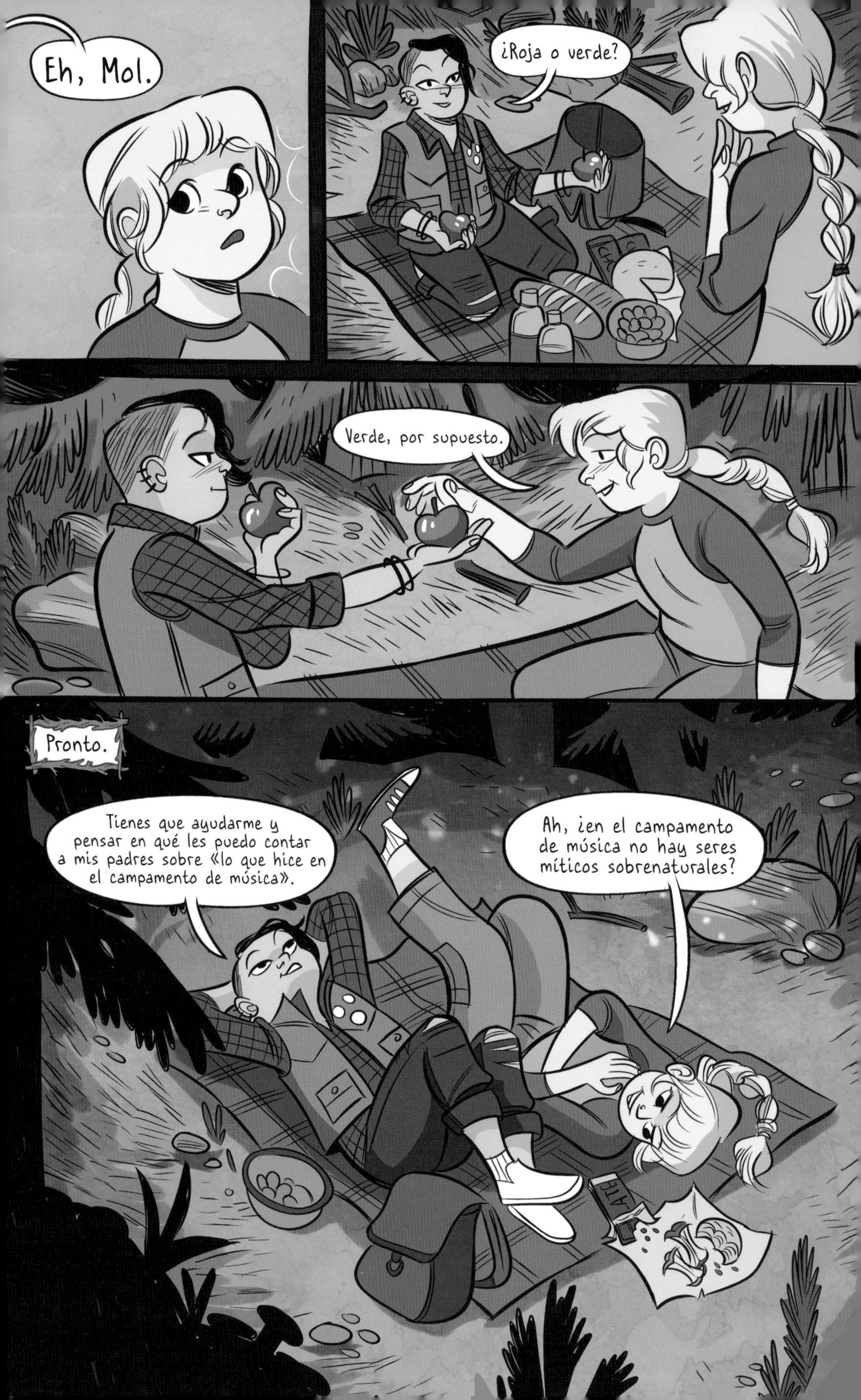
Eh, Mol.
¿Roja o verde?
Verde, por supuesto.
Pronto.
Tienes que ayudarme y pensar en qué les puedo contar a mis padres sobre «lo que hice en el campamento de música».
Ah, ¿en el campamento de música no hay seres míticos sobrenaturales?

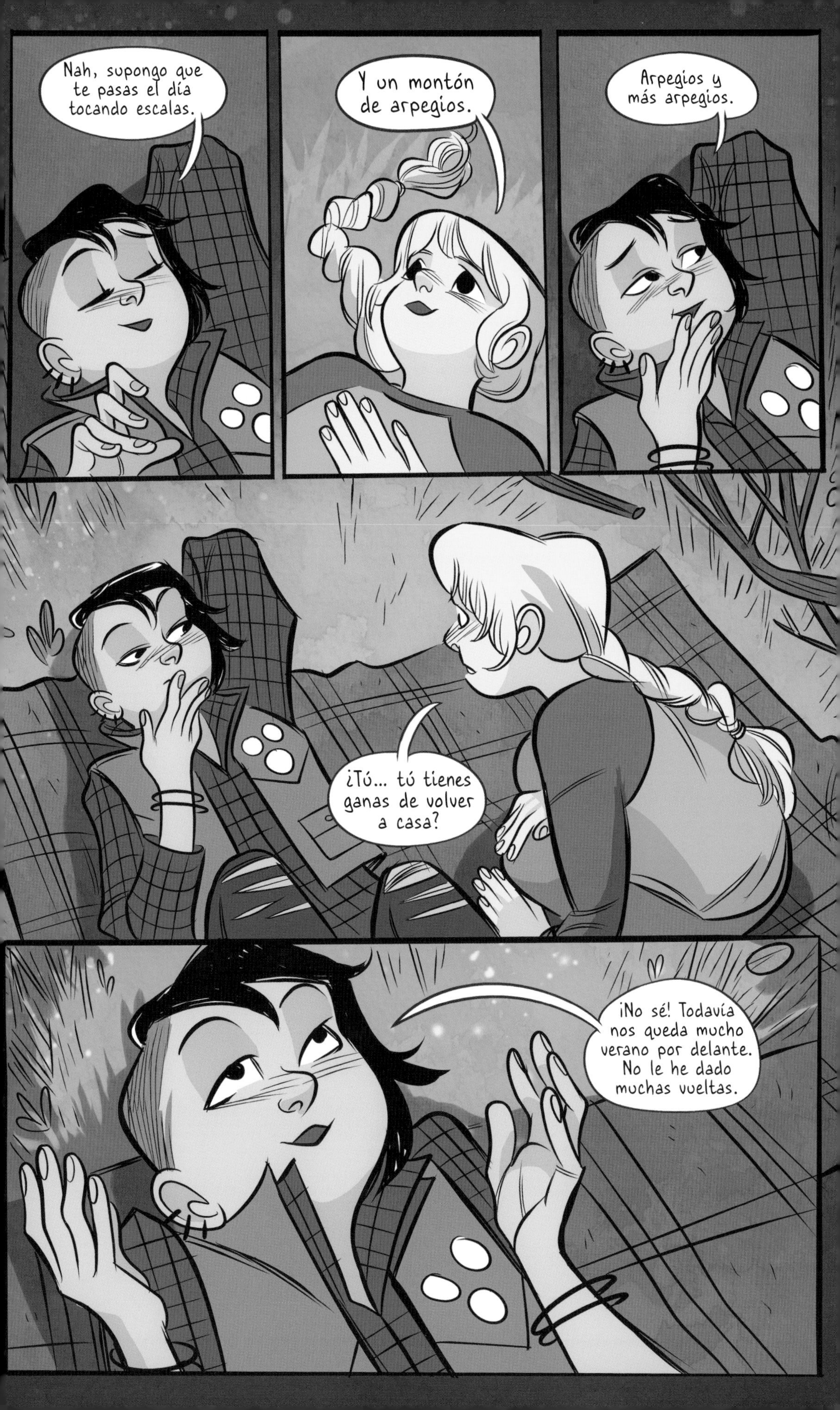
Nah, supongo que te pasas el día tocando escalas.
Y un montón de arpegios.
Arpegios y más arpegios.
¿Tú... tú tienes ganas de volver a casa?
¡No sé! Todavía nos queda mucho verano por delante. No le he dado muchas vueltas.

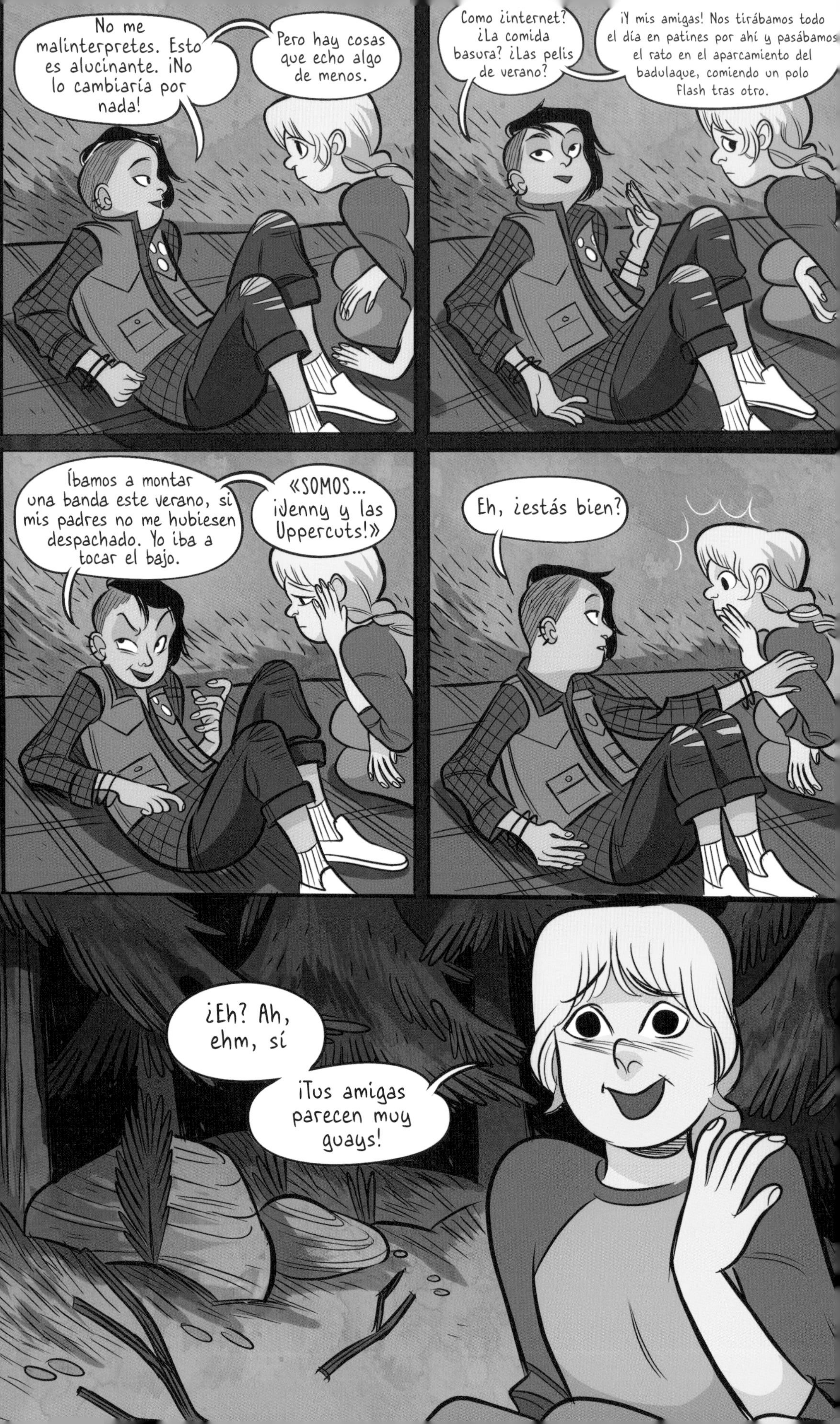
No me malinterpretes. Esto es alucinante. ¡No lo cambiaría por nada!
Pero hay cosas que echo algo de menos.
Como ¿internet? ¿La comida basura? ¿Las pelis de verano?
¡Y mis amigas! Nos tirábamos todo el día en patines por ahí y pasábamos el rato en el aparcamiento del badulaque, comiendo un polo Flash tras otro.
Íbamos a montar una banda este verano, si mis padres no me hubiesen despachado. Yo iba a tocar el bajo.
«SOMOS... ¡Jenny y las Uppercuts!»
Eh, ¿estás bien?
¿Eh? Ah, ehm, sí
¡Tus amigas parecen muy guays!

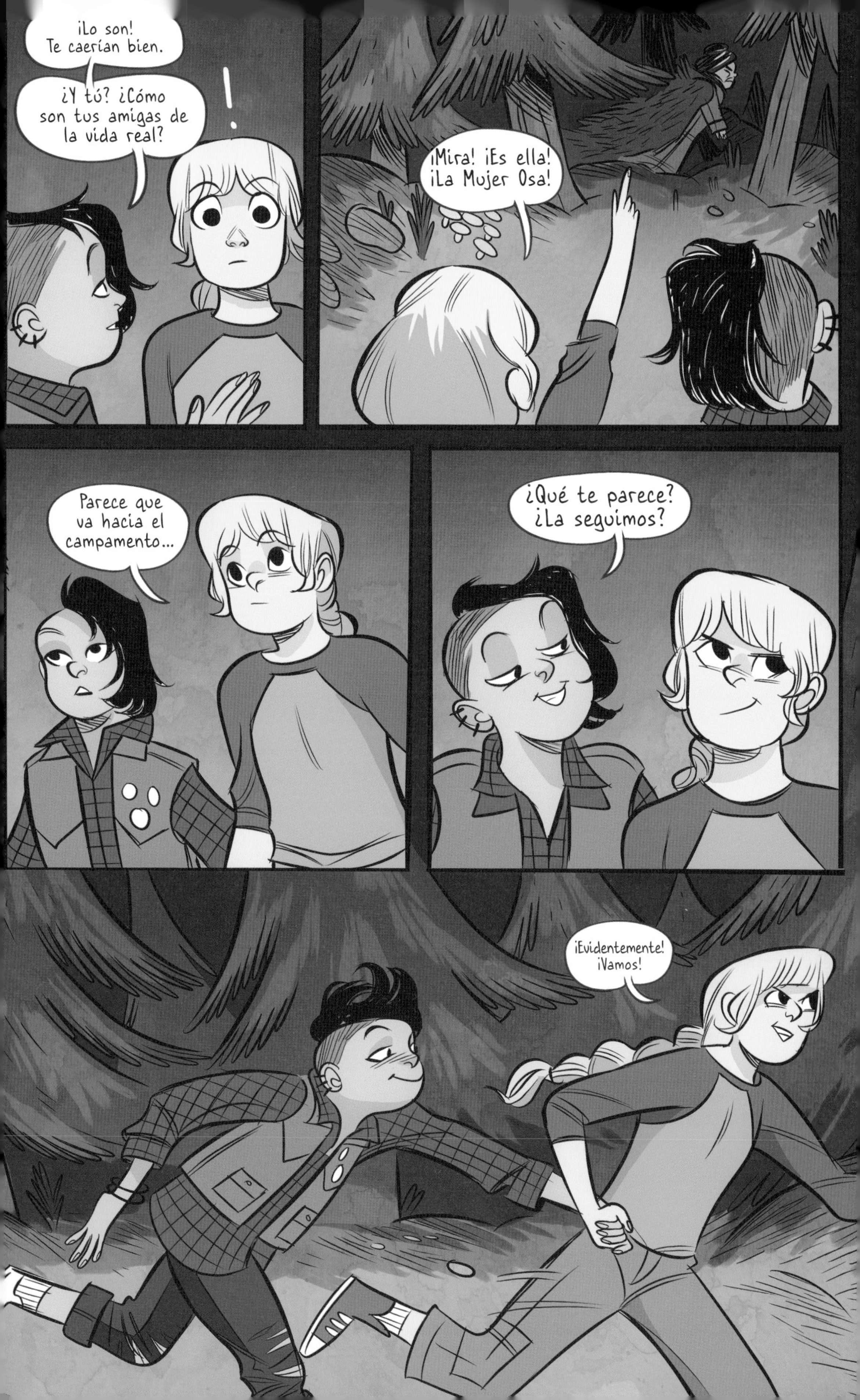
¡Lo son!
Te caerían bien.
¿Y tú? ¿Cómo son tus amigas de la vida real?
!
¡Mira! ¡Es ella! ¡La Mujer Osa!
Parece que va hacia el campamento...
¿Qué te parece? ¿La seguimos?
¡Evidentemente! ¡Vamos!

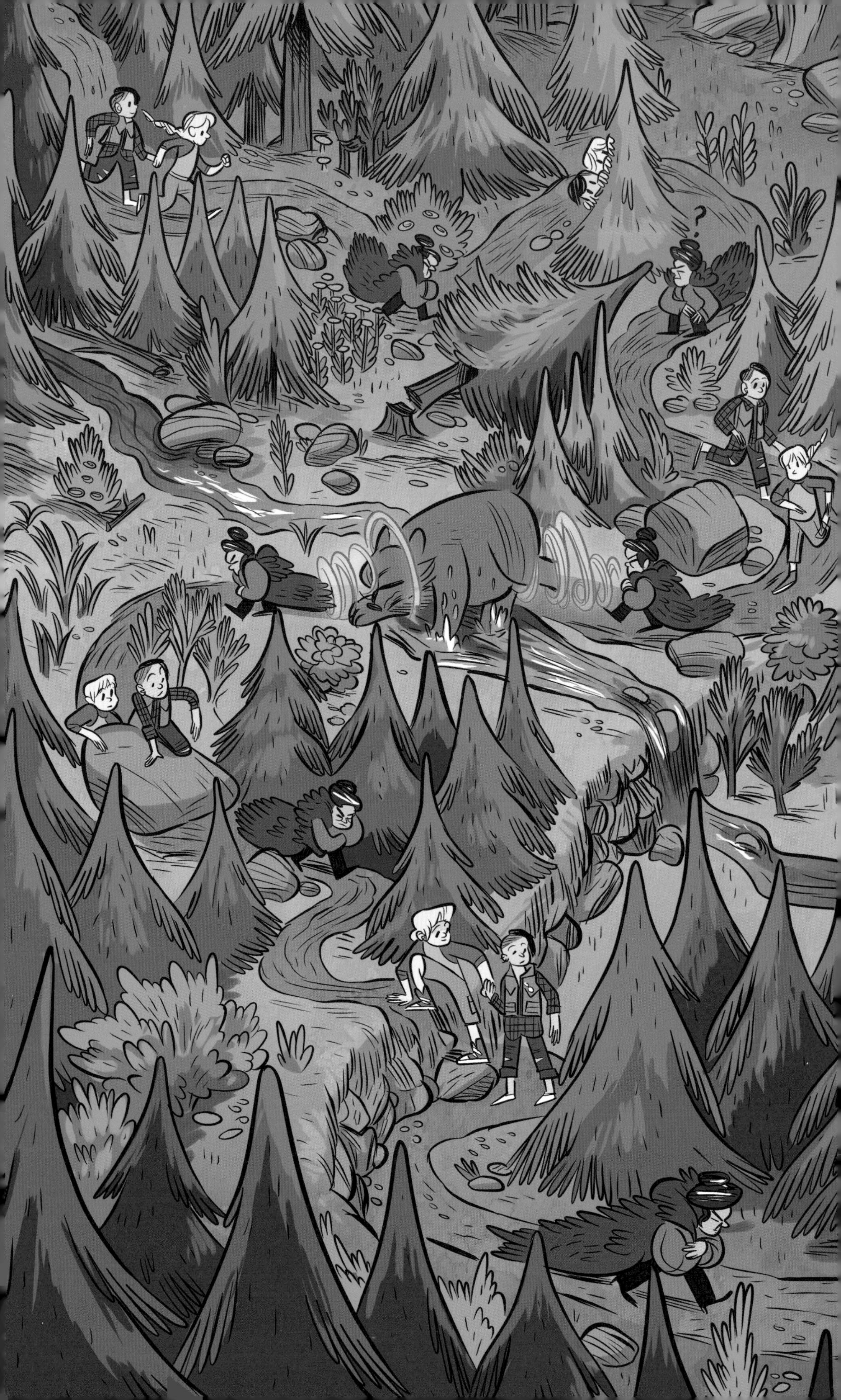
?

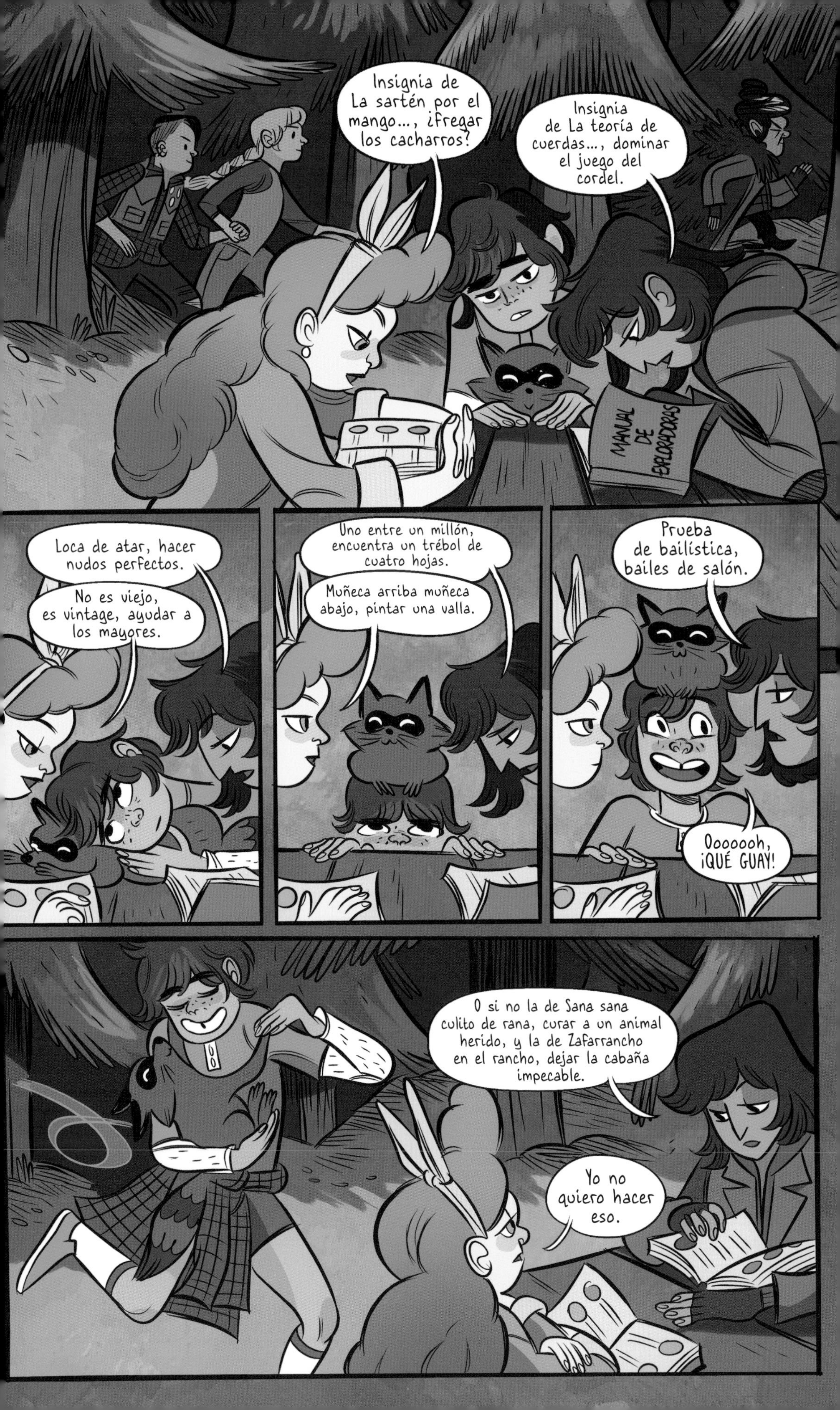

Insignia de La sartén por el mango..., ¿fregar los cacharros?
Insignia de La teoría de cuerdas..., dominar el juego del cordel.
MANUAL DE EXPLORADORAS
Loca de atar, hacer nudos perfectos.
No es viejo, es vintage, ayudar a los mayores.
Uno entre un millón, encuentra un trébol de cuatro hojas.
Muñeca arriba muñeca abajo, pintar una valla.
Prueba de bailística, bailes de salón.
Ooooooh, ¡QUÉ GUAY!
O si no la de Sana sana culito de rana, curar a un animal herido, y la de Zafarrancho en el rancho, dejar la cabaña impecable.
Yo no quiero hacer eso.

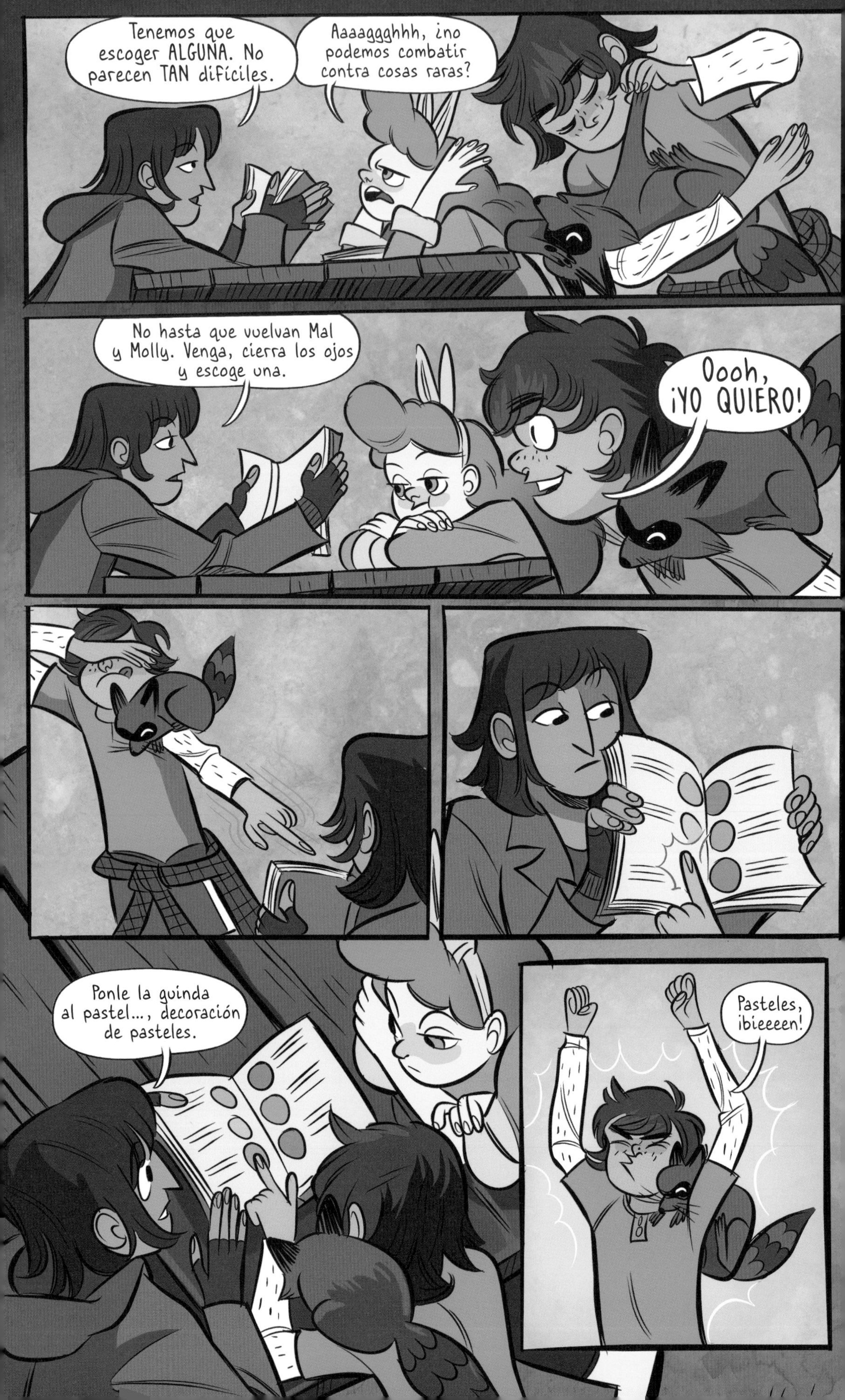
Tenemos que escoger ALGUNA. No parecen TAN difíciles.
Aaaaggghhh, ¿no podemos combatir contra cosas raras?
No hasta que vuelvan Mal y Molly. Venga, cierra los ojos y escoge una.
Oooh, ¡YO QUIERO!
Ponle la guinda al pastel..., decoración de pasteles.
Pasteles, ¡bieeeen!

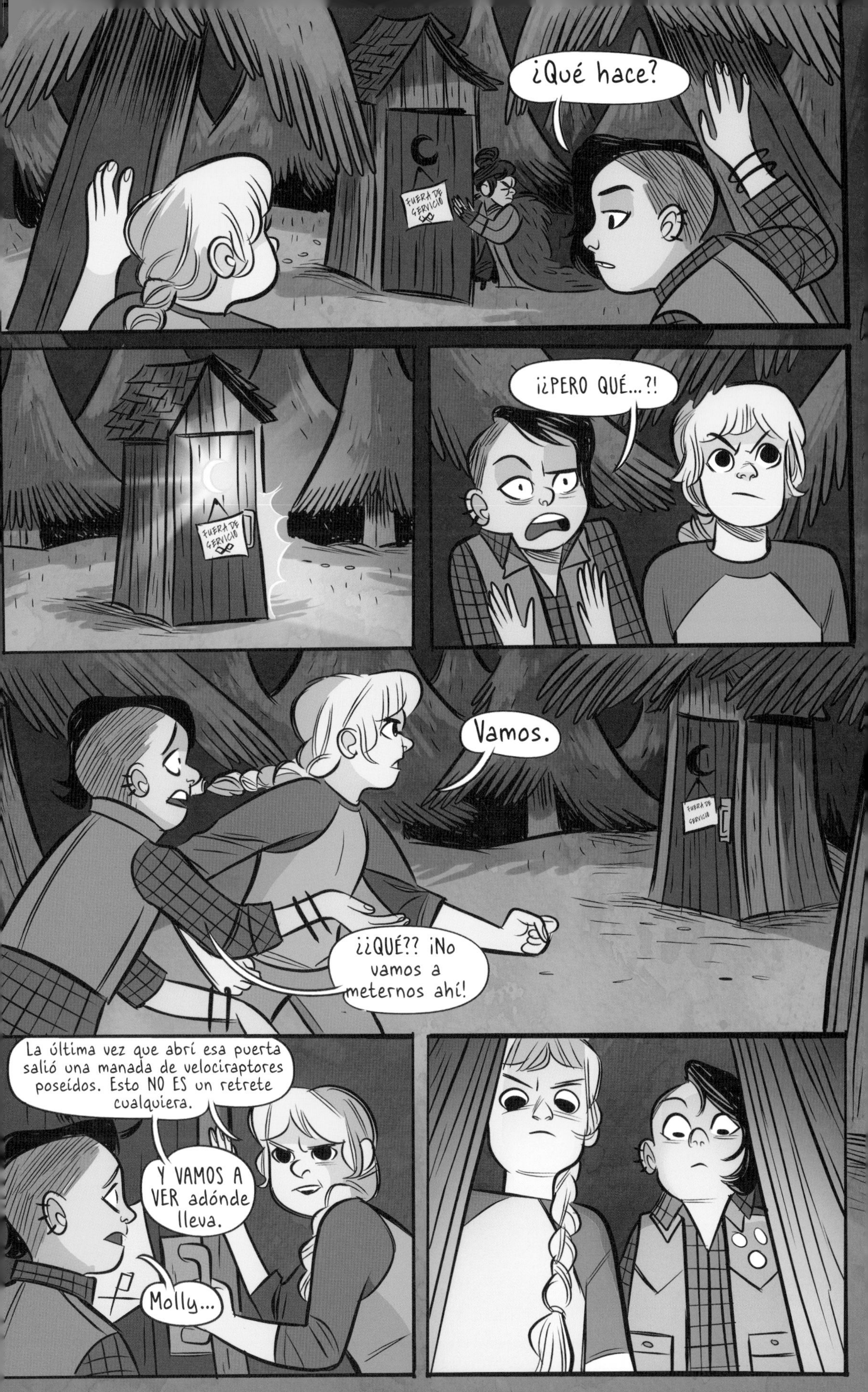
¿Qué hace?
FUERA DE SERVICIO
FUERA DE SERVICIO
¡¿PERO QUÉ...?!
Vamos.
FUERA DE SERVICIO
¿¿QUÉ?? ¡No vamos a meternos ahí!
La última vez que abrí esa puerta salió una manada de velociraptores poseídos. Esto NO ES un retrete cualquiera.
Y VAMOS A VER adónde lleva.
Molly...

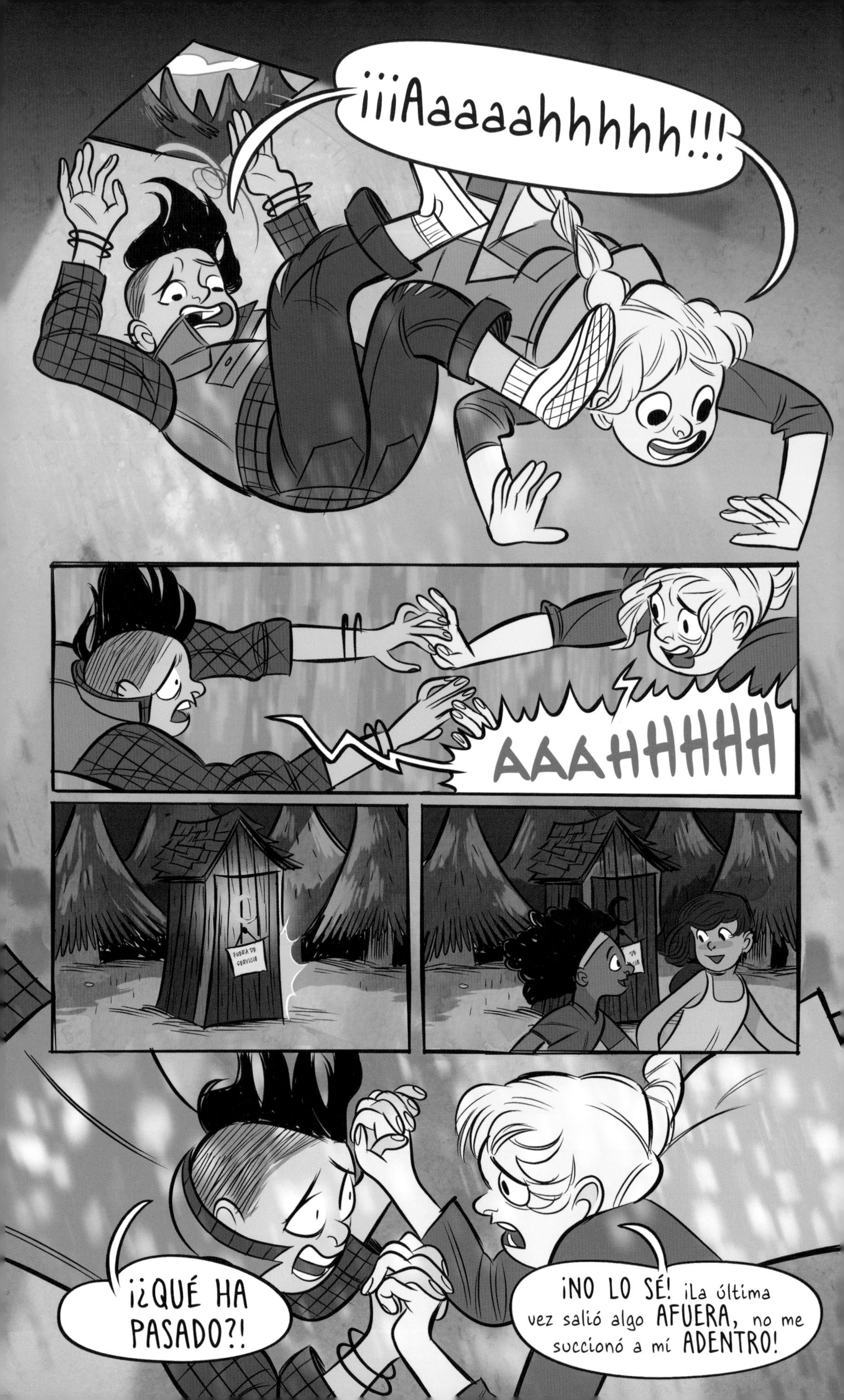
¡¡¡Aaaaahhhhh!!!
AAAHHHHH
FUERA DE SERVICIO
¡¿QUÉ HA PASADO?!
¡NO LO SÉ! ¡La última vez salió algo AFUERA, no me succionó a mí ADENTRO!

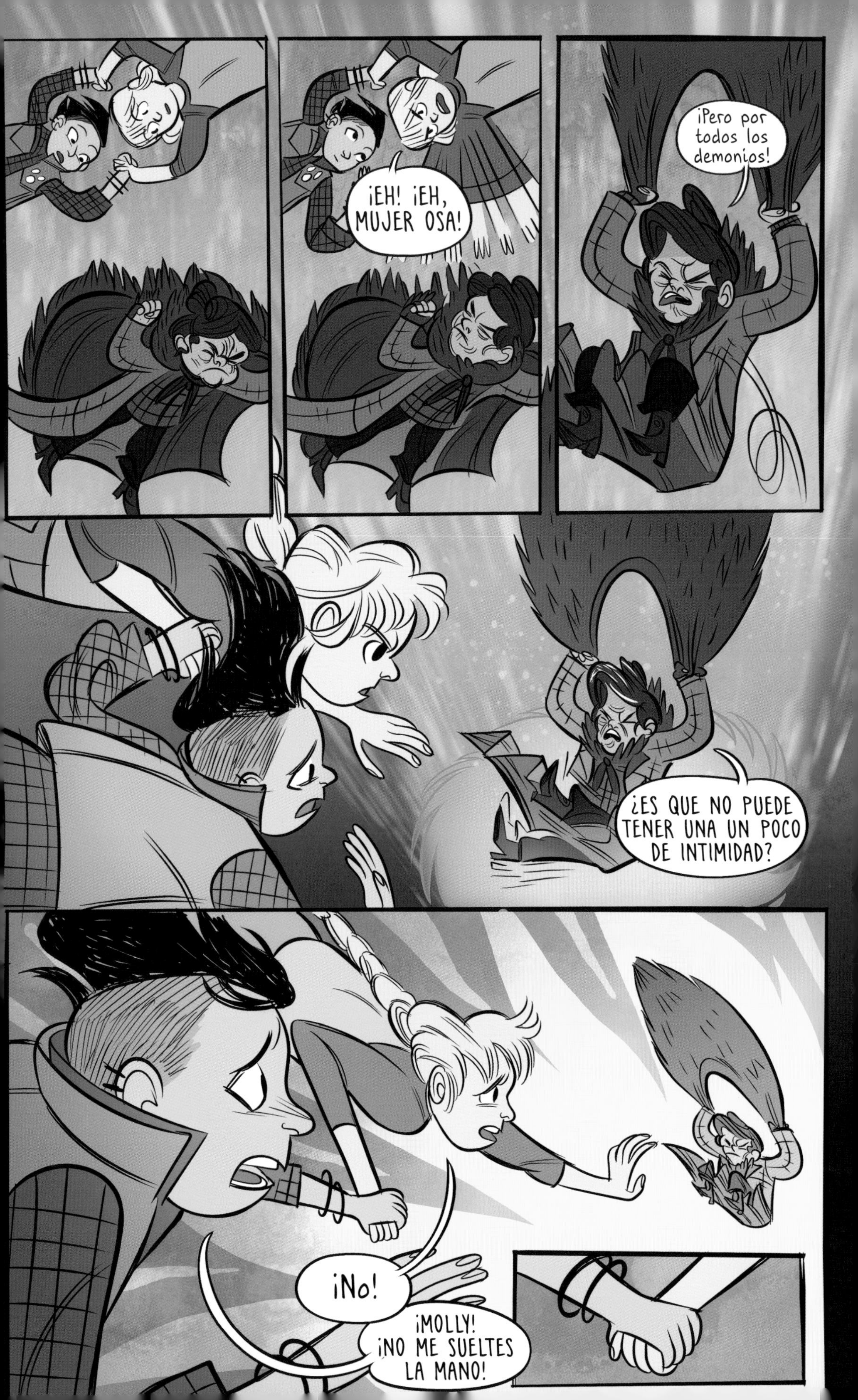
¡EH! ¡EH, MUJER OSA!
¡Pero por todos los demonios!
¿ES QUE NO PUEDE TENER UNA UN POCO DE INTIMIDAD?
¡No!
¡MOLLY! ¡NO ME SUELTES LA MANO!

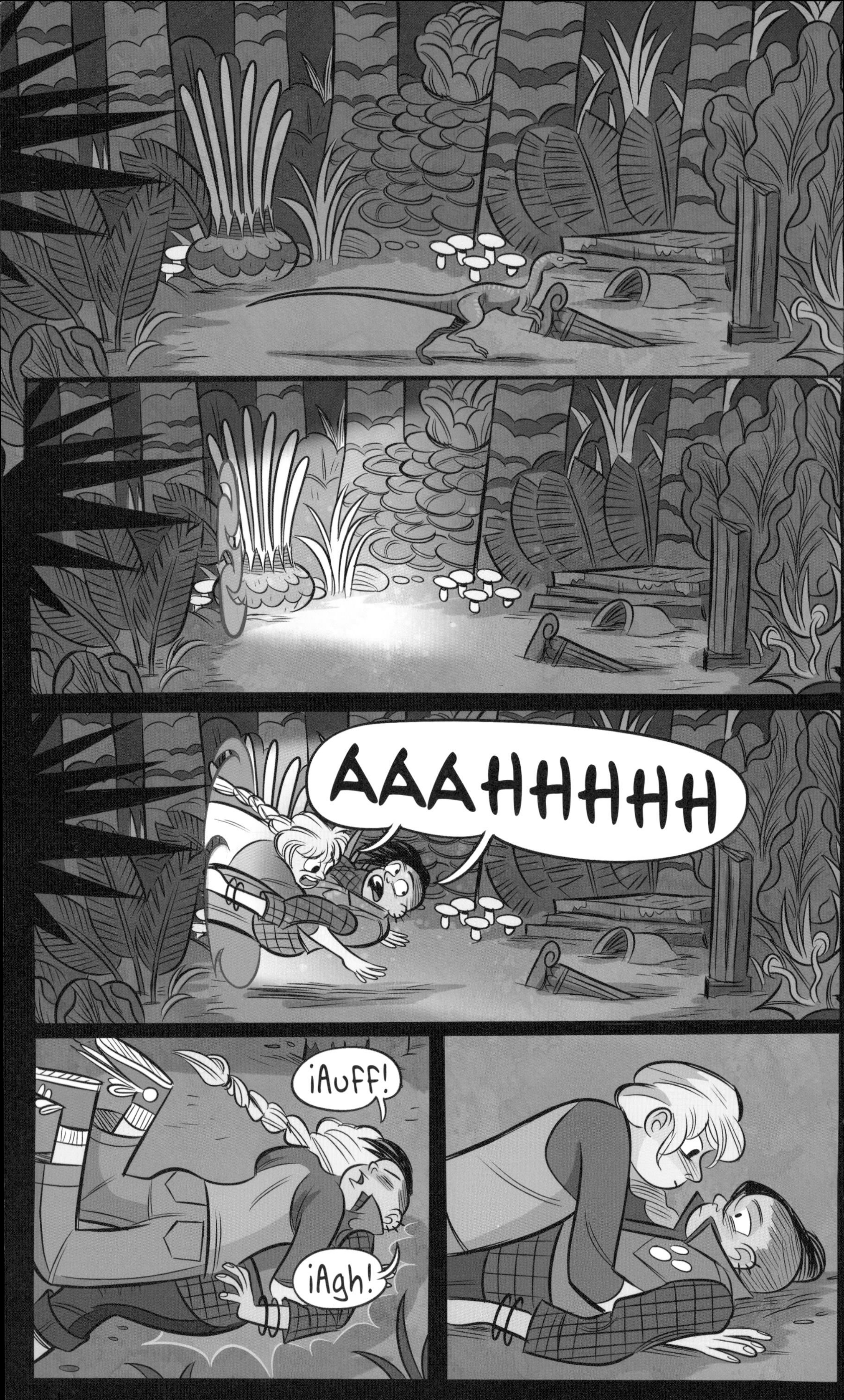
AAAHHHHH
¡Auff!
¡Agh!

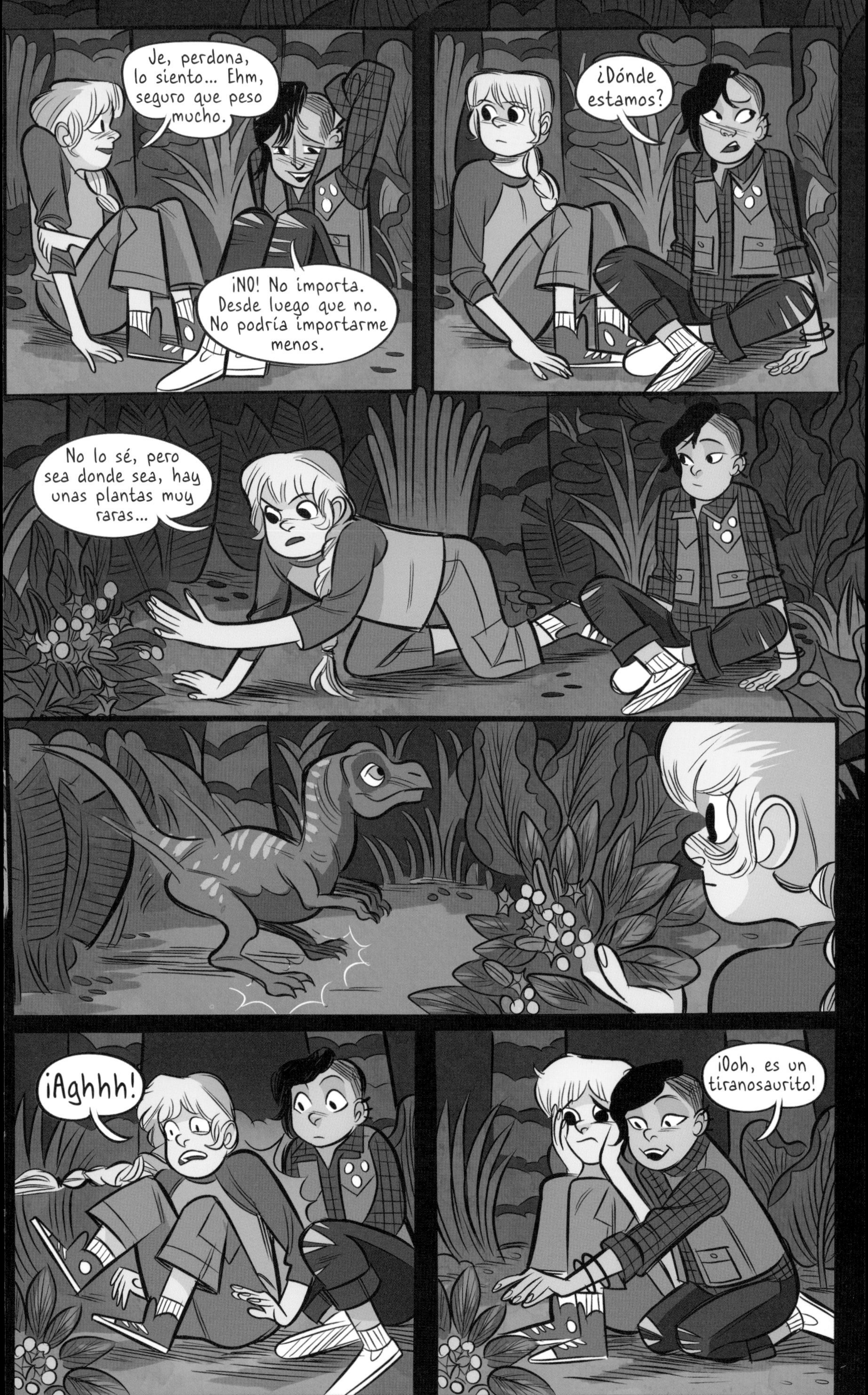
Je, perdona, lo siento... Ehm, seguro que peso mucho.
¡NO! No importa. Desde luego que no. No podría importarme menos.
¿Dónde estamos?
No lo sé, pero sea donde sea, hay unas plantas muy raras...
¡Aghhh!
¡Ooh, es un tiranosaurito!

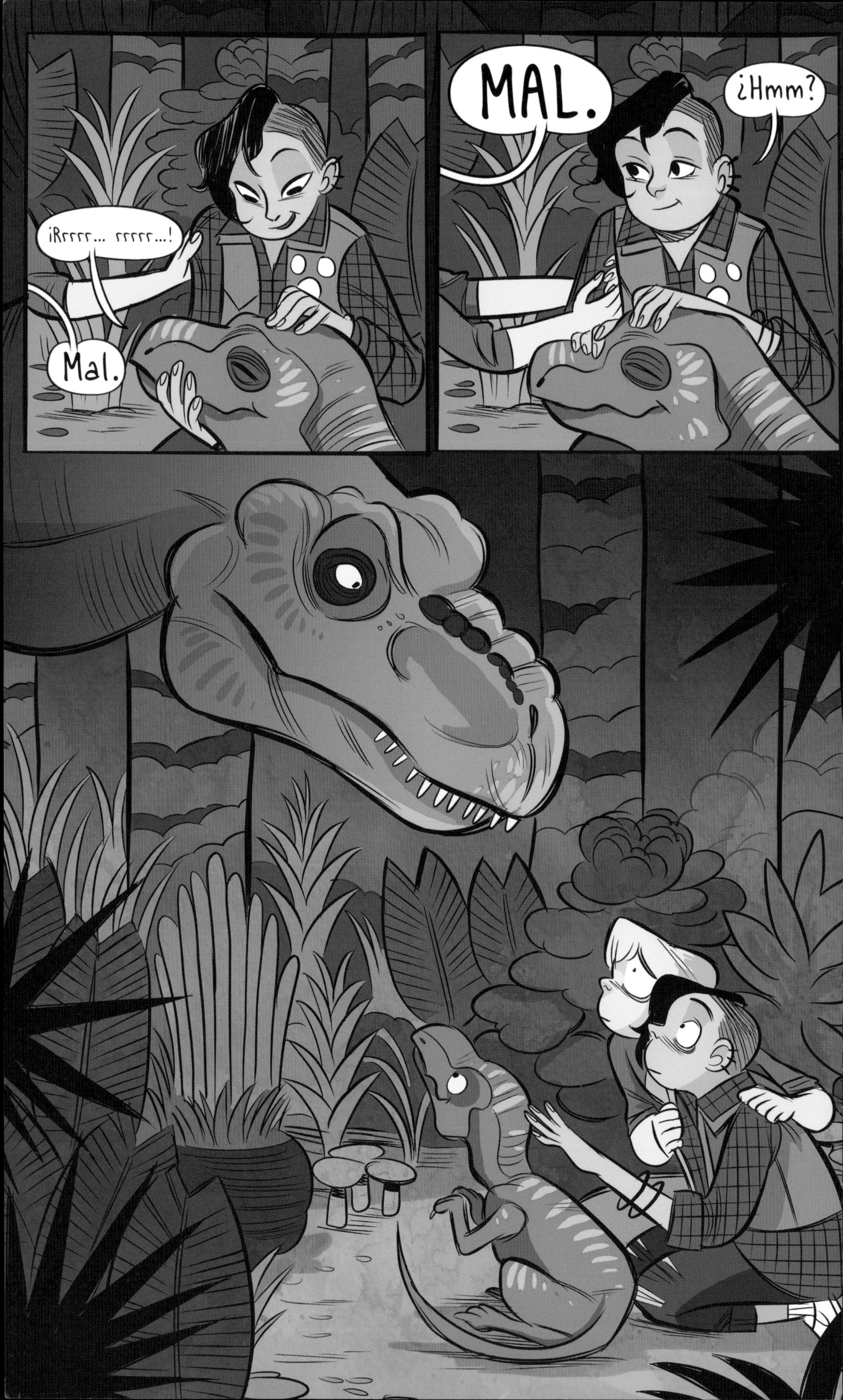
¡Rrrrr... rrrrr...!
Mal.
MAL.
¿Hmm?

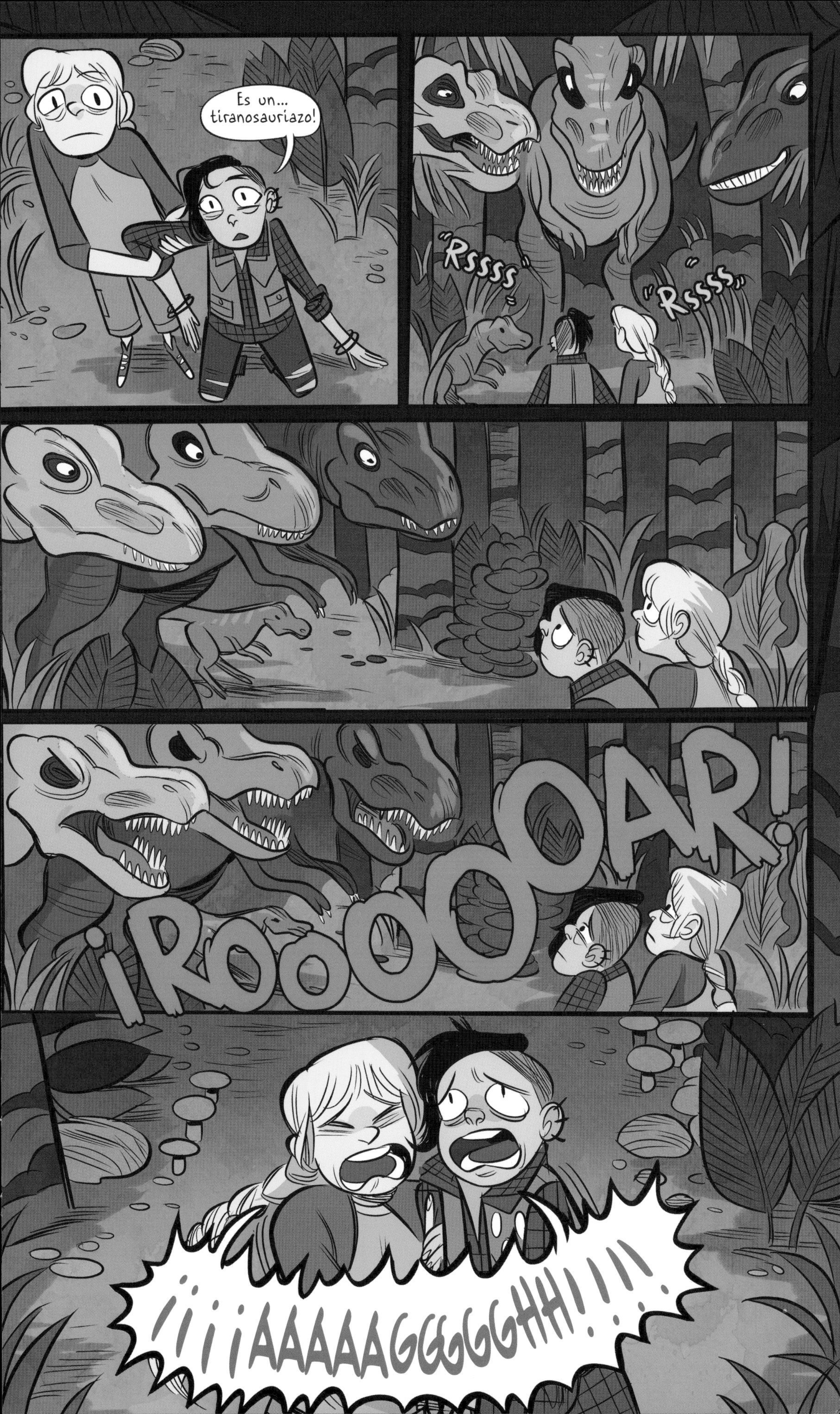
Es un... tiranosauriazo!
"Rssss"
"Rssss"
¡ROOOOOOAR!
¡¡¡AAAAAGGGGGHH!!!

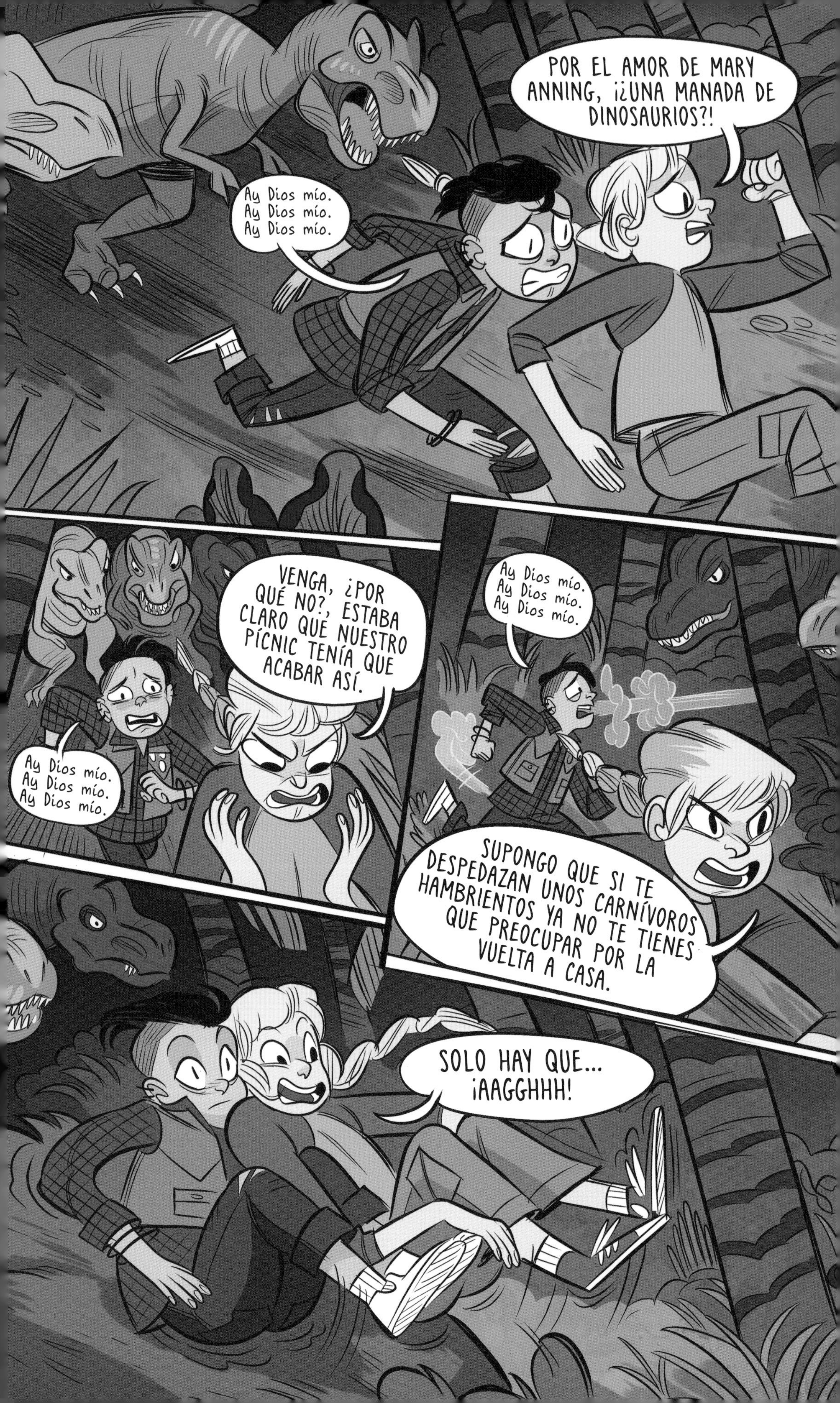
POR EL AMOR DE MARY ANNING, ¡¿UNA MANADA DE DINOSAURIOS?!
Ay Dios mío. Ay Dios mío. Ay Dios mío.
VENGA, ¿POR QUÉ NO?, ESTABA CLARO QUE NUESTRO PÍCNIC TENÍA QUE ACABAR ASÍ.
Ay Dios mío. Ay Dios mío. Ay Dios mío.
Ay Dios mío. Ay Dios mío. Ay Dios mío.
SUPONGO QUE SI TE DESPEDAZAN UNOS CARNÍVOROS HAMBRIENTOS YA NO TE TIENES QUE PREOCUPAR POR LA VUELTA A CASA.
SOLO HAY QUE... ¡AAGGHHH!

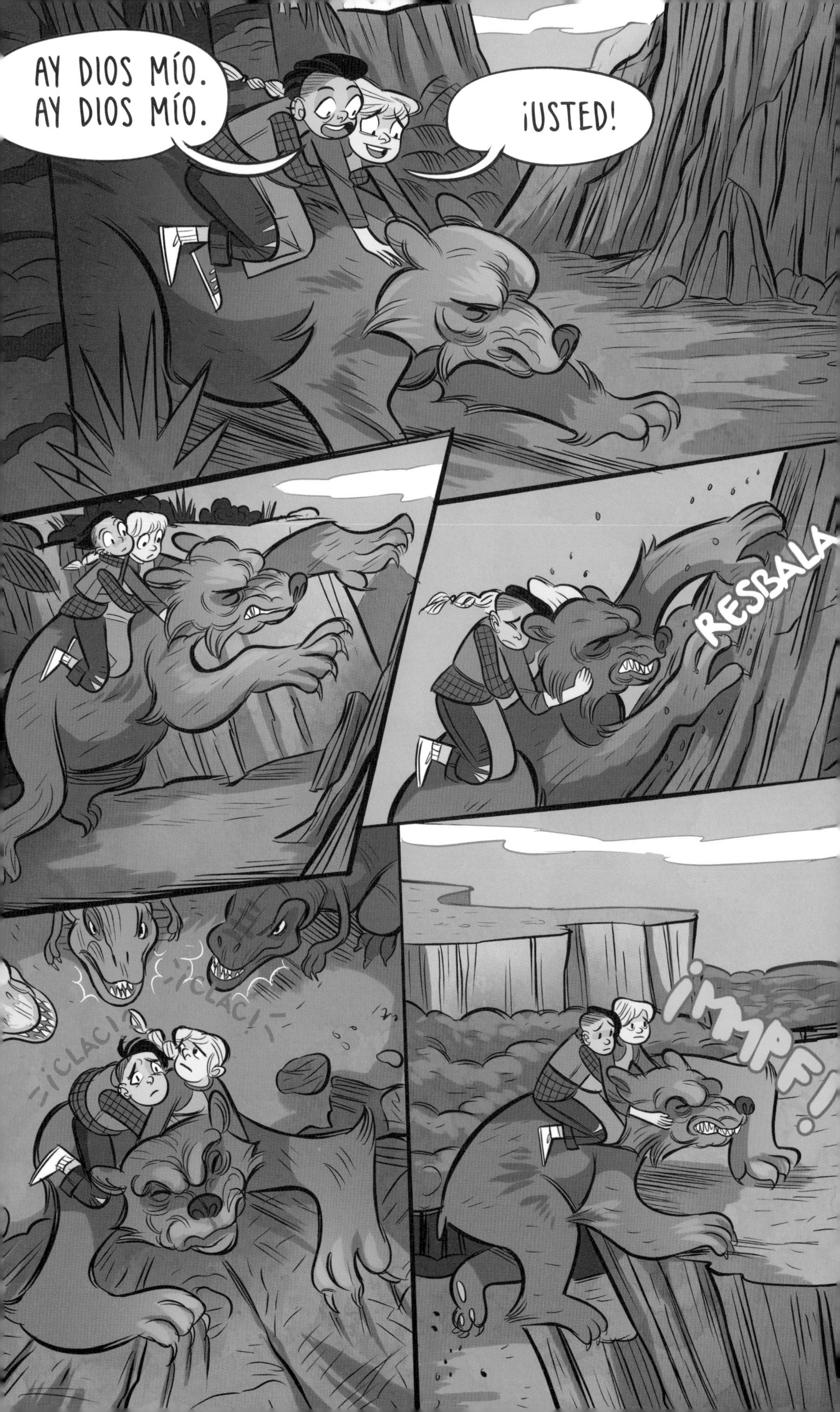
AY DIOS MÍO.
AY DIOS MÍO.
¡USTED!
RESBALA
¡CLAC!
¡CLAC!
¡MMPF!

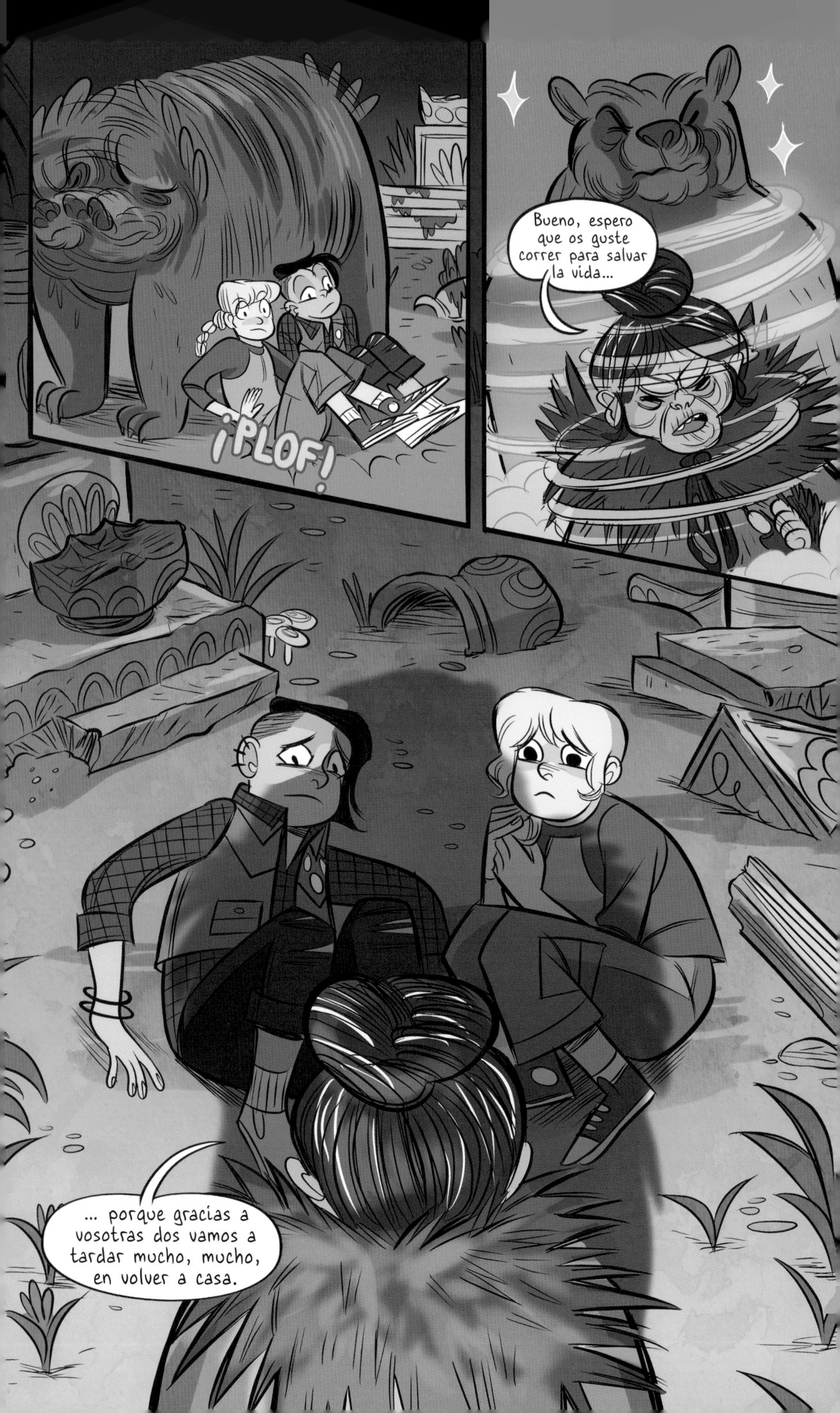
¡PLOF!
Bueno, espero que os guste correr para salvar la vida...
... porque gracias a vosotras dos vamos a tardar mucho, mucho, en volver a casa.

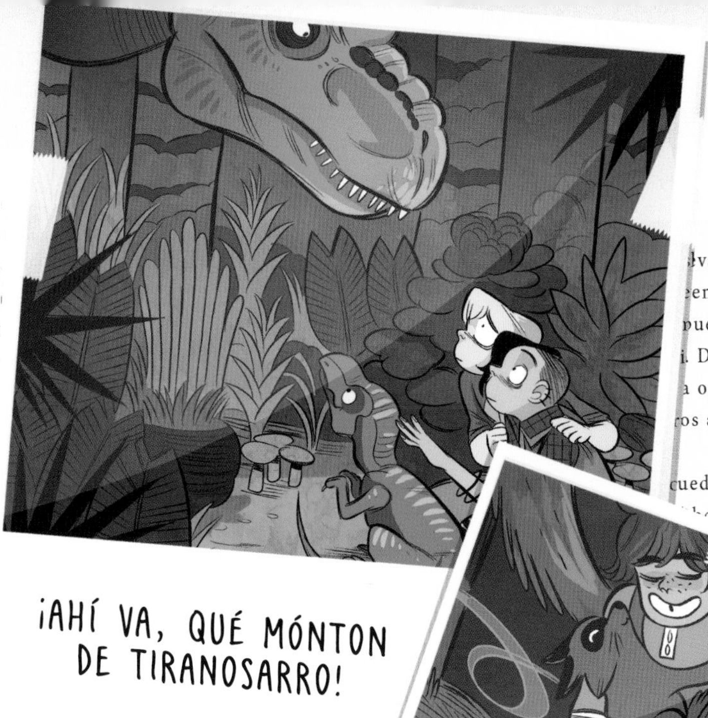
¡AHÍ VA, QUÉ MÓNTON
DE TIRANOSARRO!

se com
El
Ayuda
aspecto
ropa par
Además
Leñado
tener u
parte d
Thiskw
Molon
tienen
ellas

L UNIFORME

varse en el campamento
en los que las Leñadoras
puede requerirse en otras
. Debería utilizarse como
a opción de uniforme con
os apropiados, y medias o

cueda pequeño el uniforme
a otra leñadora
sta tiene
ella

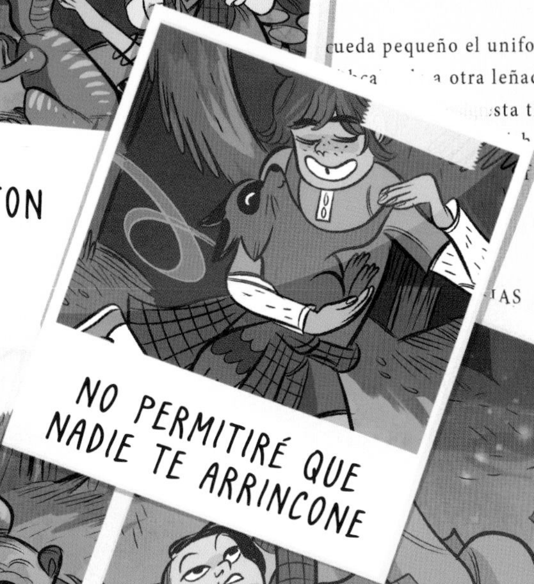
NO PERMITIRÉ QUE
NADIE TE ARRINCONE

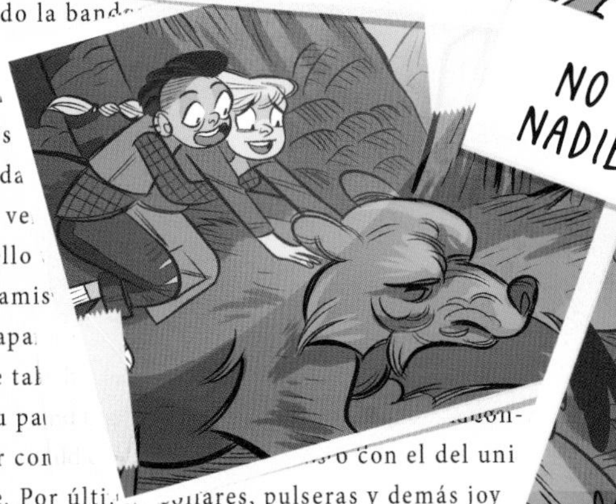

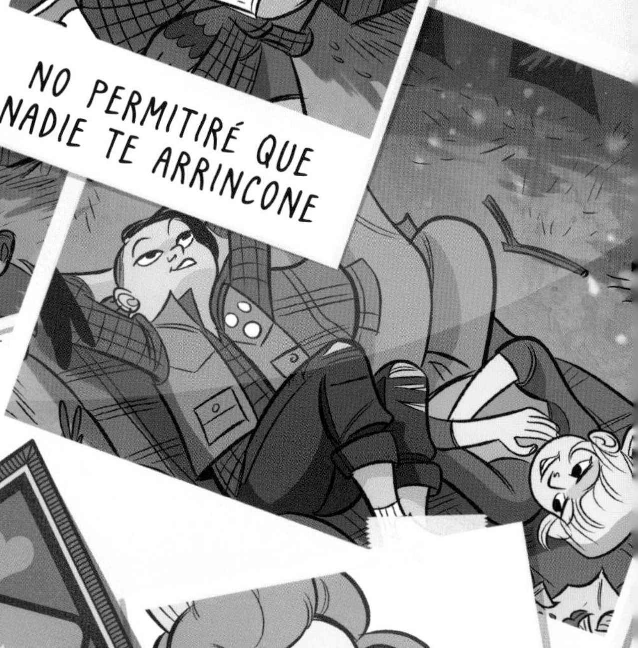

IAS

El u
bordado la band
escog
panta
hechos
activida
boina ve
el cuello
de la amis
Los zapa
ser de tal
Por su pa
juntar con ... o con el del uni
forme. Por últi... collares, pulseras y demás joy
no tienen cabida en el uniforme de leñadora.

CÓMO LLEVAR EL UNIFORM

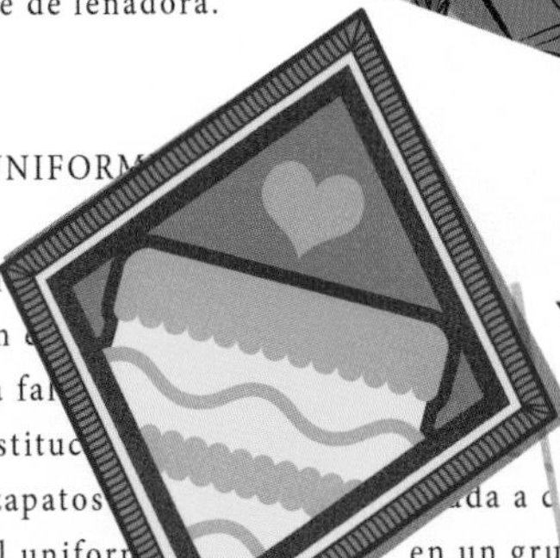

Para vestir bien el uniforme, el
es que el uniforme esté en buen
planchado. Asegúrate de que la fa
apropiado para tu altura y constitu
turón se ajuste bien y que los zapatos
hagan juego con los colores del unifor
tu postura y muévete con gracia y digni
quitas la boina al entrar en algún sitio, as... rate
de llevar el pelo bien peinado y recogido con una
discreta horquilla o una diadema. Cuando llevas
el uniforme de leñadora estás representando a esta
organización, por lo que debes procurar comportarte de un modo que muestre a todo el mundo que
la cortesía y la consideración son parte fundamental de una leñadora. La gente tiende a juzgar a un
país entero por el egoísmo de unos pocos, a criticar a toda una familia por el mal comportamiento

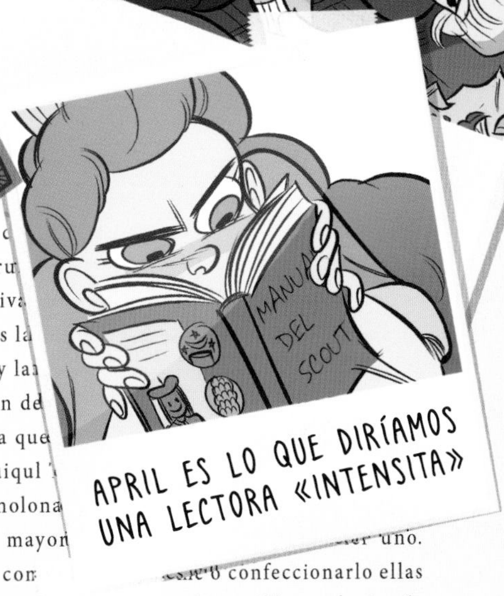
MANUAL DEL SCOUT
APRIL ES LO QUE DIRÍAMOS
UNA LECTORA «INTENSITA»

ada a
en un gru
vida activa
del otros la
futuro, y la
con el fin de
leñadora que
Penniquiql
chicas molona
pero la mayor ... uno.
Pueden con ... o confeccionarlo ellas
mismas con ... es disponibles en la tienda
del campamento.

MANUAL DE CAMPO DE LAS LEÑADORAS
# CAPÍTULO 11

*Área de especialidad: «Artes y oficios»*

## INSIGNIA DE PRUEBA DE BAILÍSTICA

*«Baila como si te fuese la vida en ello»*

Las Leñadoras aprenden muchas cosas en su estancia en el campamento, pero a lo largo de todos estos años una de las favoritas ha sido los bailes de salón. Los bailes de salón ayudan a liberar estrés, y gracias a ellos las exploradoras aprenden a dejar a un lado la presión del mundo. El ambiente y el estilo de los bailes de salón aportan un gran sentimiento de confort y una importante interacción social. Y no solo eso, sino que se ha demostrado que ayudan a las Leñadoras a encontrar lo que verdaderamente les apasiona y las hace felices en la vida. Gracias a los bailes de salón adquirirán habilidades esenciales para la danza, como son la flexibilidad, mayor capacidad mental, fuerza y resistencia.

La insignia de Prueba de bailística no es un paso baladí en el camino personal de cada leñadora en el campamento, sino mucho más. Igual que muchas otras clases que servirán para instruir y modelar a las exploradoras, los bailes de salón les mostrarán que la gracia no es una debilidad:

es un arma poderosa a la que podemos recurrir en casi cualquier situación. El estilo de los bailes de salón aportará a las Leñadoras una nueva noción de creatividad, motivación y energía que les hará ganar confianza. Las distintas modalidades no solo representan una gran experiencia de aprendizaje, sino que también ponen de relieve la importancia del trabajo en pareja y de la capacidad de confiar en una compañera que es al mismo tiempo una entidad independiente y una extensión de la bailarina.

Para conseguir la insignia de Prueba de bailística, una leñadora debe ser capaz de realizar de principio a fin uno de los muchos bailes disponibles con su compañera. Como pareja, se apoyarán y se ayudarán la una a la otra cuando lo necesiten mientras llevan a cabo el baile, en el que darán lo mejor de sí mismas. La lección contenida en esta insignia acompañará a las Leñadoras el resto de su vida, a medida que vayan comprendiendo la influencia que tienen en aquellos que la rodean. La confianza y la fortaleza son cosas que

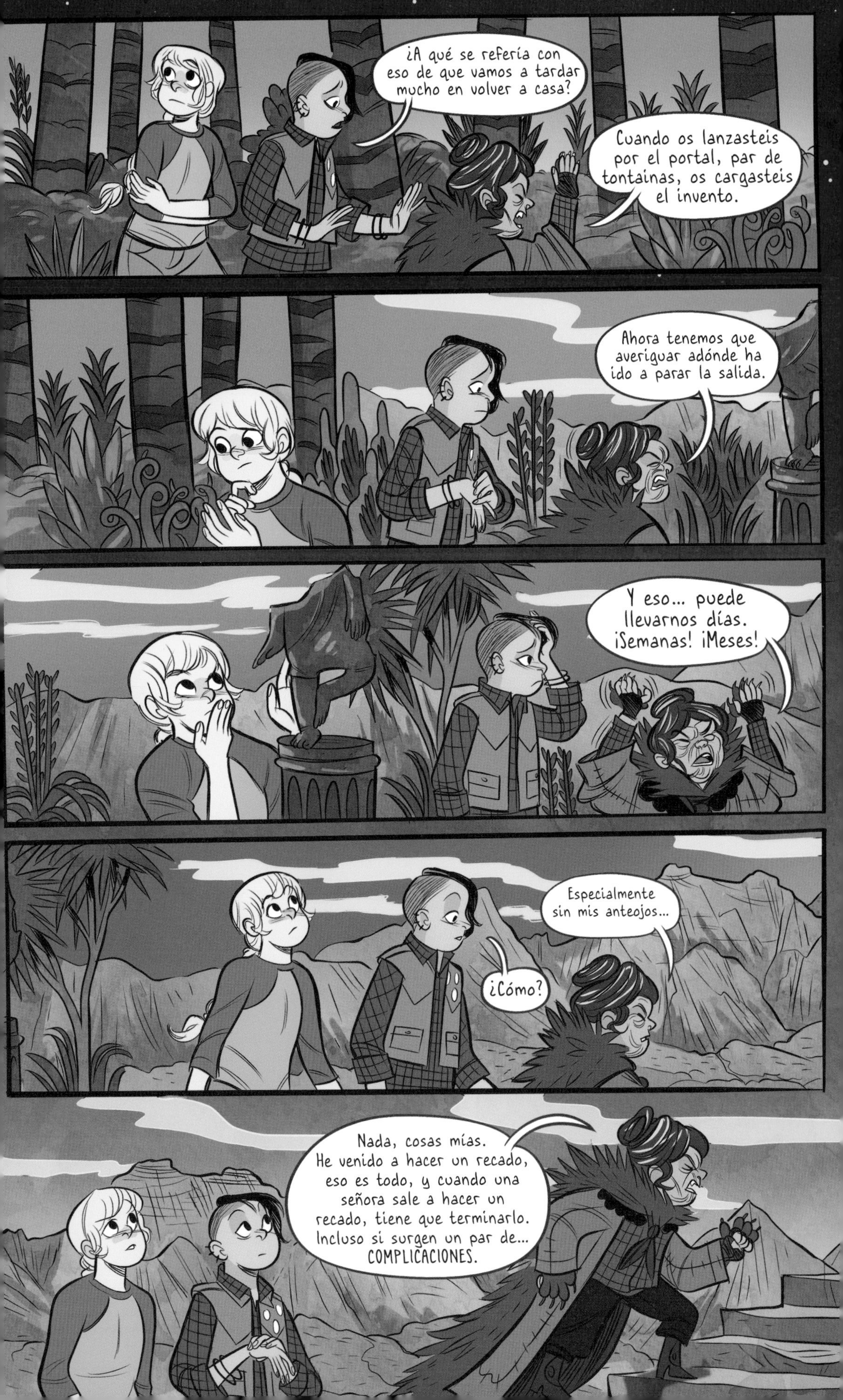
¿A qué se refería con eso de que vamos a tardar mucho en volver a casa?
Cuando os lanzasteis por el portal, par de tontainas, os cargasteis el invento.
Ahora tenemos que averiguar adónde ha ido a parar la salida.
Y eso... puede llevarnos días. ¡Semanas! ¡Meses!
Especialmente sin mis anteojos...
¿Cómo?
Nada, cosas mías. He venido a hacer un recado, eso es todo, y cuando una señora sale a hacer un recado, tiene que terminarlo. Incluso si surgen un par de... COMPLICACIONES.

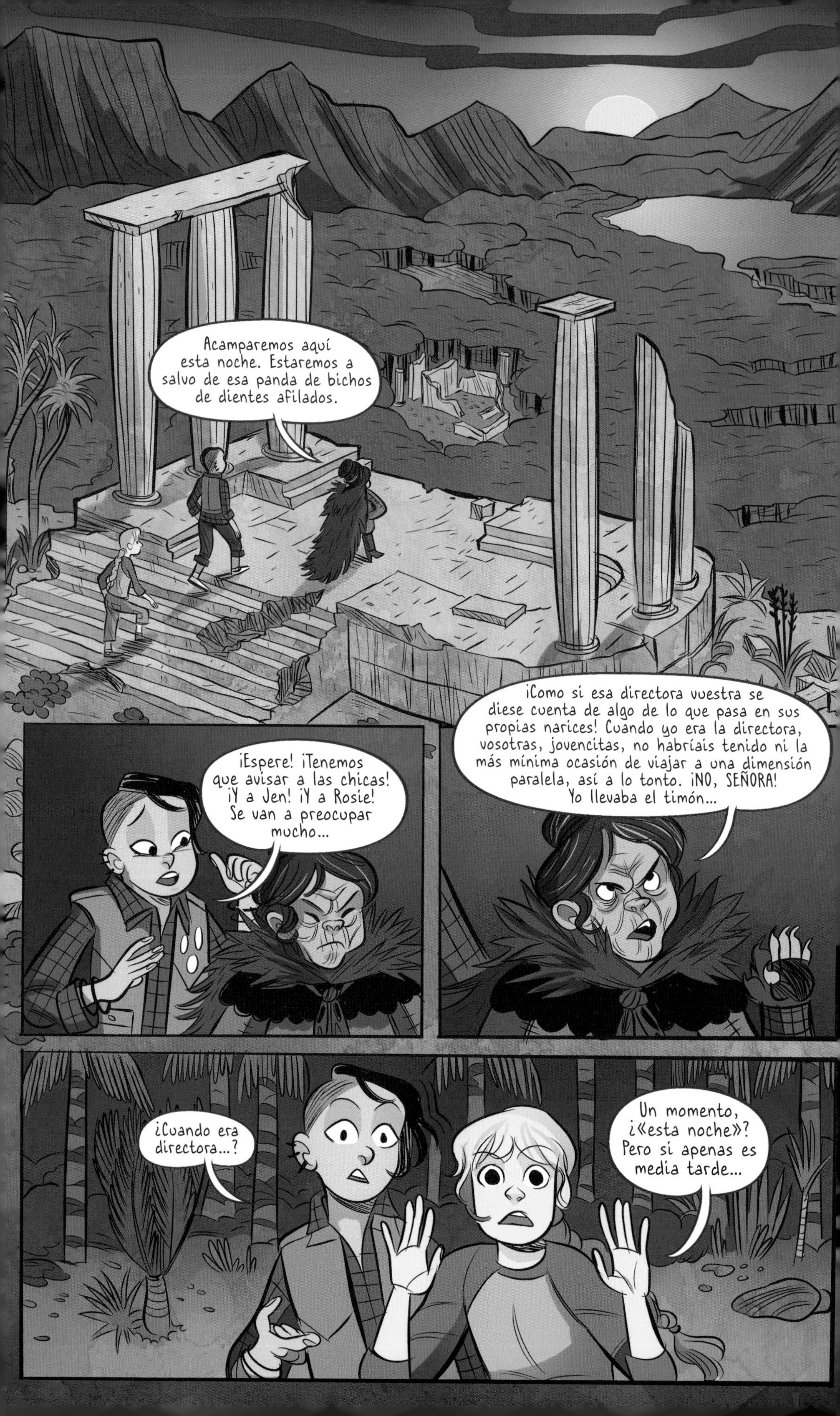
Acamparemos aquí esta noche. Estaremos a salvo de esa panda de bichos de dientes afilados.
¡Espere! ¡Tenemos que avisar a las chicas! ¡Y a Jen! ¡Y a Rosie! Se van a preocupar mucho...
¡Como si esa directora vuestra se diese cuenta de algo de lo que pasa en sus propias narices! Cuando yo era la directora, vosotras, jovencitas, no habríais tenido ni la más mínima ocasión de viajar a una dimensión paralela, así a lo tonto. ¡NO, SEÑORA! Yo llevaba el timón...
¿Cuando era directora...?
Un momento, ¿«esta noche»? Pero si apenas es media tarde...

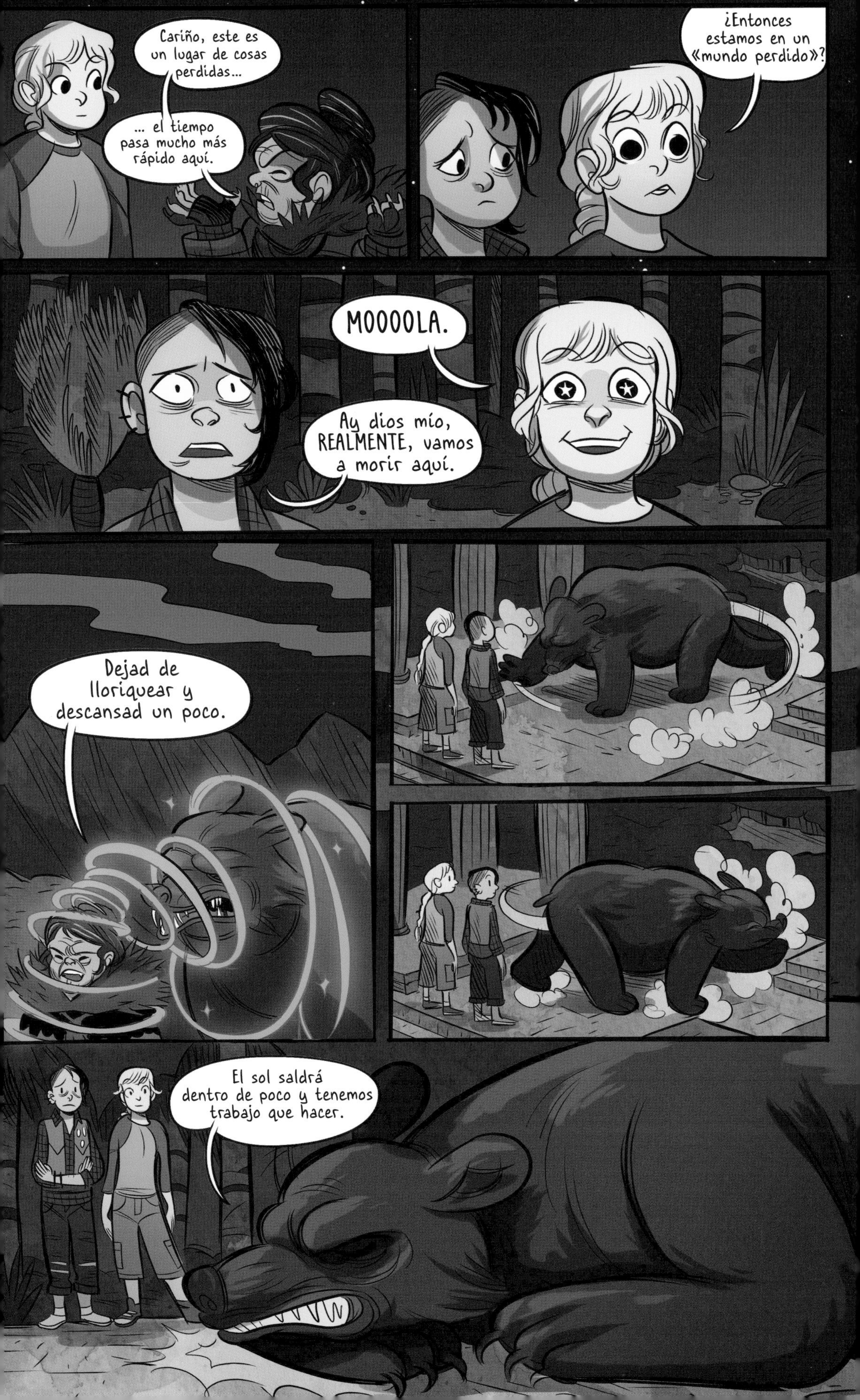
Cariño, este es un lugar de cosas perdidas...
... el tiempo pasa mucho más rápido aquí.
¿Entonces estamos en un «mundo perdido»?
MOOOOLA.
Ay dios mío, REALMENTE, vamos a morir aquí.
Dejad de lloriquear y descansad un poco.
El sol saldrá dentro de poco y tenemos trabajo que hacer.

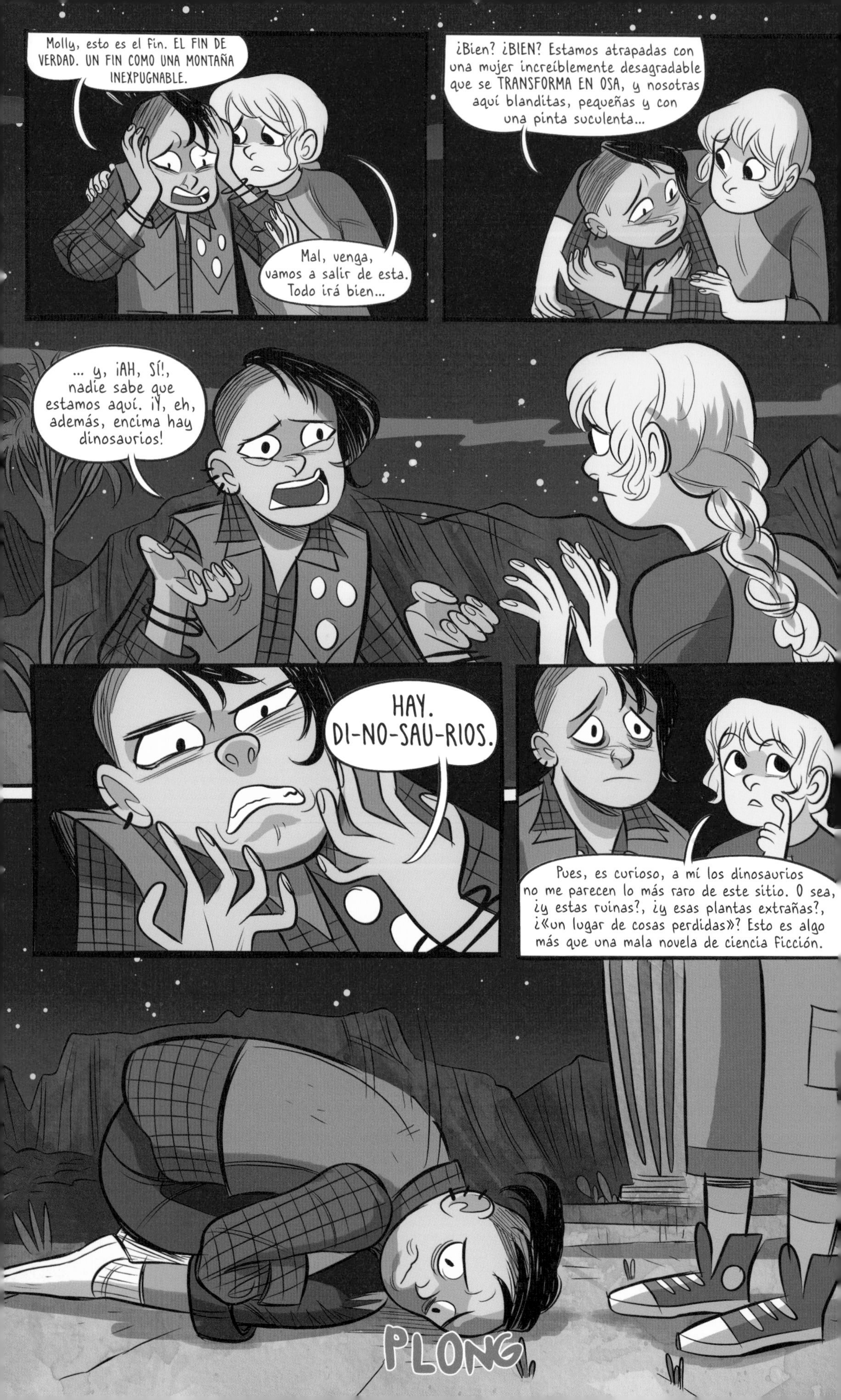
Molly, esto es el fin. EL FIN DE VERDAD. UN FIN COMO UNA MONTAÑA INEXPUGNABLE.
Mal, venga, vamos a salir de esta. Todo irá bien...
¿Bien? ¿BIEN? Estamos atrapadas con una mujer increíblemente desagradable que se TRANSFORMA EN OSA, y nosotras aquí blanditas, pequeñas y con una pinta suculenta...
... y, ¡AH, SÍ!, nadie sabe que estamos aquí. ¡Y, eh, además, encima hay dinosaurios!
HAY. DI-NO-SAU-RIOS.
Pues, es curioso, a mí los dinosaurios no me parecen lo más raro de este sitio. O sea, ¿y estas ruinas?, ¿y esas plantas extrañas?, ¿«un lugar de cosas perdidas»? Esto es algo más que una mala novela de ciencia ficción.
PLONG

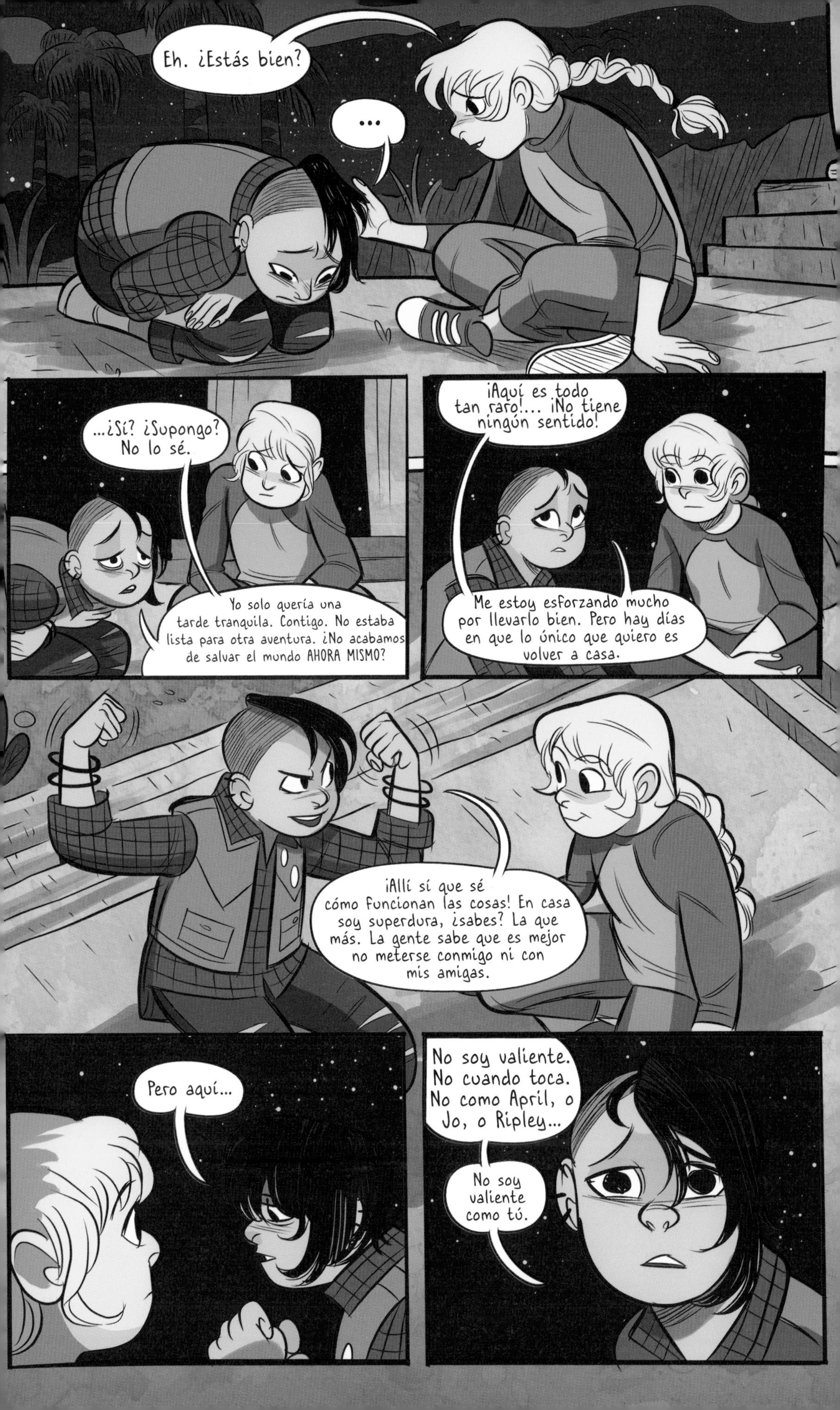

Eh. ¿Estás bien?
...
...¿Sí? ¿Supongo? No lo sé.
Yo solo quería una tarde tranquila. Contigo. No estaba lista para otra aventura. ¿No acabamos de salvar el mundo AHORA MISMO?
¡Aquí es todo tan raro!... ¡No tiene ningún sentido!
Me estoy esforzando mucho por llevarlo bien. Pero hay días en que lo único que quiero es volver a casa.
¡Allí sí que sé cómo funcionan las cosas! En casa soy superdura, ¿sabes? La que más. La gente sabe que es mejor no meterse conmigo ni con mis amigas.
Pero aquí...
No soy valiente. No cuando toca. No como April, o Jo, o Ripley...
No soy valiente como tú.

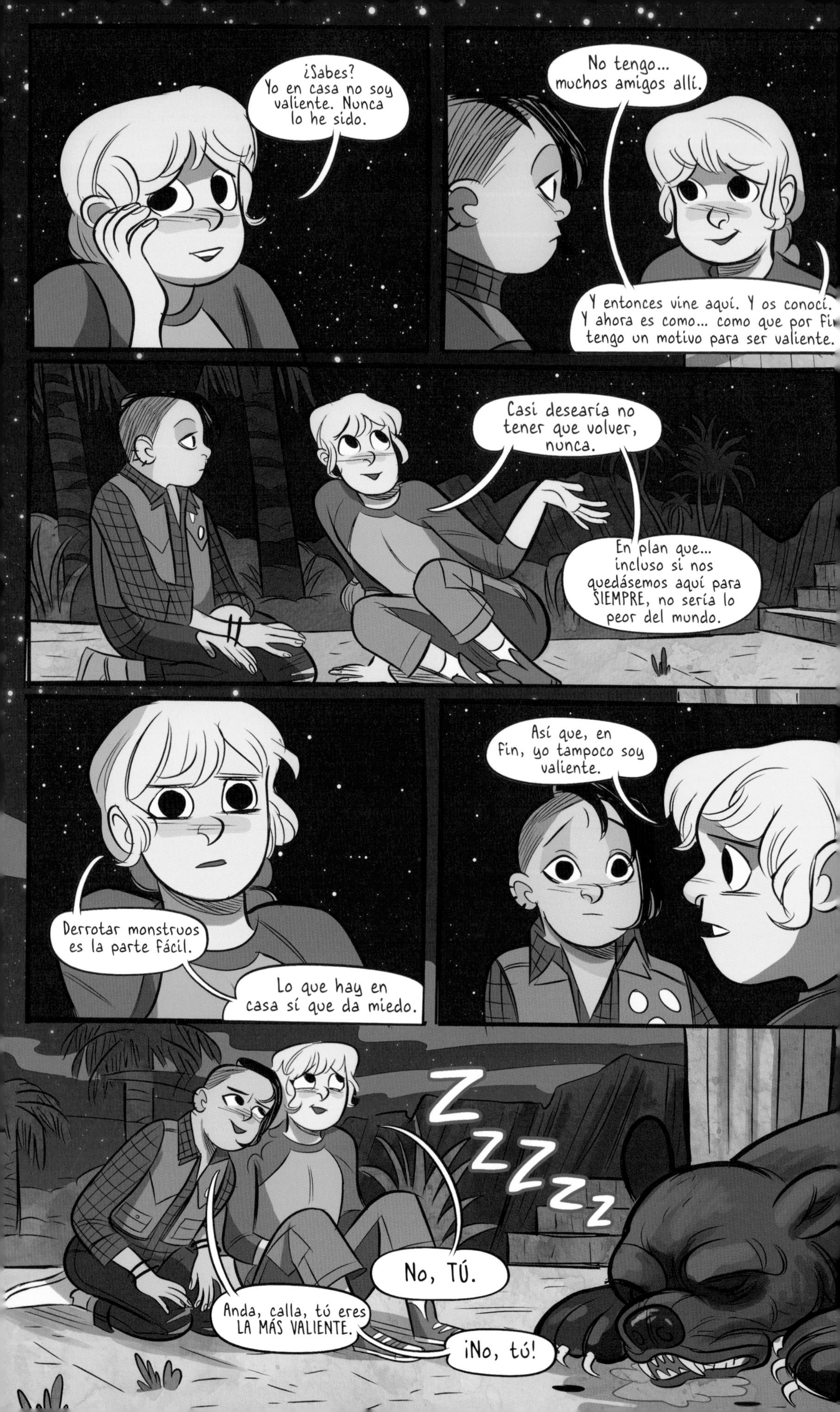
¿Sabes? Yo en casa no soy valiente. Nunca lo he sido.
No tengo... muchos amigos allí.
Y entonces vine aquí. Y os conocí. Y ahora es como... como que por fin tengo un motivo para ser valiente.
Casi desearía no tener que volver, nunca.
En plan que... incluso si nos quedásemos aquí para SIEMPRE, no sería lo peor del mundo.
Derrotar monstruos es la parte fácil.
Lo que hay en casa sí que da miedo.
Así que, en fin, yo tampoco soy valiente.
ZZZZZ
No, TÚ.
Anda, calla, tú eres LA MÁS VALIENTE.
¡No, tú!

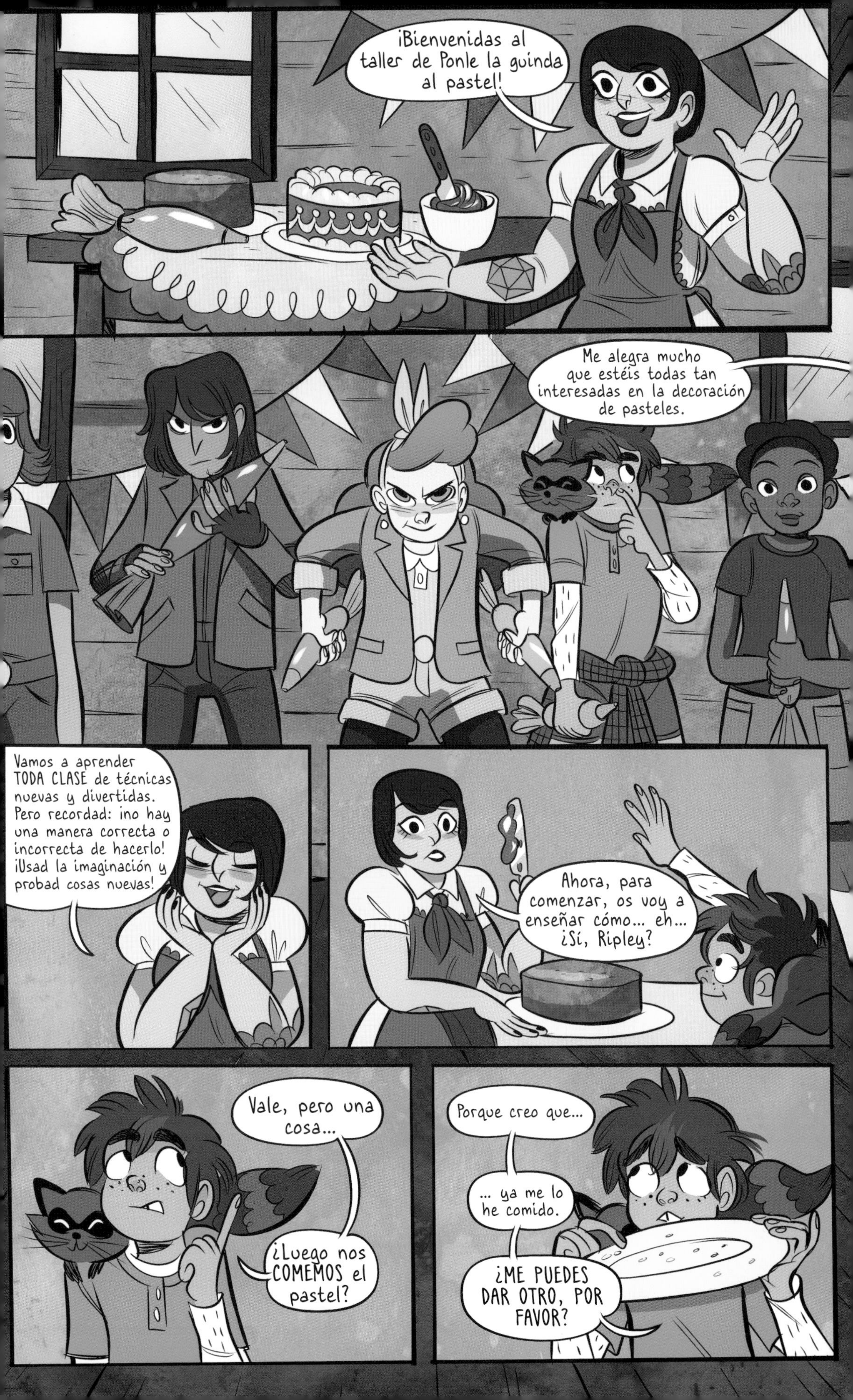
¡Bienvenidas al taller de Ponle la guinda al pastel!
Me alegra mucho que estéis todas tan interesadas en la decoración de pasteles.
Vamos a aprender TODA CLASE de técnicas nuevas y divertidas. Pero recordad: ¡no hay una manera correcta o incorrecta de hacerlo! ¡Usad la imaginación y probad cosas nuevas!
Ahora, para comenzar, os voy a enseñar cómo... eh... ¿Sí, Ripley?
Vale, pero una cosa...
¿Luego nos COMEMOS el pastel?
Porque creo que...
... ya me lo he comido.
¿ME PUEDES DAR OTRO, POR FAVOR?

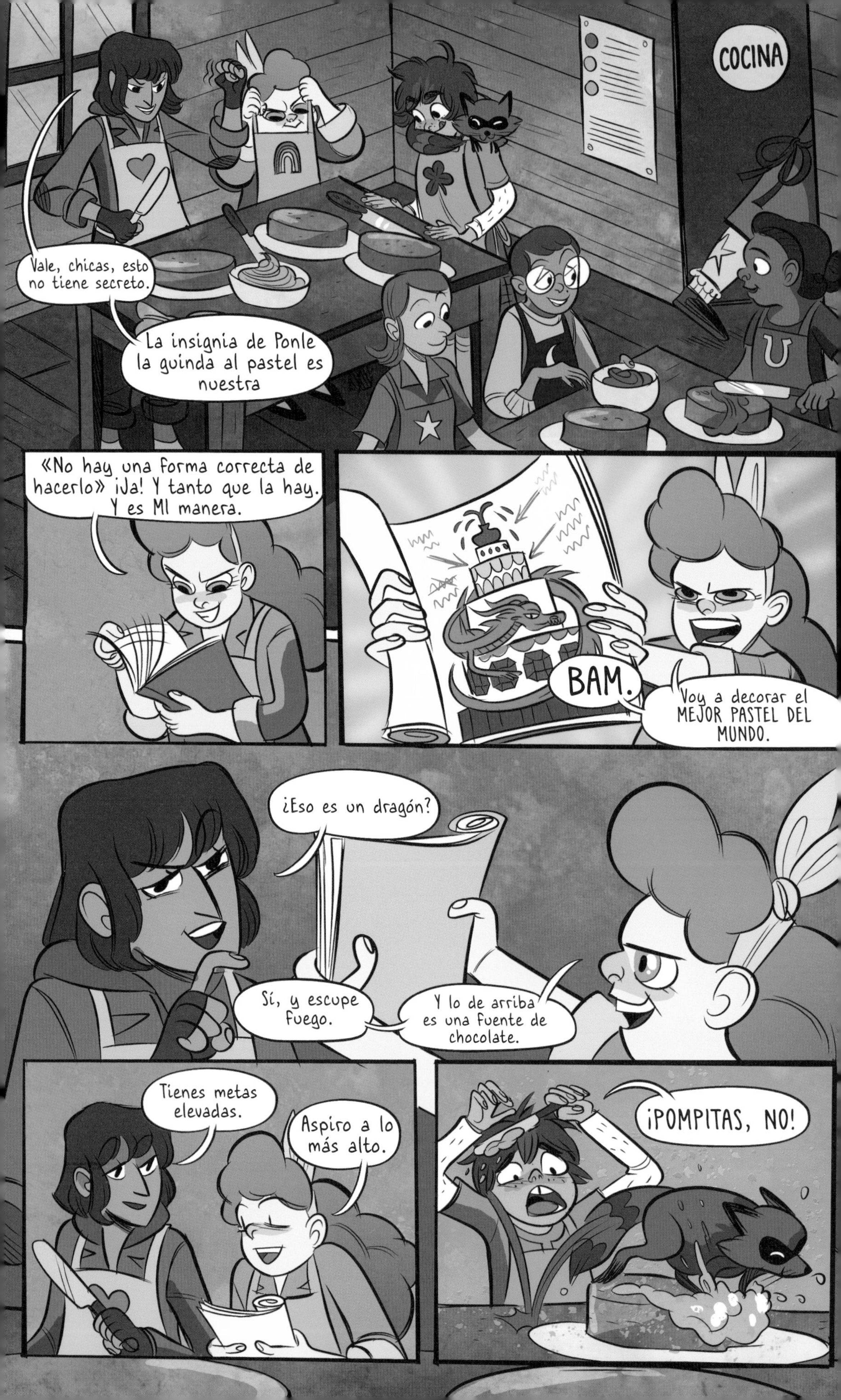
COCINA
Vale, chicas, esto no tiene secreto.
La insignia de Ponle la guinda al pastel es nuestra
«No hay una forma correcta de hacerlo» ¡Ja! Y tanto que la hay. Y es MI manera.
BAM.
Voy a decorar el MEJOR PASTEL DEL MUNDO.
¿Eso es un dragón?
Sí, y escupe fuego.
Y lo de arriba es una fuente de chocolate.
Tienes metas elevadas.
Aspiro a lo más alto.
¡POMPITAS, NO!

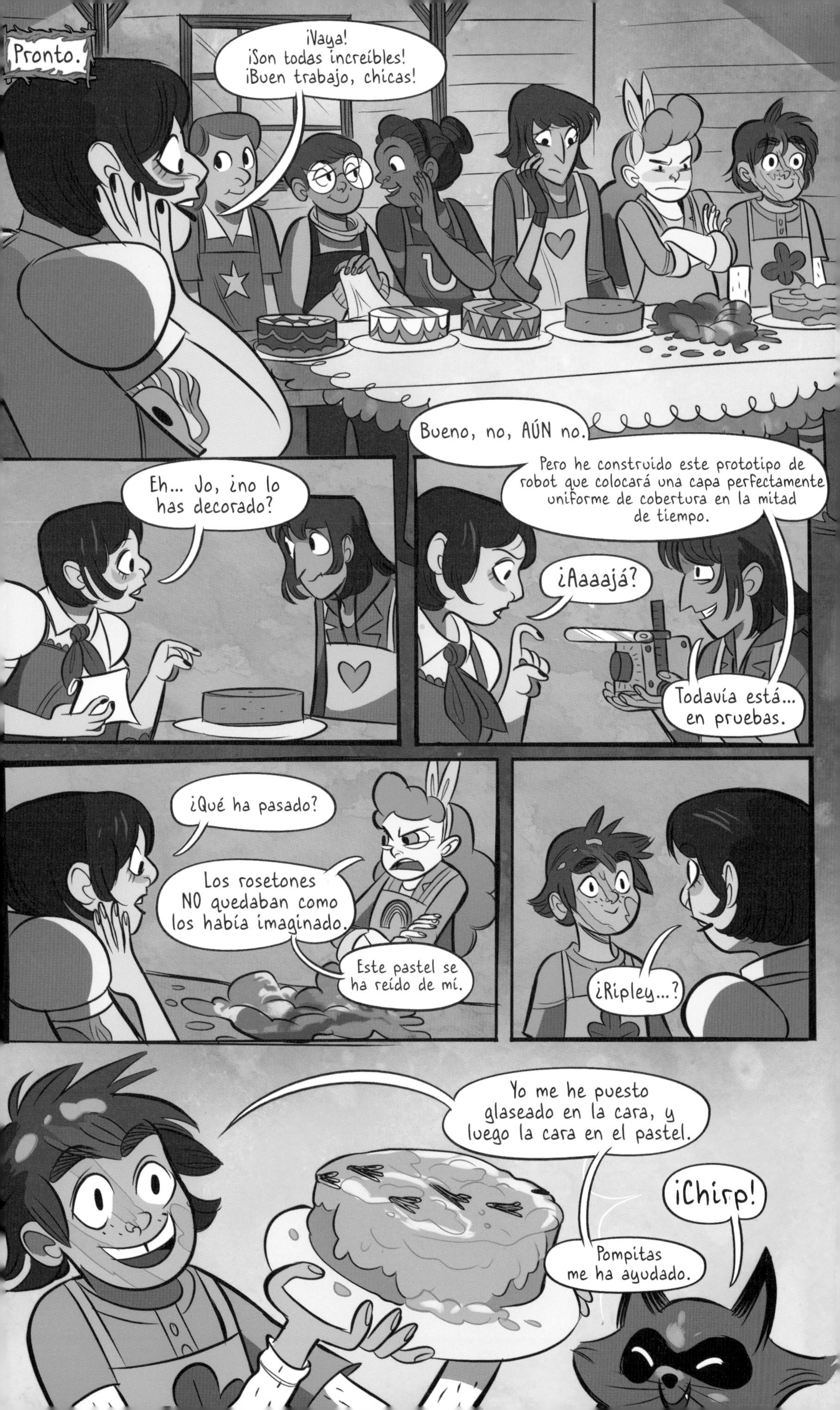
Pronto.
¡Vaya! ¡Son todas increíbles! ¡Buen trabajo, chicas!
Eh... Jo, ¿no lo has decorado?
Bueno, no, AÚN no.
Pero he construido este prototipo de robot que colocará una capa perfectamente uniforme de cobertura en la mitad de tiempo.
¿Aaaajá?
Todavía está... en pruebas.
¿Qué ha pasado?
Los rosetones NO quedaban como los había imaginado.
Este pastel se ha reído de mí.
¿Ripley...?
Yo me he puesto glaseado en la cara, y luego la cara en el pastel.
Pompitas me ha ayudado.
¡Chirp!

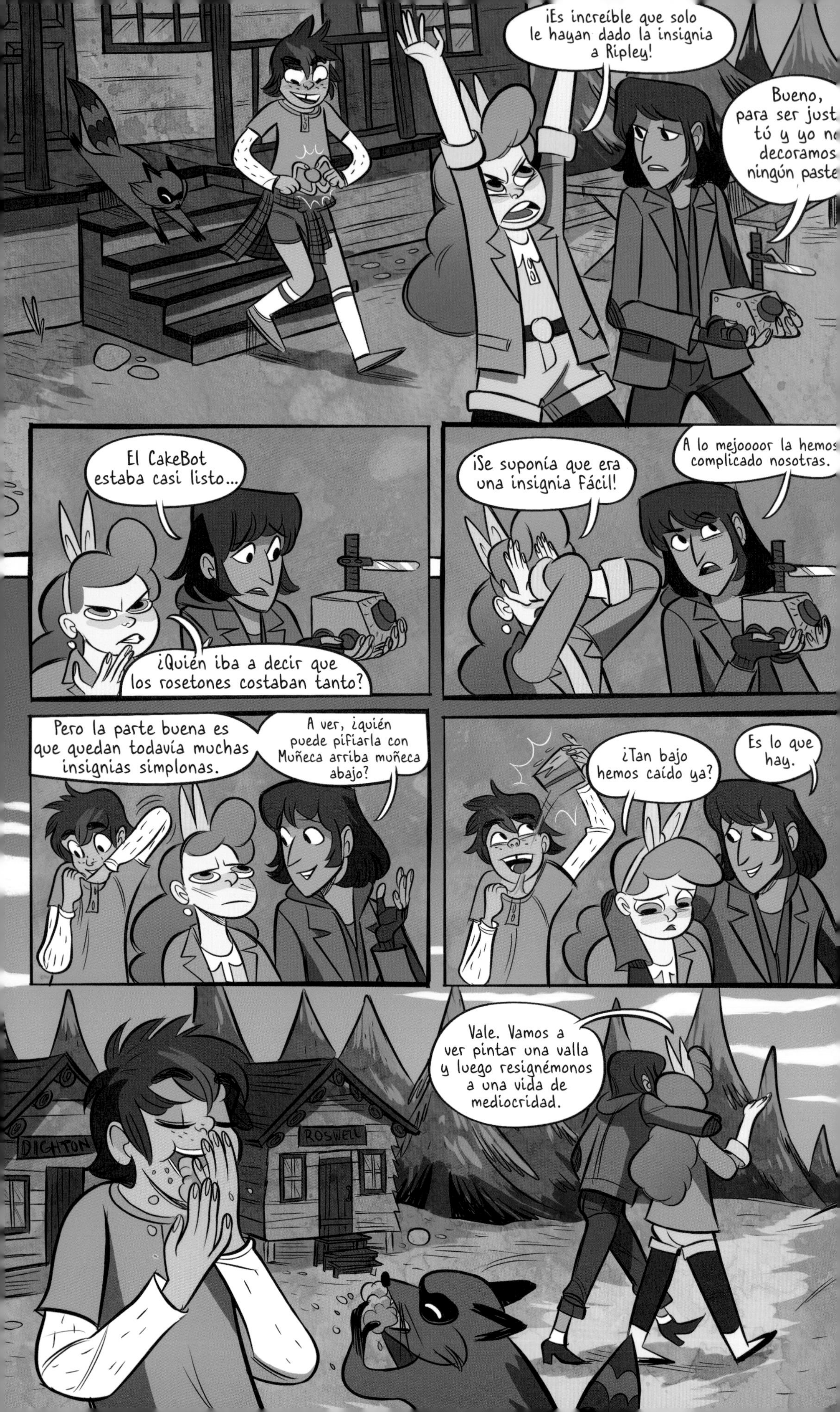
¡Es increíble que solo le hayan dado la insignia a Ripley!
Bueno, para ser just tú y yo n decoramos ningún paste
El CakeBot estaba casi listo...
¿Quién iba a decir que los rosetones costaban tanto?
¡Se suponía que era una insignia fácil!
A lo mejoooor la hemos complicado nosotras.
Pero la parte buena es que quedan todavía muchas insignias simplonas.
A ver, ¿quién puede pifiarla con Muñeca arriba muñeca abajo?
¿Tan bajo hemos caído ya?
Es lo que hay.
Vale. Vamos a ver pintar una valla y luego resignémonos a una vida de mediocridad.
DIGHTON
ROSWELL

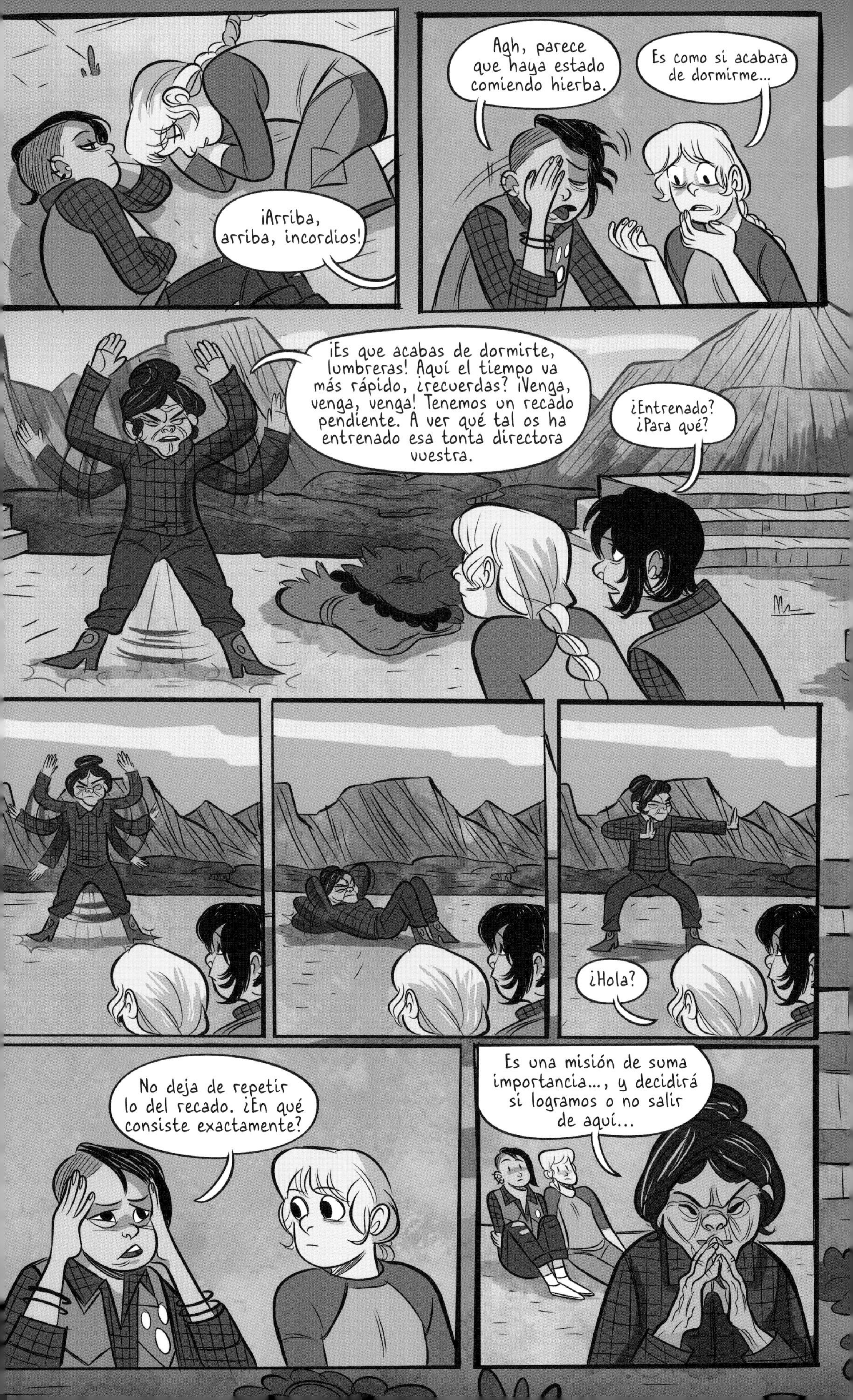

¡Arriba, arriba, incordios!
Agh, parece que haya estado comiendo hierba.
Es como si acabara de dormirme...
¡Es que acabas de dormirte, lumbreras! Aquí el tiempo va más rápido, ¿recuerdas? ¡Venga, venga, venga! Tenemos un recado pendiente. A ver qué tal os ha entrenado esa tonta directora vuestra.
¿Entrenado? ¿Para qué?
¿Hola?
No deja de repetir lo del recado. ¿En qué consiste exactamente?
Es una misión de suma importancia..., y decidirá si logramos o no salir de aquí...

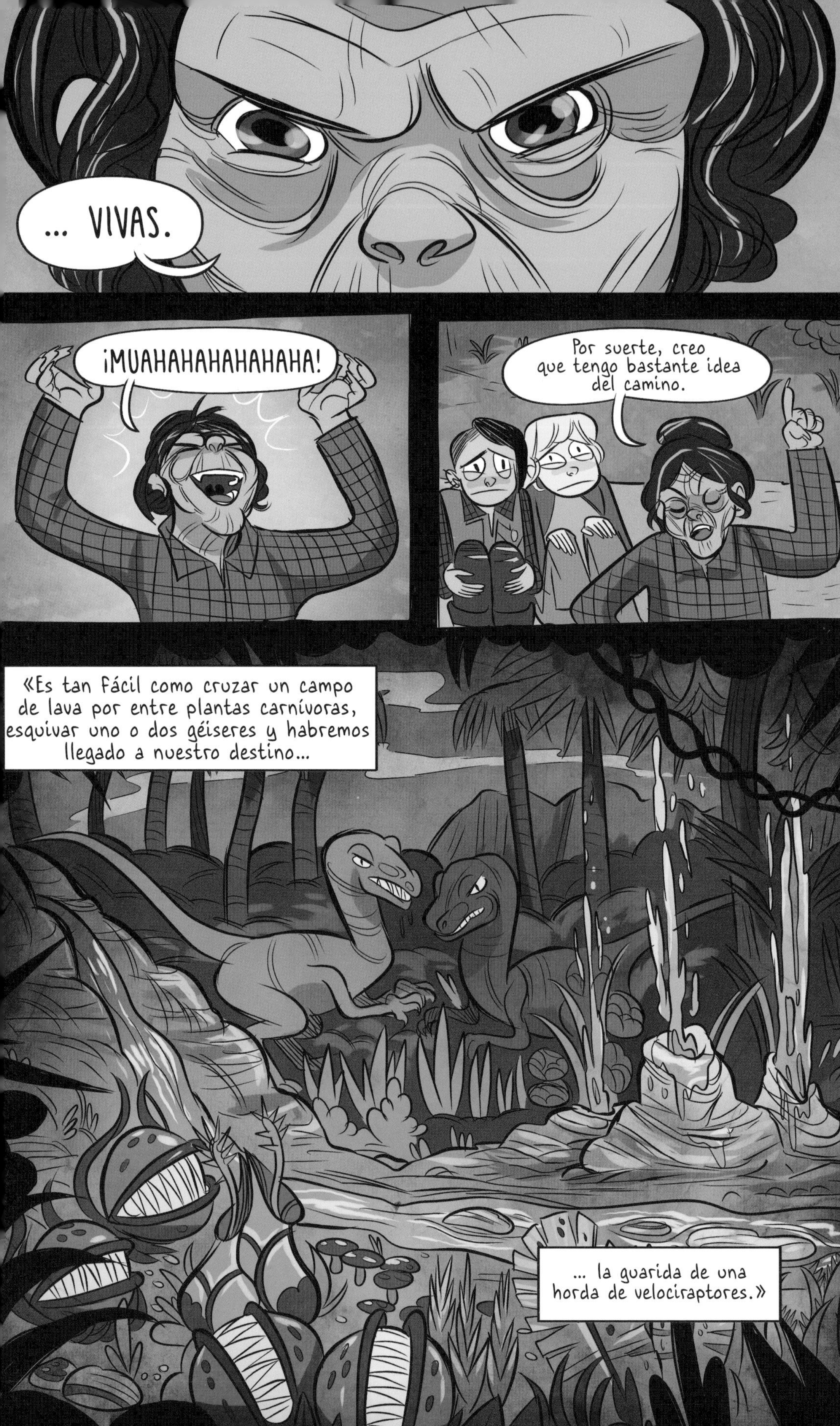
... VIVAS.
¡MUAHAHAHAHAHAHA!
Por suerte, creo que tengo bastante idea del camino.
«Es tan fácil como cruzar un campo de lava por entre plantas carnívoras, esquivar uno o dos géiseres y habremos llegado a nuestro destino...
... la guarida de una horda de velociraptores.»

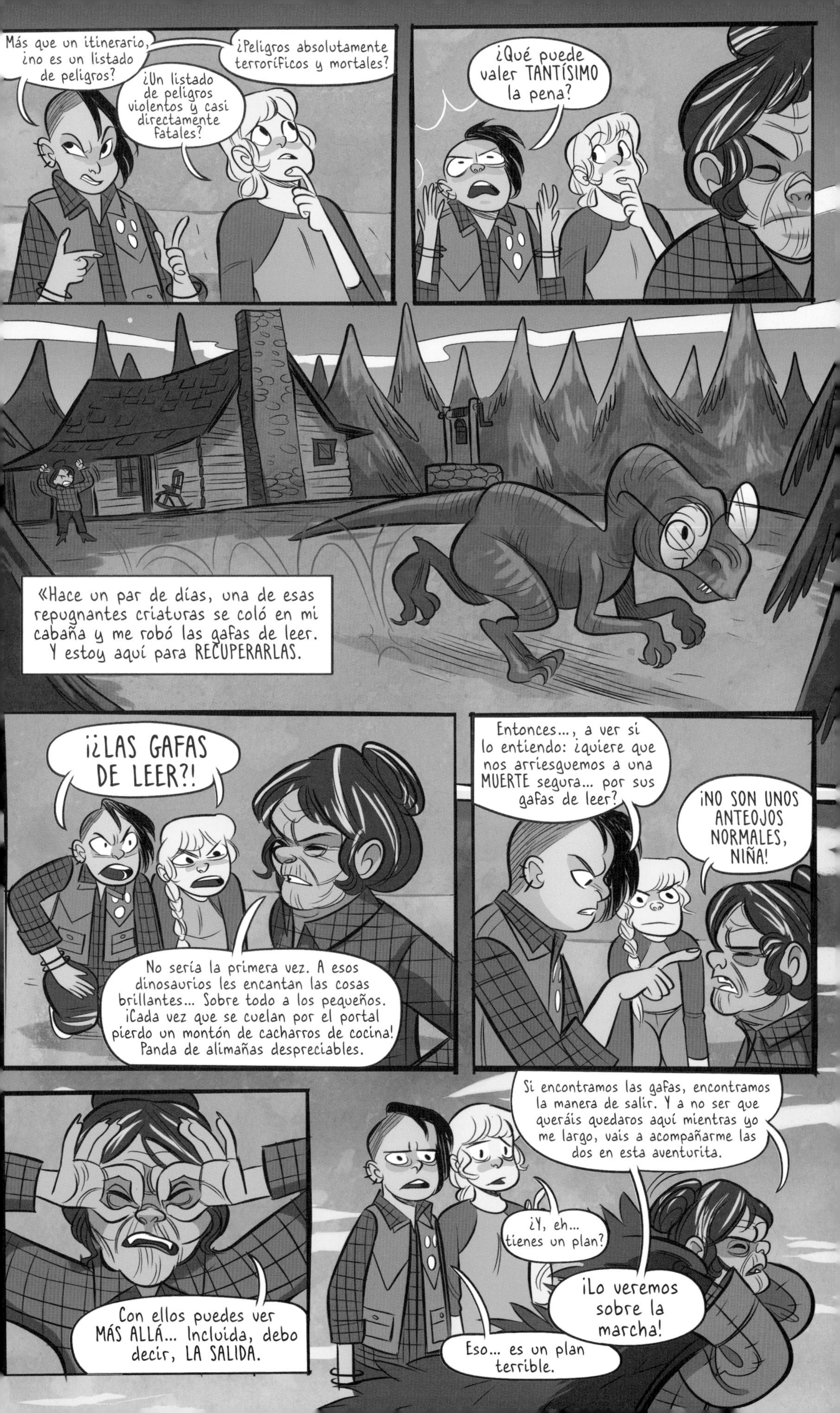
Más que un itinerario, ¿no es un listado de peligros?
¿Peligros absolutamente terroríficos y mortales?
¿Un listado de peligros violentos y casi directamente fatales?
¿Qué puede valer TANTÍSIMO la pena?
«Hace un par de días, una de esas repugnantes criaturas se coló en mi cabaña y me robó las gafas de leer. Y estoy aquí para RECUPERARLAS.
¡¿LAS GAFAS DE LEER?!
No sería la primera vez. A esos dinosaurios les encantan las cosas brillantes... Sobre todo a los pequeños. ¡Cada vez que se cuelan por el portal pierdo un montón de cacharros de cocina! Panda de alimañas despreciables.
Entonces..., a ver si lo entiendo: ¿quiere que nos arriesguemos a una MUERTE segura... por sus gafas de leer?
¡NO SON UNOS ANTEOJOS NORMALES, NIÑA!
Con ellos puedes ver MÁS ALLÁ... Incluida, debo decir, LA SALIDA.
Si encontramos las gafas, encontramos la manera de salir. Y a no ser que queráis quedaros aquí mientras yo me largo, vais a acompañarme las dos en esta aventurita.
¿Y, eh... tienes un plan?
¡Lo veremos sobre la marcha!
Eso... es un plan terrible.

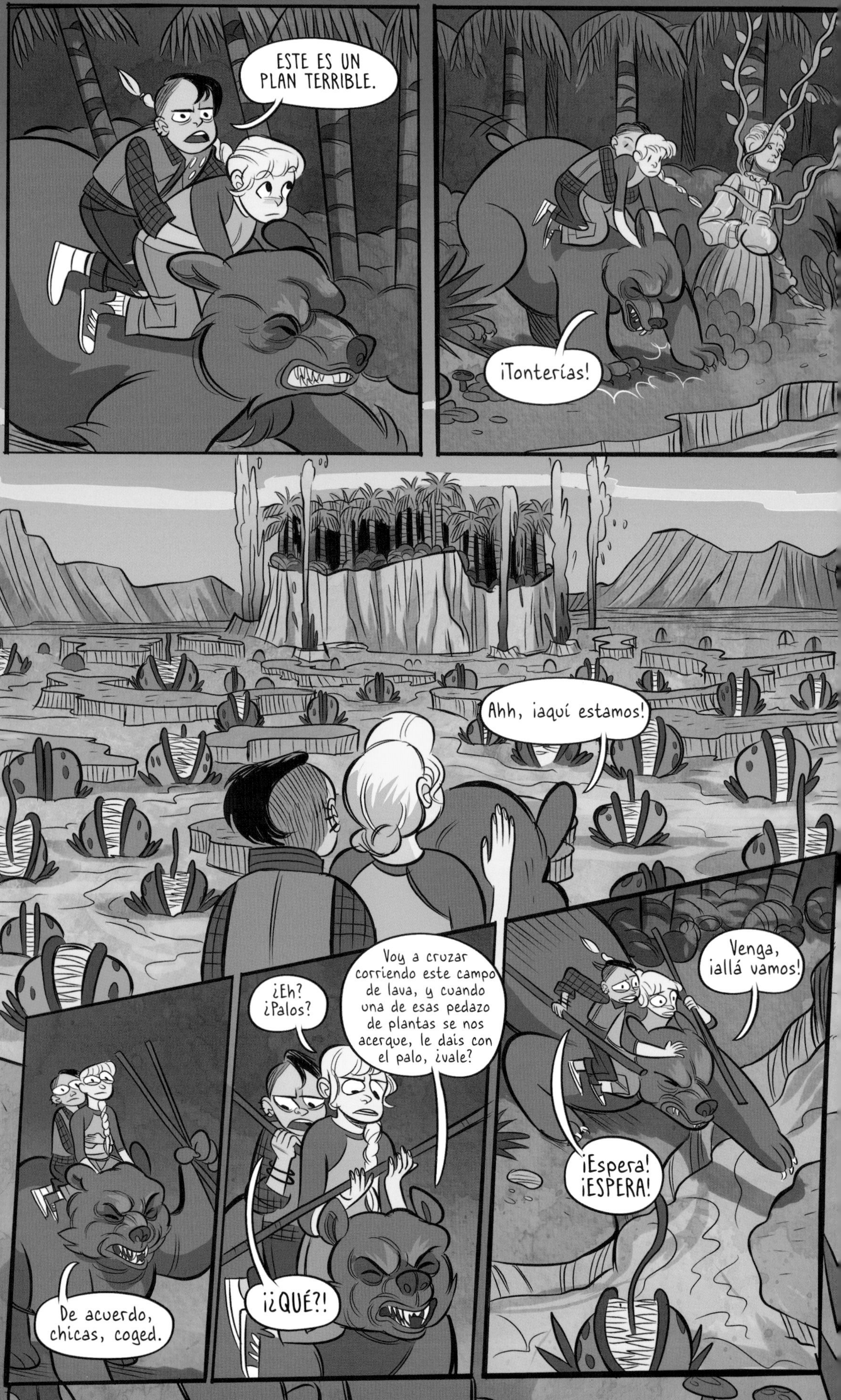

ESTE ES UN PLAN TERRIBLE.
¡Tonterías!
Ahh, ¡aquí estamos!
De acuerdo, chicas, coged.
¿Eh? ¿Palos?
Voy a cruzar corriendo este campo de lava, y cuando una de esas pedazo de plantas se nos acerque, le dais con el palo, ¿vale?
¡¿QUÉ?!
Venga, ¡allá vamos!
¡Espera! ¡ESPERA!

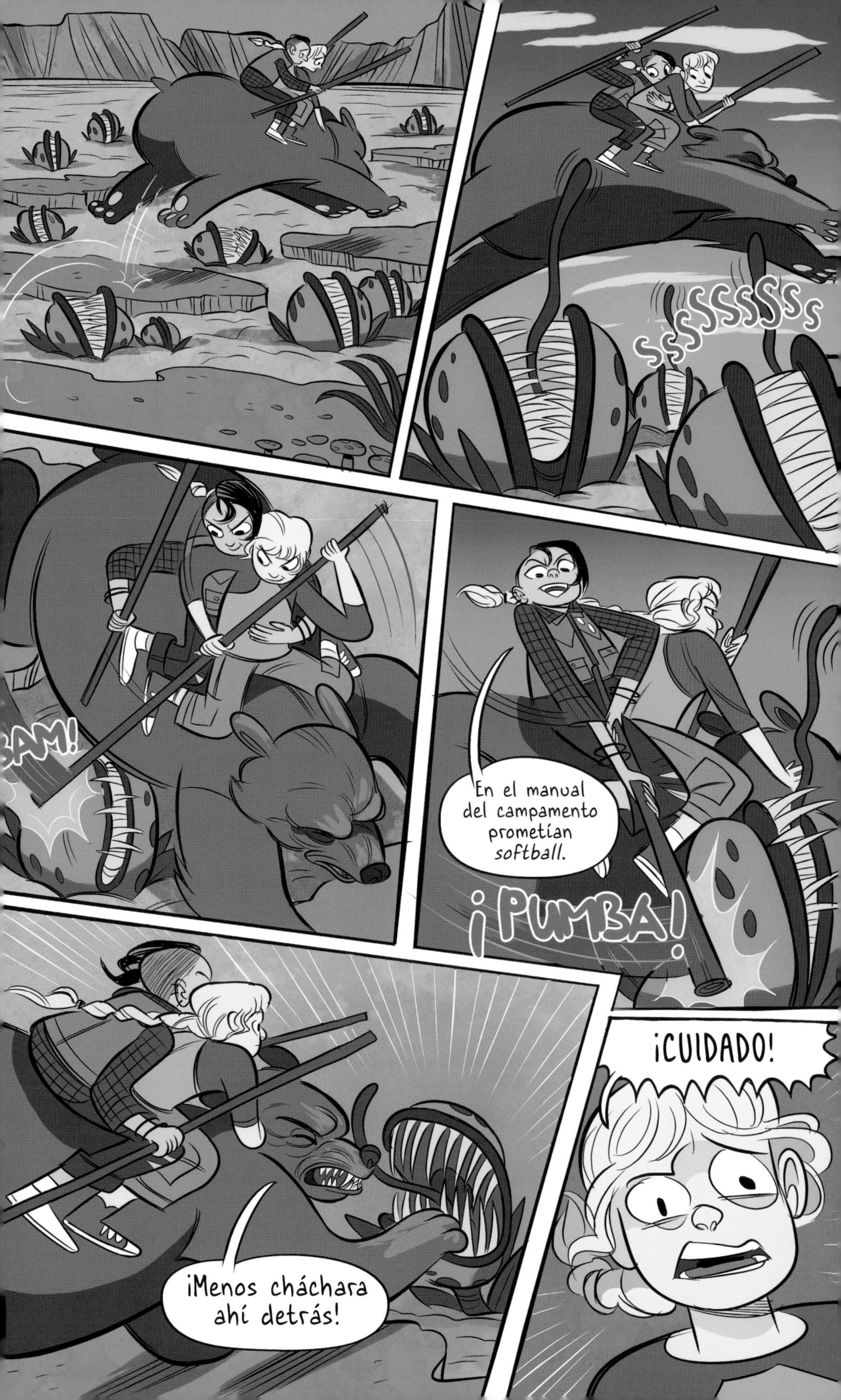
SSSSSSSSSS
BAM!
En el manual del campamento prometían softball.
¡PUMBA!
¡Menos cháchara ahí detrás!
¡CUIDADO!

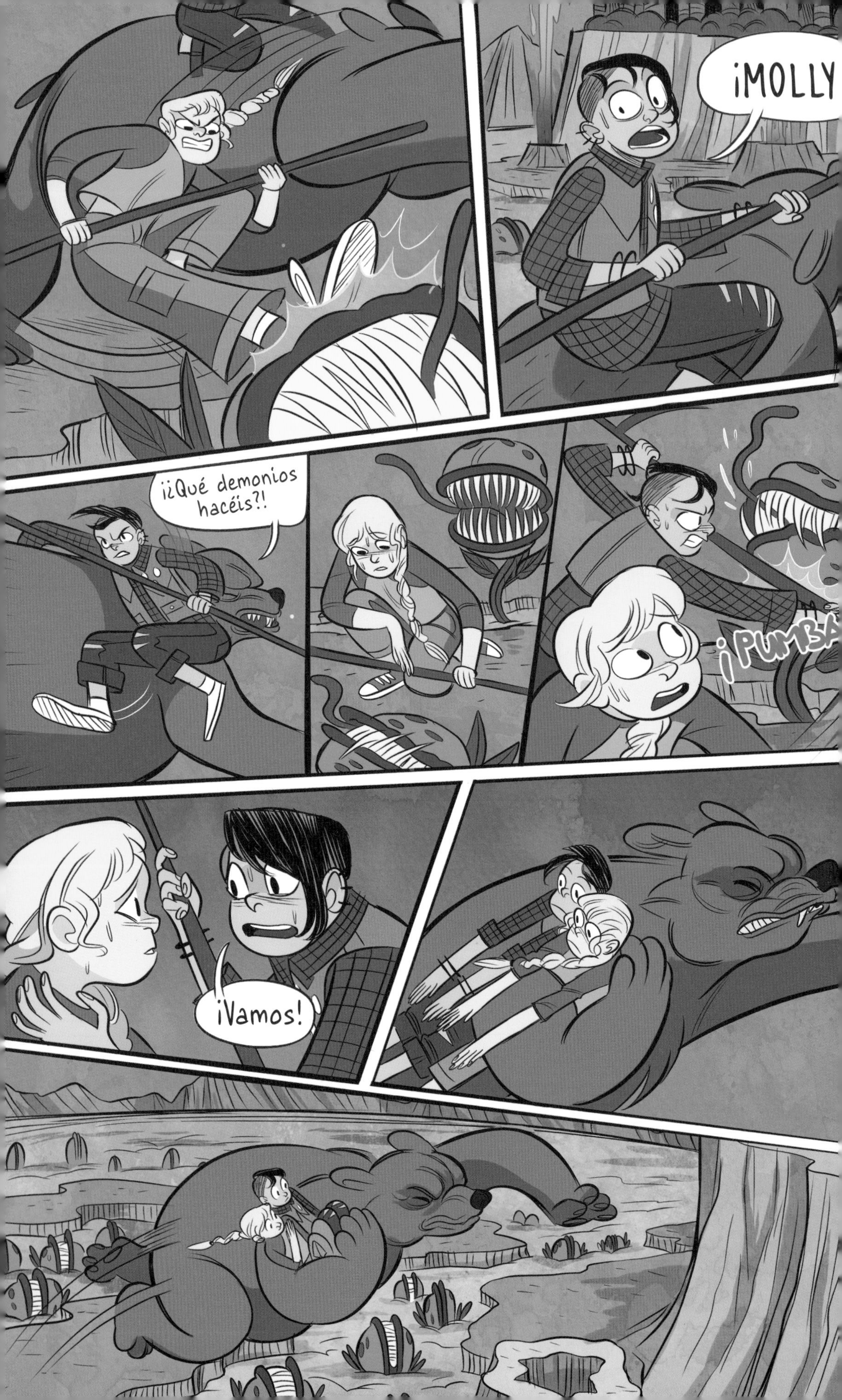
¡MOLLY
¡¿Qué demonios hacéis?!
¡PUMBA
¡Vamos!

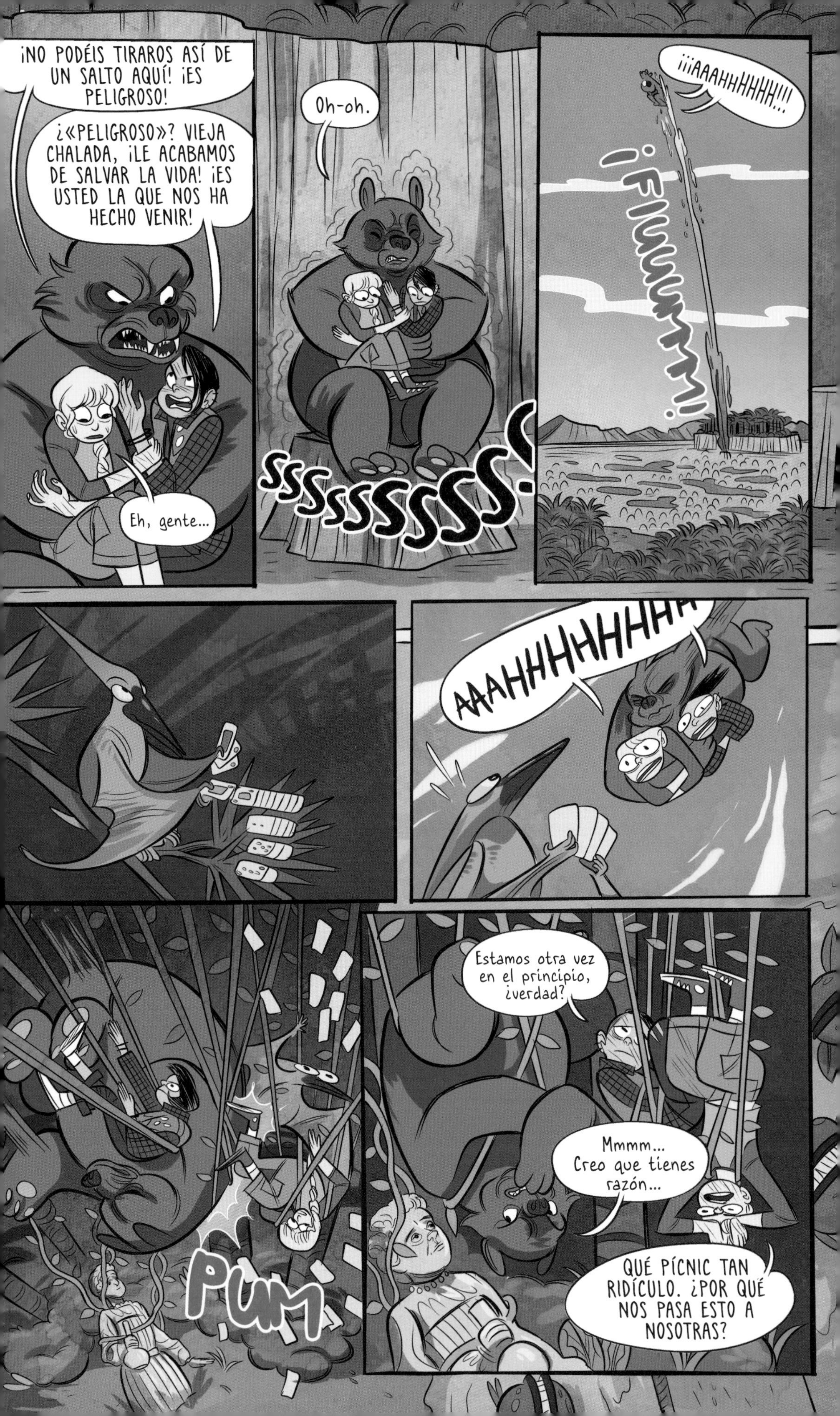
¡NO PODÉIS TIRAROS ASÍ DE UN SALTO AQUÍ! ¡ES PELIGROSO!
¿«PELIGROSO»? VIEJA CHALADA, ¡LE ACABAMOS DE SALVAR LA VIDA! ¡ES USTED LA QUE NOS HA HECHO VENIR!
Eh, gente...
Oh-oh.
¡SSSSSSSSS!
¡¡¡AAAHHHHHH!!!
¡FIUUUMMM!
AAAHHHHHHHHH
PUM
Estamos otra vez en el principio, ¿verdad?
Mmmm... Creo que tienes razón...
QUÉ PÍCNIC TAN RIDÍCULO. ¿POR QUÉ NOS PASA ESTO A NOSOTRAS?

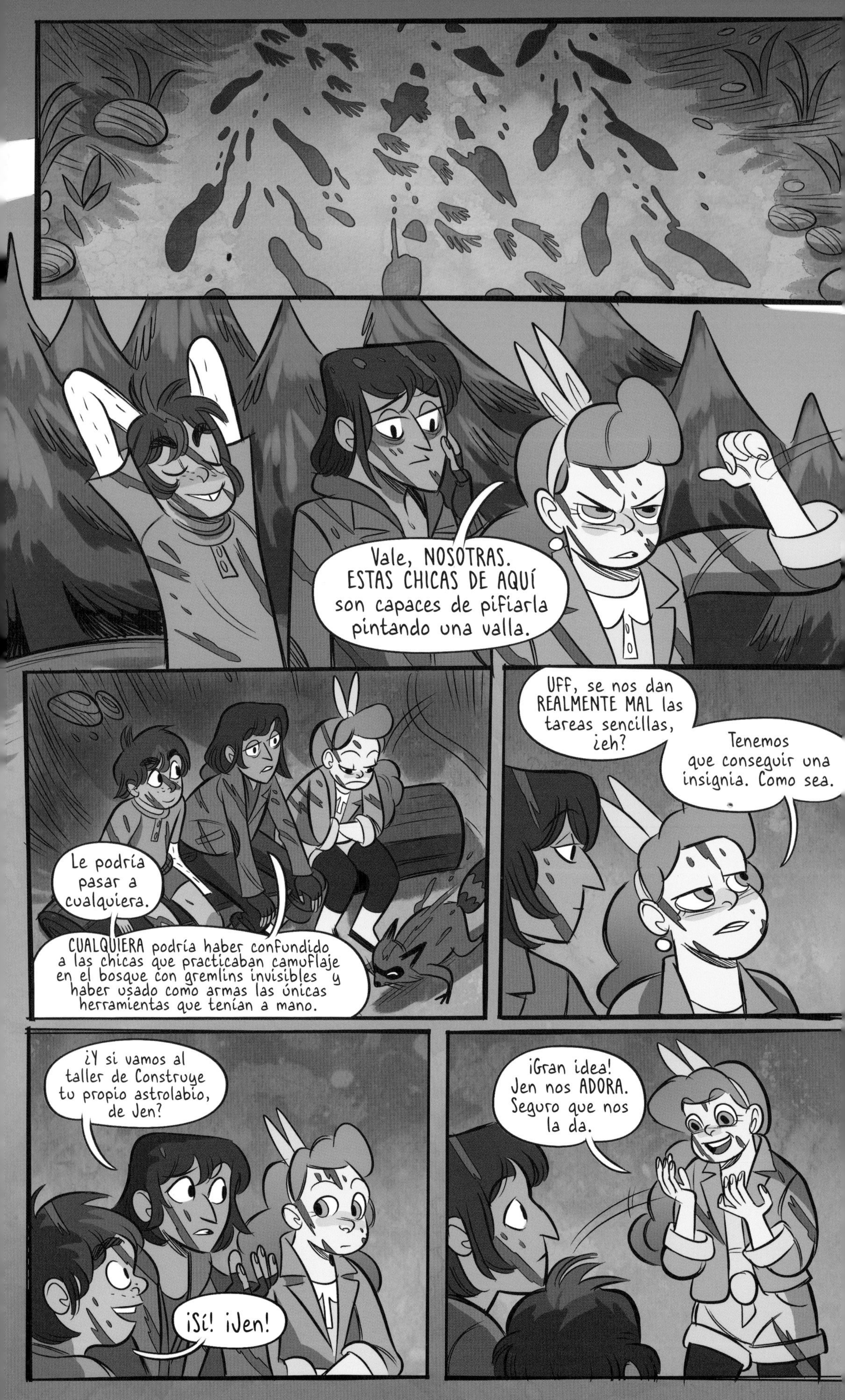
Vale, NOSOTRAS. ESTAS CHICAS DE AQUÍ son capaces de pifiarla pintando una valla.
Le podría pasar a cualquiera.
CUALQUIERA podría haber confundido a las chicas que practicaban camuflaje en el bosque con gremlins invisibles y haber usado como armas las únicas herramientas que tenían a mano.
UFF, se nos dan REALMENTE MAL las tareas sencillas, ¿eh?
Tenemos que conseguir una insignia. Como sea.
¿Y si vamos al taller de Construye tu propio astrolabio, de Jen?
¡Sí! ¡Jen!
¡Gran idea! Jen nos ADORA. Seguro que nos la da.

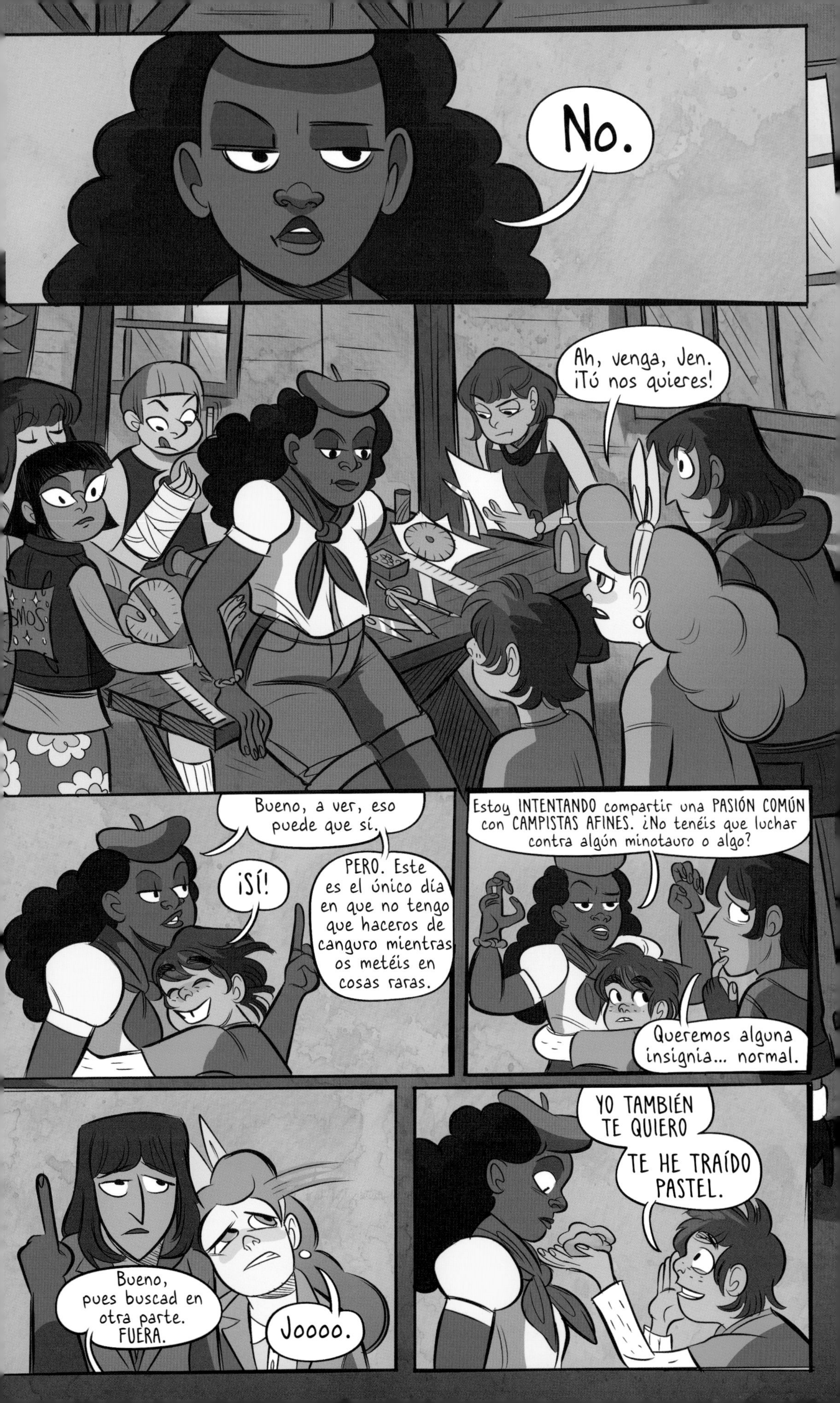
No.
Ah, venga, Jen. ¡Tú nos quieres!
Bueno, a ver, eso puede que sí.
¡SÍ!
PERO. Este es el único día en que no tengo que haceros de canguro mientras os metéis en cosas raras.
Estoy INTENTANDO compartir una PASIÓN COMÚN con CAMPISTAS AFINES. ¿No tenéis que luchar contra algún minotauro o algo?
Queremos alguna insignia... normal.
Bueno, pues buscad en otra parte. FUERA.
Joooo.
YO TAMBIÉN TE QUIERO
TE HE TRAÍDO PASTEL.

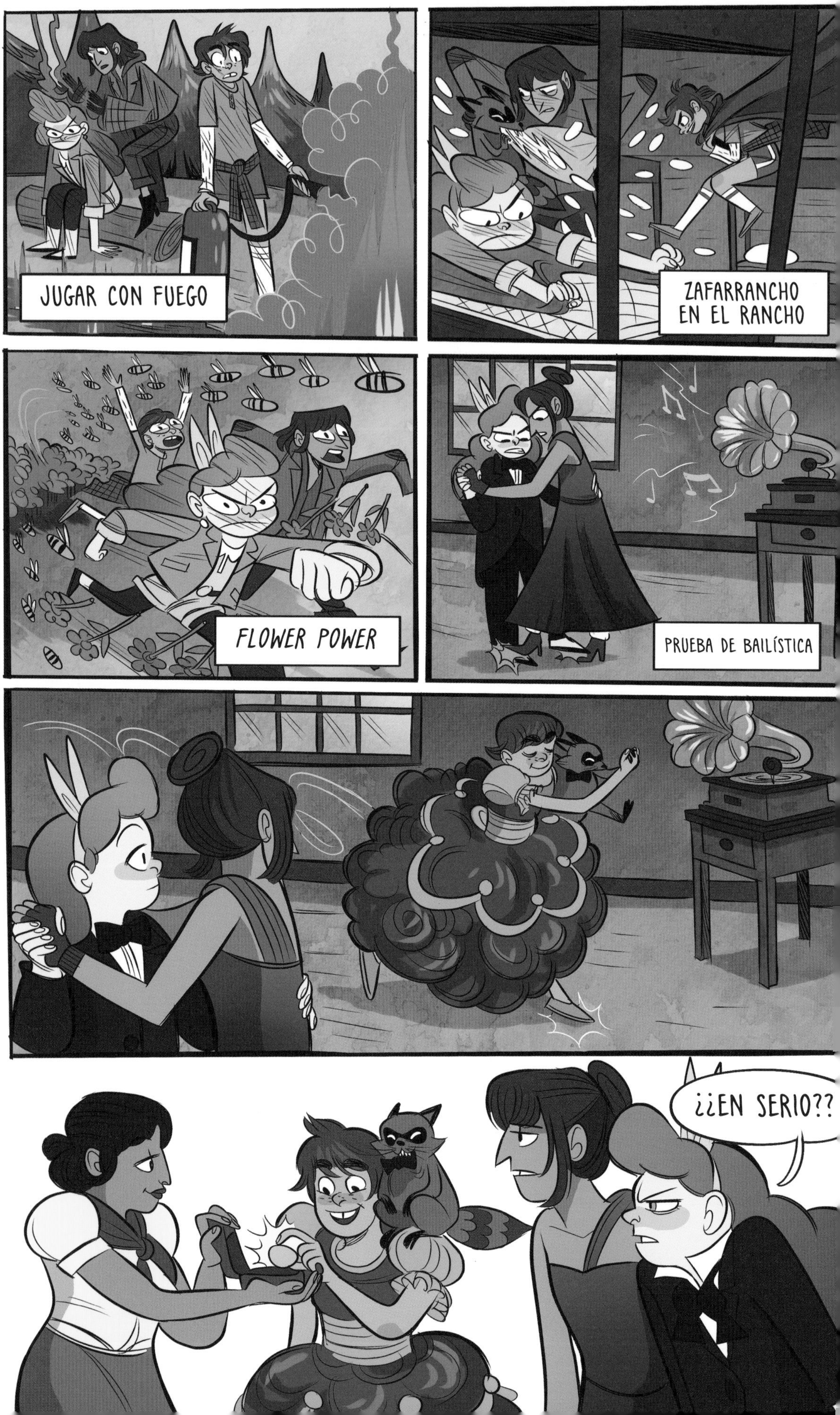
JUGAR CON FUEGO
ZAFARRANCHO EN EL RANCHO
FLOWER POWER
PRUEBA DE BAILÍSTICA
¿¿EN SERIO??

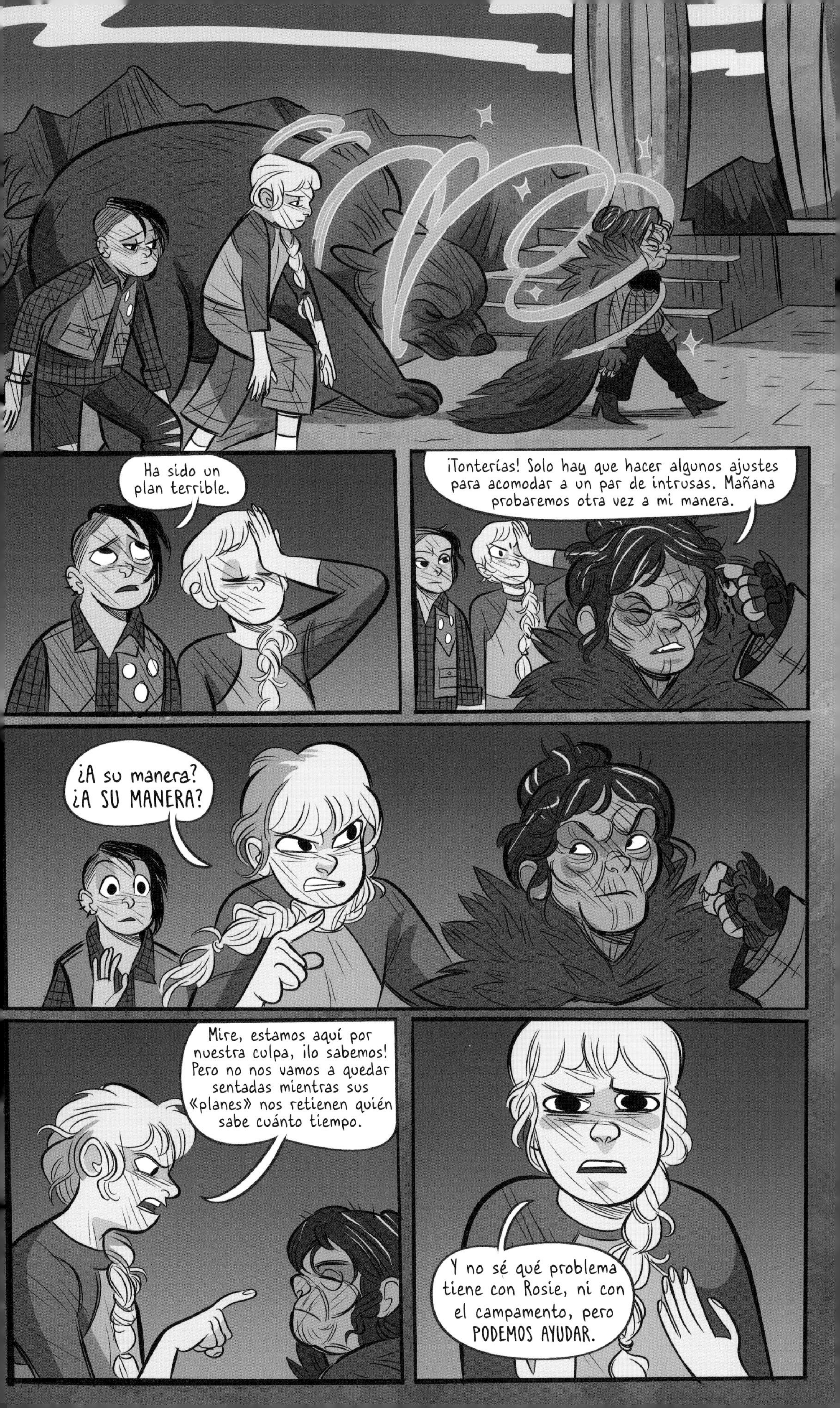
Ha sido un plan terrible.
¡Tonterías! Solo hay que hacer algunos ajustes para acomodar a un par de intrusas. Mañana probaremos otra vez a mi manera.
¿A su manera? ¿A SU MANERA?
Mire, estamos aquí por nuestra culpa, ¡lo sabemos! Pero no nos vamos a quedar sentadas mientras sus «planes» nos retienen quién sabe cuánto tiempo.
Y no sé qué problema tiene con Rosie, ni con el campamento, pero PODEMOS AYUDAR.

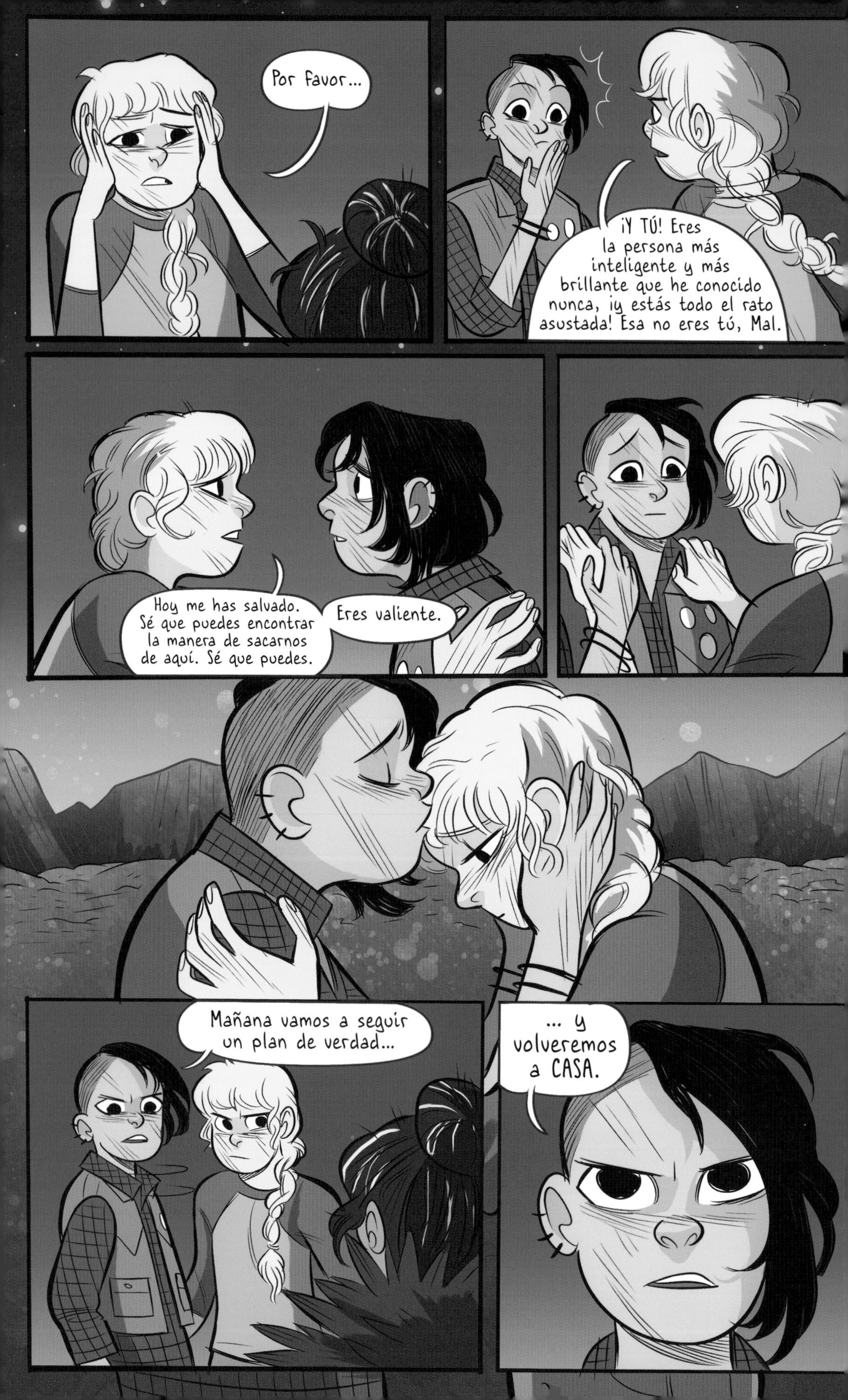
Por favor...
¡Y TÚ! Eres la persona más inteligente y más brillante que he conocido nunca, ¡y estás todo el rato asustada! Esa no eres tú, Mal.
Hoy me has salvado. Sé que puedes encontrar la manera de sacarnos de aquí. Sé que puedes.
Eres valiente.
Mañana vamos a seguir un plan de verdad...
... y volveremos a CASA.

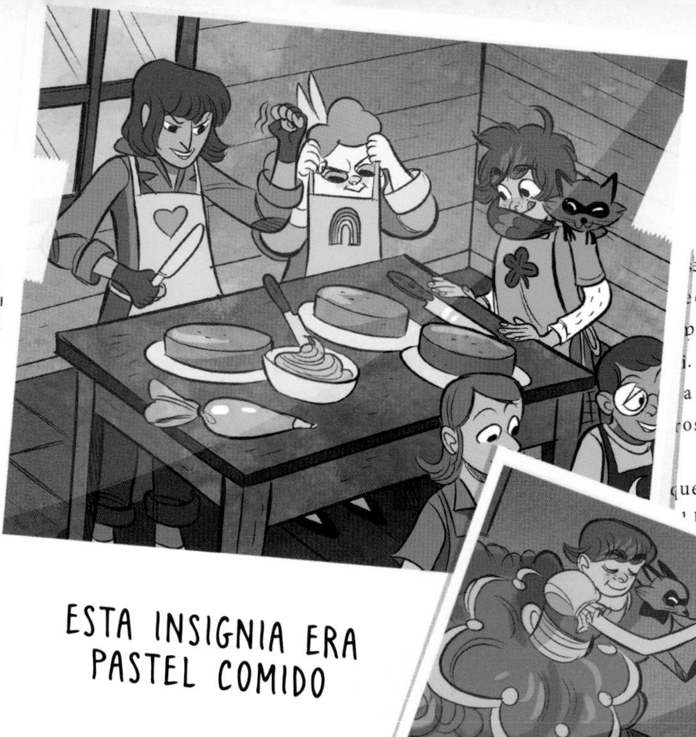
ESTA INSIGNIA ERA PASTEL COMIDO

se com
El
Ayud
aspecto
ropa pa
Además
Leñado
tener u
parte d
Thiskw
Molon
tiener
ellas

EL UNIFORME

evarse en el campamento
en los que las Leñadoras
puede requerirse en otras
. Debería utilizarse como
a opción de uniforme con
os apropiados, y medias o

queda pequeño el uniforme
a otra leñadora
esta tiene
ella

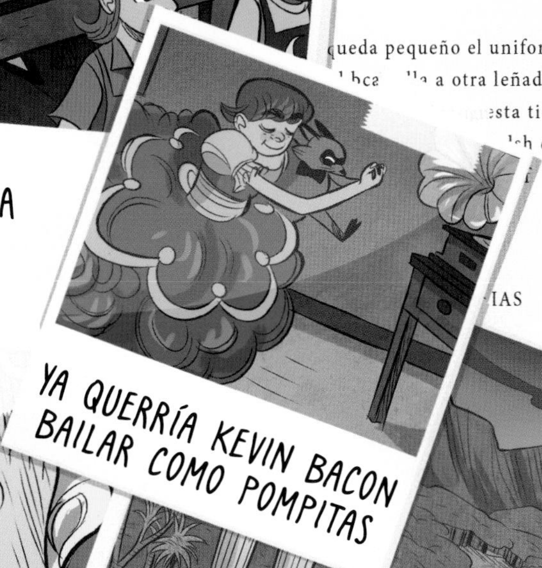
YA QUERRÍA KEVIN BACON BAILAR COMO POMPITAS

IAS

El u
bordado la band
escog
panta
hechos
activid
boina ve
el cuello
de la amis
Los zapa
ser de ta
Por su pa
juntar co
forme. Por últ... pulse
no tienen cabida en el unifor

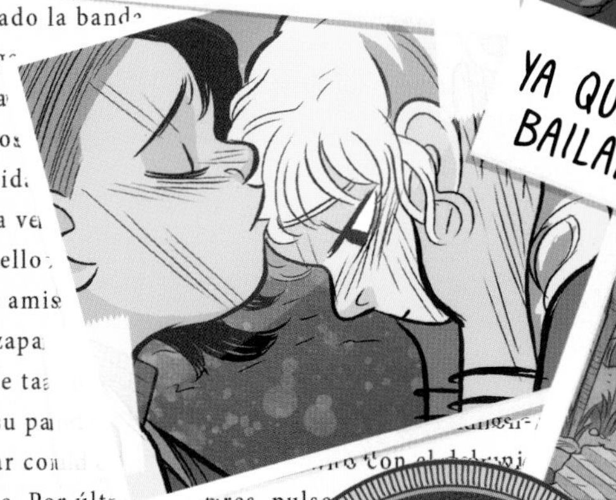

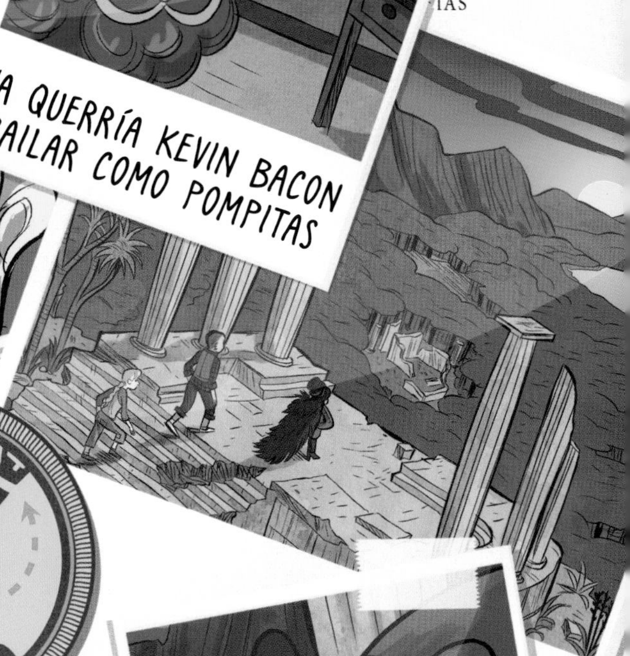

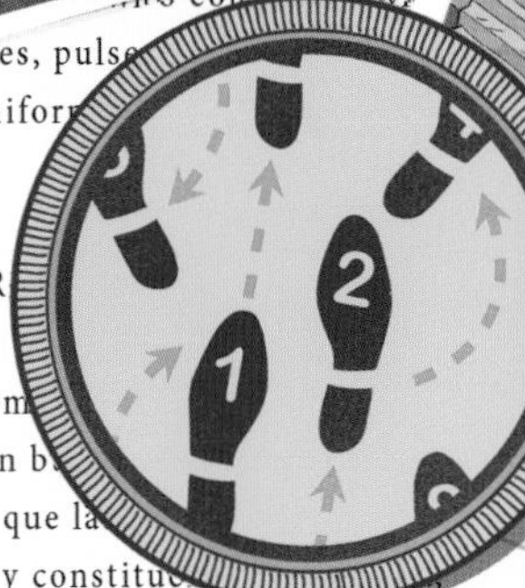
1
2

CÓMO LLEVAR

Para vestir bien el uniform
es que el uniforme esté en b
planchado. Asegúrate de que la
apropiado para tu altura y constitu
turón se ajuste bien y que los zapatos y las medias hagan juego con los colores del uniforme. Controla tu postura y muévete con gracia y dignidad. Si te quitas la boina al entrar en algún sitio, asegúrate de llevar el pelo bien peinado y recogido con una discreta horquilla o una diadema. Cuando llevas el uniforme de leñadora estás representando a esta organización, por lo que debes procurar comportarte de un modo que muestre a todo el mundo que la cortesía y la consideración son parte fundamental de una leñadora. La gente tiende a juzgar a un país entero por el egoísmo de unos pocos, a criticar a toda una familia por el mal comportamiento

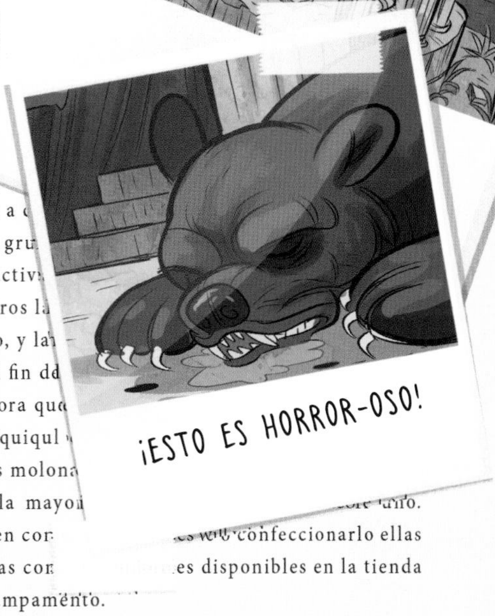
¡ESTO ES HORROR-OSO!

ayuda a
en un gru
vida activ
del otros la
futuro, y la
con el fin d
leñadora qu
Penniquiql
chicas molon
pero la mayo
Pueden con ... confeccionarlo ellas
mismas con ... es disponibles en la tienda
del campamento.

## MANUAL DE CAMPO DE LAS LEÑADORAS
# CAPÍTULO 12

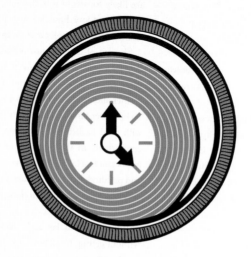

*Área de especialidad: «Artes y oficios»*

## INSIGNIA DE NO SOY VIEJO, SOY VINTAGE

*«Haz que la historia siga viva»*

Cada año que pasa crecemos y maduramos como mujeres. En cuanto que Leñadoras bien instruidas, comprenderemos que las experiencias de las que nos superan en edad nos sirven de guía en nuestro camino. Son las cuerdas a las que sujetarnos en la pasarela de nuestro viaje, nos señalan direcciones que deberíamos tomar sin obligarnos por ello a ceñirnos a un solo camino. Ser una leñadora consiste en algo más que en aprender habilidades para desempeñarnos en la naturaleza, es una oportunidad de enriquecernos con esta comunidad de personas únicas. «Respeta a tus mayores» no es una consigna que se tome a la ligera en el campamento de las Leñadoras, y nunca será así. Todas las mujeres aprenden de las locuras de su juventud, del mismo modo que cualquier joven puede sacar una lección distinta del mismo problema, corresponde pues a las Leñadoras buscar guía en sus monitoras, sus compañeras y sus mayores.

La insignia de No soy viejo, soy vintage es importante porque nos enseña respeto y también a valorar las vidas de los que nos rodean, aun cuando no tengan una influencia visible en las nuestras. Estamos todas conectadas bajo el mismo cielo y la decisión de una joven exploradora hace cincuenta años puede seguir afectando a las decisiones de las jóvenes exploradoras que asisten al campamento en la actualidad. La historia es importante, nos da la oportunidad de aprender de las acciones de los demás, ver los caminos que otras tomaron y dar un paso en una dirección completamente nueva. También nuestras propias experiencias personales sirven de guía para cada decisión que tomamos a medida que avanzamos en nuestro camino particular.

Para conseguir la insignia de No soy viejo, soy vintage, la leñadora debe ayudar a una persona mayor en el campamento. Debe ser capaz de ver qué ayuda es necesaria y hacer todo lo posible para asegurarse de proporcionarla. No es preciso que actúe sola, puesto que ser leñadora supone estar siempre rodeada de amigas, y en este caso concreto, todas aquellas que contribuyan recibirán su propia insignia de No soy viejo, soy vintage. Es

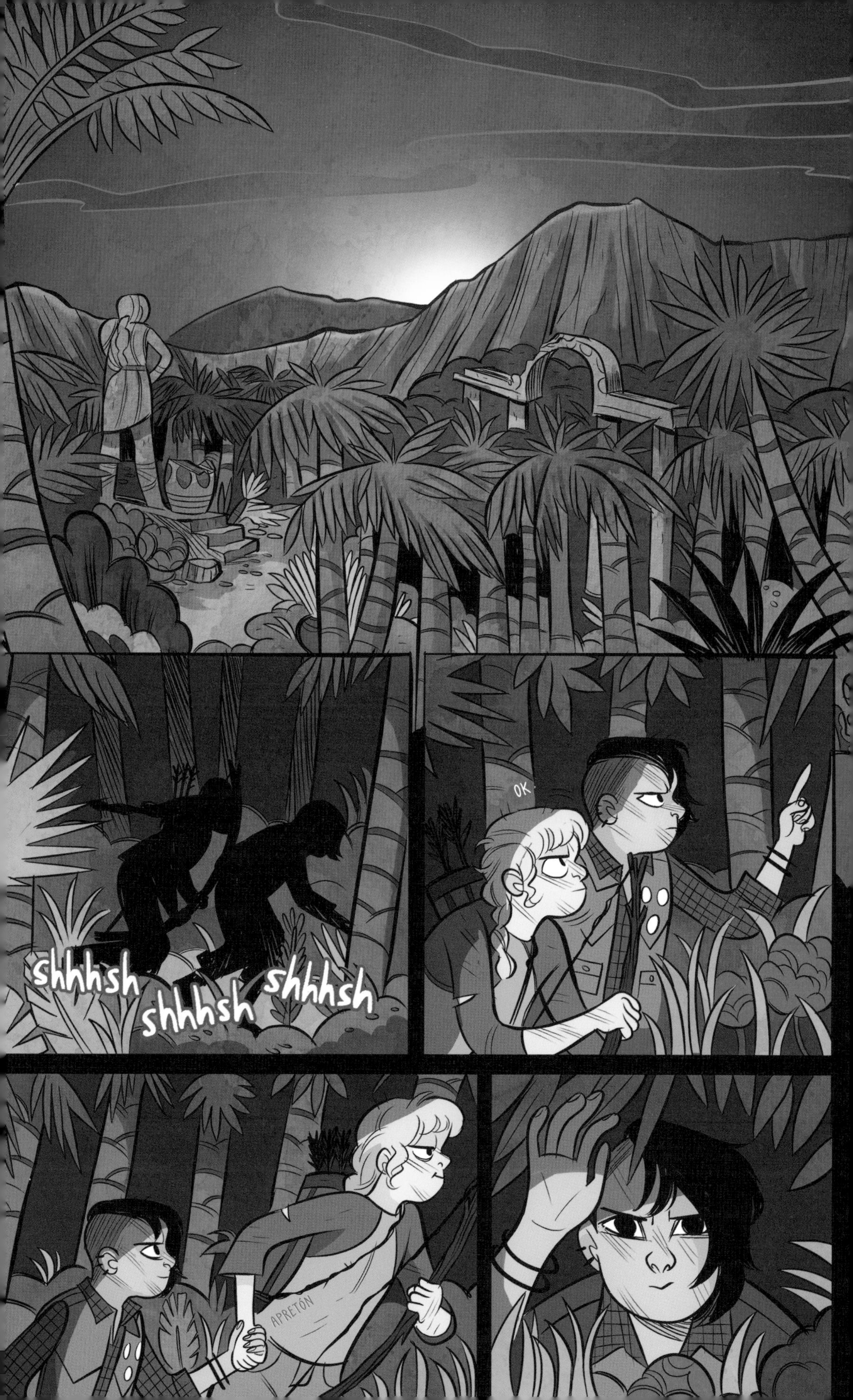
shhhsh
shhhsh
shhhsh
OK
APRETÓN

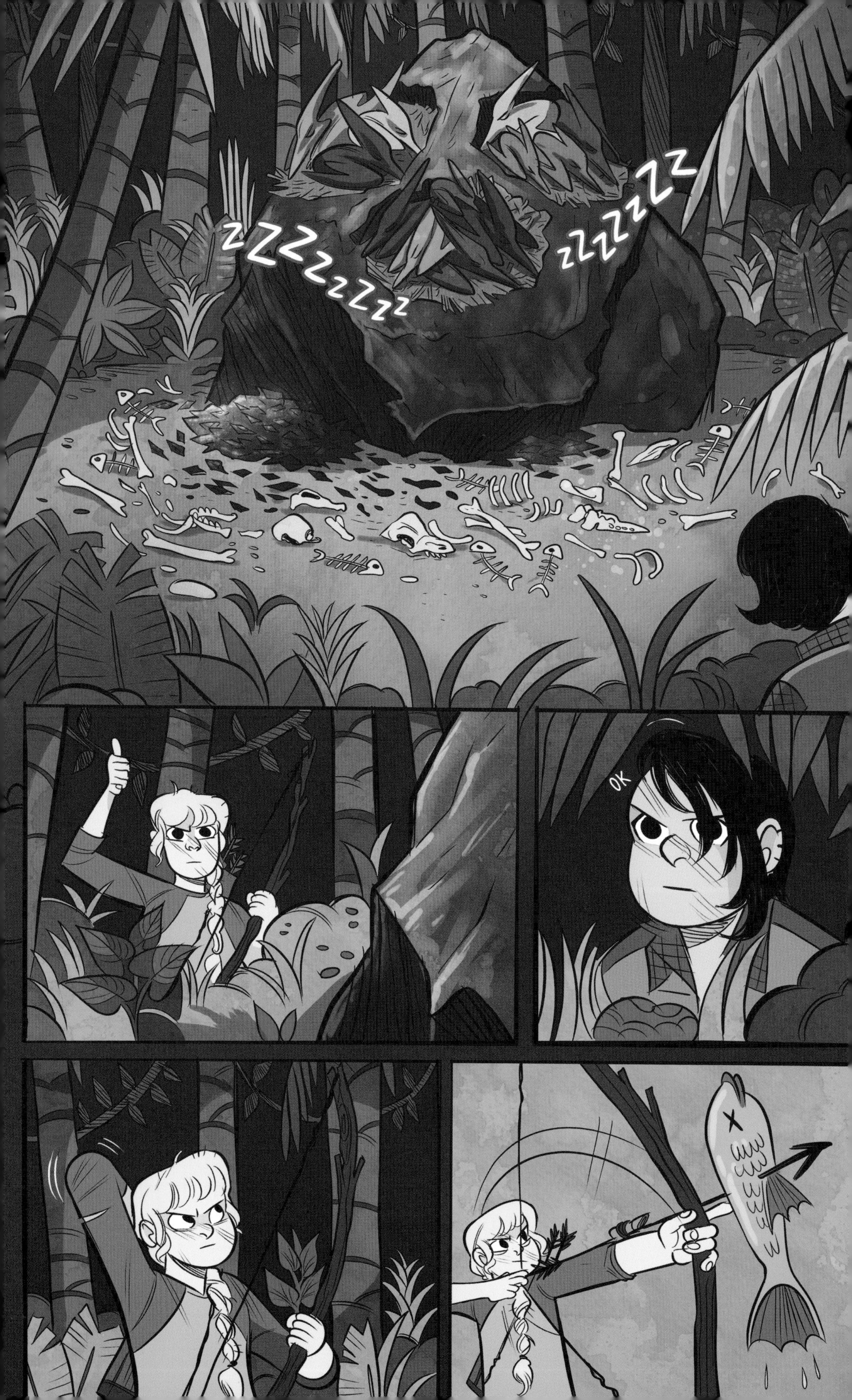
zZZzzZzz
zzzzzZZ
OK

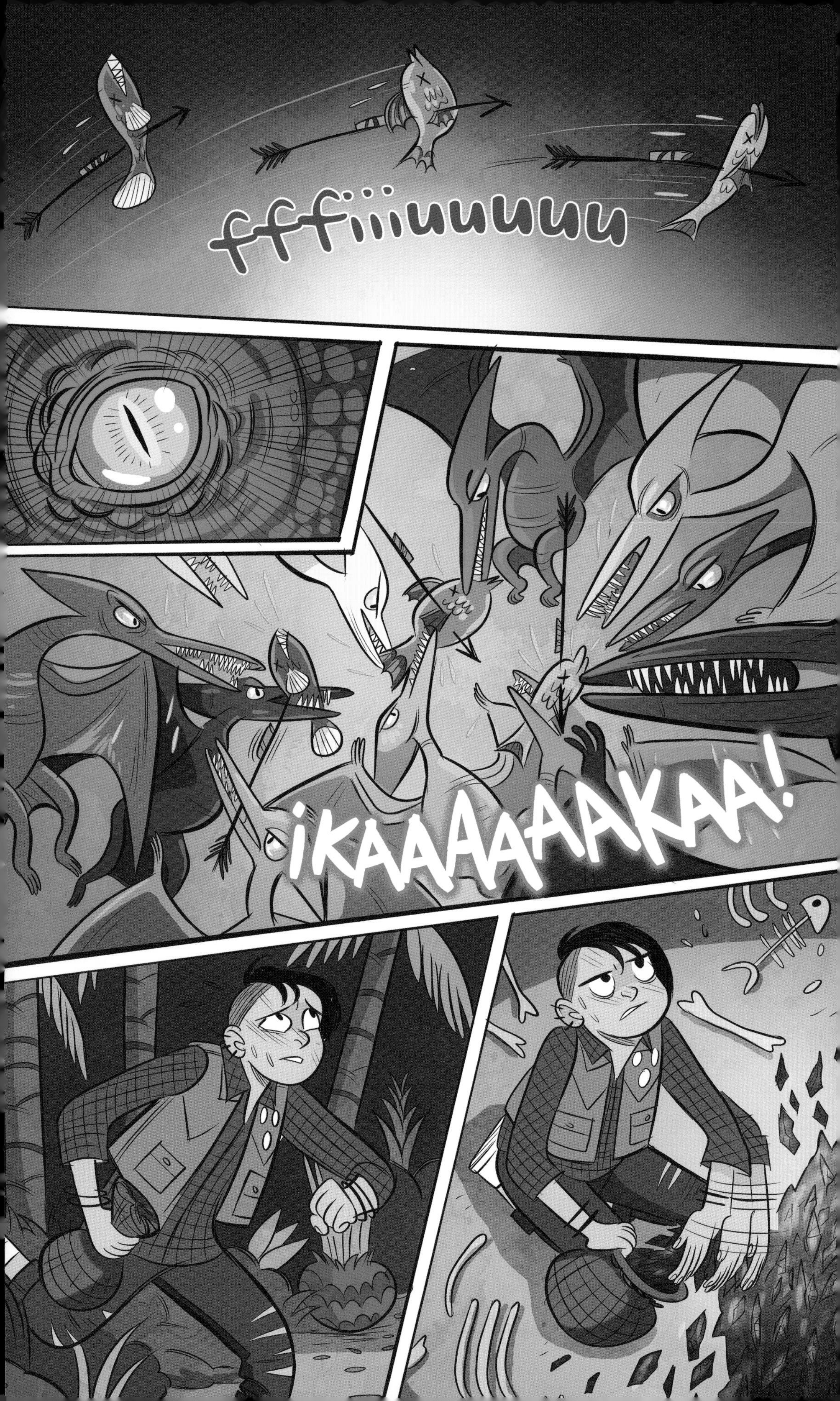
fffiiiuuuuuu
¡KAAAAAAKAA!

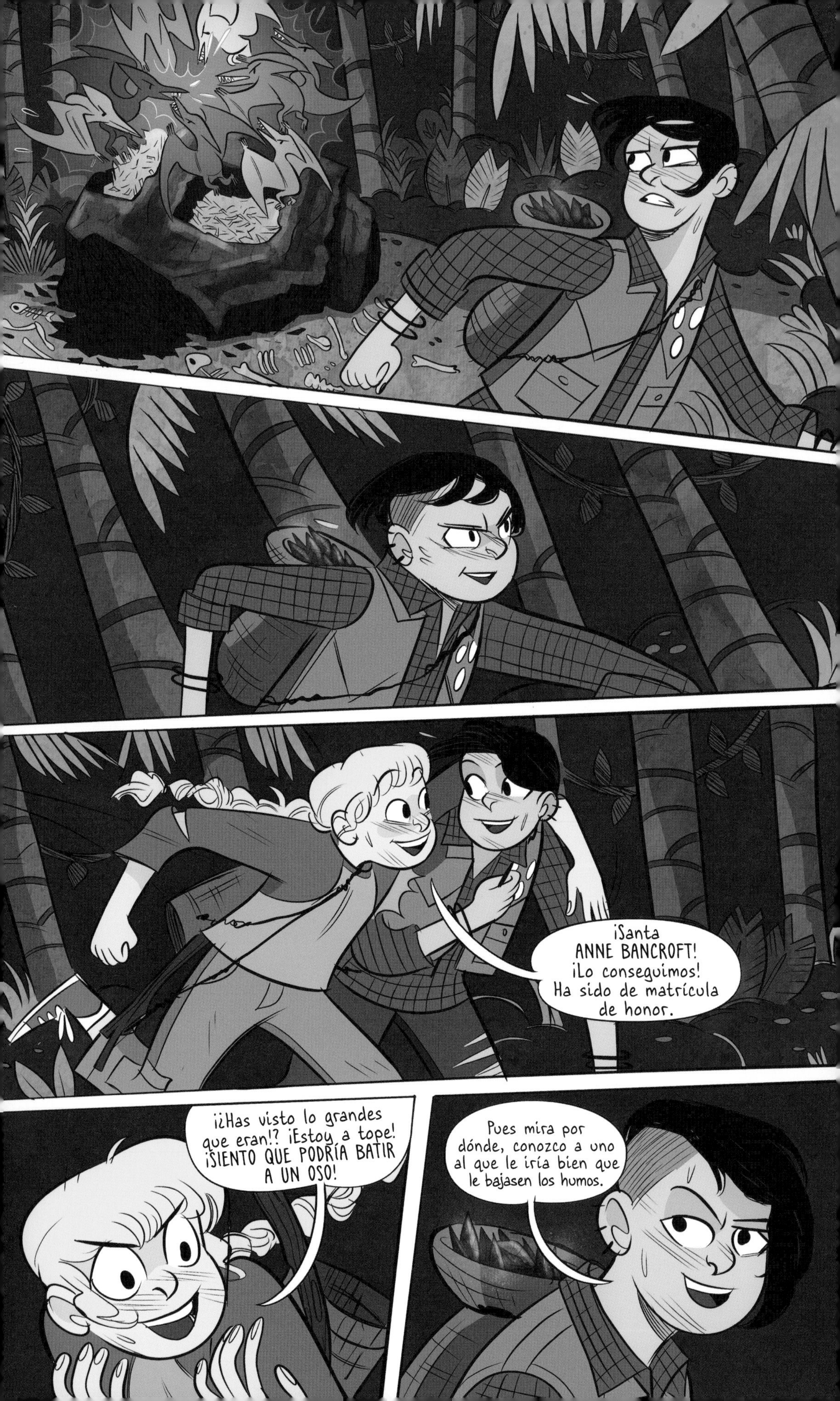

¡Santa ANNE BANCROFT! ¡Lo conseguimos! Ha sido de matrícula de honor.
¡¿Has visto lo grandes que eran!? ¡Estoy a tope! ¡SIENTO QUE PODRÍA BATIR A UN OSO!
Pues mira por dónde, conozco a uno al que le iría bien que le bajasen los humos.

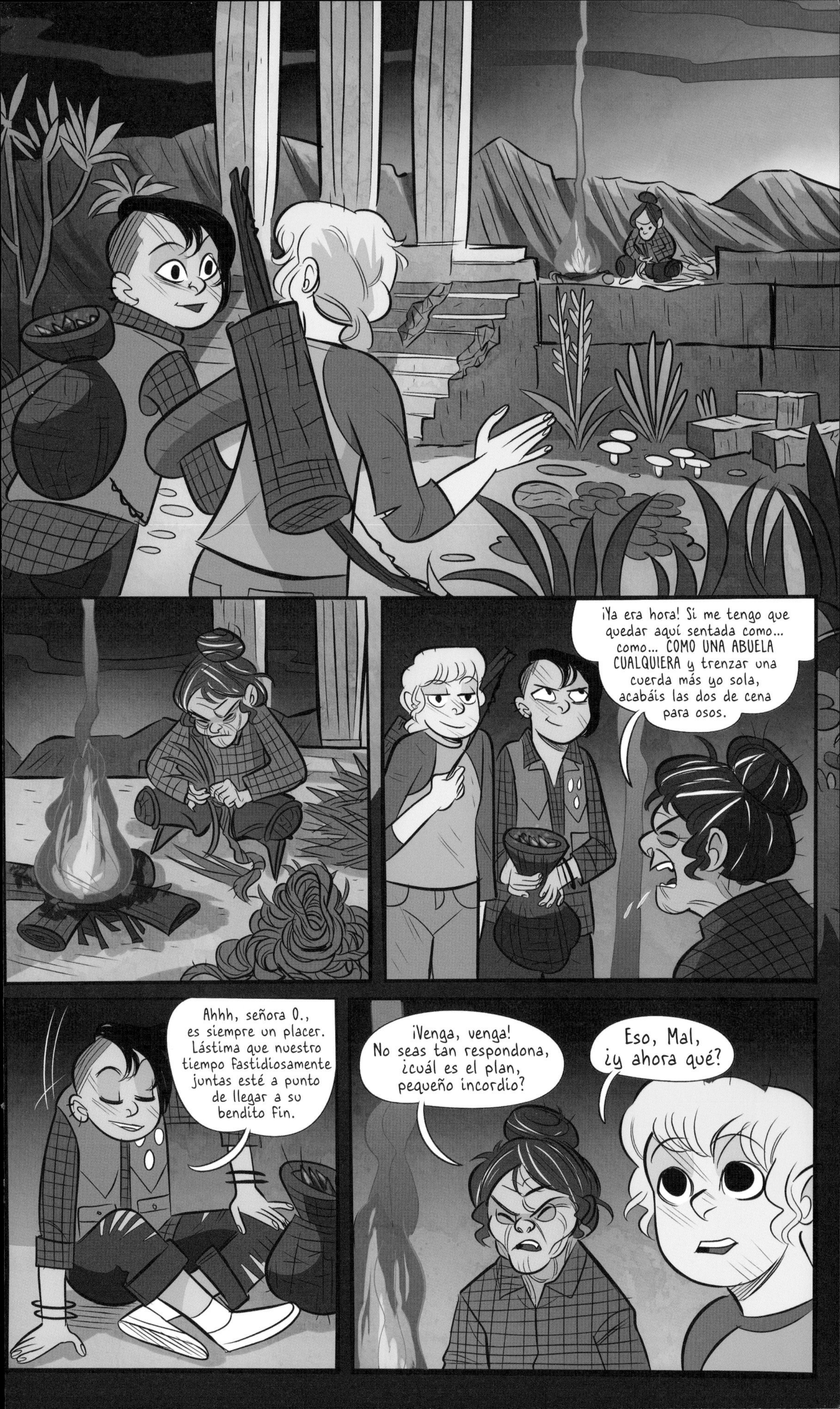
¡Ya era hora! Si me tengo que quedar aquí sentada como... como... COMO UNA ABUELA CUALQUIERA y trenzar una cuerda más yo sola, acabáis las dos de cena para osos.
Ahhh, señora O., es siempre un placer. Lástima que nuestro tiempo fastidiosamente juntas esté a punto de llegar a su bendito fin.
¡Venga, venga! No seas tan respondona, ¿cuál es el plan, pequeño incordio?
Eso, Mal, ¿y ahora qué?

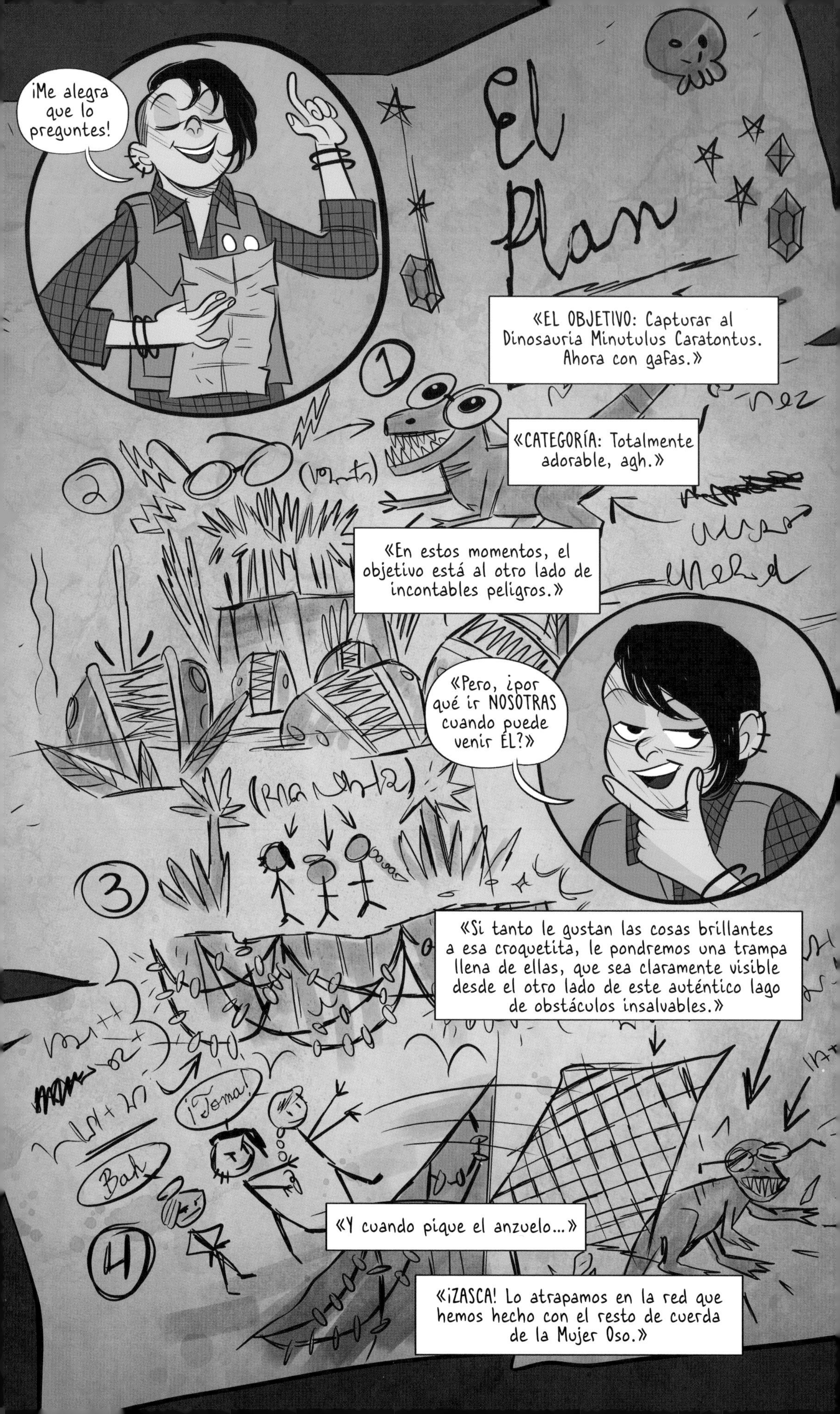
¡Me alegra que lo preguntes!
El Plan
«EL OBJETIVO: Capturar al Dinosauria Minutulus Caratontus. Ahora con gafas.»
1
«CATEGORÍA: Totalmente adorable, agh.»
2
«En estos momentos, el objetivo está al otro lado de incontables peligros.»
«Pero, ¿por qué ir NOSOTRAS cuando puede venir ÉL?»
3
«Si tanto le gustan las cosas brillantes a esa croquetita, le pondremos una trampa llena de ellas, que sea claramente visible desde el otro lado de este auténtico lago de obstáculos insalvables.»
¡Toma!
Bah
4
«Y cuando pique el anzuelo...»
«¡ZASCA! Lo atrapamos en la red que hemos hecho con el resto de cuerda de la Mujer Oso.»

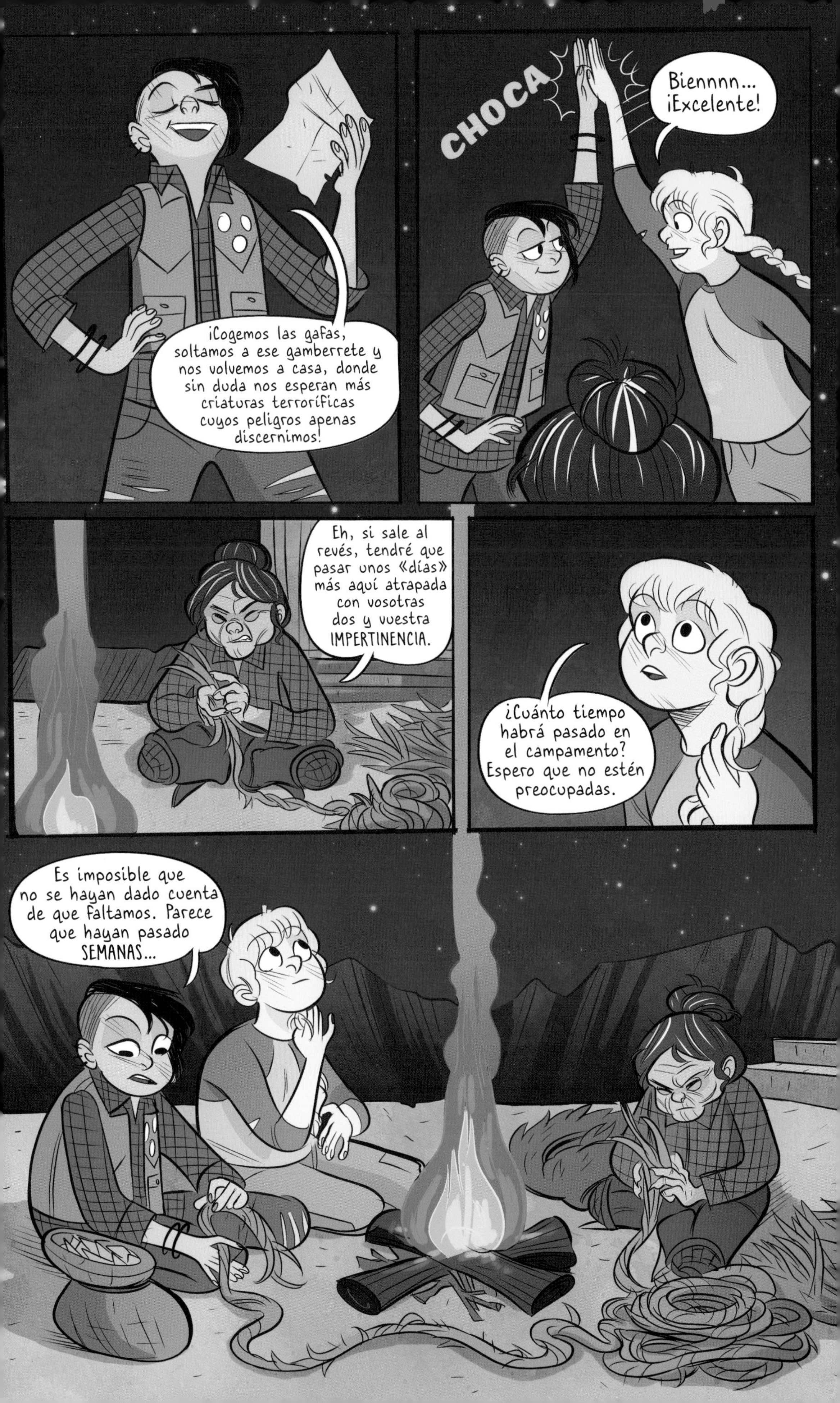
¡Cogemos las gafas, soltamos a ese gamberrete y nos volvemos a casa, donde sin duda nos esperan más criaturas terroríficas cuyos peligros apenas discernimos!
CHOCA
Biennnn... ¡Excelente!
Eh, si sale al revés, tendré que pasar unos «días» más aquí atrapada con vosotras dos y vuestra IMPERTINENCIA.
¿Cuánto tiempo habrá pasado en el campamento? Espero que no estén preocupadas.
Es imposible que no se hayan dado cuenta de que faltamos. Parece que hayan pasado SEMANAS...

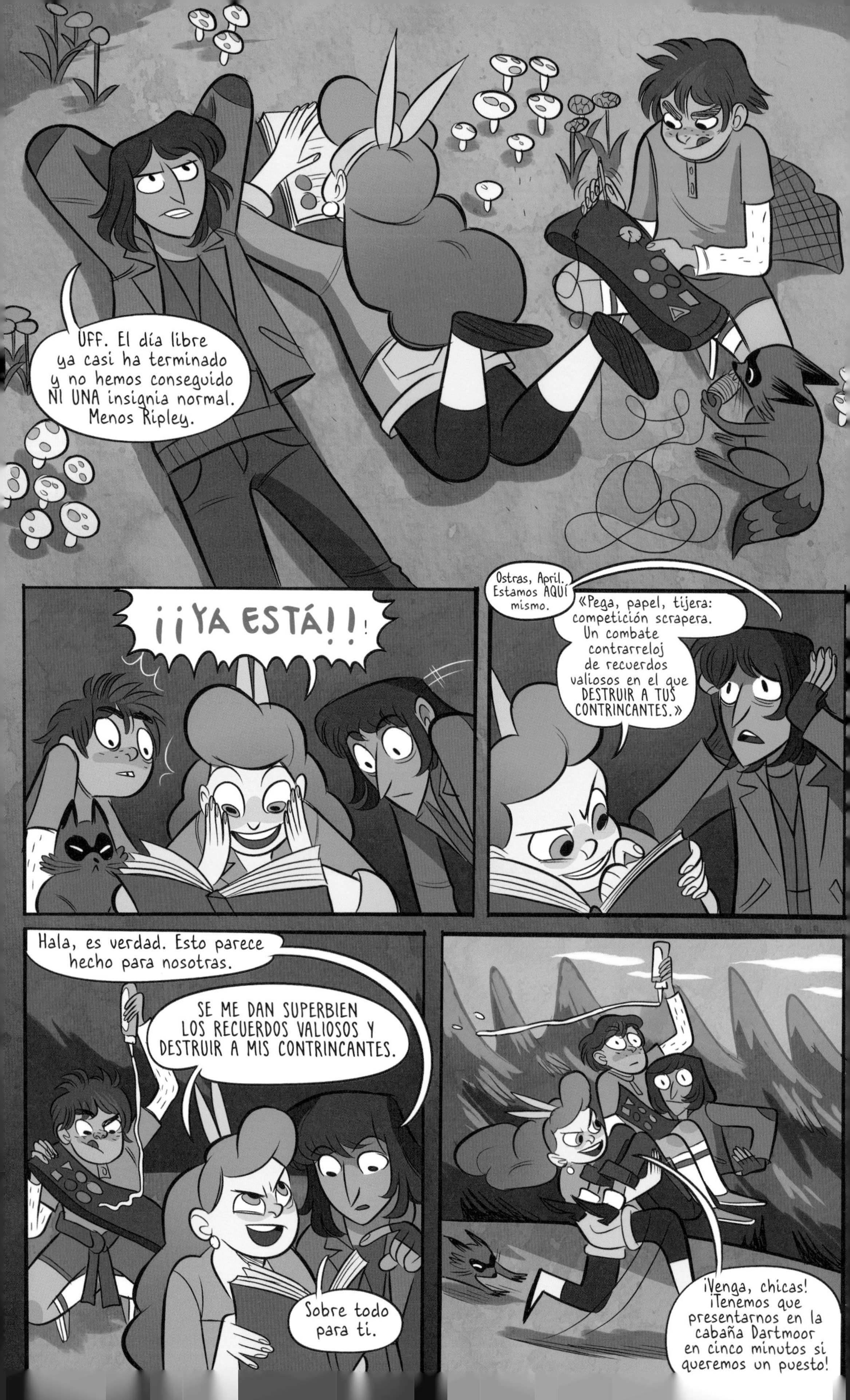
UFF. El día libre ya casi ha terminado y no hemos conseguido NI UNA insignia normal. Menos Ripley.
¡¡YA ESTÁ!!
Ostras, April. Estamos AQUÍ mismo.
«Pega, papel, tijera: competición scrapera. Un combate contrarreloj de recuerdos valiosos en el que DESTRUIR A TUS CONTRINCANTES.»
Hala, es verdad. Esto parece hecho para nosotras.
SE ME DAN SUPERBIEN LOS RECUERDOS VALIOSOS Y DESTRUIR A MIS CONTRINCANTES.
Sobre todo para ti.
¡Venga, chicas! ¡Tenemos que presentarnos en la cabaña Dartmoor en cinco minutos si queremos un puesto!

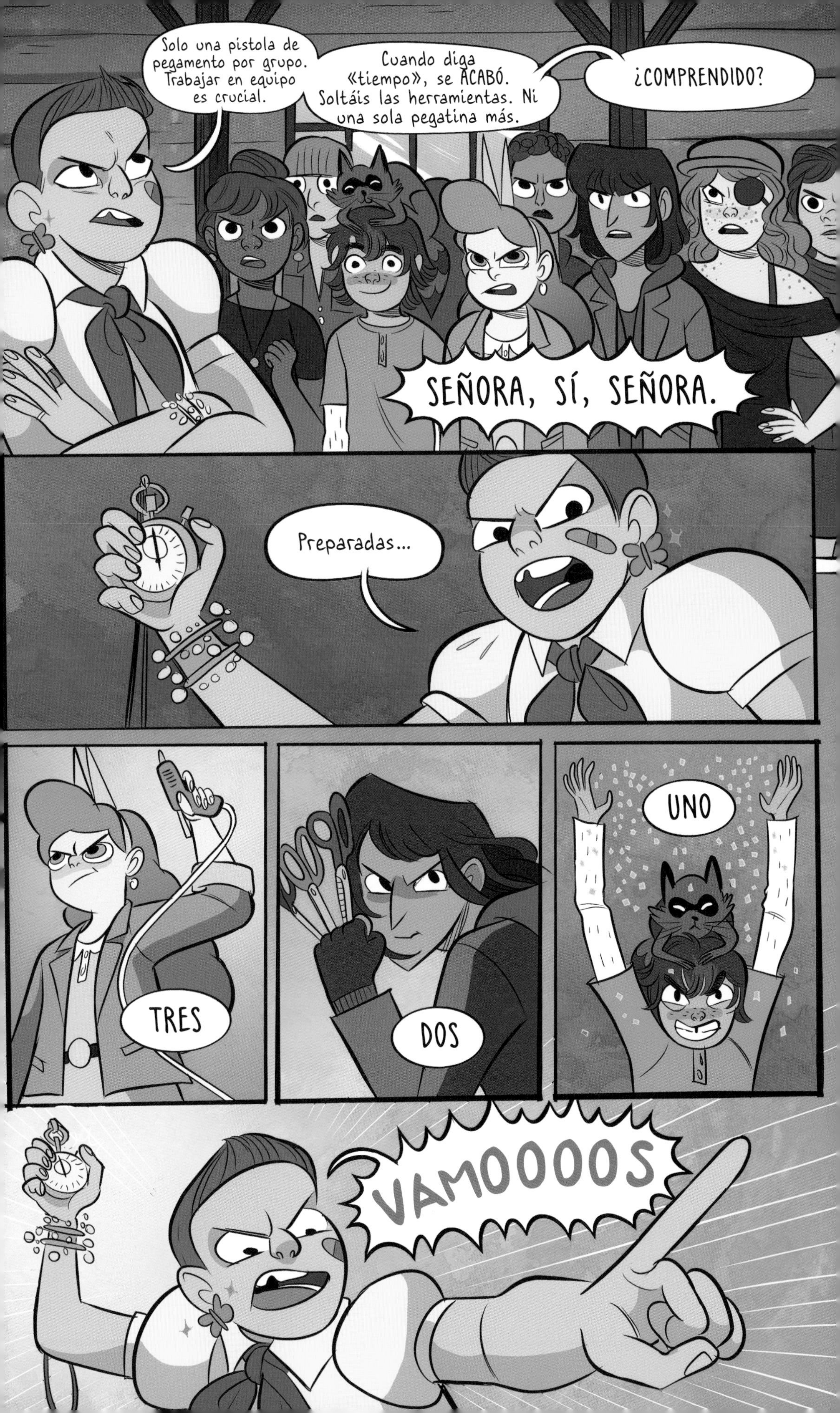
Solo una pistola de pegamento por grupo. Trabajar en equipo es crucial.
Cuando diga «tiempo», se ACABÓ. Soltáis las herramientas. Ni una sola pegatina más.
¿COMPRENDIDO?
SEÑORA, SÍ, SEÑORA.
Preparadas...
TRES
DOS
UNO
VAMOOOOS

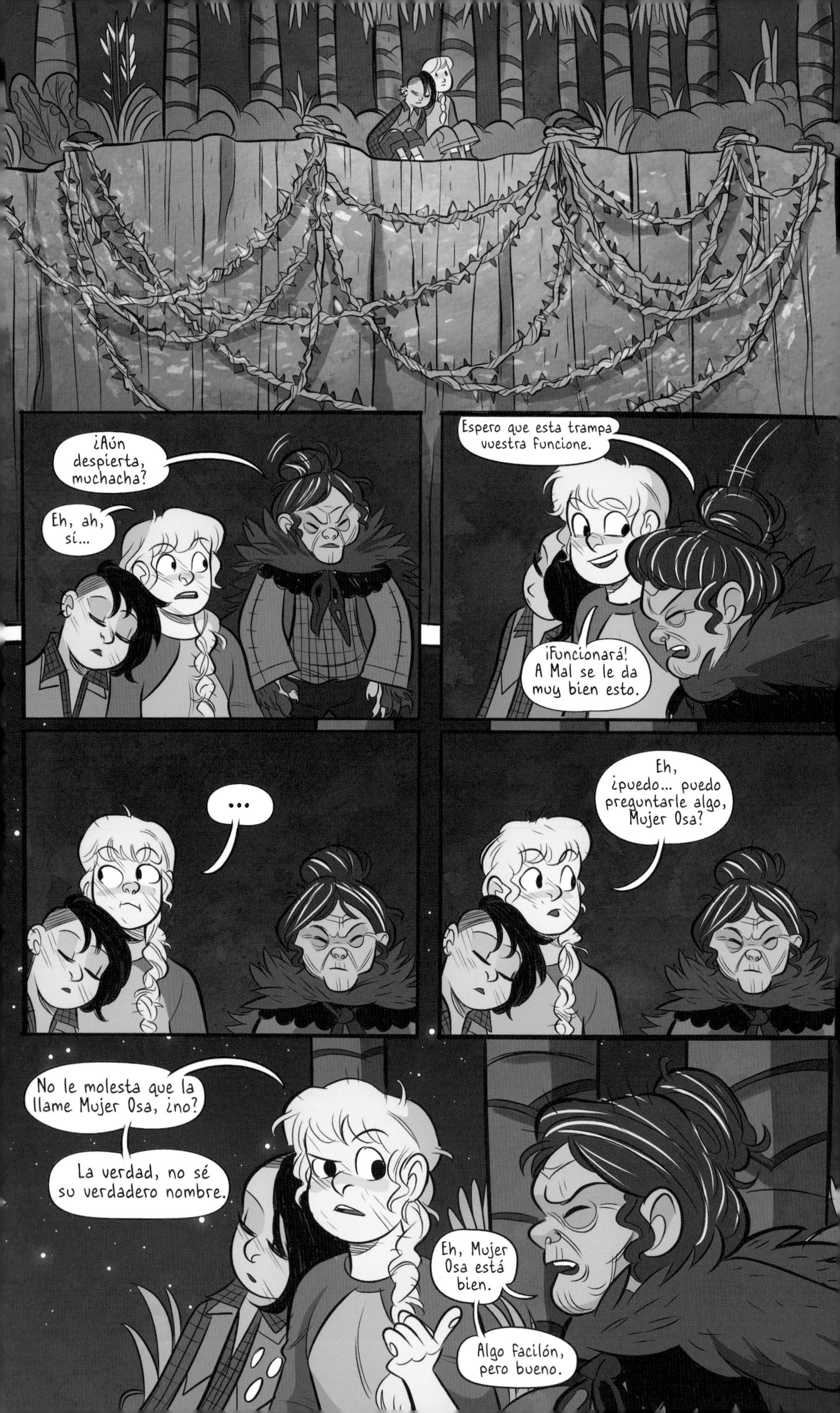

¿Aún despierta, muchacha?
Eh, ah, sí...
Espero que esta trampa vuestra funcione.
¡Funcionará! A Mal se le da muy bien esto.
...
Eh, ¿puedo... puedo preguntarle algo, Mujer Osa?
No le molesta que la llame Mujer Osa, ¿no?
La verdad, no sé su verdadero nombre.
Eh, Mujer Osa está bien.
Algo facilón, pero bueno.

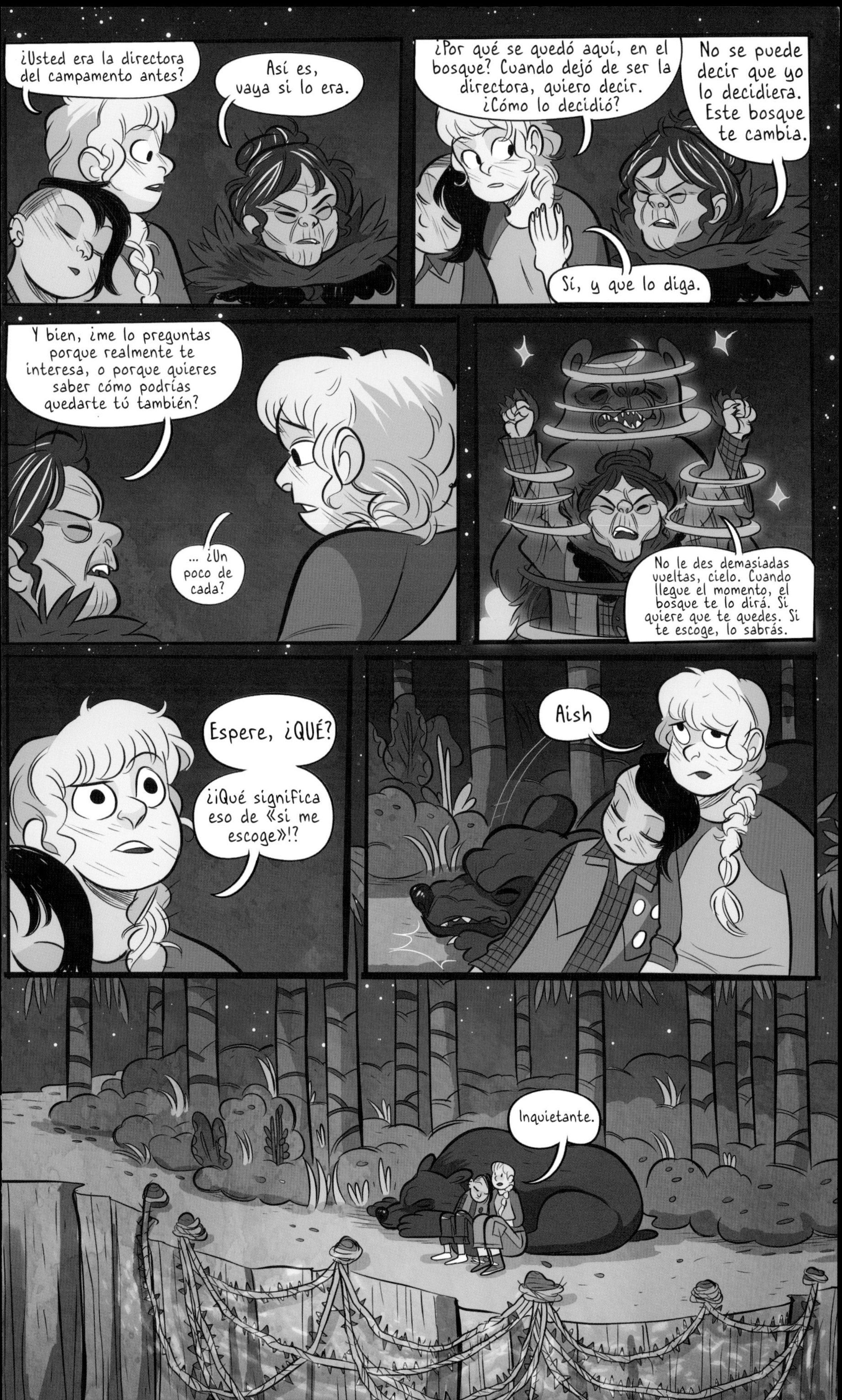
¿Usted era la directora del campamento antes?
Así es, vaya si lo era.
¿Por qué se quedó aquí, en el bosque? Cuando dejó de ser la directora, quiero decir. ¿Cómo lo decidió?
No se puede decir que yo lo decidiera. Este bosque te cambia.
Sí, y que lo diga.
Y bien, ¿me lo preguntas porque realmente te interesa, o porque quieres saber cómo podrías quedarte tú también?
... ¿Un poco de cada?
No le des demasiadas vueltas, cielo. Cuando llegue el momento, el bosque te lo dirá. Si quiere que te quedes. Si te escoge, lo sabrás.
Espere, ¿QUÉ?
¿¡Qué significa eso de «si me escoge»!?
Aish
Inquietante.

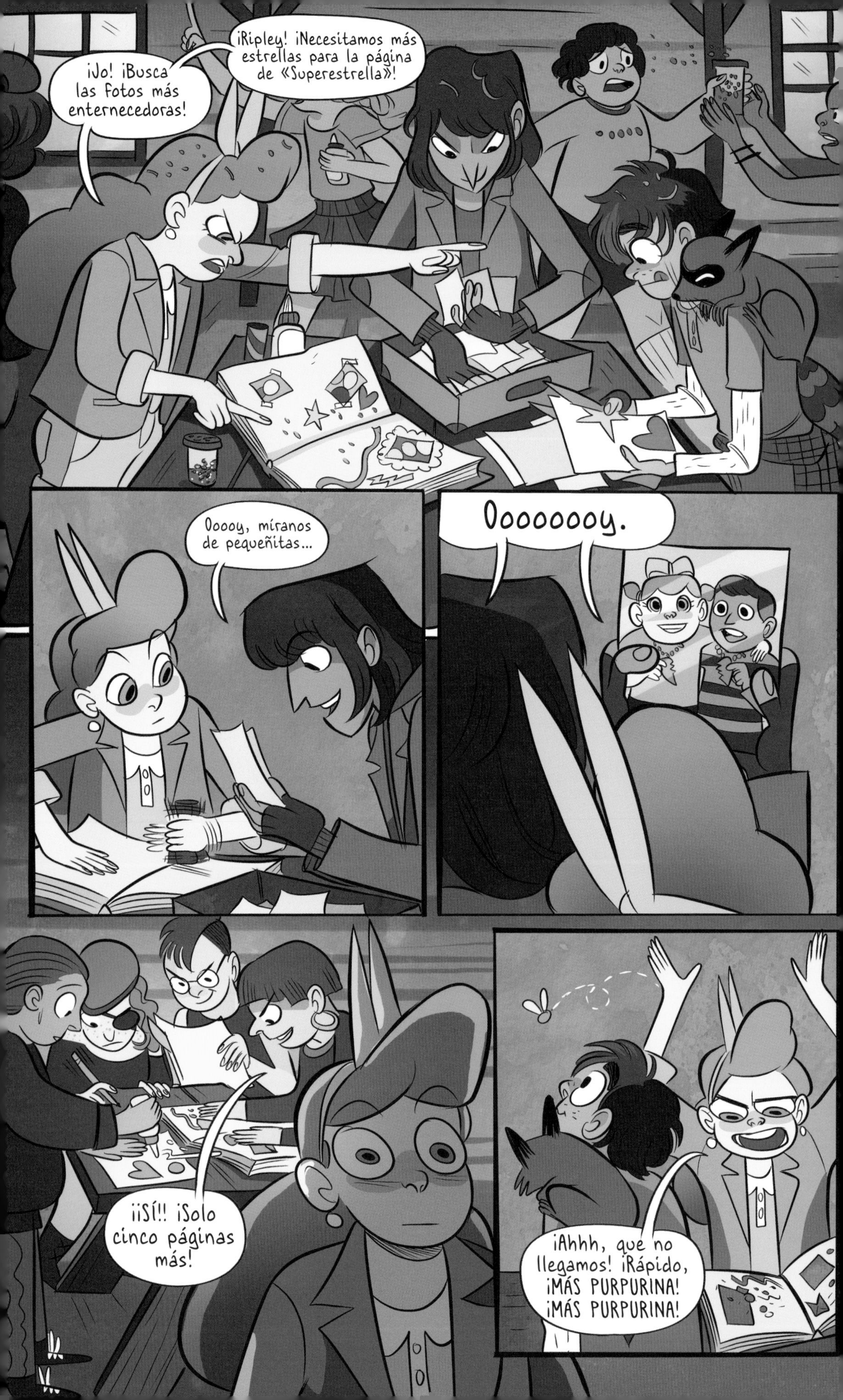
¡Jo! ¡Busca las fotos más enternecedoras!
¡Ripley! ¡Necesitamos más estrellas para la página de «Superestrella»!
Ooooy, míranos de pequeñitas...
Ooooooy.
¡¡SÍ!! ¡Solo cinco páginas más!
¡Ahhh, que no llegamos! ¡Rápido, ¡MÁS PURPURINA! ¡MÁS PURPURINA!

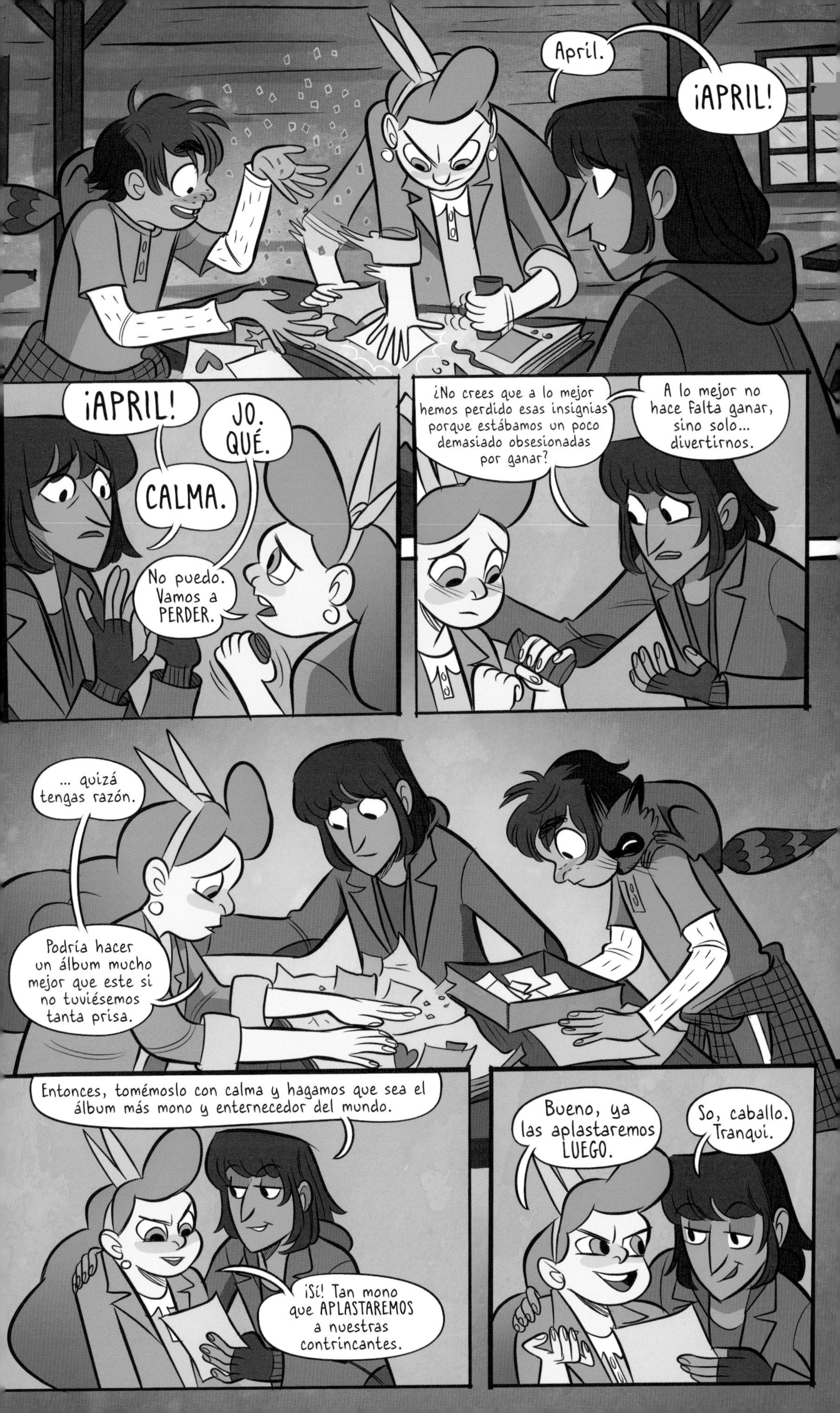

April.
¡APRIL!
¡APRIL!
CALMA.
JO. QUÉ.
No puedo. Vamos a PERDER.
¿No crees que a lo mejor hemos perdido esas insignias porque estábamos un poco demasiado obsesionadas por ganar?
A lo mejor no hace falta ganar, sino solo… divertirnos.
… quizá tengas razón.
Podría hacer un álbum mucho mejor que este si no tuviésemos tanta prisa.
Entonces, tomémoslo con calma y hagamos que sea el álbum más mono y enternecedor del mundo.
¡Sí! Tan mono que APLASTAREMOS a nuestras contrincantes.
Bueno, ya las aplastaremos LUEGO.
So, caballo. Tranqui.

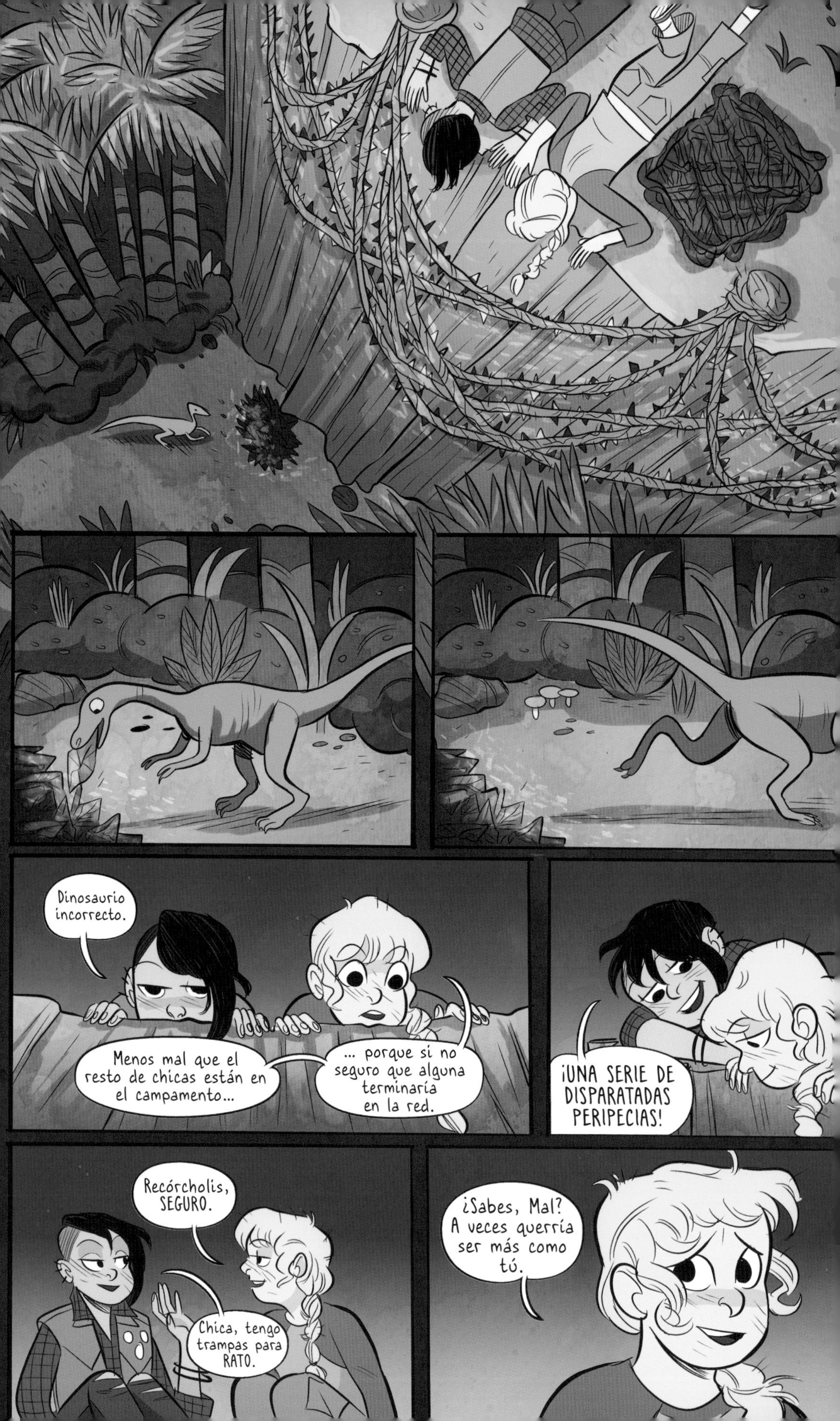
Dinosaurio incorrecto.
Menos mal que el resto de chicas están en el campamento...
... porque si no seguro que alguna terminaría en la red.
¡UNA SERIE DE DISPARATADAS PERIPECIAS!
Recórcholis, SEGURO.
Chica, tengo trampas para RATO.
¿Sabes, Mal? A veces querría ser más como tú.

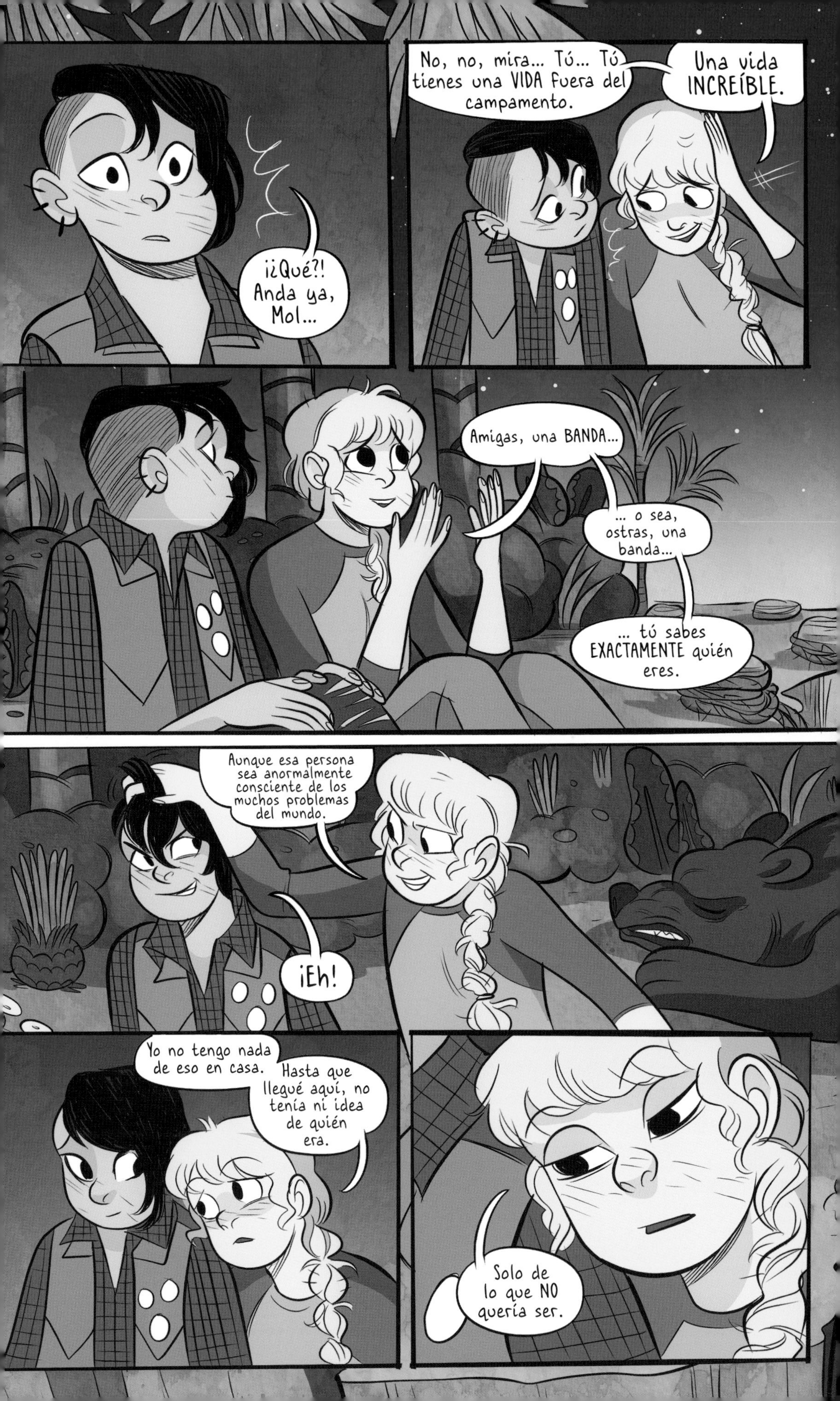
¡¿Qué?!
Anda ya, Mol...
No, no, mira... Tú... Tú tienes una VIDA fuera del campamento.
Una vida INCREÍBLE.
Amigas, una BANDA...
... o sea, ostras, una banda...
... tú sabes EXACTAMENTE quién eres.
Aunque esa persona sea anormalmente consciente de los muchos problemas del mundo.
¡Eh!
Yo no tengo nada de eso en casa.
Hasta que llegué aquí, no tenía ni idea de quién era.
Solo de lo que NO quería ser.

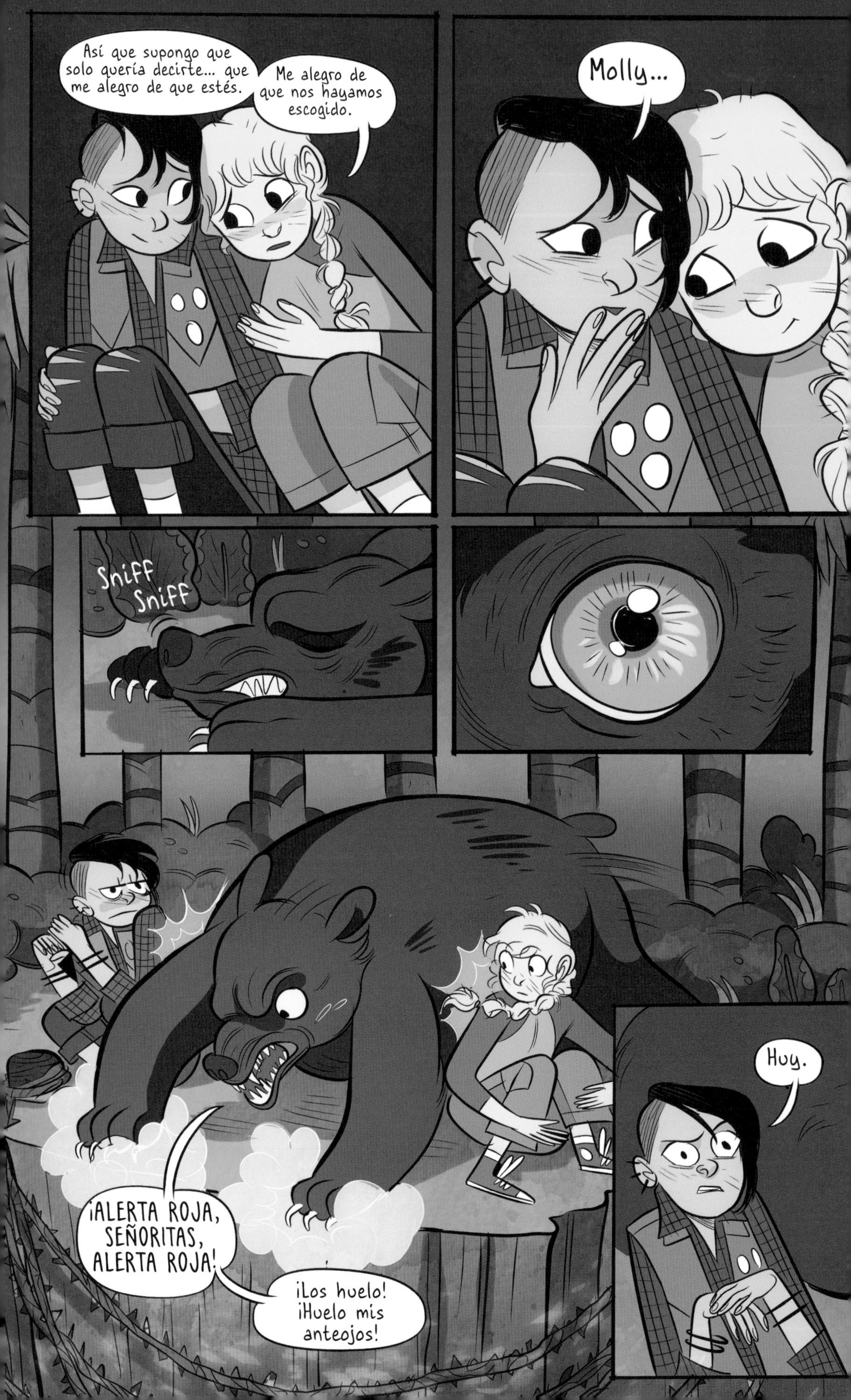
Así que supongo que solo quería decirte... que me alegro de que estés.
Me alegro de que nos hayamos escogido.
Molly...
Sniff
Sniff
Huy.
¡ALERTA ROJA, SEÑORITAS, ALERTA ROJA!
¡Los huelo! ¡Huelo mis anteojos!

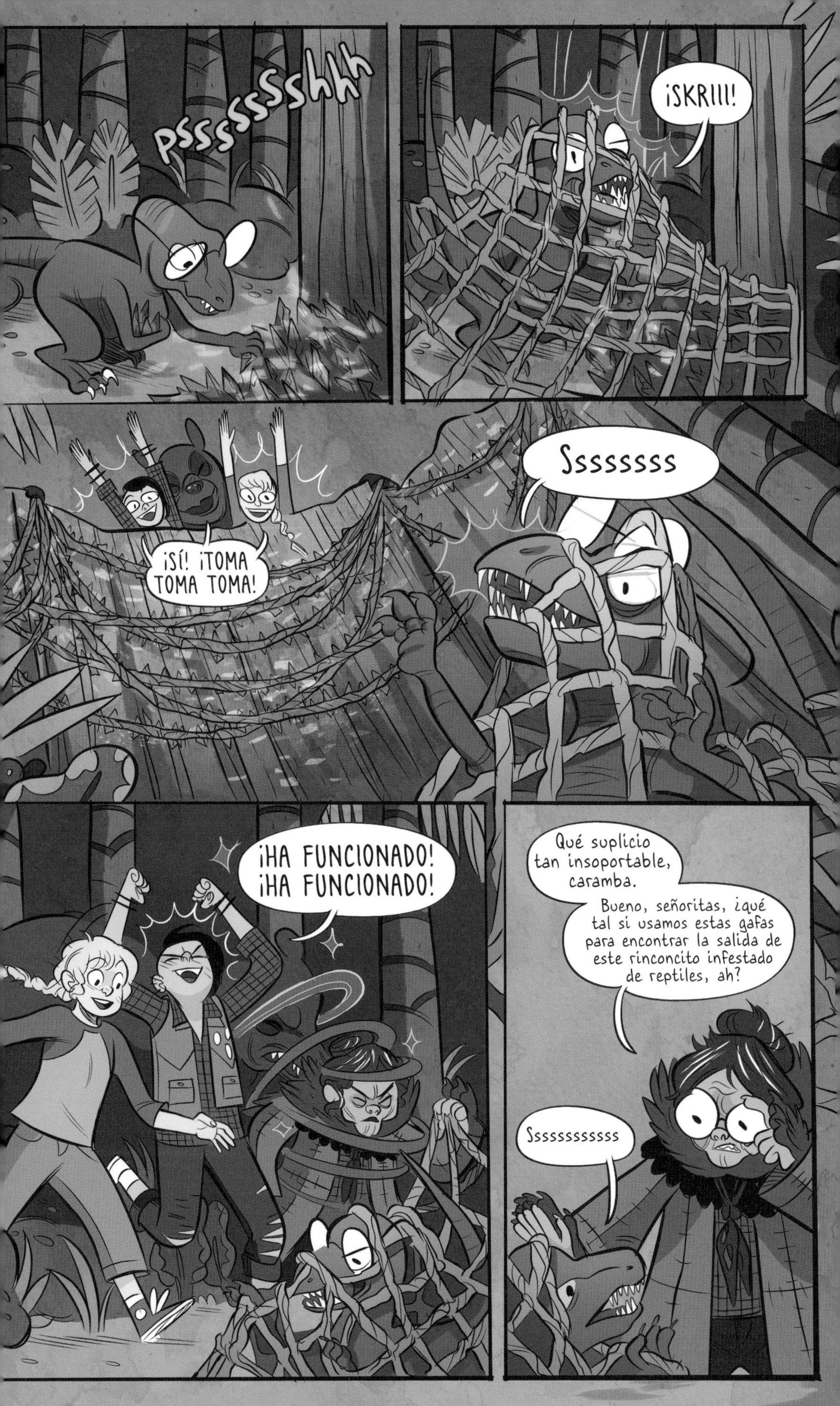
PSSSSSShhh
¡SKRIII!
Sssssss
¡SÍ! ¡TOMA TOMA TOMA!
¡HA FUNCIONADO! ¡HA FUNCIONADO!
Qué suplicio tan insoportable, caramba.
Bueno, señoritas, ¿qué tal si usamos estas gafas para encontrar la salida de este rinconcito infestado de reptiles, ah?
Sssssssssss

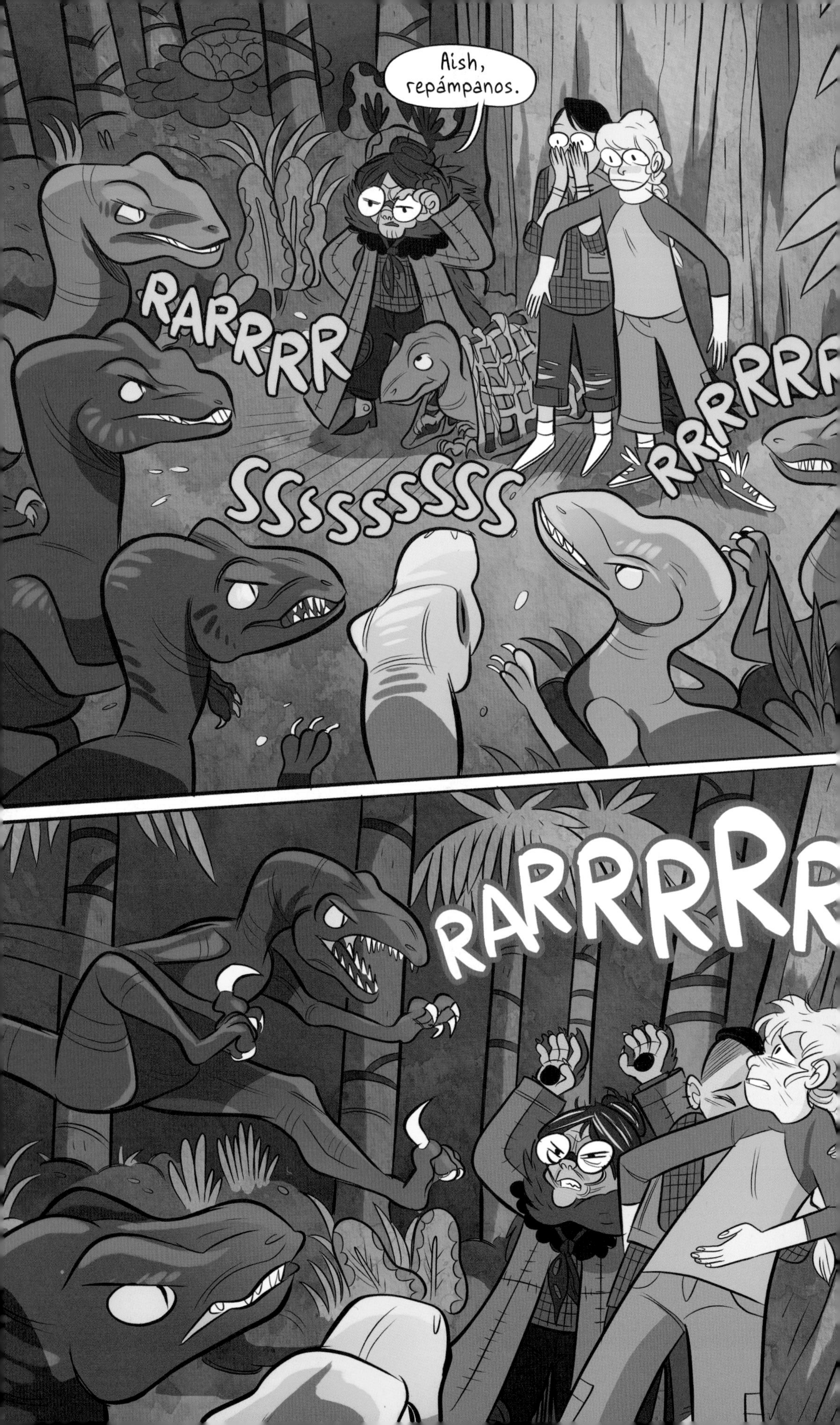
Aish, repámpanos.
RARRRR
SSssssSSS
RRRRRRR
RARRRRR

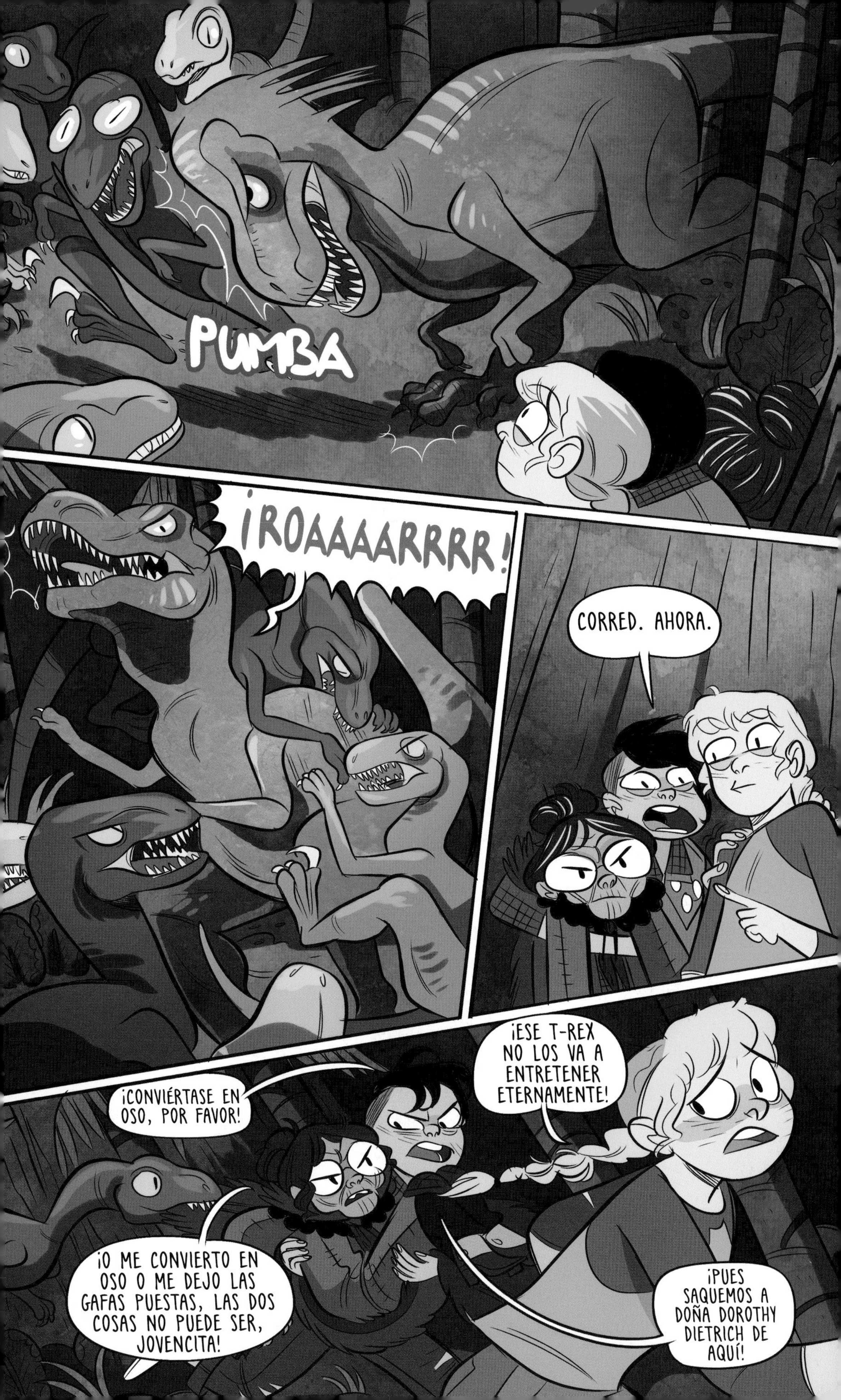
PUMBA
¡ROAAAARRRR!
CORRED. AHORA.
¡CONVIÉRTASE EN OSO, POR FAVOR!
¡ESE T-REX NO LOS VA A ENTRETENER ETERNAMENTE!
¡O ME CONVIERTO EN OSO O ME DEJO LAS GAFAS PUESTAS, LAS DOS COSAS NO PUEDE SER, JOVENCITA!
¡PUES SAQUEMOS A DOÑA DOROTHY DIETRICH DE AQUÍ!

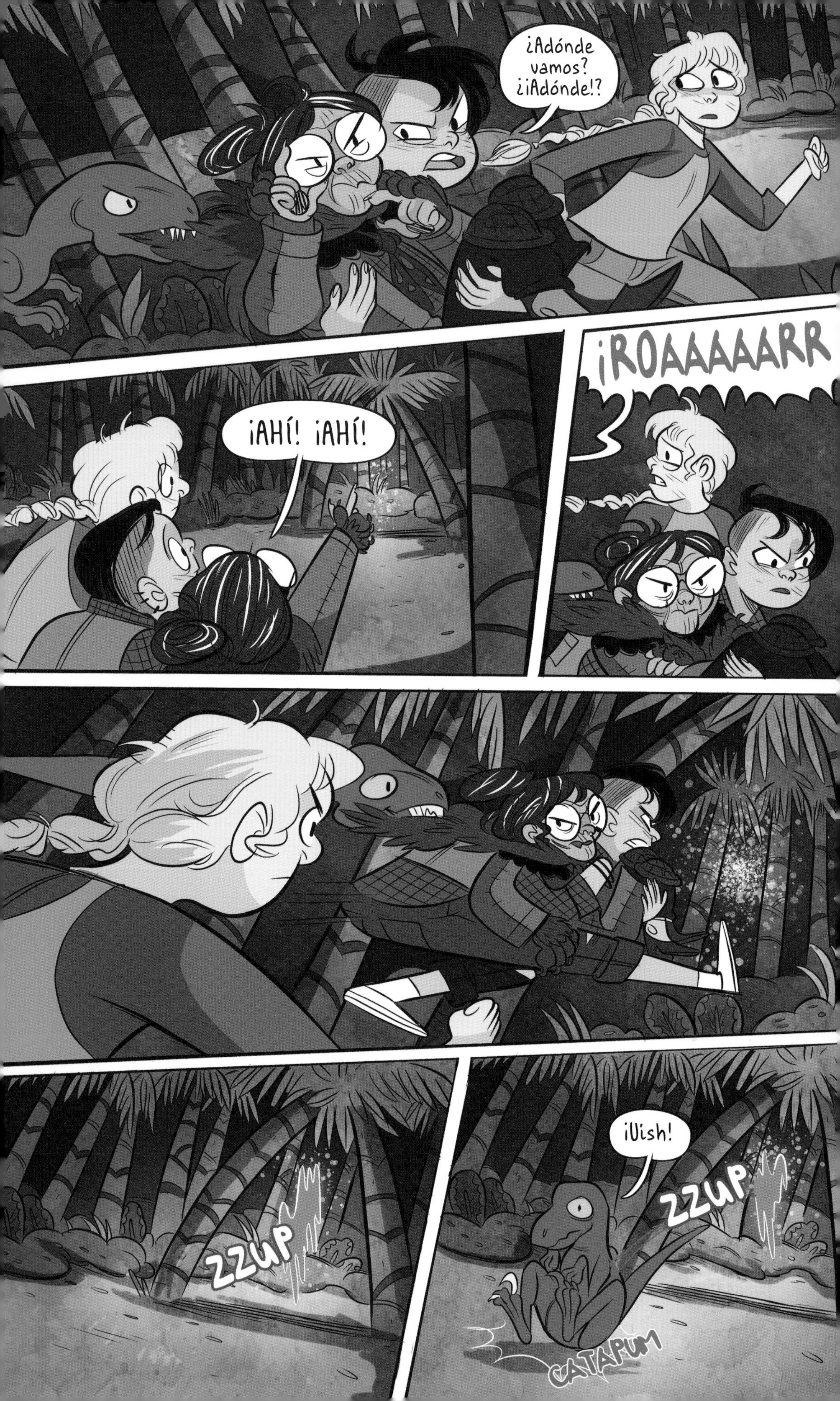
¿Adónde vamos? ¡¿Adónde!?
¡AHÍ! ¡AHÍ!
¡ROAAAAAARR
ZZUP
¡Uish!
ZZUP
CATAPUM

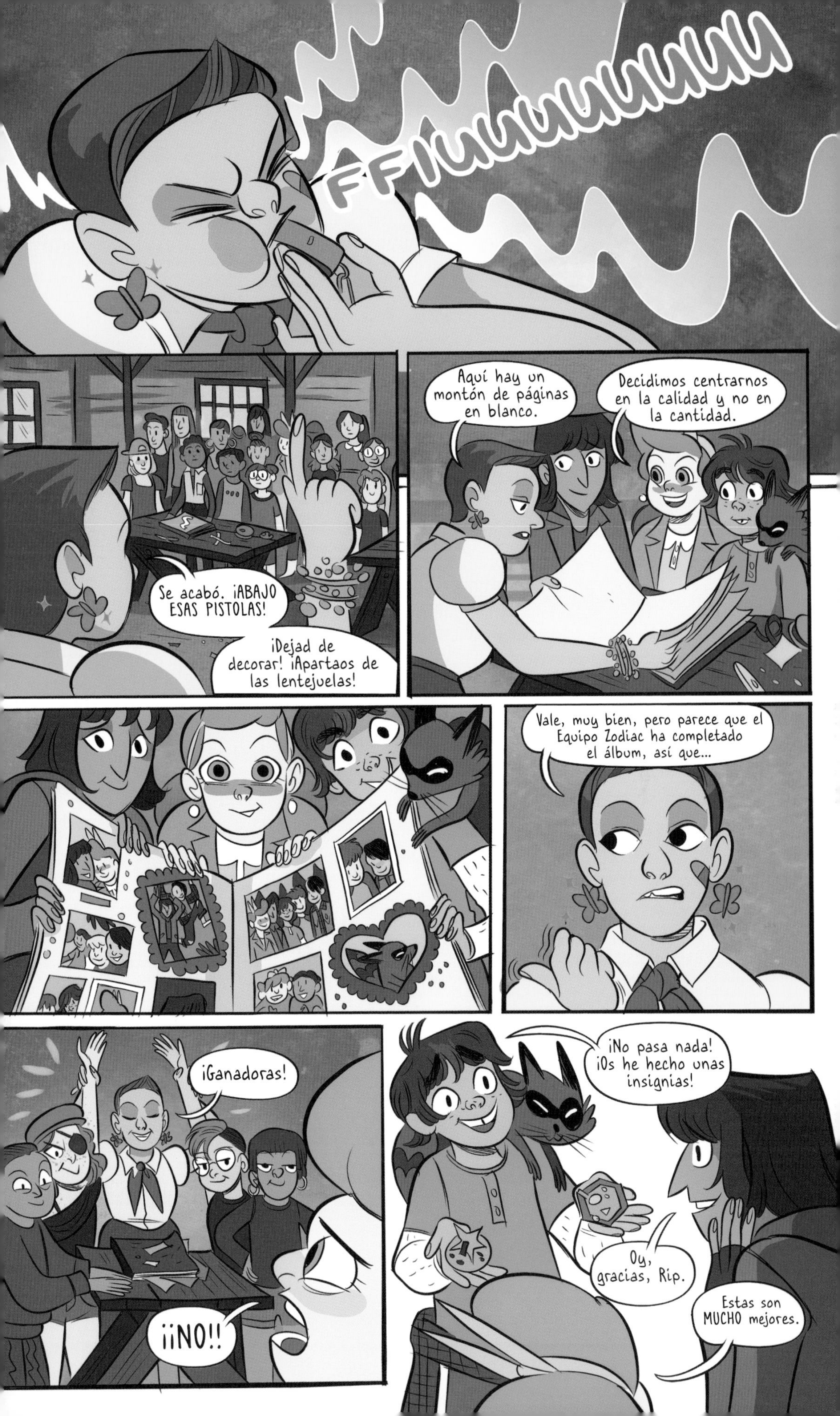
FFIUUUUUUUUUU
Se acabó. ¡ABAJO ESAS PISTOLAS!
¡Dejad de decorar! ¡Apartaos de las lentejuelas!
Aquí hay un montón de páginas en blanco.
Decidimos centrarnos en la calidad y no en la cantidad.
Vale, muy bien, pero parece que el Equipo Zodiac ha completado el álbum, así que...
¡Ganadoras!
¡¡NO!!
¡No pasa nada! ¡Os he hecho unas insignias!
Oy, gracias, Rip.
Estas son MUCHO mejores.

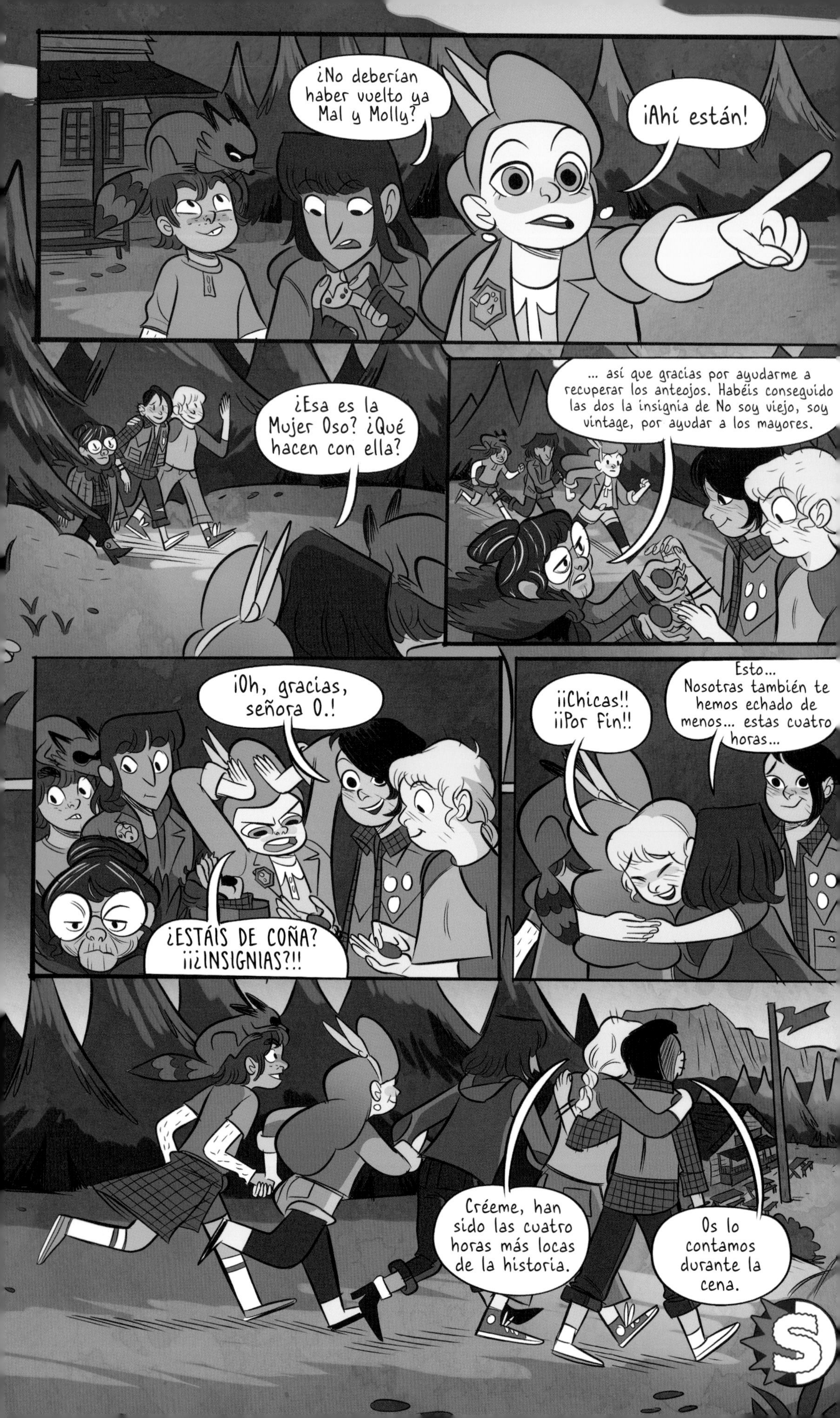
¿No deberían haber vuelto ya Mal y Molly?
¡Ahí están!
¿Esa es la Mujer Oso? ¿Qué hacen con ella?
... así que gracias por ayudarme a recuperar los anteojos. Habéis conseguido las dos la insignia de No soy viejo, soy vintage, por ayudar a los mayores.
¡Oh, gracias, señora O.!
¿ESTÁIS DE COÑA? ¡¡¿INSIGNIAS?!!
¡¡Chicas!! ¡¡Por fin!!
Esto... Nosotras también te hemos echado de menos... estas cuatro horas...
Créeme, han sido las cuatro horas más locas de la historia.
Os lo contamos durante la cena.

# MANUAL DE CAMPO DE LAS LEÑADORAS

*Área de especialidad: «Al aire libre»*

## INSIGNIA DE LA EXPERTA *GRUNGERA*

*«La has clavado.»*

Solo puede haber una. En realidad no, pero puede que algún día haya una clase en la que sea así, y es importante no bajar la guardia, pues las lecciones que ofrece este campamento se adaptan y evolucionan con el tiempo. Aquí, las Leñadoras se encontrarán con muchos obstáculos y desafíos que habrán de afrontar como un equipo y otros muchos que deberán afrontar ellas solas. El grunge no representa el movimiento culminante del rock'n'roll, como descubrirá toda leñadora, pero sí es, en todo caso, un movimiento musical muy importante. El grunge fue la última clase de fuerza aglutinante que unió a toda una generación, a toda una diversidad de gente y de criaturas de cualquier género, raza o edad. Era apasionado, excitante, y esas son algunas de las cualidades que consideramos importante que comprenda una leñadora.

En la práctica, para conseguir la insignia de Experta grungera, la leñadora descubrirá qué significa volverse underground, la importancia de encontrar algo que la distinga de sus iguales, pero que contenga al mismo tiempo un aspecto unificador que muestre a sus compañeras exploradoras que, si bien cada miembro del campamento es única y diferente, también estamos todas unidas en nuestras diferencias. Sacará lo mejor de cualquier persona con la que trabaje y se esforzará por dar lo mejor de sí misma también.

Para conseguir la insignia de Experta grungera, las Leñadoras deben demostrar sus conocimientos en el arte de la camisa escocesa. Tendrán que ser capaces de contemplar el desafío y saber dónde colocar un pin o un parche. Tendrán que averiguar de lo que son capaces y de cómo afectarán sus actos a los que las rodean. Esta insignia pretende unificar el campamento y, al mismo tiempo, ayudar a que cada exploradora haga gala de su singularidad y su independencia. Todas las criaturas de este planeta han de poder disfrutar de lo que las hace únicas, abrazar aquello que las diferencia de los

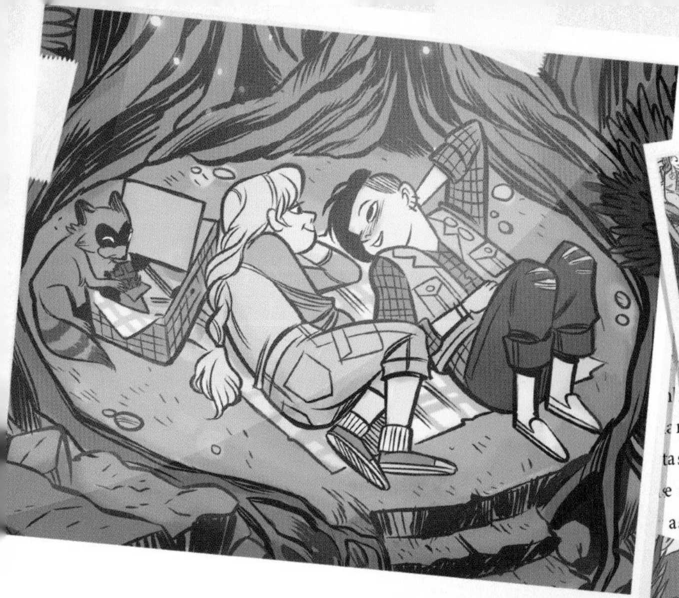

UN RATO JUNTAS EN EL BOSQUE

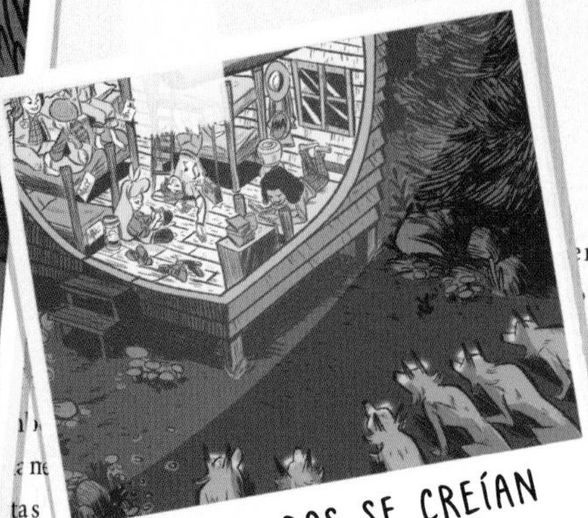

ESOS ZORROS SE CREÍAN MUY LISTOS

...nto
...ras
...ras
...no
...n
...o
...r

...adoran dorar
...se debiera a que la tiene
...se mantiene

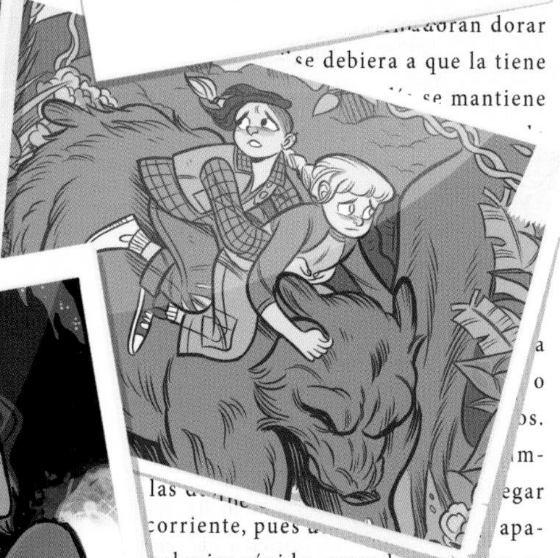

El uniforme de las Leñado...
¡Ayuda...

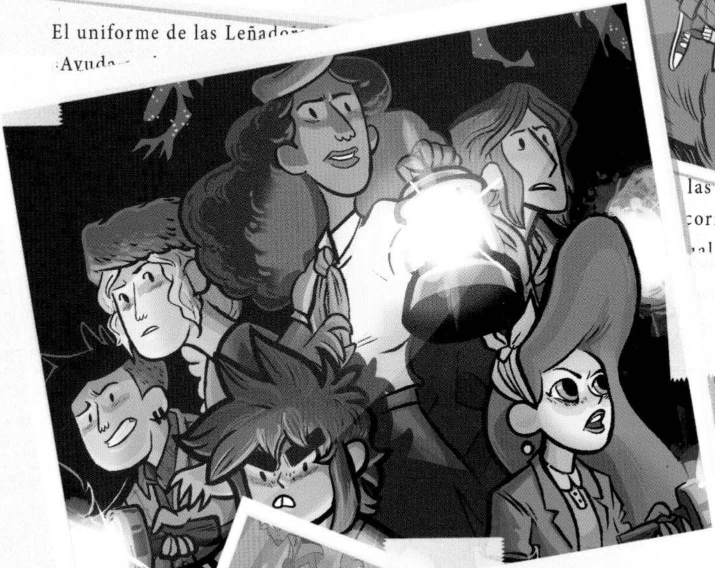

...a
...o
...os.
...m-
las ... egar
corriente, pues ... apa-
...alquier rápido, cascada o ... so en
...ilenciosos; comprende la impor-
...dad y recela siempre de esa falsa
...uilidad que la naturaleza puede
...ncautos. Una leñadora está siempre
...para adaptarse a todo lo que salga

...LEVAR EL UNIFORME

...niforme, el primer requisito es ... en buen estado: limpio y plan-... ue la falda tenga el largo apro-... constitución, que el cinturón ... s zapatos y las medias hagan ... l uniforme. Controla tu pos-... uévete con gracia y dignidad. Si te quitas la boina al entrar en algún sitio, asegúrate de llevar el pelo bien peinado y recogido con una discreta horquilla o una diadema. Cuando llevas el uniforme de leñadora estás representando a esta organización, por lo que debes procurar comportarte de un modo que muestre a todo el mundo que la cortesía y la consideración son parte fundamental de una leñadora. La gente tiende a juzgar a un país entero por el egoísmo de unos pocos, a criticar a toda una familia por el mal comportamiento de uno de sus miembros,

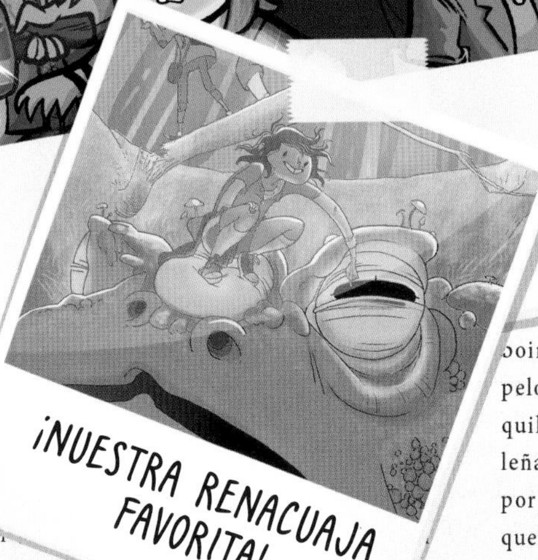

¡NUESTRA RENACUAJA FAVORITA!

en u...
vida...
del o...
futur...
con el...
leñad...
Penn...
chicas mo...
pero la mayoría de ... o.
Pueden comprar el uniforme ... ellas mismas con los materiales disponibles ... enda del campamento.

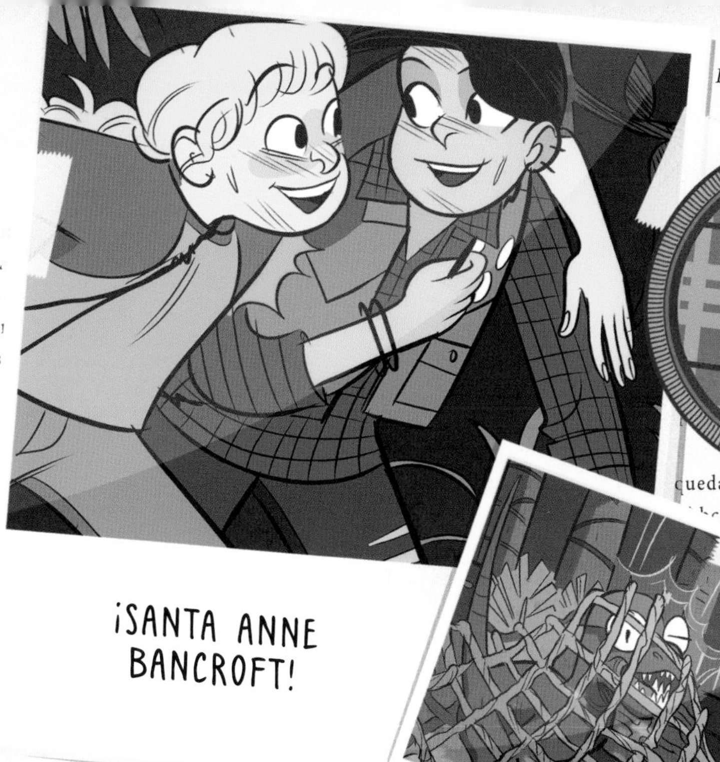
¡SANTA ANNE BANCROFT!

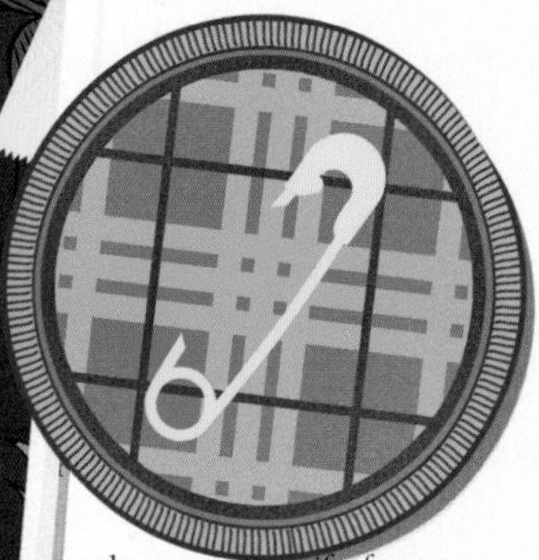

se com
El
Ayuda
aspecto
ropa pa
Además
Leñado
tener u
parte d
Thiskw
Molon
tiener
ellas

queda pequeño el uniforme
a otra leñadora
esta tiene
ella

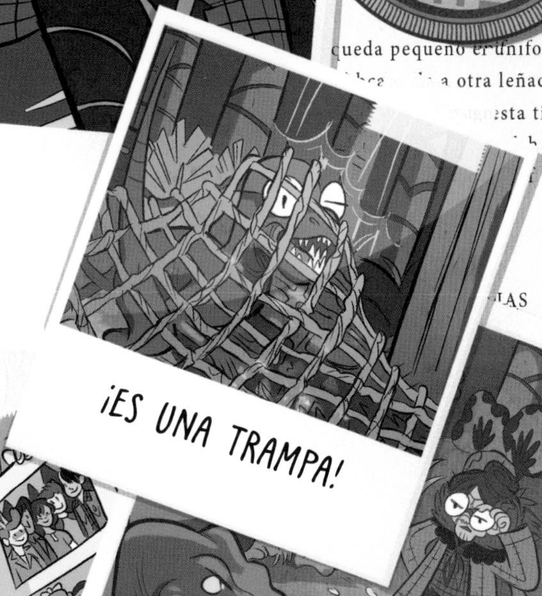
¡ES UNA TRAMPA!

El u
bordado la ban
escog
panta
hechos
activid
boina ve
el cuello
de la amis
Los zapa
ser de ta
Por su pa
juntar co o con el del uni
forme. Por últi collares, pulseras y demás joy
no tienen cabida en el uniforme de leñadora.

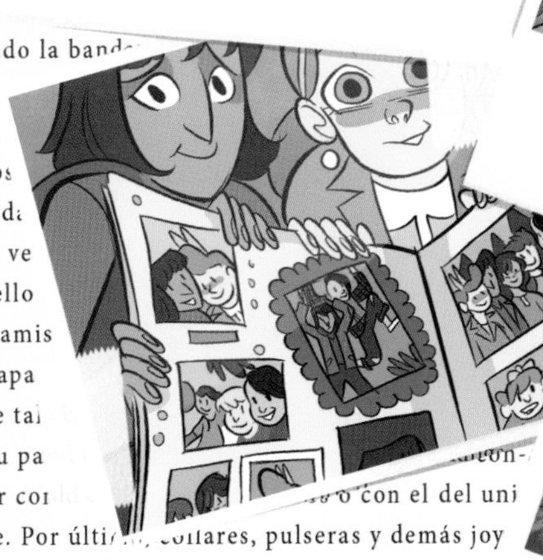

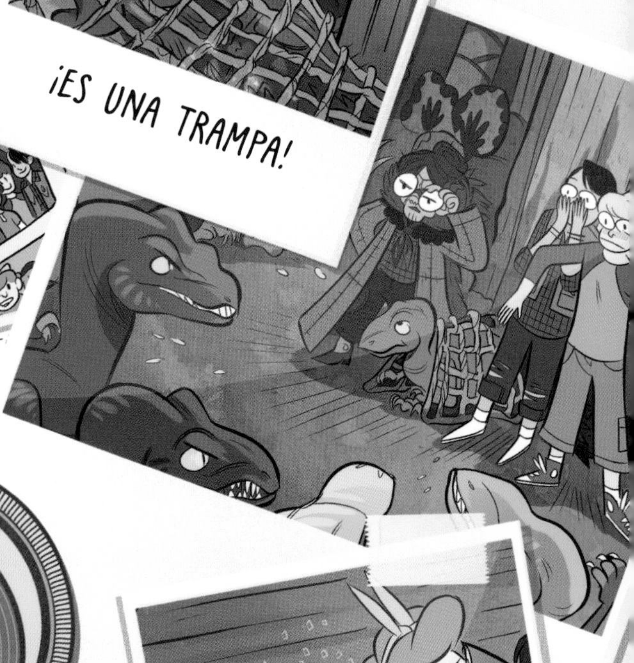

CÓMO LLEVAR

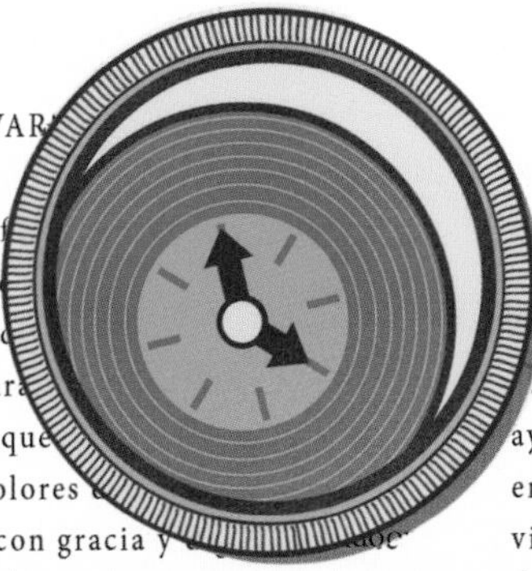

Para vestir bien el uni
es que el uniforme est
planchado. Asegúrate
apropiado para tu altur
turón se ajuste bien y que
hagan juego con los colores
tu postura y muévete con gracia
quitas la boina al entrar en algún sitio, asegúrate de llevar el pelo bien peinado y recogido con una discreta horquilla o una diadema. Cuando llevas el uniforme de leñadora estás representando a esta organización, por lo que debes procurar comportarte de un modo que muestre a todo el mundo que la cortesía y la consideración son parte fundamental de una leñadora. La gente tiende a juzgar a un país entero por el egoísmo de unos pocos, a criticar a toda una familia por el mal comportamiento

ayuda a
en un gru
vida activ
del otros l
futuro, y la
con el fin d
leñadora que
Penniquiqul
chicas molona
pero la mayo uno.
Pueden co o confeccionarlo ellas
mismas co es disponibles en la tienda
del campamento.

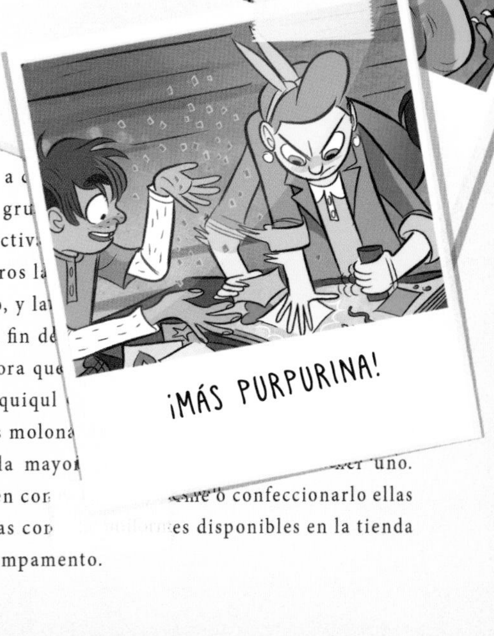
¡MÁS PURPURINA!

**MANUAL DE CAMPO DE LAS LEÑADORAS**

# CAPÍTULO 13

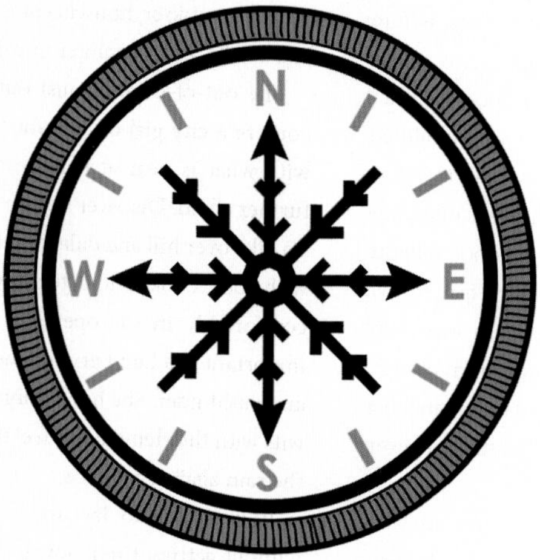
N
W
E
S

*Área de especialidad: «Al aire libre»*

## INSIGNIA DE TROTANIEVES

*«Contigo, al Polo Norte»*

Viajar por el mundo es uno de los muchos placeres de la vida, y ser leñadora consiste, en gran medida, en disfrutar. Toda leñadora debería abandonar el campamento con unas nociones básicas de supervivencia en lo que se refiere a cualquier modalidad de viaje. Tanto si se trata de hacer un vivac con una manta y las estrellas por única compañía o una formidable excursión a través de las montañas más altas que sea capaz de encontrar. Una leñadora topará con muchas dificultades a lo largo de la vida, pero sobrevivirá y crecerá con ellas. Uno de los muchos objetivos de las Leñadoras es asegurarse de que cada jovencita se marche de aquí con las herramientas necesarias para triunfar. Y algunas de esas herramientas las adquirirá en su camino para conseguir la insignia de Trotanieves.

Viajar es un magnífico pasatiempo, así como una carrera genial de la que cualquier exploradora podría terminar disfrutando. Las Leñadoras tienden a querer saber todo lo que haya por saber en el mundo. Quieren aprender, quieren descubrir y explorar todos los lugares a los que aún no ha llegado la civilización. Hay muchísimos mundos alucinantes ahí fuera, y este campamento es solo el principio. Aquí, las Leñadoras encontrarán muchos ejercicios que les ayudarán a encontrar las herramientas y la formación que necesitan para hacer todo esto posible.

Para conseguir la insignia de Trotanieves, una leñadora debe llevar un diario de los descubrimientos que realice en los viajes durante su estancia en el campamento. Desde su cabaña, conectará con la naturaleza que la rodea y dibujará un mapa de la zona. Adquirirá nociones básicas de supervivencia y descubrirá el increíble arte de la cartografía. Sabrá identificar vegetación de todos los rincones del mundo, así como reconocer las características de las plantas venenosas, de modo que si se topa con algo desconocido, podrá estar segura de que ninguna de sus

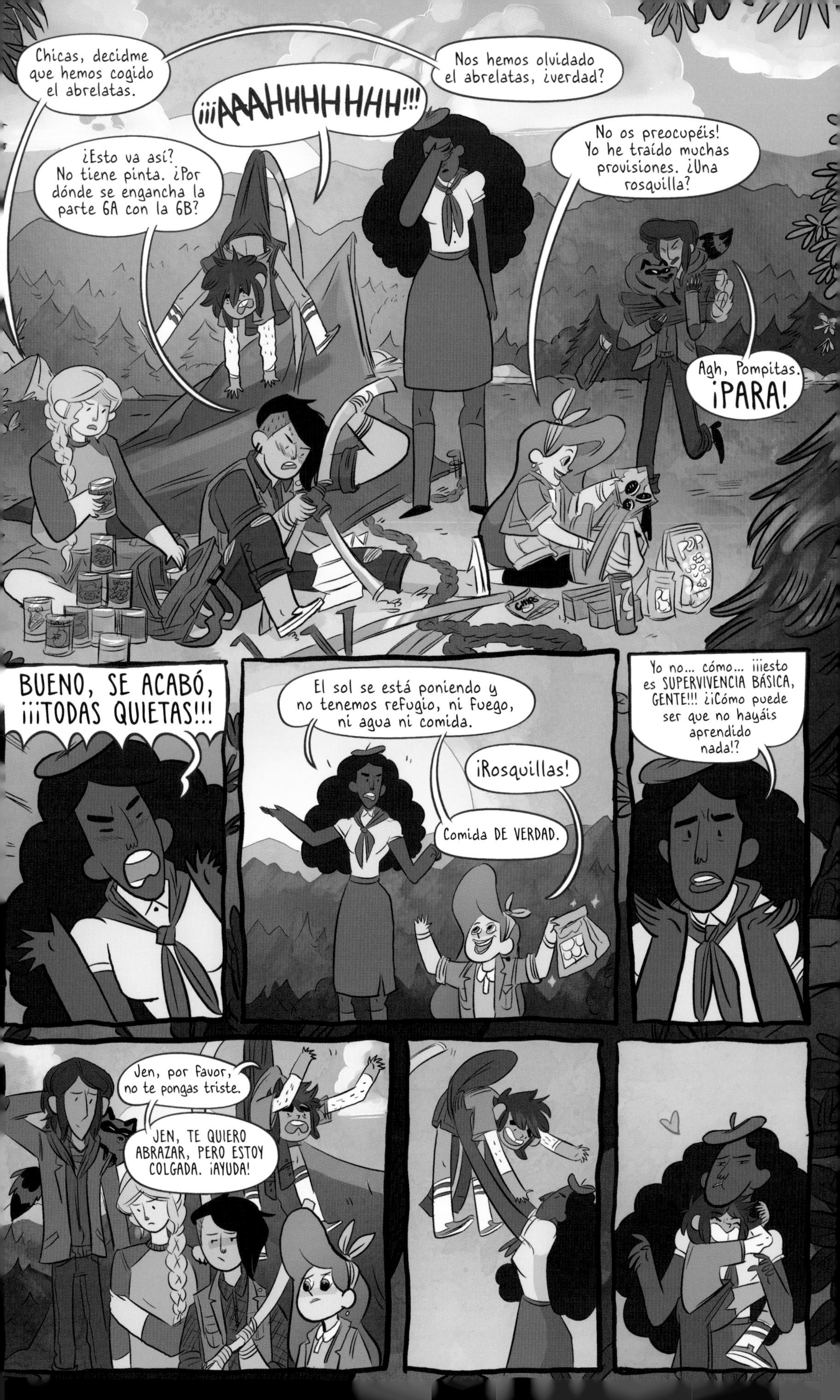
Chicas, decidme que hemos cogido el abrelatas.
Nos hemos olvidado el abrelatas, ¿verdad?
¡¡¡AAAHHHHHHH!!!
¿Esto va así? No tiene pinta. ¿Por dónde se engancha la parte 6A con la 6B?
No os preocupéis! Yo he traído muchas provisiones. ¿Una rosquilla?
Agh, Pompitas.
¡PARA!
BUENO, SE ACABÓ, ¡¡¡TODAS QUIETAS!!!
El sol se está poniendo y no tenemos refugio, ni fuego, ni agua ni comida.
¡Rosquillas!
Comida DE VERDAD.
Yo no... cómo... ¡¡¡esto es SUPERVIVENCIA BÁSICA, GENTE!!! ¿¡Cómo puede ser que no hayáis aprendido nada!?
Jen, por favor, no te pongas triste.
JEN, TE QUIERO ABRAZAR, PERO ESTOY COLGADA. ¡AYUDA!

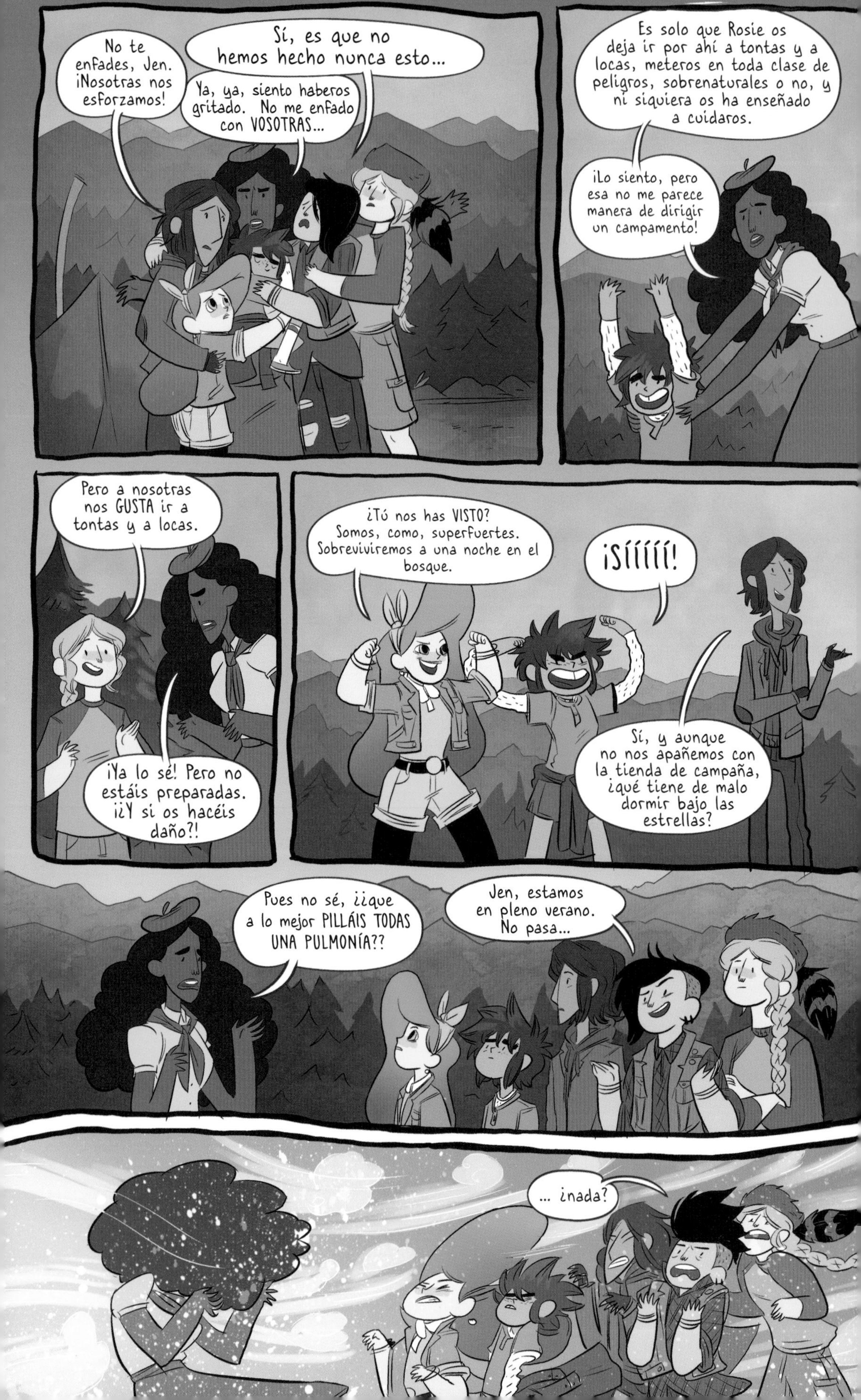
No te enfades, Jen. ¡Nosotras nos esforzamos!
Sí, es que no hemos hecho nunca esto...
Ya, ya, siento haberos gritado. No me enfado con VOSOTRAS...
Es solo que Rosie os deja ir por ahí a tontas y a locas, meteros en toda clase de peligros, sobrenaturales o no, y ni siquiera os ha enseñado a cuidaros.
¡Lo siento, pero esa no me parece manera de dirigir un campamento!
Pero a nosotras nos GUSTA ir a tontas y a locas.
¡Ya lo sé! Pero no estáis preparadas. ¡¿Y si os hacéis daño?!
¿Tú nos has VISTO? Somos, como, superfuertes. Sobreviviremos a una noche en el bosque.
¡SÍÍÍÍÍ!
Sí, y aunque no nos apañemos con la tienda de campaña, ¿qué tiene de malo dormir bajo las estrellas?
Pues no sé, ¿¿que a lo mejor PILLÁIS TODAS UNA PULMONÍA??
Jen, estamos en pleno verano. No pasa...
... ¿nada?

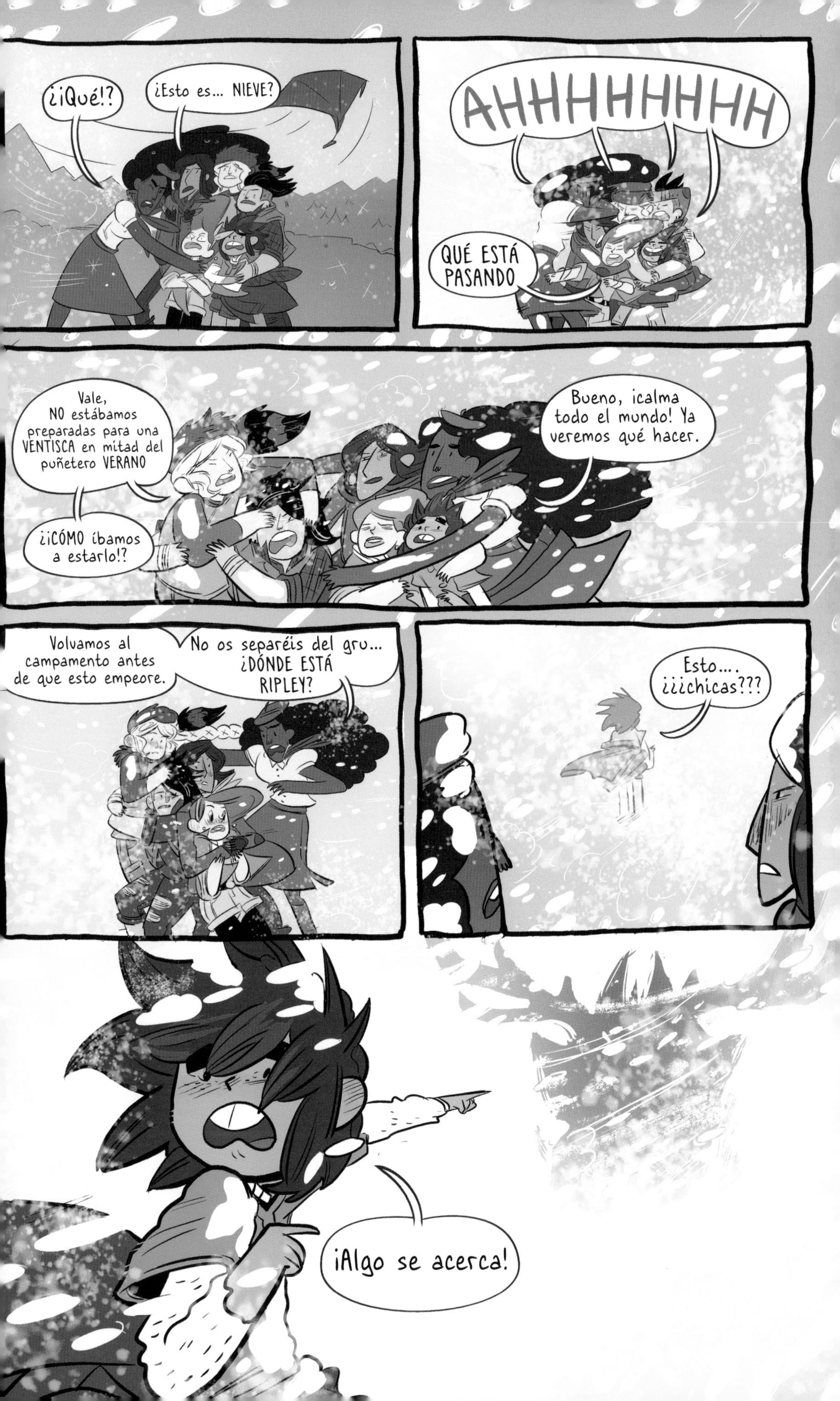

¿¡Qué!?
¿Esto es... NIEVE?
AHHHHHHHHH
QUÉ ESTÁ PASANDO
Vale, NO estábamos preparadas para una VENTISCA en mitad del puñetero VERANO
¿¡CÓMO íbamos a estarlo!?
Bueno, ¡calma todo el mundo! Ya veremos qué hacer.
Volvamos al campamento antes de que esto empeore.
No os separéis del gru... ¿DÓNDE ESTÁ RIPLEY?
Esto.... ¿¿¿chicas???
¡Algo se acerca!

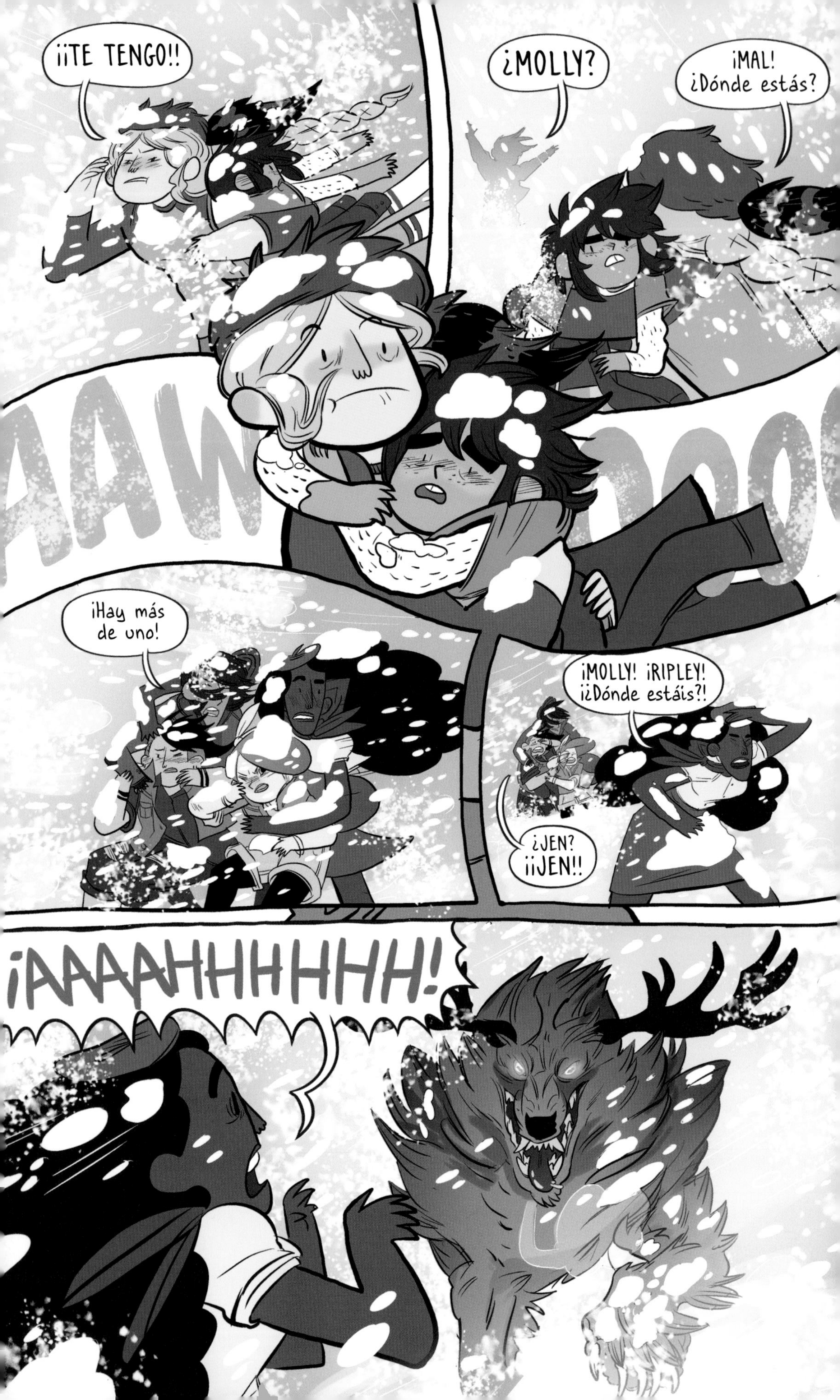
¡¡TE TENGO!!
¿MOLLY?
¡MAL! ¿Dónde estás?
¡Hay más de uno!
¡MOLLY! ¡RIPLEY! ¡¿Dónde estáis?!
¿JEN? ¡¡JEN!!
¡AAAAHHHHHH!

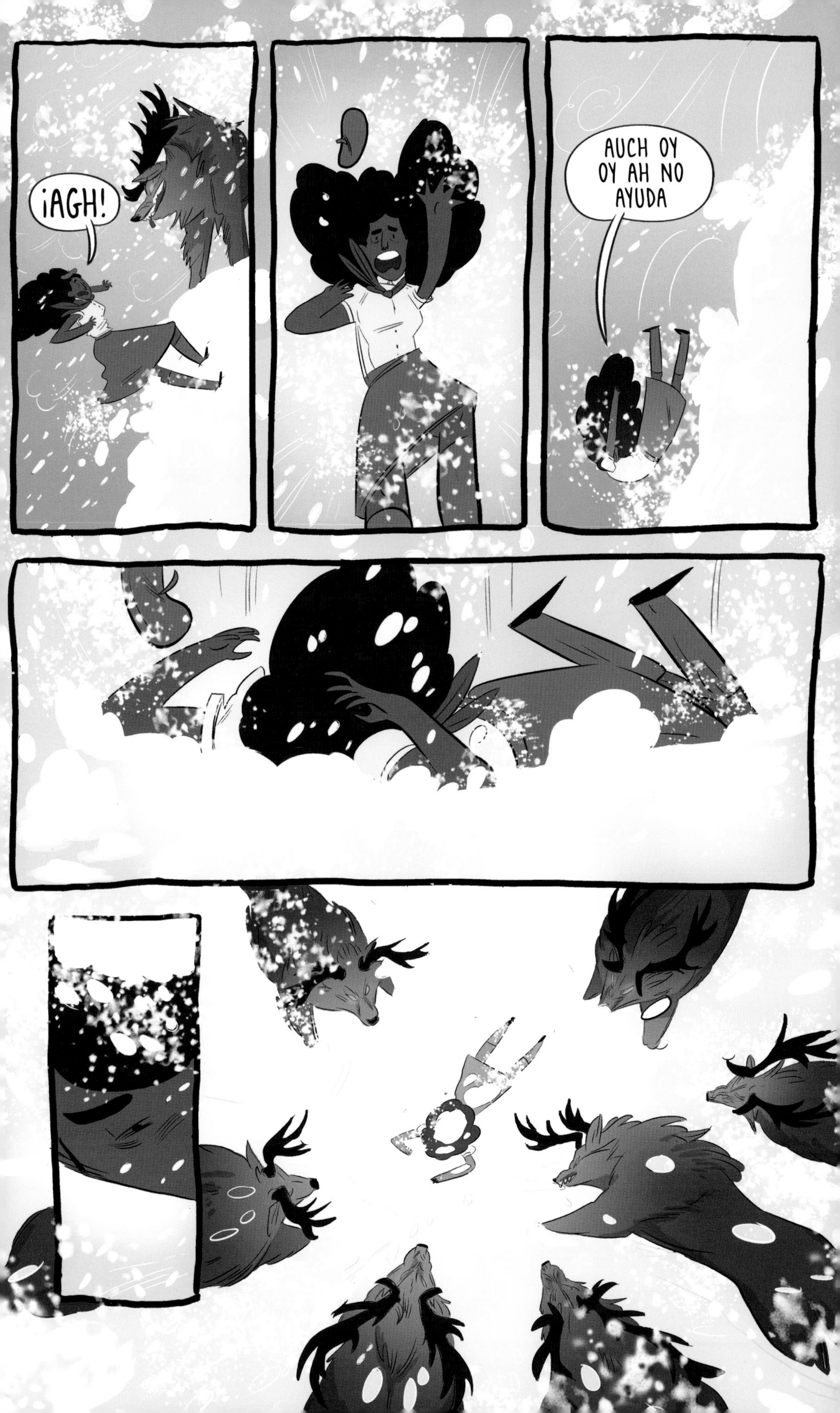
¡AGH!
AUCH OY OY AH NO AYUDA

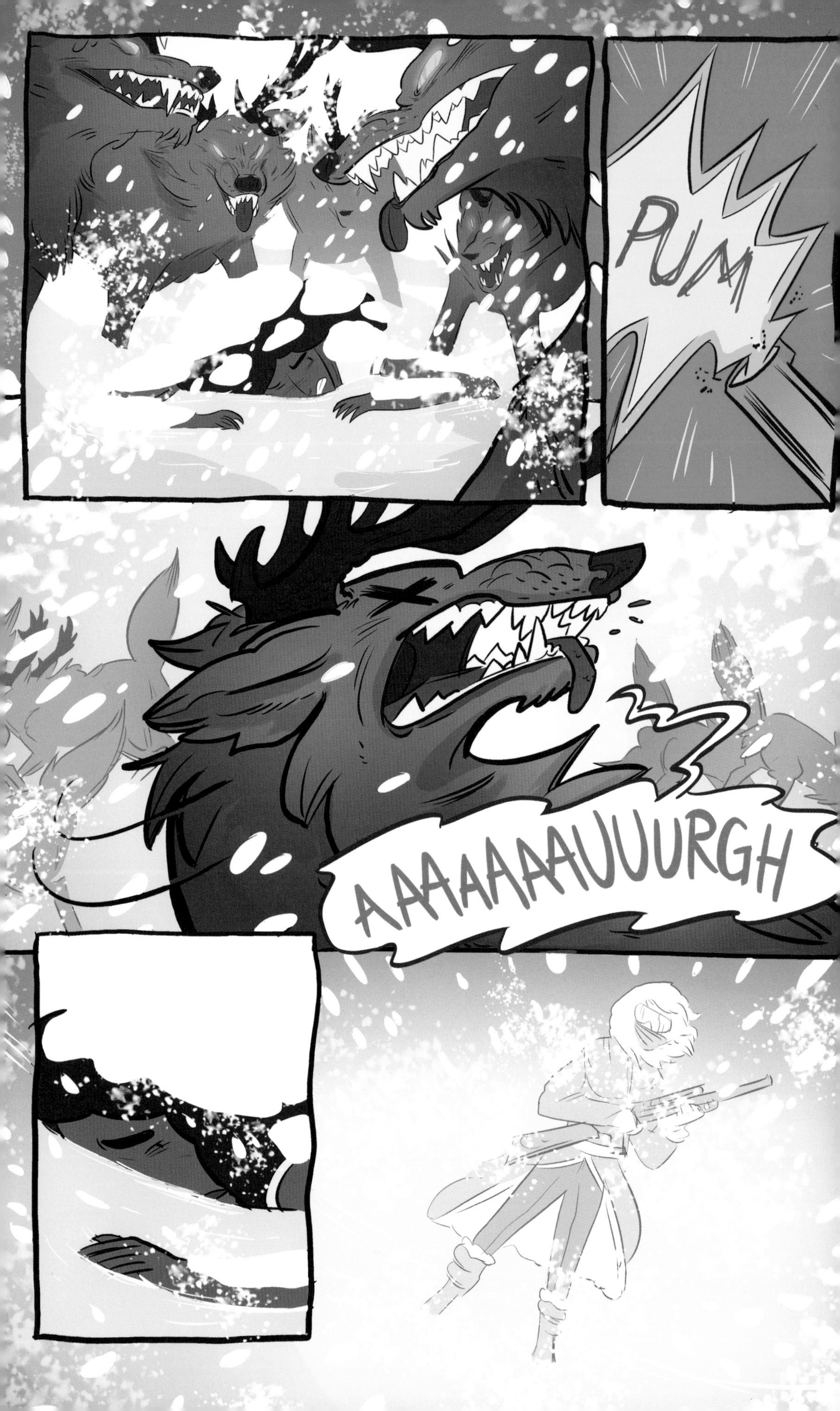
PUM
AAAAAAAUUURGH

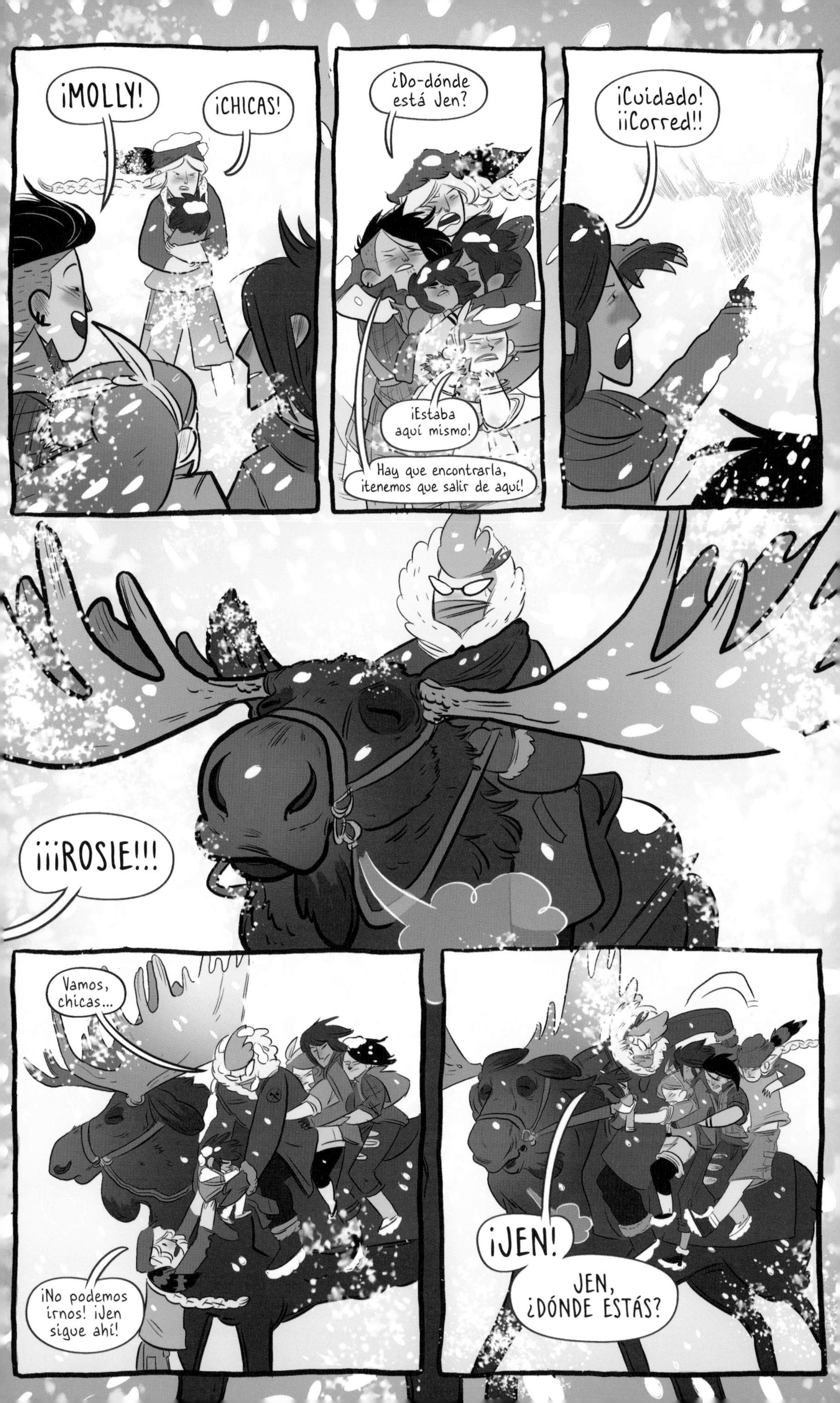
¡MOLLY!
¡CHICAS!
¿Do-dónde está Jen?
¡Estaba aquí mismo!
Hay que encontrarla, ¡tenemos que salir de aquí!
¡Cuidado! ¡¡Corred!!
¡¡¡ROSIE!!!
Vamos, chicas...
¡No podemos irnos! ¡Jen sigue ahí!
¡JEN!
JEN, ¿DÓNDE ESTÁS?

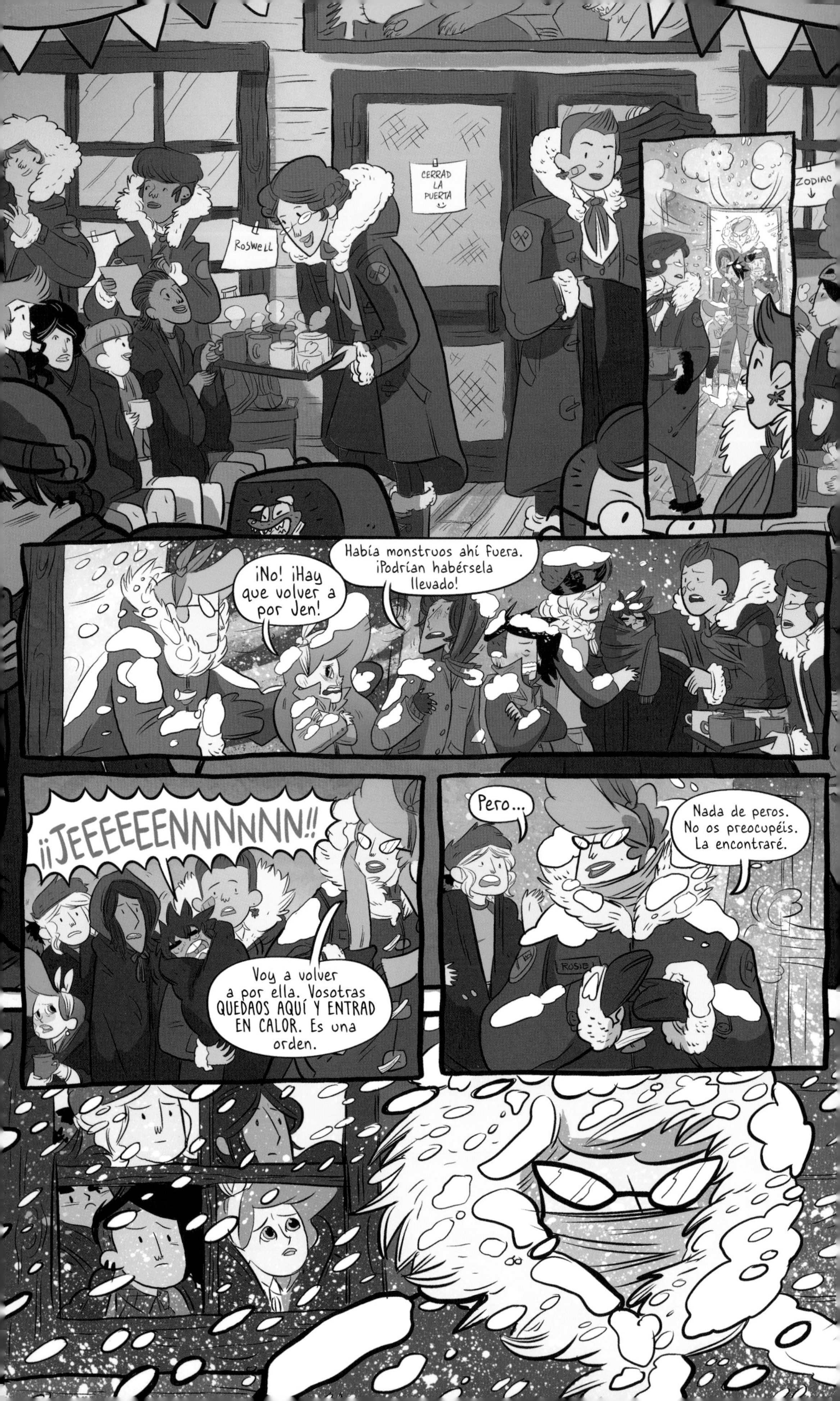

ROSWELL
CERRAD LA PUERTA
ZODIAC
¡No! ¡Hay que volver a por Jen!
Había monstruos ahí fuera. ¡Podrían habérsela llevado!
¡¡JEEEEEENNNNNN!!
Voy a volver a por ella. Vosotras QUEDAOS AQUÍ Y ENTRAD EN CALOR. Es una orden.
Pero...
Nada de peros. No os preocupéis. La encontraré.
ROSIE

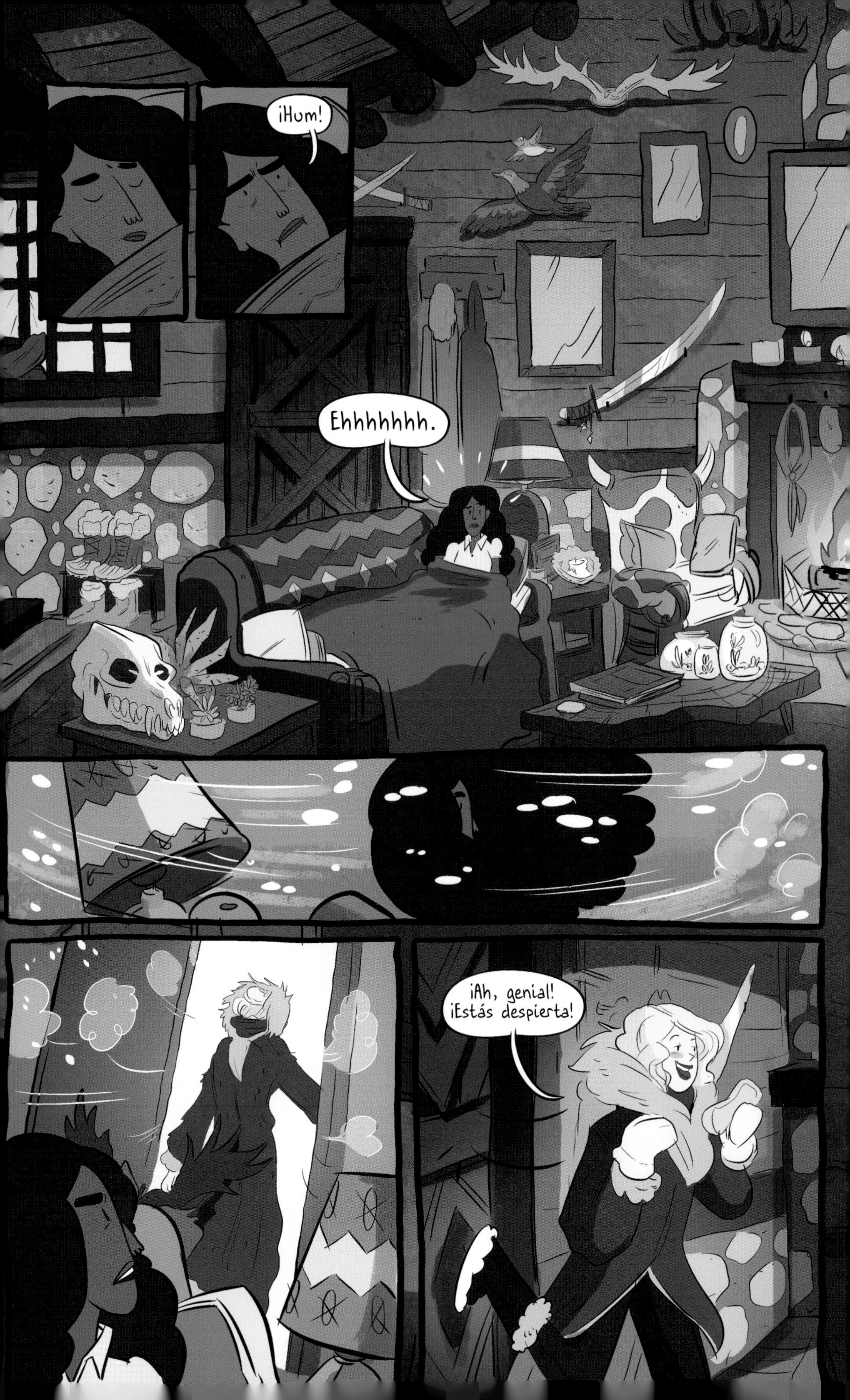
¡Hum!
Ehhhhhhh.
¡Ah, genial! ¡Estás despierta!

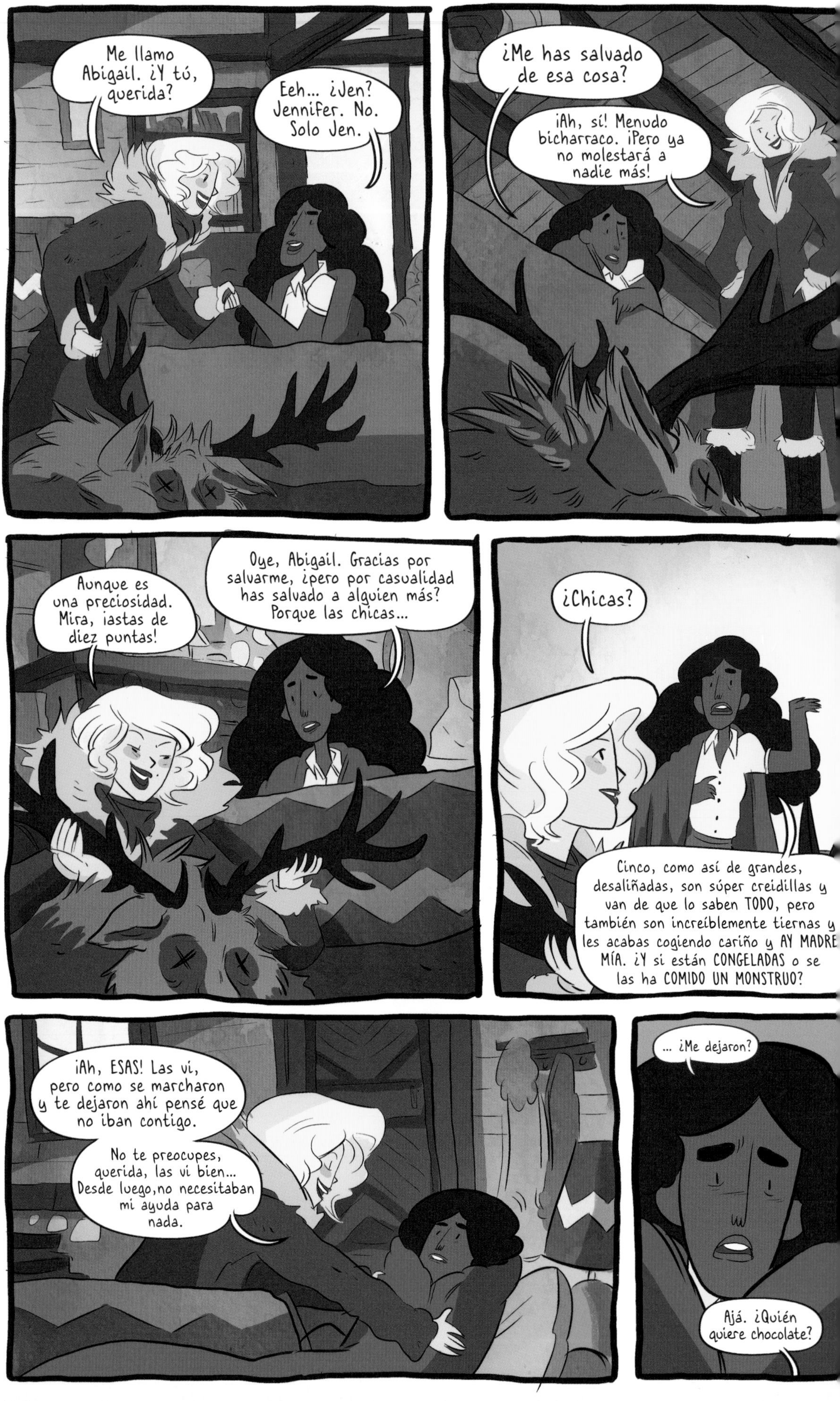

Me llamo Abigail. ¿Y tú, querida?
Eeh... ¿Jen? Jennifer. No. Solo Jen.
¿Me has salvado de esa cosa?
¡Ah, sí! Menudo bicharraco. ¡Pero ya no molestará a nadie más!
Aunque es una preciosidad. Mira, ¡astas de diez puntas!
Oye, Abigail. Gracias por salvarme, ¿pero por casualidad has salvado a alguien más? Porque las chicas...
¿Chicas?
Cinco, como así de grandes, desaliñadas, son súper creidillas y van de que lo saben TODO, pero también son increíblemente tiernas y les acabas cogiendo cariño y AY MADRE MÍA. ¿Y si están CONGELADAS o se las ha COMIDO UN MONSTRUO?
¡Ah, ESAS! Las vi, pero como se marcharon y te dejaron ahí pensé que no iban contigo.
No te preocupes, querida, las vi bien... Desde luego, no necesitaban mi ayuda para nada.
... ¿Me dejaron?
Ajá. ¿Quién quiere chocolate?

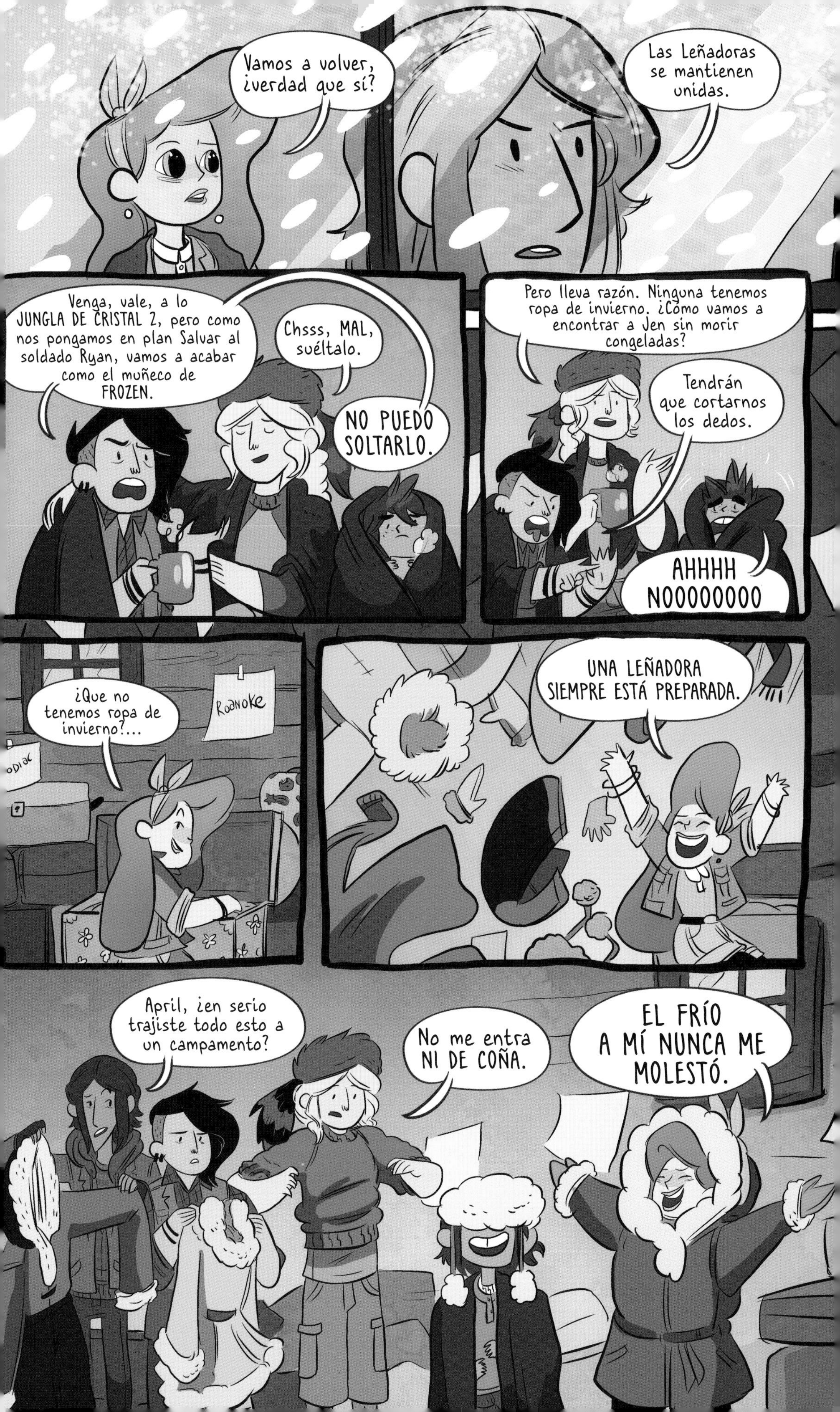
Vamos a volver, ¿verdad que sí?
Las Leñadoras se mantienen unidas.
Venga, vale, a lo JUNGLA DE CRISTAL 2, pero como nos pongamos en plan Salvar al soldado Ryan, vamos a acabar como el muñeco de FROZEN.
Chsss, MAL, suéltalo.
NO PUEDO SOLTARLO.
Pero lleva razón. Ninguna tenemos ropa de invierno. ¿Cómo vamos a encontrar a Jen sin morir congeladas?
Tendrán que cortarnos los dedos.
AHHHH NOOOOOOOO
¿Que no tenemos ropa de invierno?...
Roanoke
UNA LEÑADORA SIEMPRE ESTÁ PREPARADA.
April, ¿en serio trajiste todo esto a un campamento?
No me entra NI DE COÑA.
EL FRÍO A MÍ NUNCA ME MOLESTÓ.

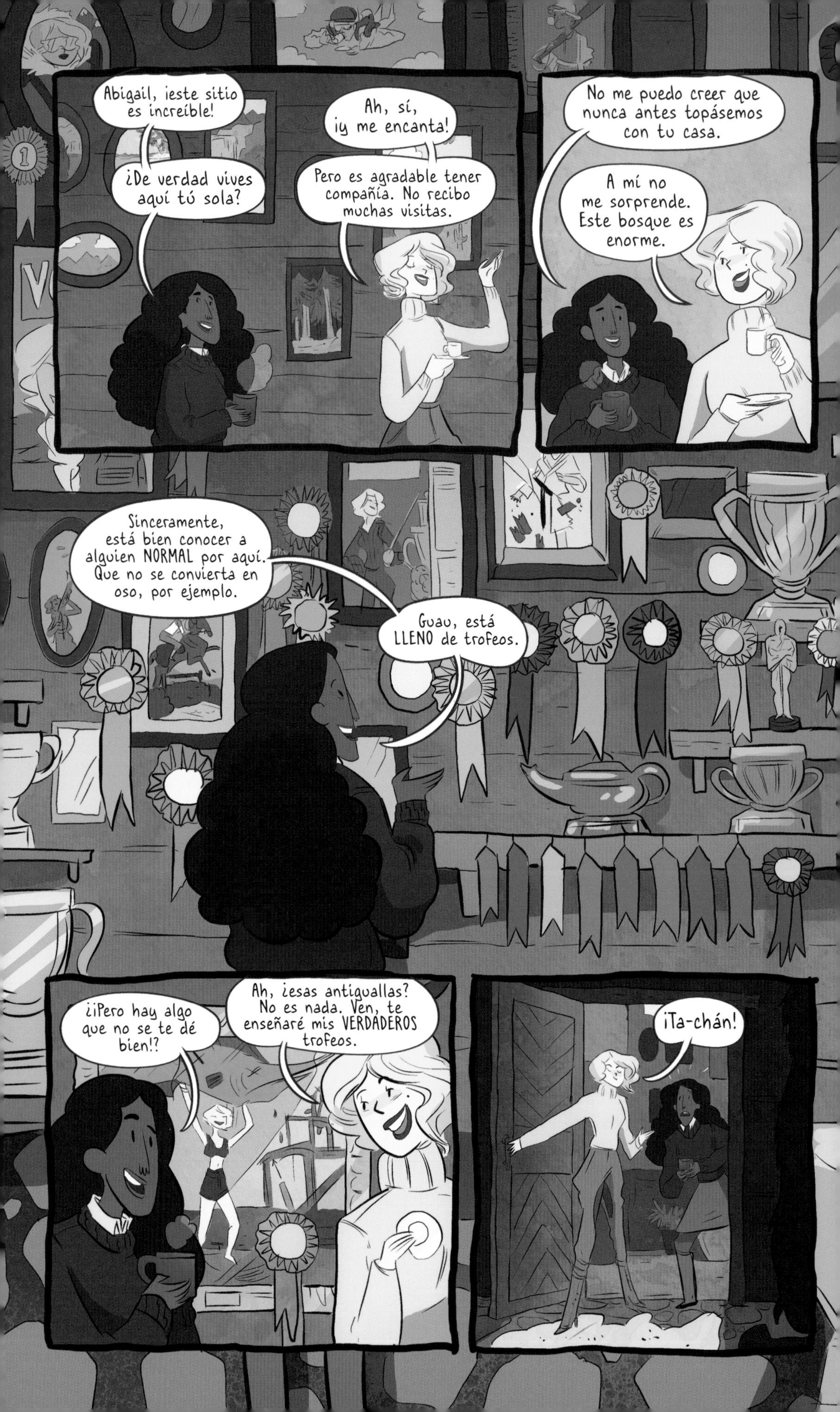

Abigail, ¡este sitio es increíble!
¿De verdad vives aquí tú sola?
Ah, sí, ¡y me encanta!
Pero es agradable tener compañía. No recibo muchas visitas.
No me puedo creer que nunca antes topásemos con tu casa.
A mí no me sorprende. Este bosque es enorme.
Sinceramente, está bien conocer a alguien NORMAL por aquí. Que no se convierta en oso, por ejemplo.
Guau, está LLENO de trofeos.
¡¿Pero hay algo que no se te dé bien!?
Ah, ¿esas antiguallas? No es nada. Ven, te enseñaré mis VERDADEROS trofeos.
¡Ta-chán!

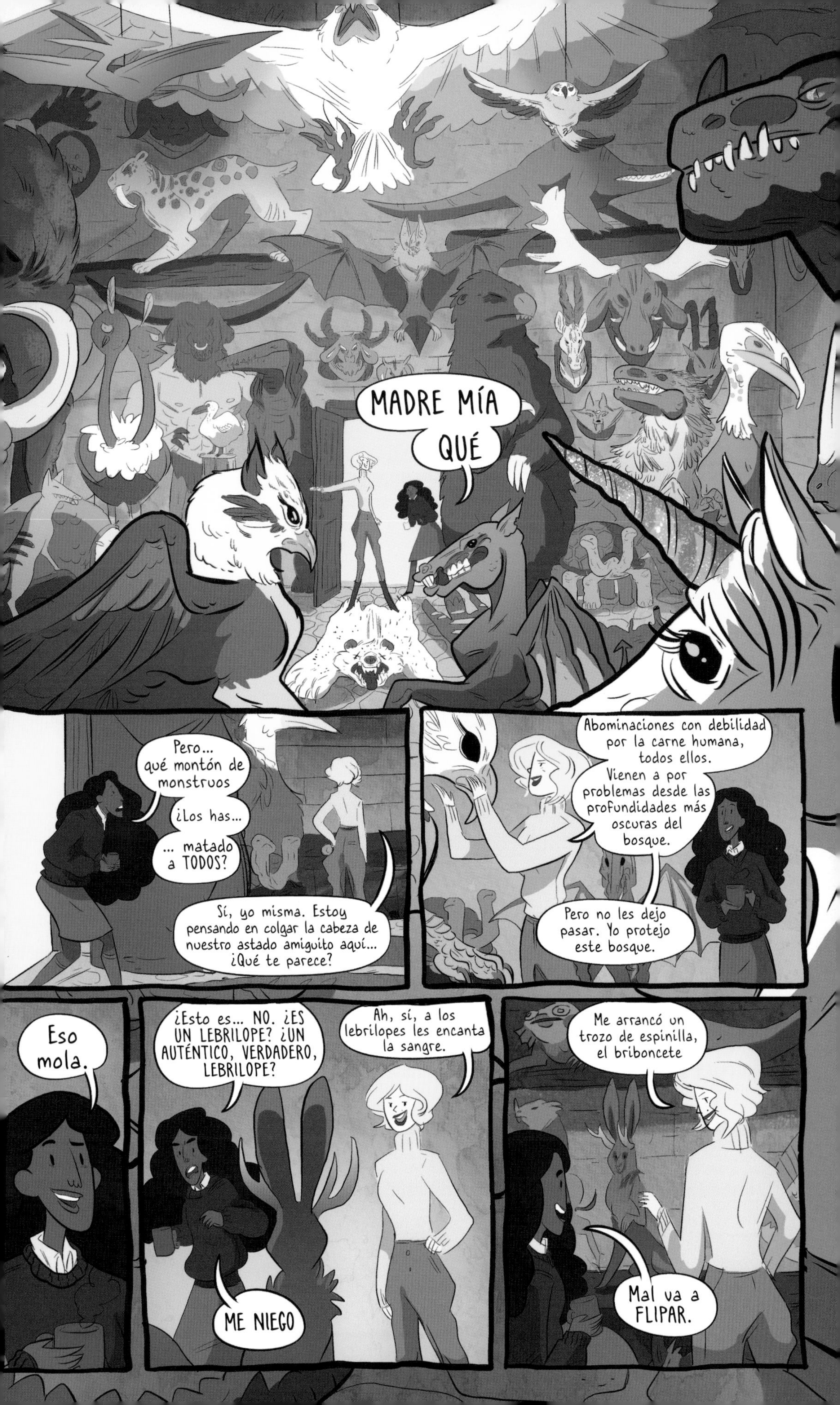
MADRE MÍA QUÉ
Pero... qué montón de monstruos
¿Los has...
... matado a TODOS?
Sí, yo misma. Estoy pensando en colgar la cabeza de nuestro astado amiguito aquí... ¿Qué te parece?
Abominaciones con debilidad por la carne humana, todos ellos.
Vienen a por problemas desde las profundidades más oscuras del bosque.
Pero no les dejo pasar. Yo protejo este bosque.
Eso mola.
¿Esto es... NO. ¿ES UN LEBRILOPE? ¿UN AUTÉNTICO, VERDADERO, LEBRILOPE?
ME NIEGO
Ah, sí, a los lebrílopes les encanta la sangre.
Me arrancó un trozo de espinilla, el briboncete
Mal va a FLIPAR.

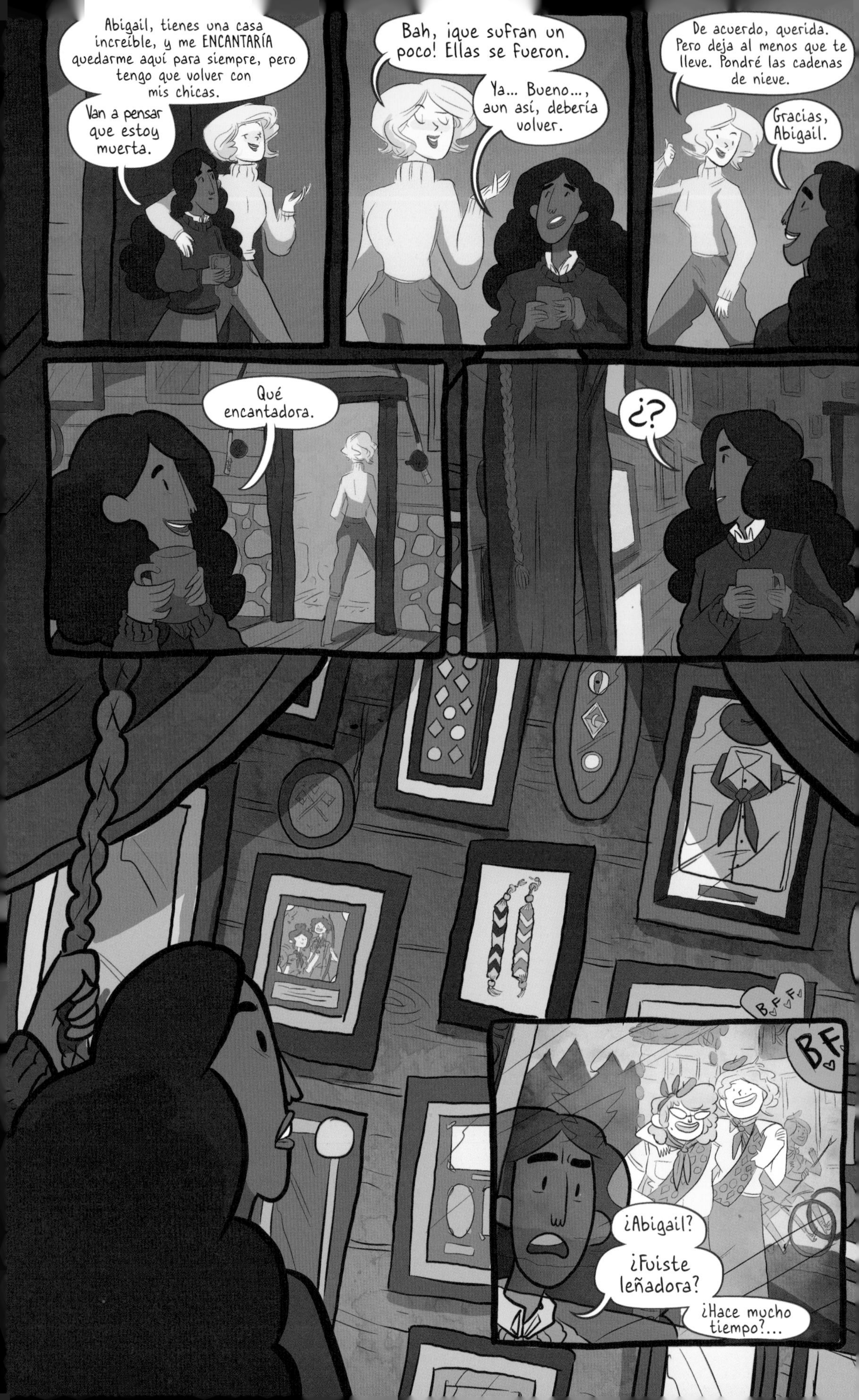
Abigail, tienes una casa increíble, y me ENCANTARÍA quedarme aquí para siempre, pero tengo que volver con mis chicas.
Van a pensar que estoy muerta.
Bah, ¡que sufran un poco! Ellas se fueron.
Ya... Bueno..., aun así, debería volver.
De acuerdo, querida. Pero deja al menos que te lleve. Pondré las cadenas de nieve.
Gracias, Abigail.
Qué encantadora.
¿?
BFF
BF
¿Abigail?
¿Fuiste leñadora?
¿Hace mucho tiempo?...

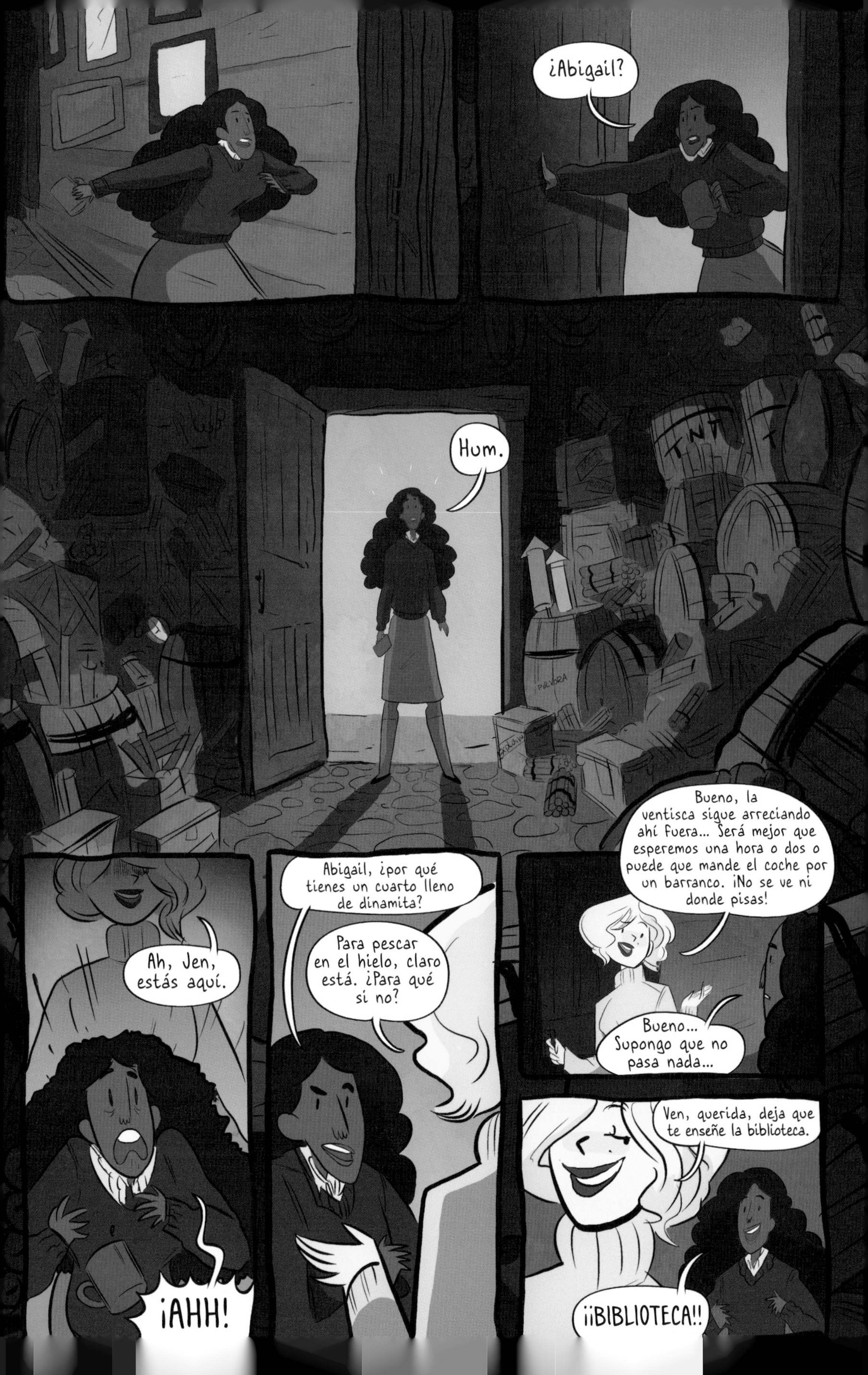
¿Abigail?
Hum.
Ah, Jen, estás aquí.
¡AHH!
Abigail, ¿por qué tienes un cuarto lleno de dinamita?
Para pescar en el hielo, claro está. ¿Para qué si no?
Bueno, la ventisca sigue arreciando ahí fuera... Será mejor que esperemos una hora o dos o puede que mande el coche por un barranco. ¡No se ve ni donde pisas!
Bueno... Supongo que no pasa nada...
Ven, querida, deja que te enseñe la biblioteca.
¡¡BIBLIOTECA!!

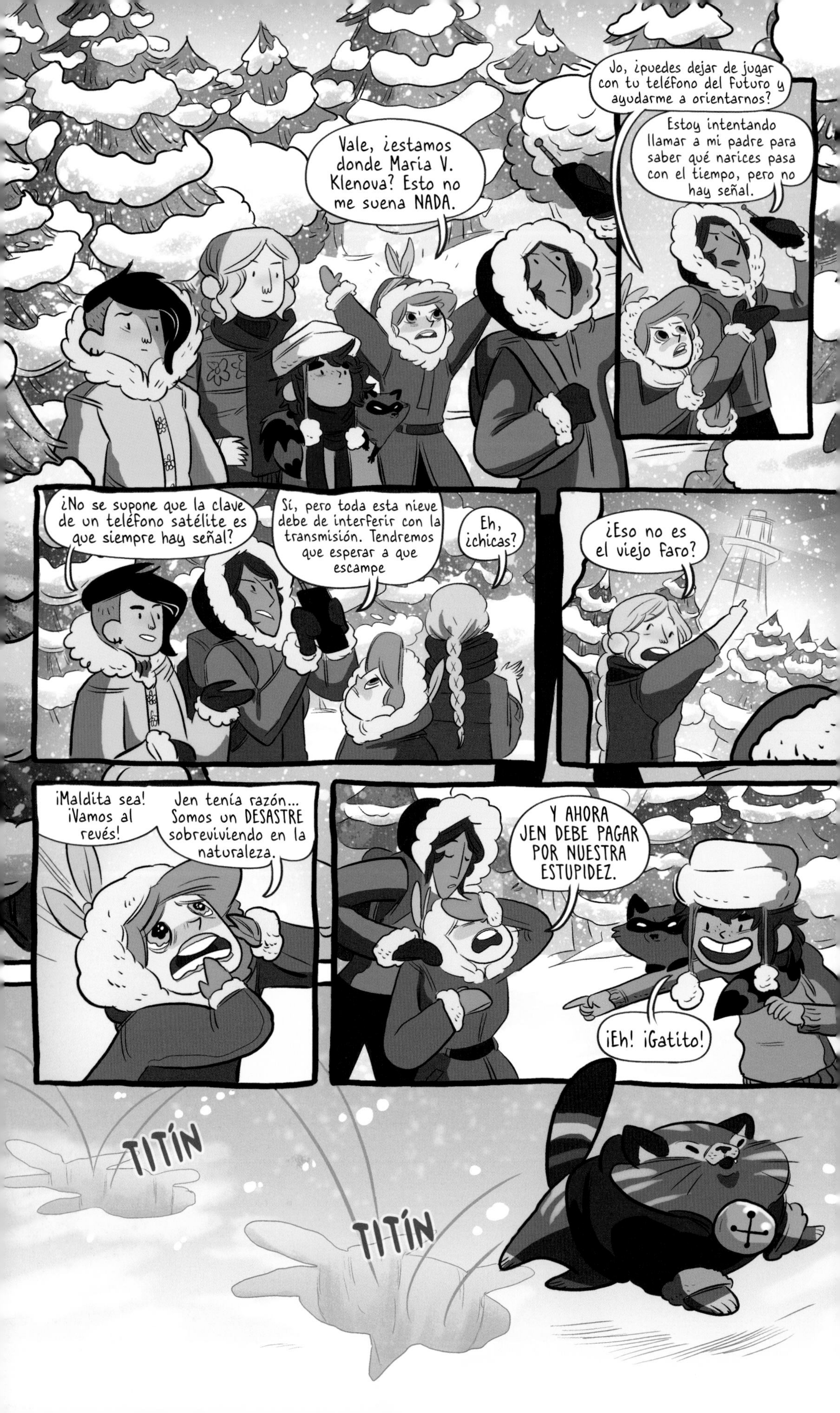
Vale, ¿estamos donde Maria V. Klenova? Esto no me suena NADA.
Jo, ¿puedes dejar de jugar con tu teléfono del futuro y ayudarme a orientarnos?
Estoy intentando llamar a mi padre para saber qué narices pasa con el tiempo, pero no hay señal.
¿No se supone que la clave de un teléfono satélite es que siempre hay señal?
Sí, pero toda esta nieve debe de interferir con la transmisión. Tendremos que esperar a que escampe
Eh, ¿chicas?
¿Eso no es el viejo faro?
¡Maldita sea! ¡Vamos al revés!
Jen tenía razón... Somos un DESASTRE sobreviviendo en la naturaleza.
Y AHORA JEN DEBE PAGAR POR NUESTRA ESTUPIDEZ.
¡Eh! ¡Gatito!
TITÍN
TITÍN

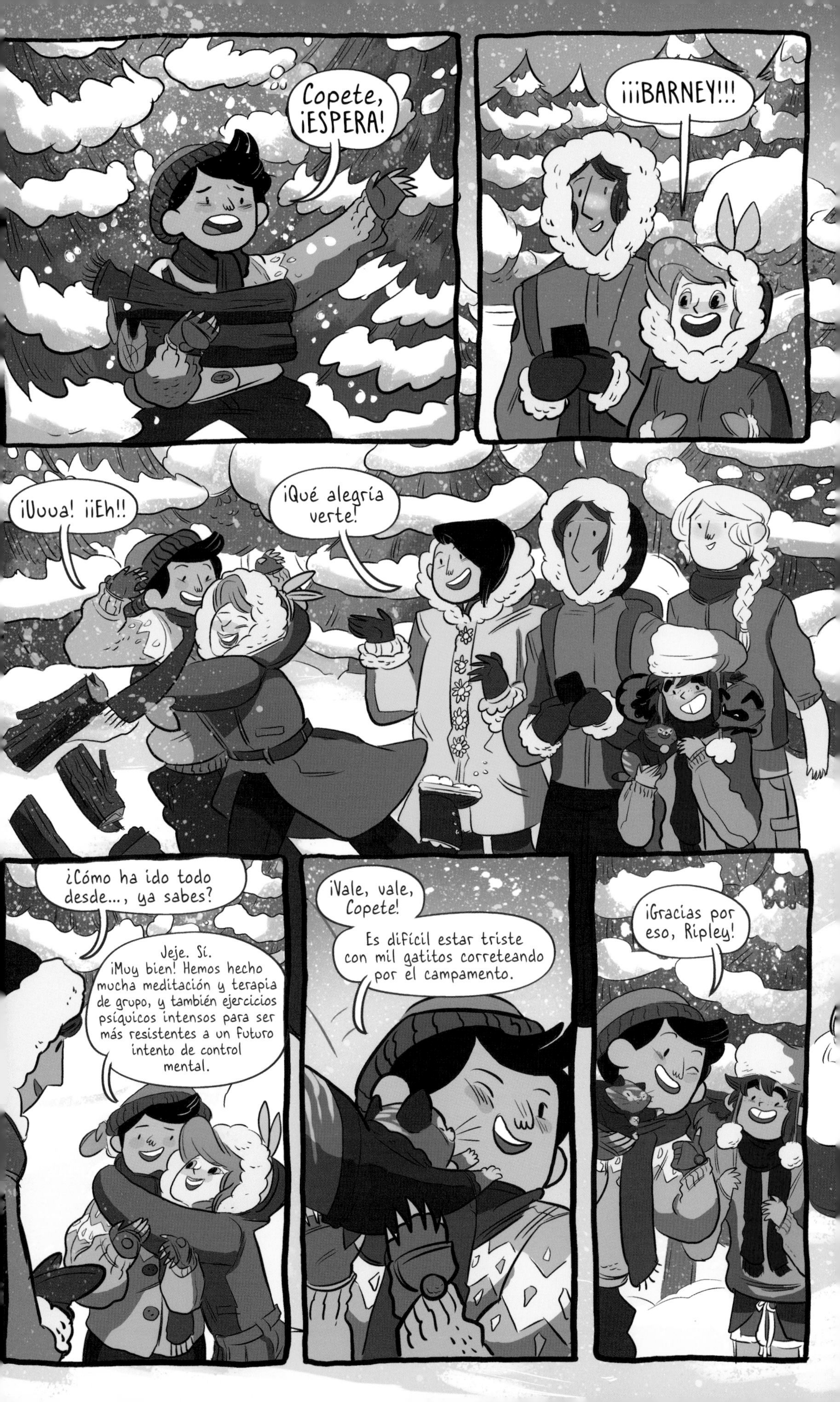
Copete, ¡ESPERA!
¡¡¡BARNEY!!!
¡Uuua! ¡¡Eh!!
¡Qué alegría verte!
¿Cómo ha ido todo desde..., ya sabes?
Jeje. Sí. ¡Muy bien! Hemos hecho mucha meditación y terapia de grupo, y también ejercicios psíquicos intensos para ser más resistentes a un futuro intento de control mental.
¡Vale, vale, Copete!
Es difícil estar triste con mil gatitos correteando por el campamento.
¡Gracias por eso, Ripley!

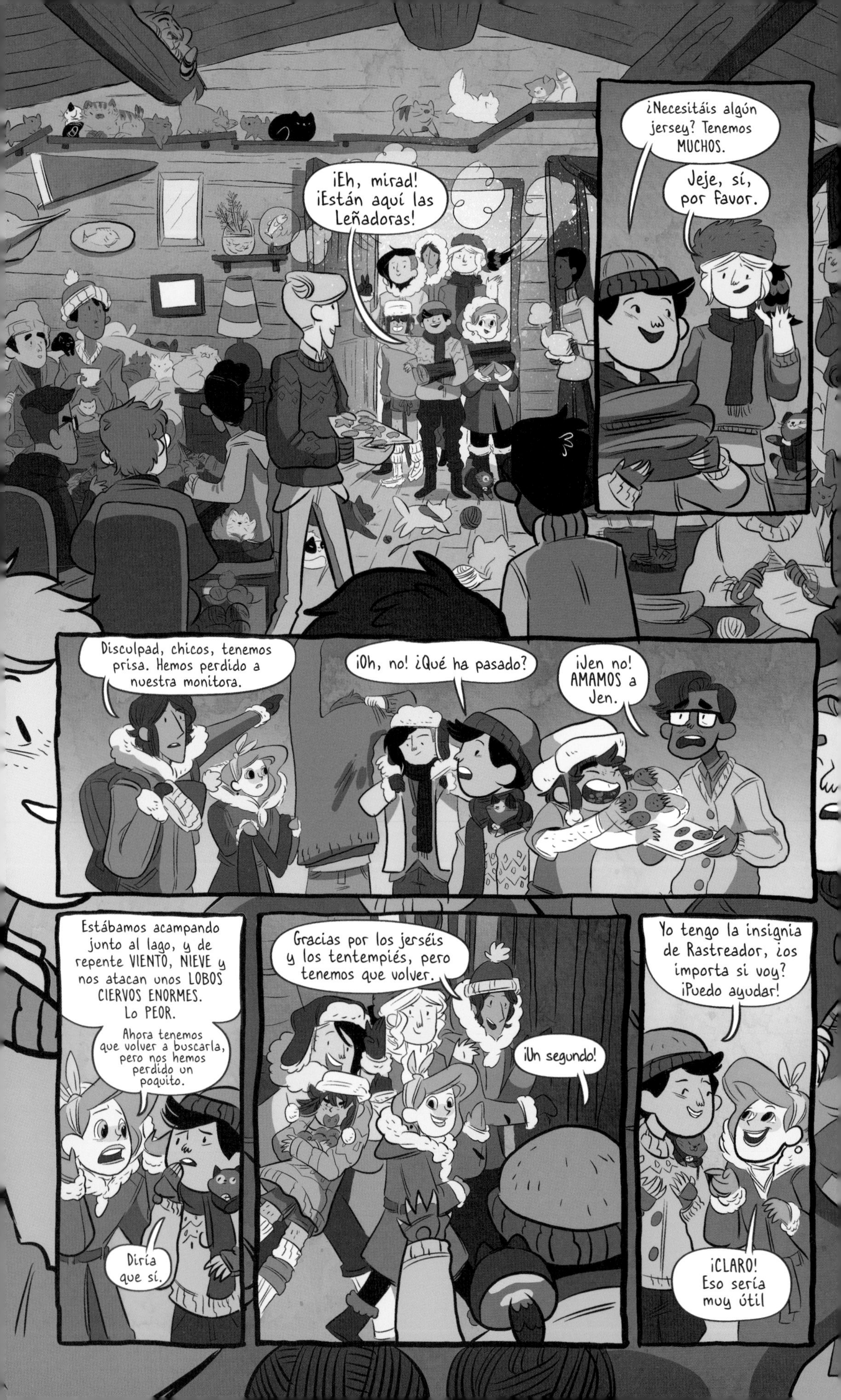
¡Eh, mirad! ¡Están aquí las Leñadoras!
¿Necesitáis algún jersey? Tenemos MUCHOS.
Jeje, sí, por favor.
Disculpad, chicos, tenemos prisa. Hemos perdido a nuestra monitora.
¡Oh, no! ¿Qué ha pasado?
¡Jen no! AMAMOS a Jen.
Estábamos acampando junto al lago, y de repente VIENTO, NIEVE y nos atacan unos LOBOS CIERVOS ENORMES. Lo PEOR.
Ahora tenemos que volver a buscarla, pero nos hemos perdido un poquito.
Diría que sí.
Gracias por los jerséis y los tentempiés, pero tenemos que volver.
¡Un segundo!
Yo tengo la insignia de Rastreador, ¿os importa si voy? ¡Puedo ayudar!
¡CLARO! Eso sería muy útil

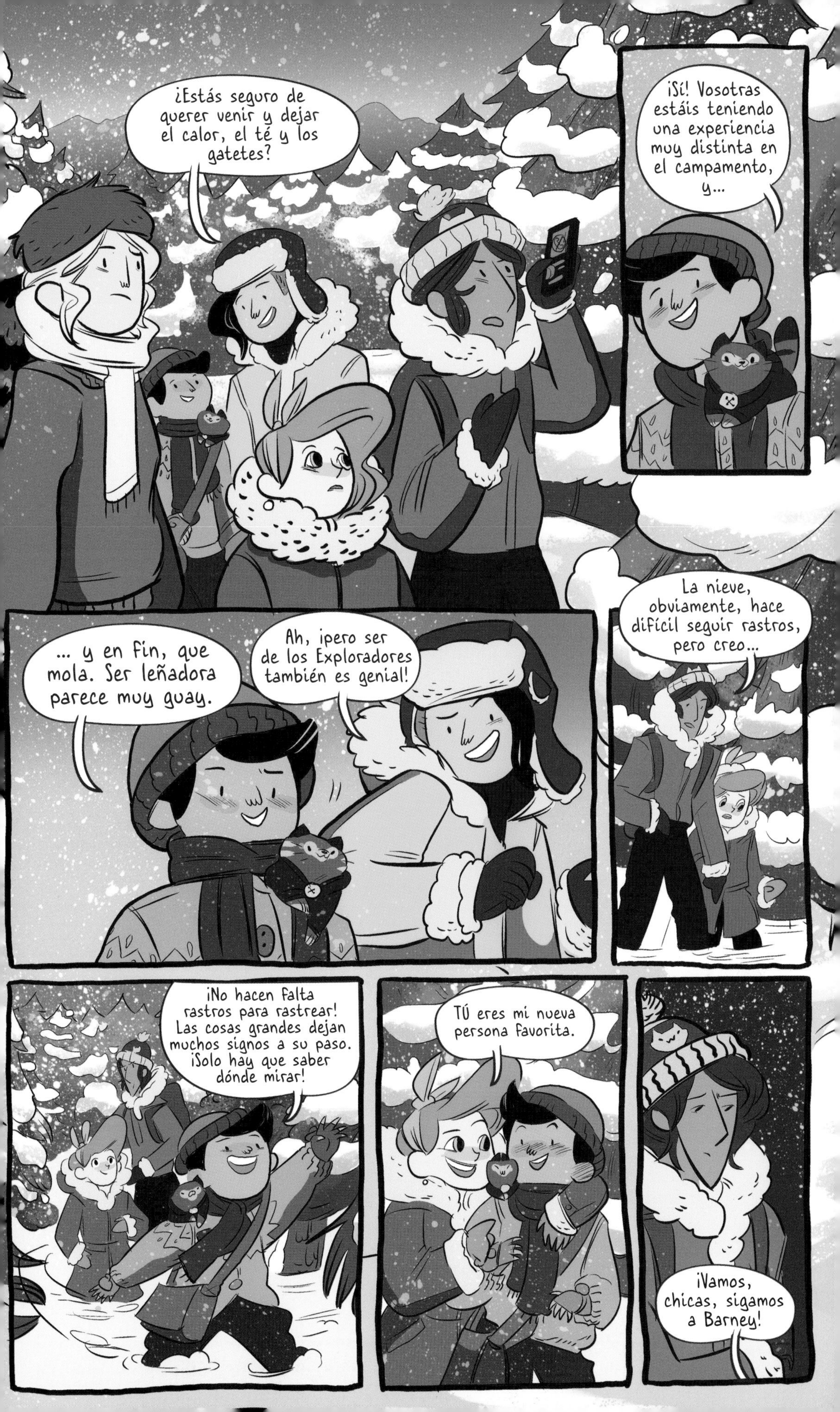
¿Estás seguro de querer venir y dejar el calor, el té y los gatetes?
¡Sí! Vosotras estáis teniendo una experiencia muy distinta en el campamento, y...
... y en fin, que mola. Ser leñadora parece muy guay.
Ah, ¡pero ser de los Exploradores también es genial!
La nieve, obviamente, hace difícil seguir rastros, pero creo...
¡No hacen falta rastros para rastrear! Las cosas grandes dejan muchos signos a su paso. ¡Solo hay que saber dónde mirar!
TÚ eres mi nueva persona favorita.
¡Vamos, chicas, sigamos a Barney!

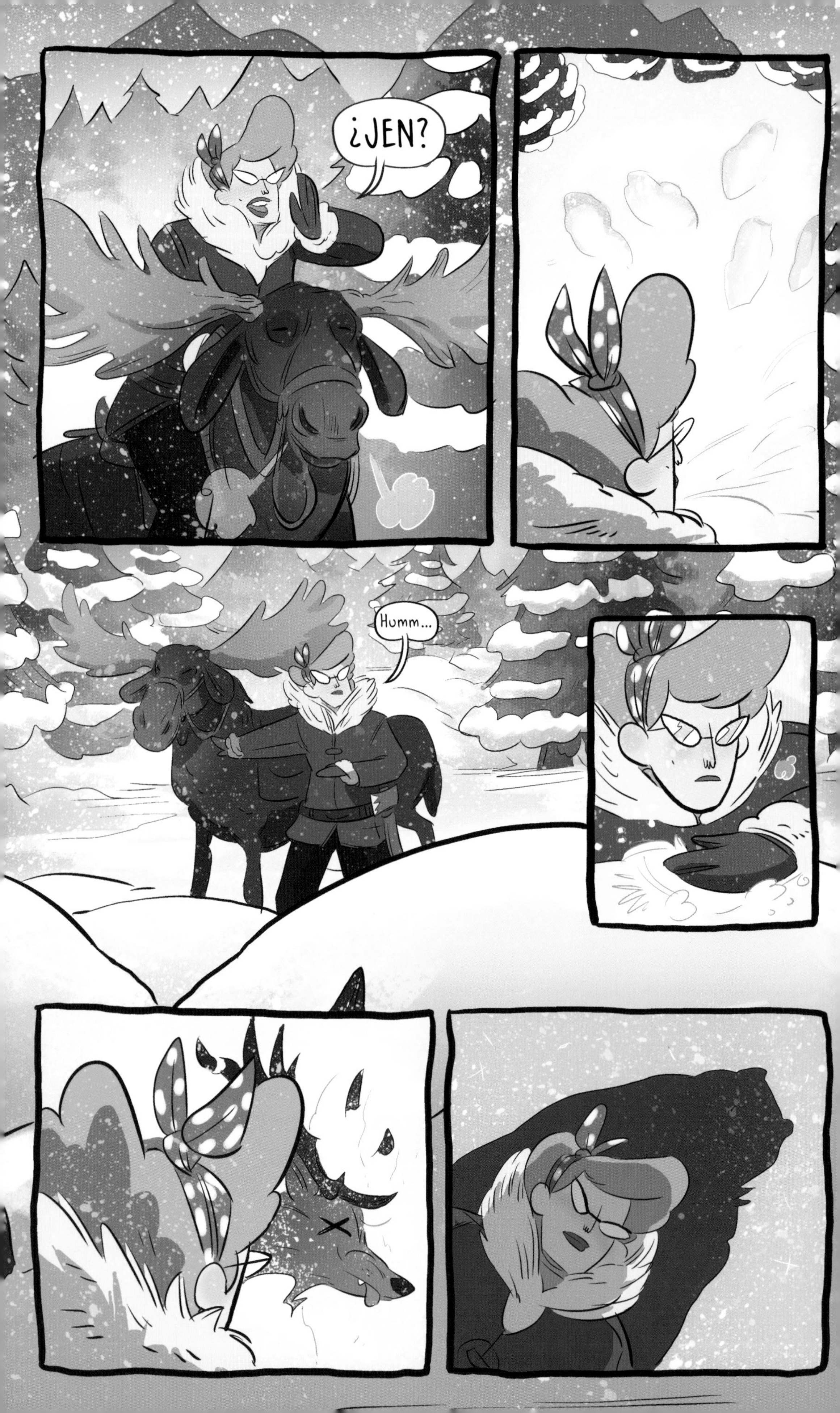
¿JEN?
Humm...

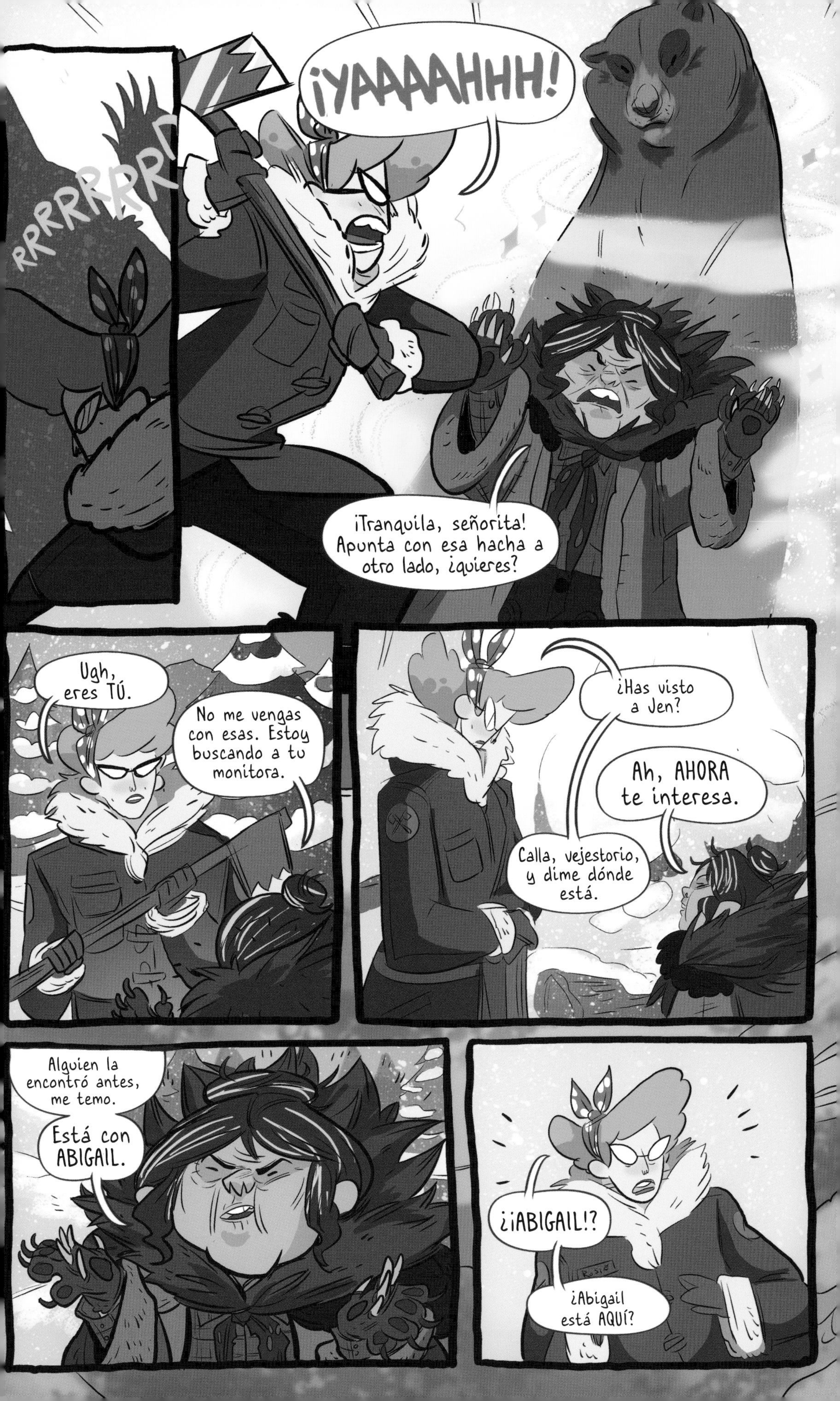
RRRRRRRD
¡YAAAAHHH!
¡Tranquila, señorita! Apunta con esa hacha a otro lado, ¿quieres?
Ugh, eres TÚ.
No me vengas con esas. Estoy buscando a tu monitora.
¿Has visto a Jen?
Ah, AHORA te interesa.
Calla, vejestorio, y dime dónde está.
Alguien la encontró antes, me temo.
Está con ABIGAIL.
¿¡ABIGAIL!?
¿Abigail está AQUÍ?

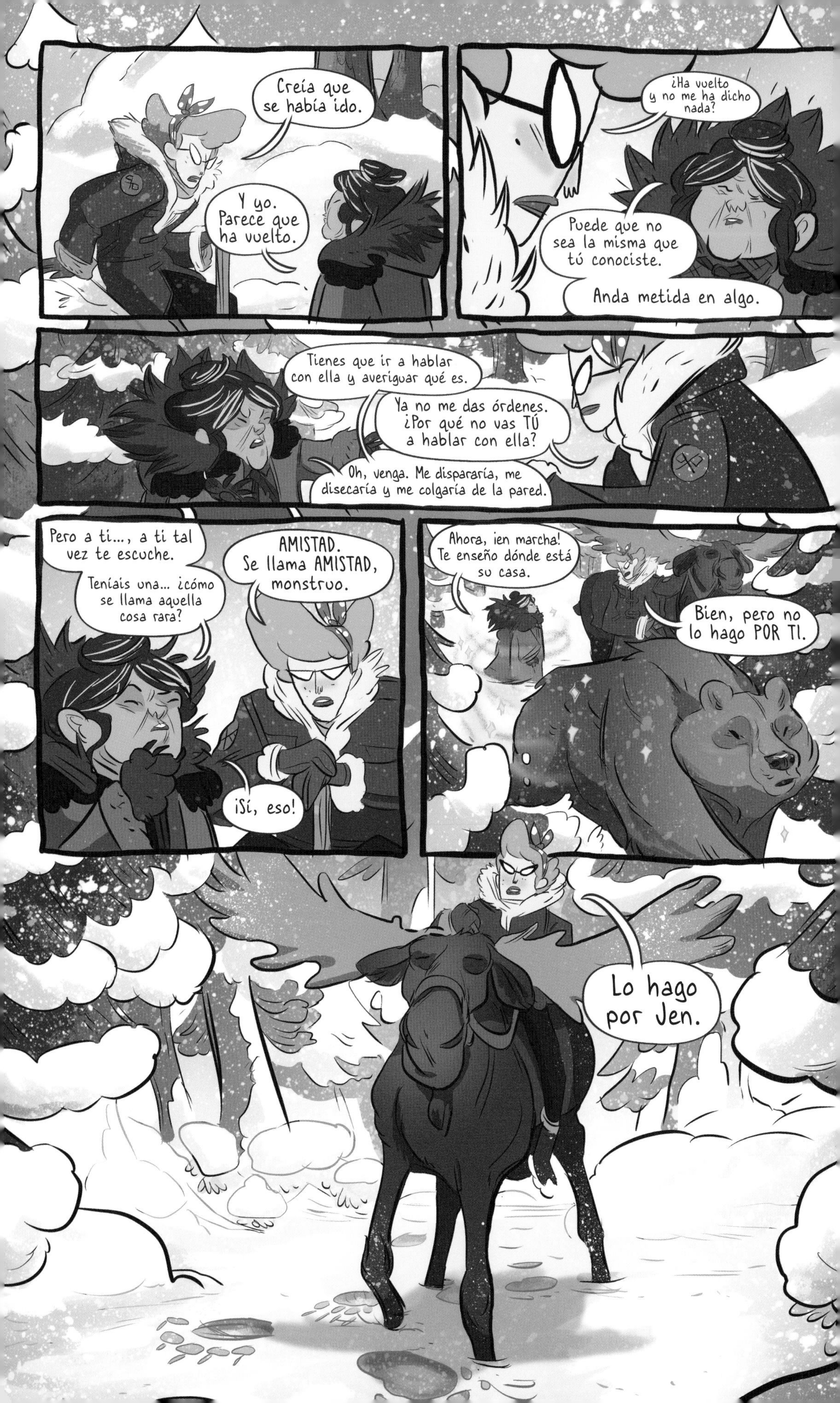

Creía que se había ido.
Y yo. Parece que ha vuelto.
¿Ha vuelto y no me ha dicho nada?
Puede que no sea la misma que tú conociste.
Anda metida en algo.
Tienes que ir a hablar con ella y averiguar qué es.
Ya no me das órdenes. ¿Por qué no vas TÚ a hablar con ella?
Oh, venga. Me dispararía, me disecaría y me colgaría de la pared.
Pero a ti..., a ti tal vez te escuche.
Teníais una... ¿cómo se llama aquella cosa rara?
AMISTAD. Se llama AMISTAD, monstruo.
¡Sí, eso!
Ahora, ¡en marcha! Te enseño dónde está su casa.
Bien, pero no lo hago POR TI.
Lo hago por Jen.

se com
El v
Ayuda
aspecto
ropa par
Además
Leñador
tener u
parte d
Thiskw
Molon
tienen
ellas

**ESTO VA A SER COMPLICADO, CHICAS**

El u
bordado la band
escog
panta
hechos
activida
boina ve
el cuello
de la amis
Los zapa
ser de tal
Por su pa
juntar con
forme. Por últi..., collares, puls
no tienen cabida en el uniform

**AQUÍ HUELE A CUERNO QUEMADO**

cueda pequeño el uniforme
...otra leñadora
...esta tiene
...ella

CÓMO LLEVAR

Para vestir bien el uniform
es que el uniforme esté en b
planchado. Asegúrate de que la
apropiado para tu altura y constitu
turón se ajuste bien y que los zapatos y las medias
hagan juego con los colores del uniforme. Controla
tu postura y muévete con gracia y dignidad. Si te
quitas la boina al entrar en algún sitio, asegúrate
de llevar el pelo bien peinado y recogido con una
discreta horquilla o una diadema. Cuando llevas
el uniforme de leñadora estás representando a esta
organización, por lo que debes procurar comportarte de un modo que muestre a todo el mundo que
la cortesía y la consideración son parte fundamental de una leñadora. La gente tiende a juzgar a un
país entero por el egoísmo de unos pocos, a criticar a toda una familia por el mal comportamiento

jdidn;
ayuda a c
en un gru
vida activa
del otros la
futuro, y la
con el fin de
leñadora que
Penniquiqul
chicas molon
pero la mayor
Pueden con
mismas con
del campamento.

...er uno.
...me ó confeccionarlo ellas
...es disponibles en la tienda

**¡MENUDA VENTOLERA!**

MANUAL DE CAMPO DE LAS LEÑADORAS

# CAPÍTULO 14

*Área de especialidad: «Literatura»*

## INSIGNIA DEL MISTERIO DE LA HISTORIA

*«No es lo que se recuerda, es el porqué»*

Lo más increíble de la memoria es que se la puede engañar. Puedes ir por la vida dando por cierta una cosa y descubrir más adelante que estabas equivocada. Esto ocurre porque si alguien cree en algo con la suficiente fuerza, puede conseguir que acabe pareciendo real. Puede convertirlo en la verdad, aunque no lo sea. Por eso es por lo que la historia es tan importante, aunque no siempre sea fiable. Para una leñadora, será fundamental no solo estar abierta a los sucesos que ocurran a su alrededor, sino mantenerse al día de los cambios en su entorno. Todo el mundo tiene una experiencia única, aunque se trate del mismo suceso, porque todas somos individuos únicos con un bagaje único. Eso es lo que nos hace grandes, lo que nos hace humanas, lo que nos hace Leñadoras. Todas las exploradoras deben llevar un diario siempre consigo, y registrar en él todo lo que les ocurra en el campamento, y ojalá también lo que les ocurra fuera de él.

El Misterio de la historia es una insignia que solo se puede conseguir en la biblioteca. Las exploradoras irán a la biblioteca del campamento y escogerán un libro. Puede ser cualquier libro, ya sea de humor o de ensayo, y habrán de investigar todo lo que tenga que ver con su creación. Descubrirán cosas sobre los autores, sobre su vida, sobre lo que los motivó a escribir, y buscarán toda la información que no sea posible encontrar en el libro en sí. Una de las muchas oportunidades de diversión que proporciona esta insignia es la de comprender mejor la transformación que sufren las cosas, de lo que realmente ocurrió a lo que termina en el papel. Como verán, esta modificación de los hechos que tuvieron lugar en la realidad puede deberse a un sinfín de motivos: desde un intento deliberado de cambiar la visión de la historia en los lectores futuros del libro, a la propia inventiva del autor o la autora, que convierte lo banal y cotidiano en una obra literaria.

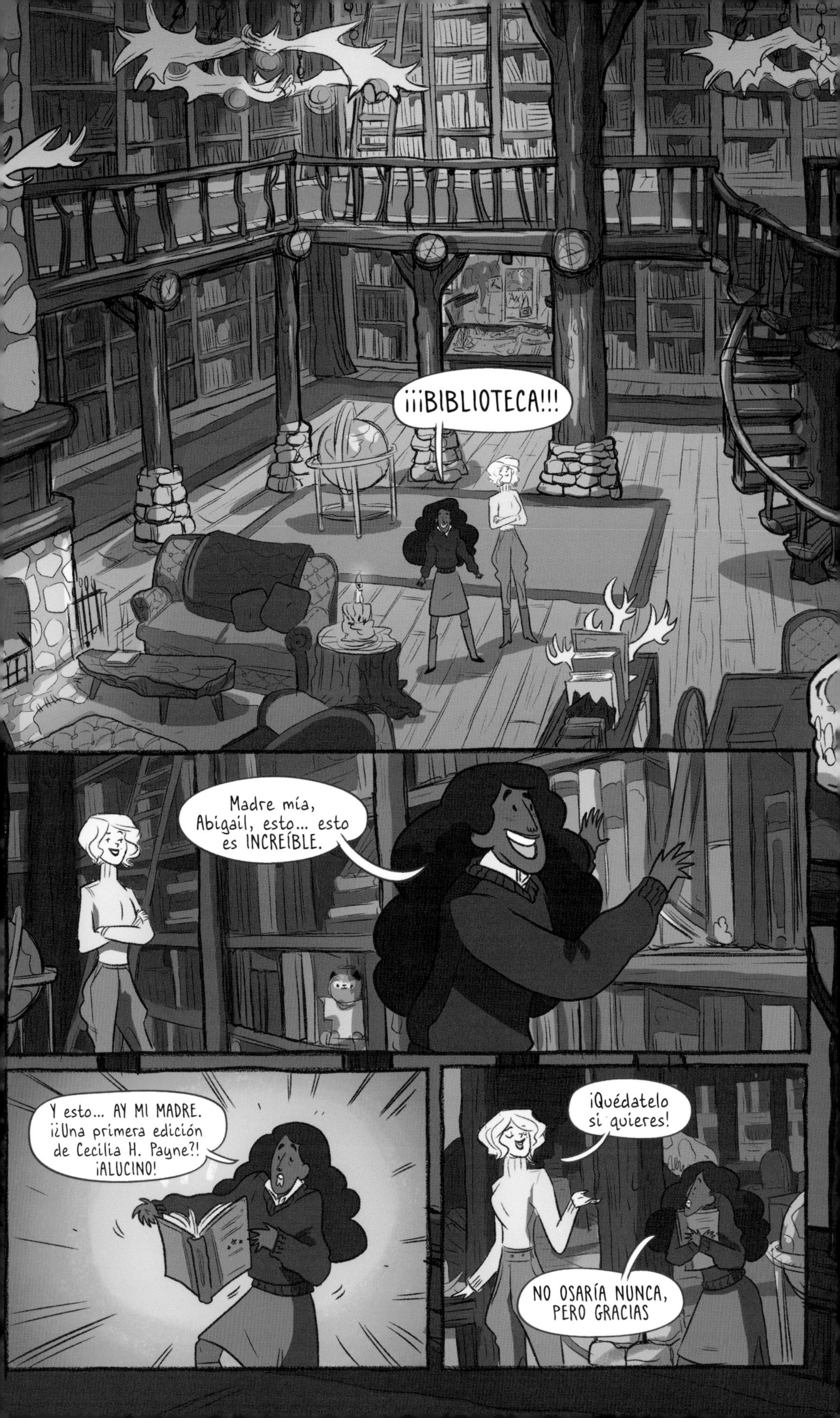
¡¡¡BIBLIOTECA!!!
Madre mía, Abigail, esto... esto es INCREÍBLE.
Y esto... AY MI MADRE. ¡¿Una primera edición de Cecilia H. Payne?! ¡ALUCINO!
¡Quédatelo si quieres!
NO OSARÍA NUNCA, PERO GRACIAS

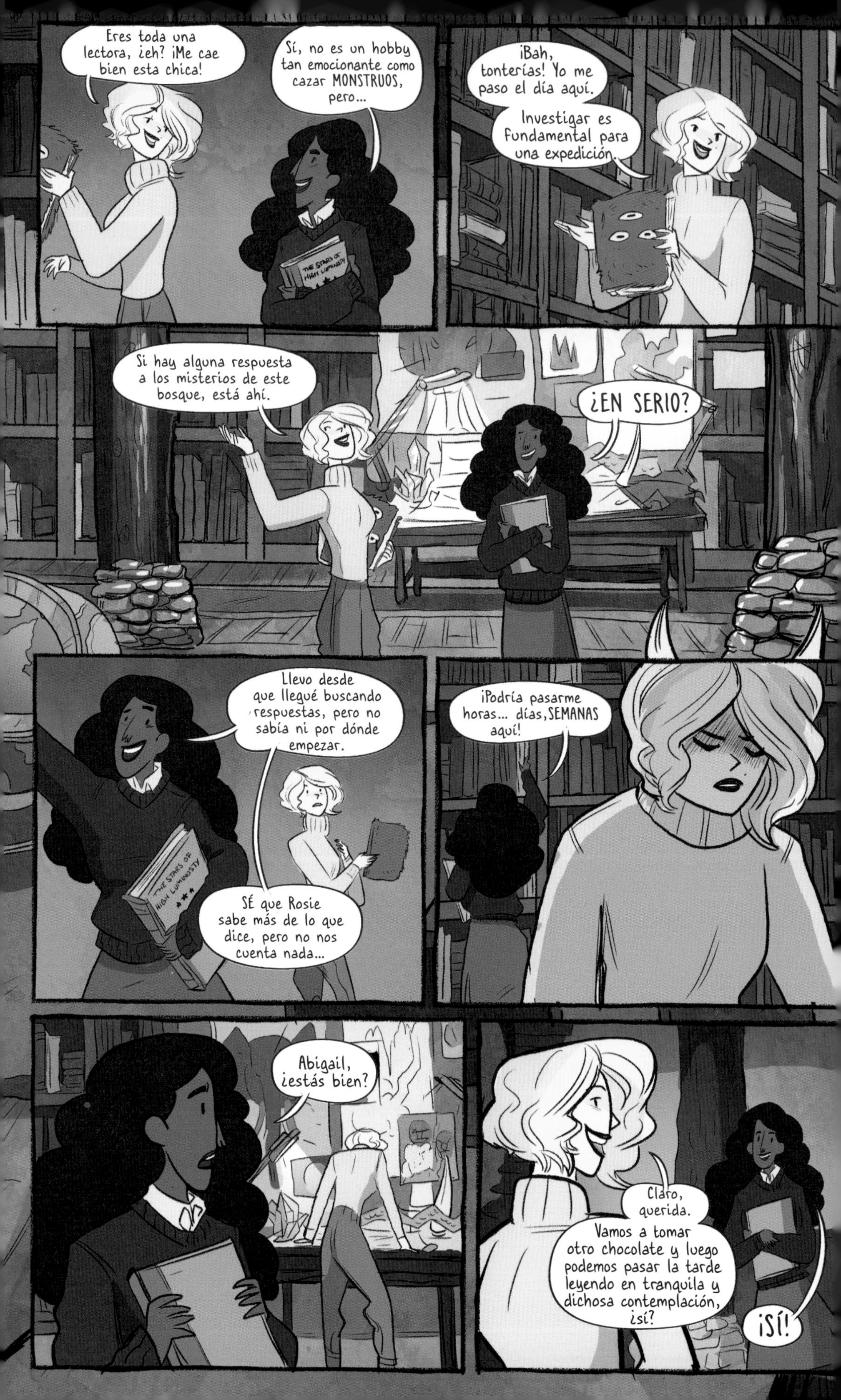
Eres toda una lectora, ¿eh? ¡Me cae bien esta chica!
Sí, no es un hobby tan emocionante como cazar MONSTRUOS, pero...
THE STARS OF HIGH LUMINOSITY
¡Bah, tonterías! Yo me paso el día aquí.
Investigar es fundamental para una expedición.
Si hay alguna respuesta a los misterios de este bosque, está ahí.
¿EN SERIO?
Llevo desde que llegué buscando respuestas, pero no sabía ni por dónde empezar.
SÉ que Rosie sabe más de lo que dice, pero no nos cuenta nada...
THE STARS OF HIGH LUMINOSITY
¡Podría pasarme horas... días, SEMANAS aquí!
Abigail, ¿estás bien?
Claro, querida.
Vamos a tomar otro chocolate y luego podemos pasar la tarde leyendo en tranquila y dichosa contemplación, ¿sí?
¡SÍ!

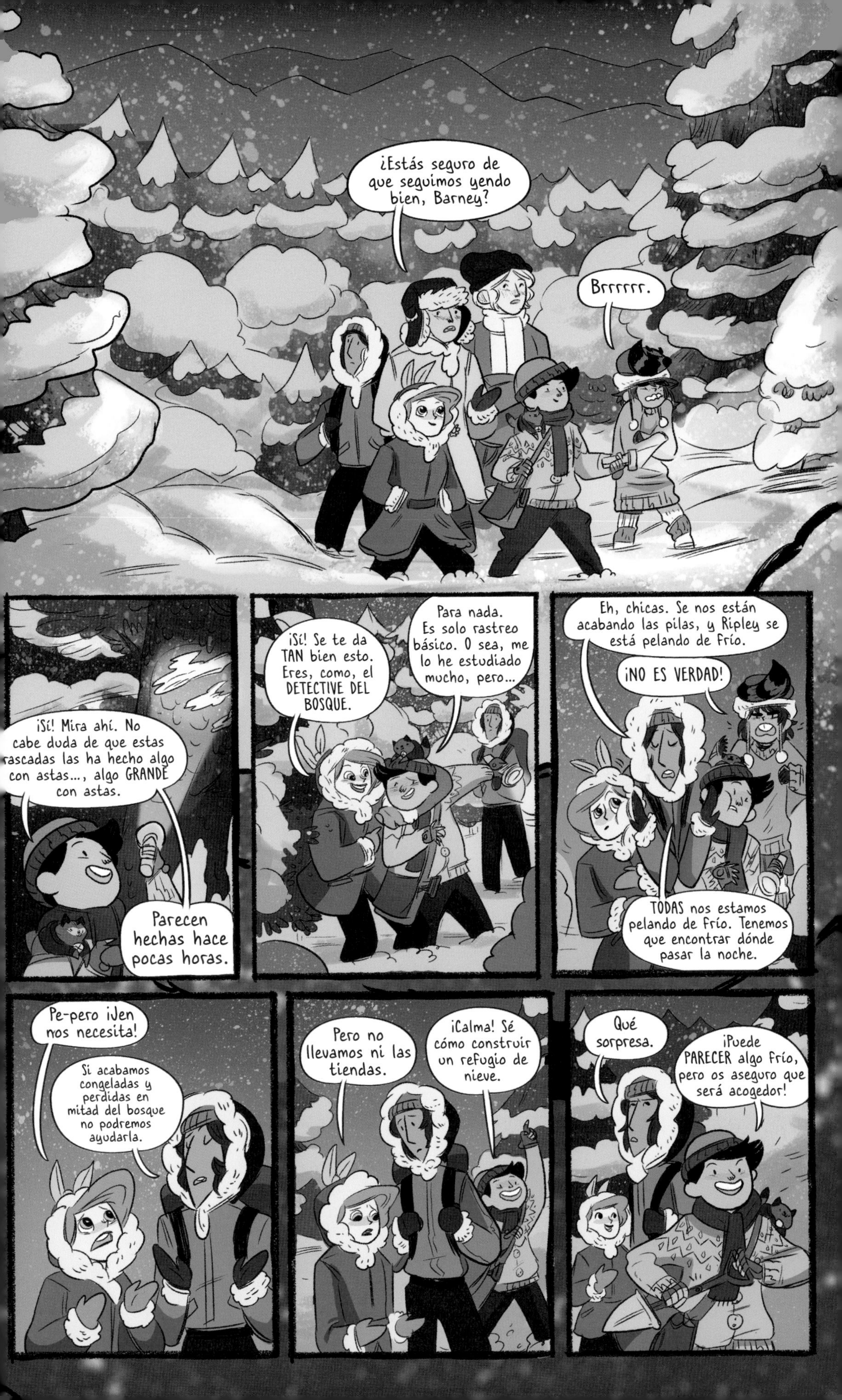

¿Estás seguro de que seguimos yendo bien, Barney?
Brrrrrr.
¡Sí! Mira ahí. No cabe duda de que estas rascadas las ha hecho algo con astas..., algo GRANDE con astas.
Parecen hechas hace pocas horas.
¡Sí! Se te da TAN bien esto. Eres, como, el DETECTIVE DEL BOSQUE.
Para nada. Es solo rastreo básico. O sea, me lo he estudiado mucho, pero...
Eh, chicas. Se nos están acabando las pilas, y Ripley se está pelando de frío.
¡NO ES VERDAD!
TODAS nos estamos pelando de frío. Tenemos que encontrar dónde pasar la noche.
Pe-pero ¡Jen nos necesita!
Si acabamos congeladas y perdidas en mitad del bosque no podremos ayudarla.
Pero no llevamos ni las tiendas.
¡Calma! Sé cómo construir un refugio de nieve.
Qué sorpresa.
¡Puede PARECER algo frío, pero os aseguro que será acogedor!

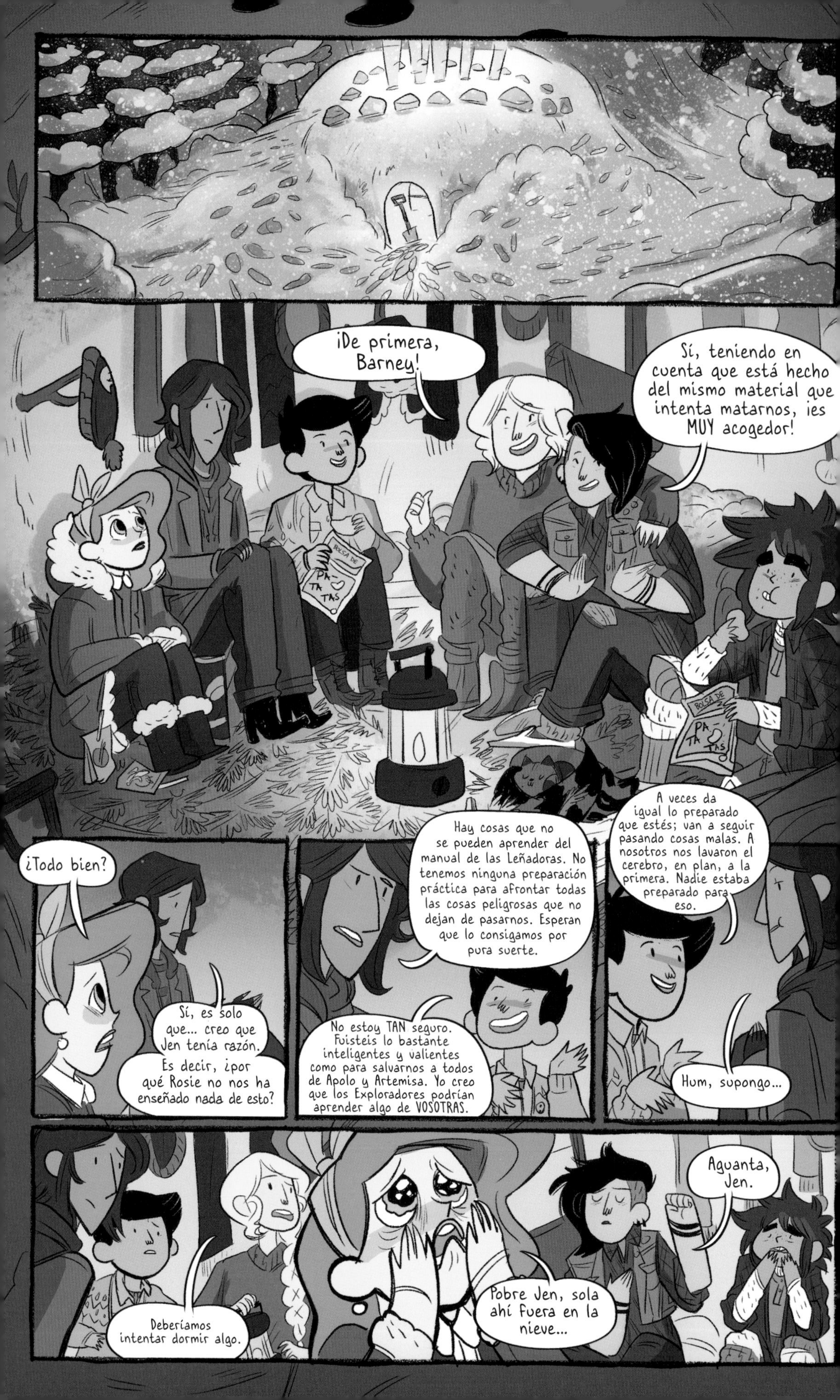
¡De primera, Barney!
Sí, teniendo en cuenta que está hecho del mismo material que intenta matarnos, ¡es MUY acogedor!
BOLSA DE PA TA TAS
¿Todo bien?
Sí, es solo que... creo que Jen tenía razón.
Es decir, ¿por qué Rosie no nos ha enseñado nada de esto?
Hay cosas que no se pueden aprender del manual de las Leñadoras. No tenemos ninguna preparación práctica para afrontar todas las cosas peligrosas que no dejan de pasarnos. Esperan que lo consigamos por pura suerte.
No estoy TAN seguro. Fuisteis lo bastante inteligentes y valientes como para salvarnos a todos de Apolo y Artemisa. Yo creo que los Exploradores podrían aprender algo de VOSOTRAS.
A veces da igual lo preparado que estés; van a seguir pasando cosas malas. A nosotros nos lavaron el cerebro, en plan, a la primera. Nadie estaba preparado para eso.
Hum, supongo...
Deberíamos intentar dormir algo.
Pobre Jen, sola ahí fuera en la nieve...
Aguanta, Jen.

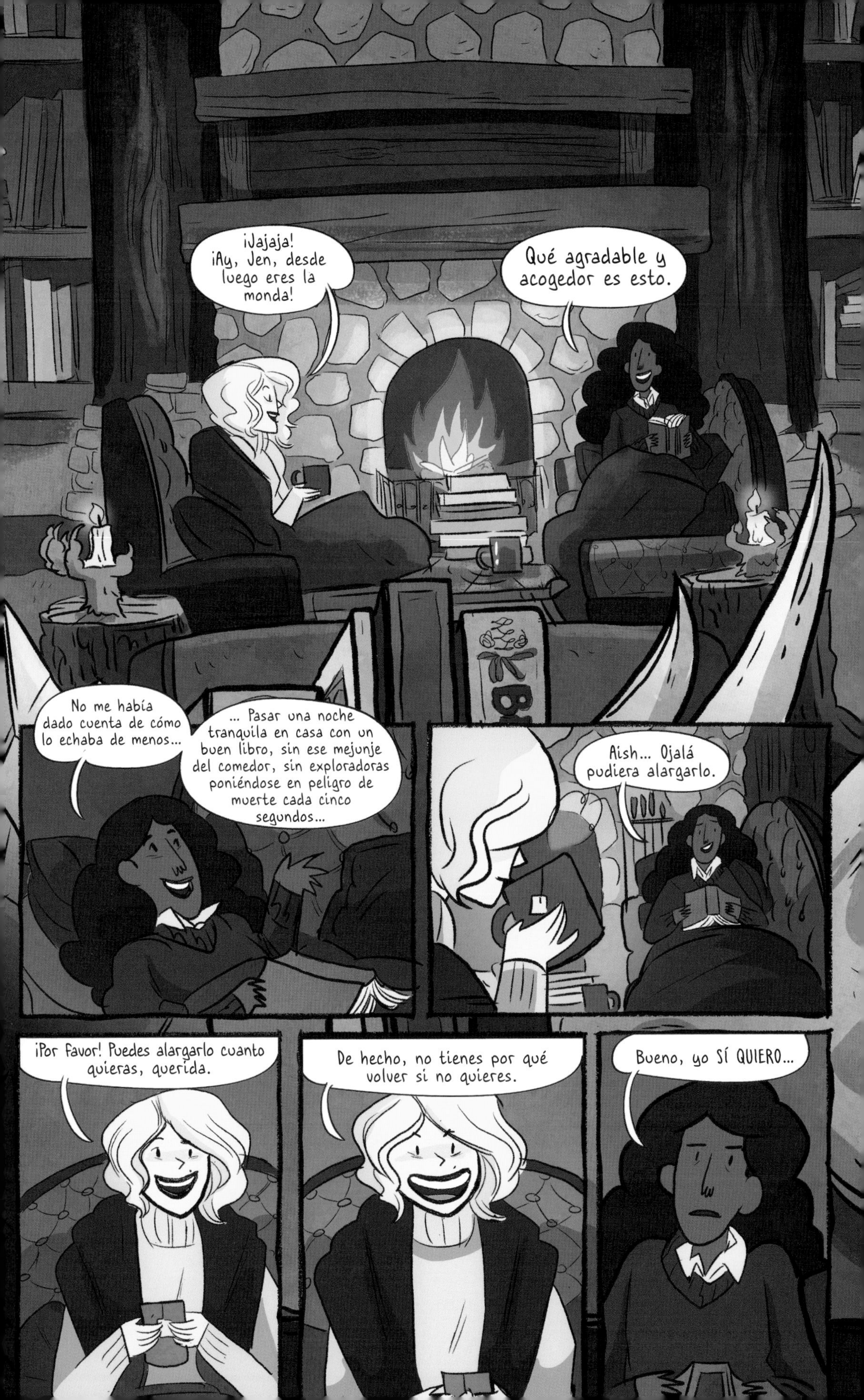
¡Jajaja! ¡Ay, Jen, desde luego eres la monda!
Qué agradable y acogedor es esto.
No me había dado cuenta de cómo lo echaba de menos...
... Pasar una noche tranquila en casa con un buen libro, sin ese mejunje del comedor, sin exploradoras poniéndose en peligro de muerte cada cinco segundos...
Aish... Ojalá pudiera alargarlo.
¡Por favor! Puedes alargarlo cuanto quieras, querida.
De hecho, no tienes por qué volver si no quieres.
Bueno, yo SÍ QUIERO...

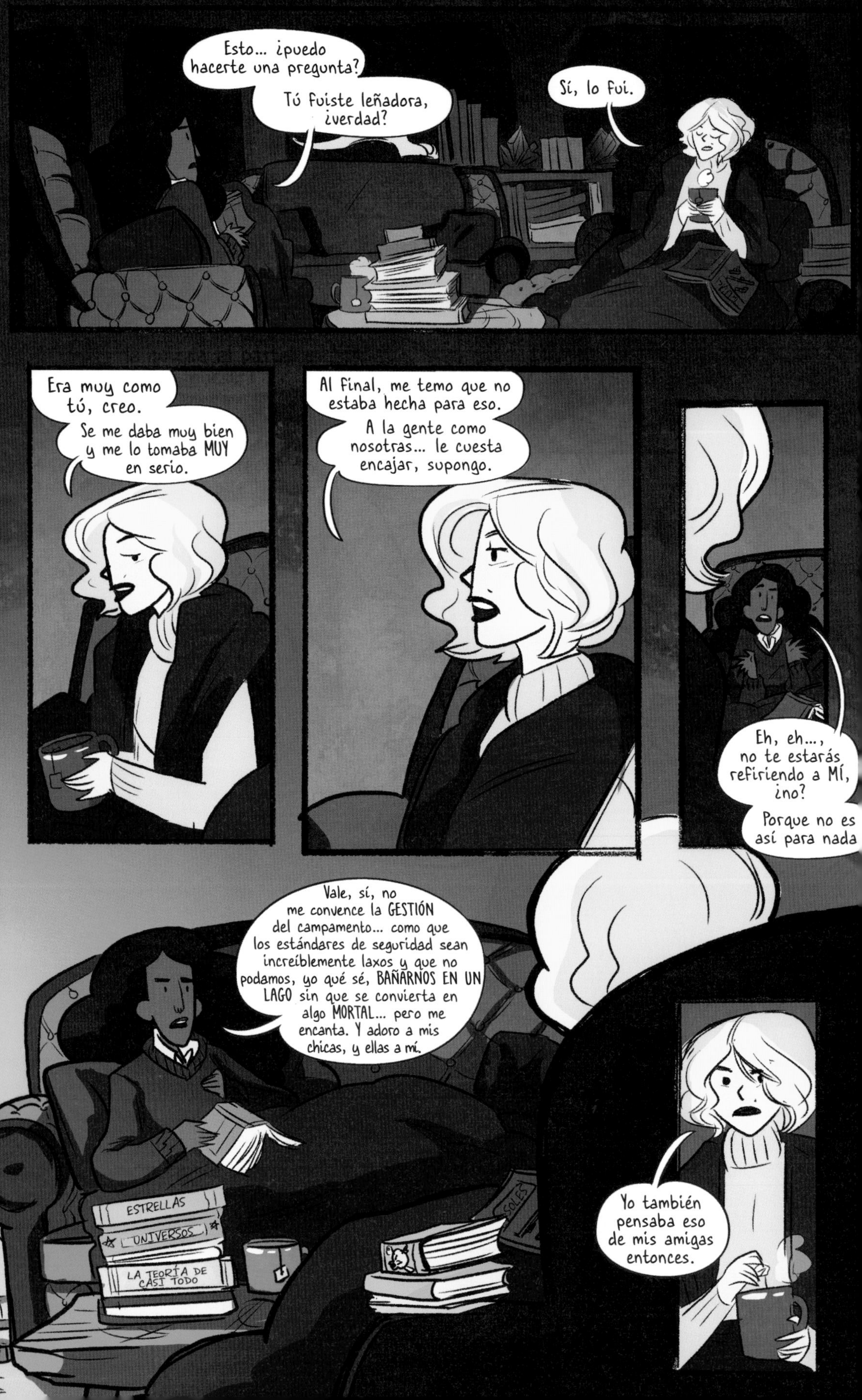

Esto... ¿puedo hacerte una pregunta?
Tú fuiste leñadora, ¿verdad?
Sí, lo fui.
Era muy como tú, creo.
Se me daba muy bien y me lo tomaba MUY en serio.
Al final, me temo que no estaba hecha para eso.
A la gente como nosotras... le cuesta encajar, supongo.
Eh, eh..., no te estarás refiriendo a MÍ, ¿no?
Porque no es así para nada
Vale, sí, no me convence la GESTIÓN del campamento... como que los estándares de seguridad sean increíblemente laxos y que no podamos, yo qué sé, BAÑARNOS EN UN LAGO sin que se convierta en algo MORTAL... pero me encanta. Y adoro a mis chicas, y ellas a mí.
ESTRELLAS
UNIVERSOS
LA TEORÍA DE CASI TODO
SOLES
Yo también pensaba eso de mis amigas entonces.

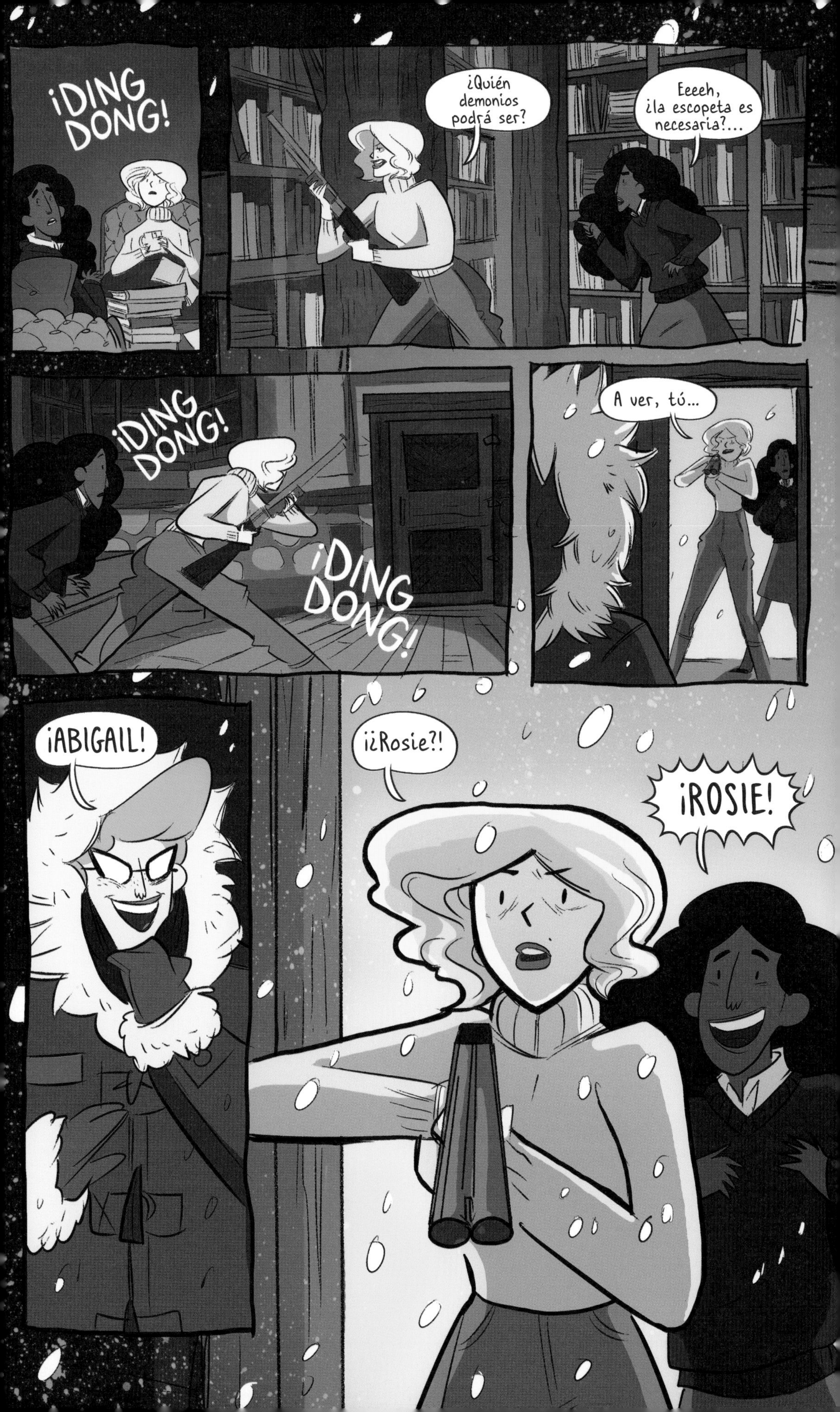
¡DING DONG!
¿Quién demonios podrá ser?
Eeeeh, ¿la escopeta es necesaria?...
¡DING DONG!
¡DING DONG!
A ver, tú...
¡ABIGAIL!
¡¿Rosie?!
¡ROSIE!

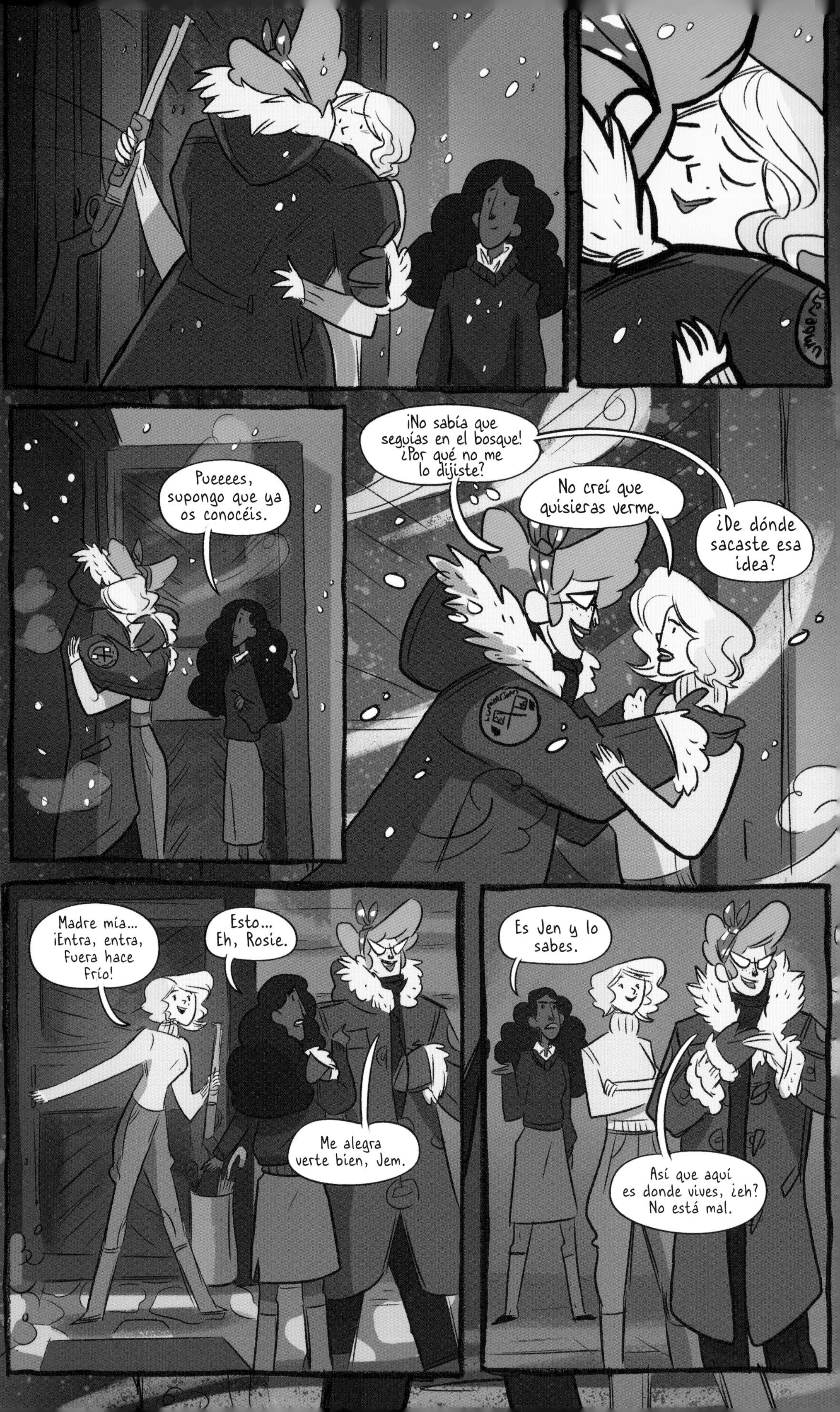
Pueeeees, supongo que ya os conocéis.
¡No sabía que seguías en el bosque! ¿Por qué no me lo dijiste?
No creí que quisieras verme.
¿De dónde sacaste esa idea?
Madre mía... ¡Entra, entra, fuera hace frío!
Esto... Eh, Rosie.
Me alegra verte bien, Jem.
Es Jen y lo sabes.
Así que aquí es donde vives, ¿eh? No está mal.

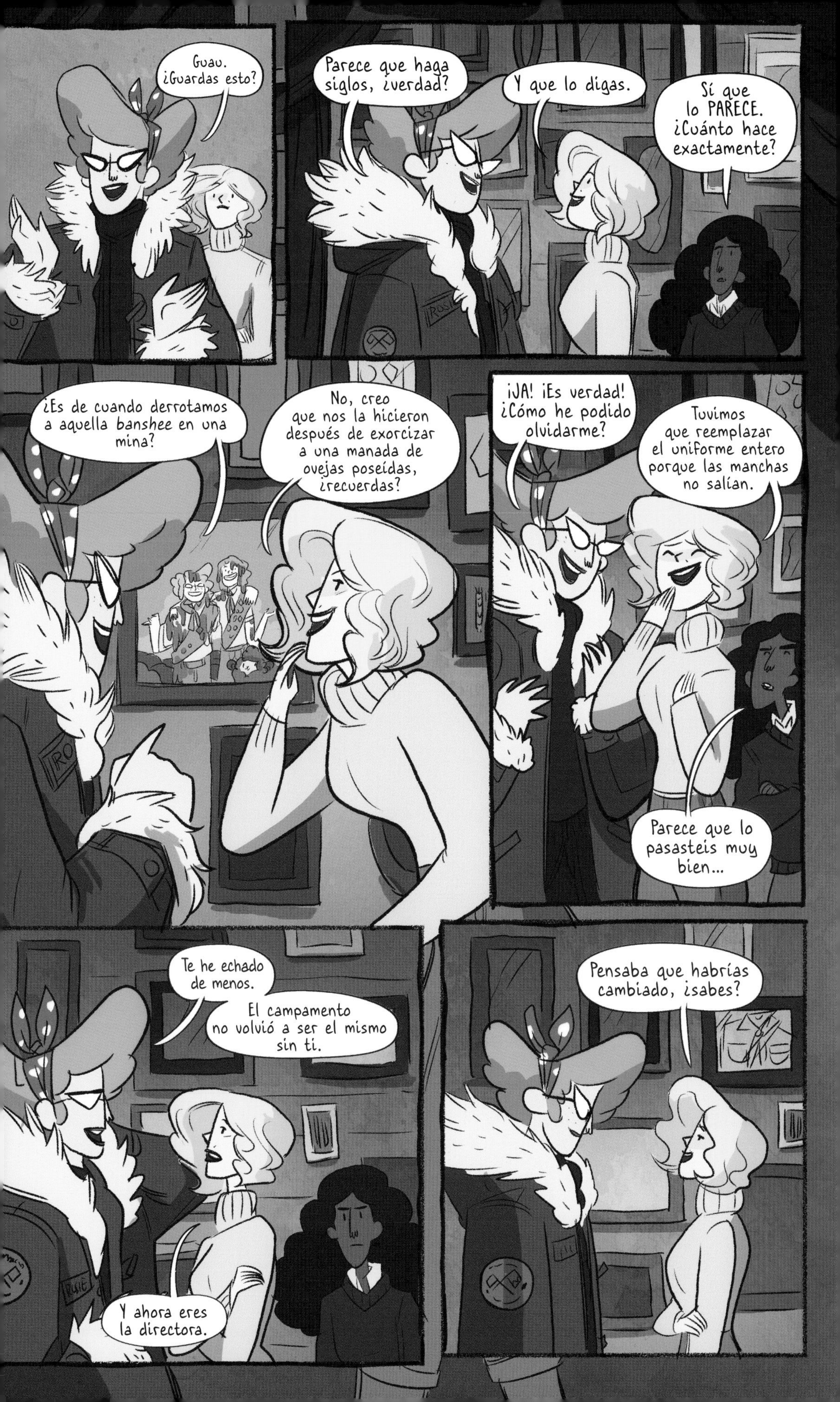
Guau. ¿Guardas esto?
Parece que haga siglos, ¿verdad?
Y que lo digas.
Sí que lo PARECE. ¿Cuánto hace exactamente?
¿Es de cuando derrotamos a aquella banshee en una mina?
No, creo que nos la hicieron después de exorcizar a una manada de ovejas poseídas, ¿recuerdas?
¡JA! ¡Es verdad! ¿Cómo he podido olvidarme?
Tuvimos que reemplazar el uniforme entero porque las manchas no salían.
Parece que lo pasasteis muy bien...
Te he echado de menos.
El campamento no volvió a ser el mismo sin ti.
Y ahora eres la directora.
Pensaba que habrías cambiado, ¿sabes?

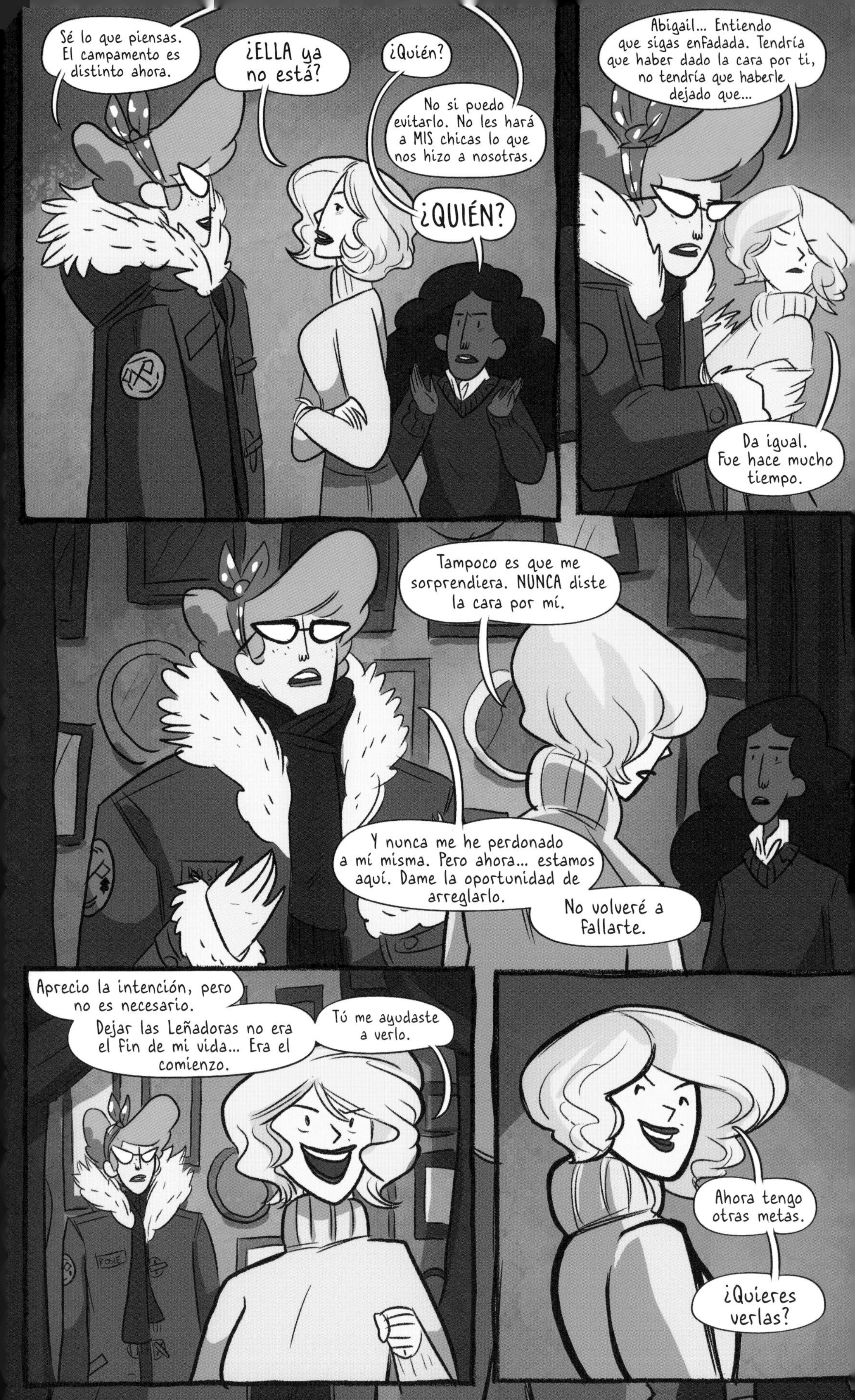
Sé lo que piensas. El campamento es distinto ahora.
¿ELLA ya no está?
¿Quién?
No si puedo evitarlo. No les hará a MIS chicas lo que nos hizo a nosotras.
¿QUIÉN?
Abigail... Entiendo que sigas enfadada. Tendría que haber dado la cara por ti, no tendría que haberle dejado que...
Da igual. Fue hace mucho tiempo.
Tampoco es que me sorprendiera. NUNCA diste la cara por mí.
Y nunca me he perdonado a mí misma. Pero ahora... estamos aquí. Dame la oportunidad de arreglarlo.
No volveré a fallarte.
Aprecio la intención, pero no es necesario.
Dejar las Leñadoras no era el fin de mi vida... Era el comienzo.
Tú me ayudaste a verlo.
Ahora tengo otras metas.
¿Quieres verlas?

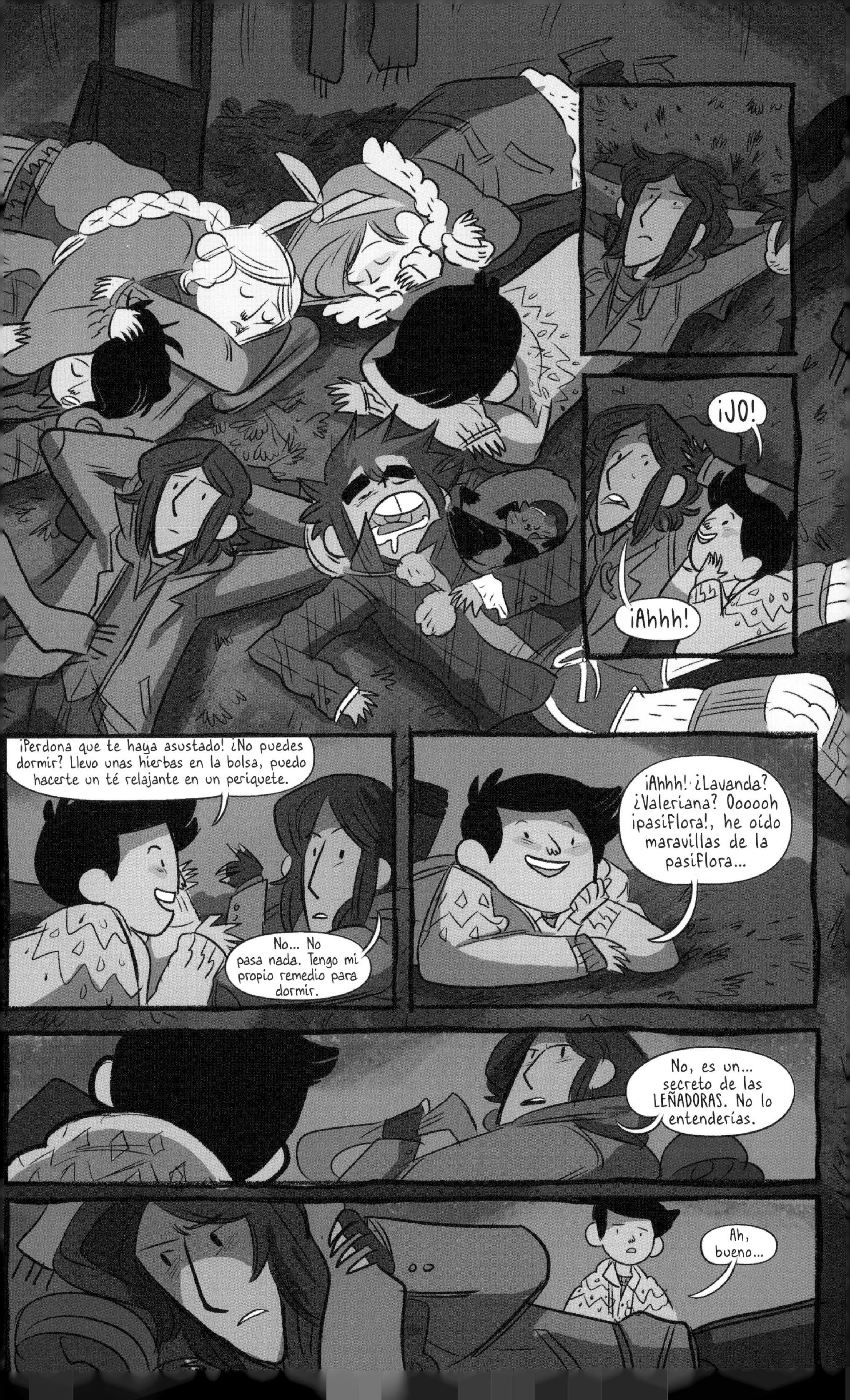
¡JO!
¡Ahhh!
¡Perdona que te haya asustado! ¿No puedes dormir? Llevo unas hierbas en la bolsa, puedo hacerte un té relajante en un periquete.
No... No pasa nada. Tengo mi propio remedio para dormir.
¡Ahhh! ¿Lavanda? ¿Valeriana? Oooooh ¡pasiflora!, he oído maravillas de la pasiflora...
No, es un... secreto de las LEÑADORAS. No lo entenderías.
Ah, bueno...

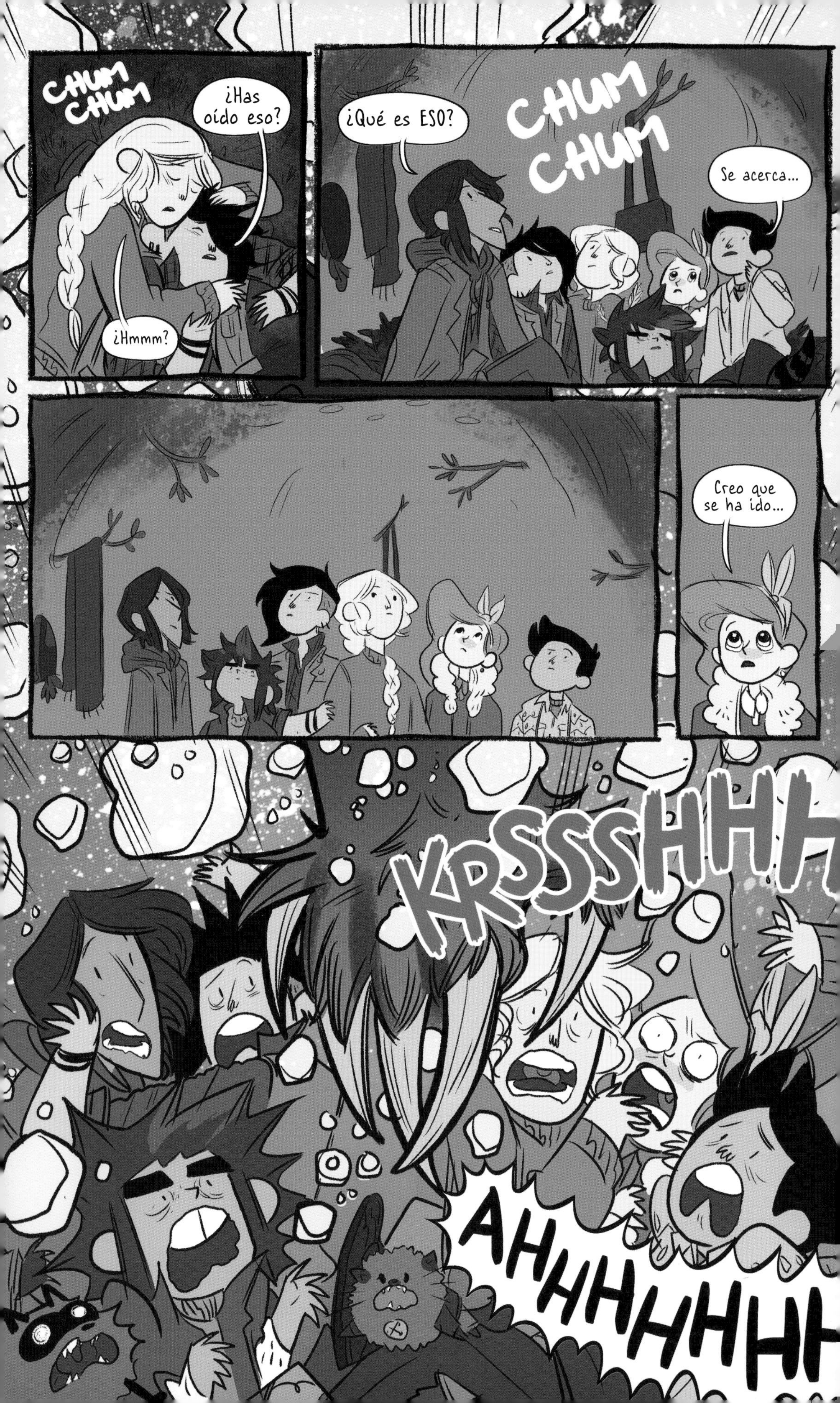
CHUM CHUM
¿Has oído eso?
¿Hmmm?
¿Qué es ESO?
CHUM CHUM
Se acerca...
Creo que se ha ido...
KRSSSHHH
AHHHHHHHH

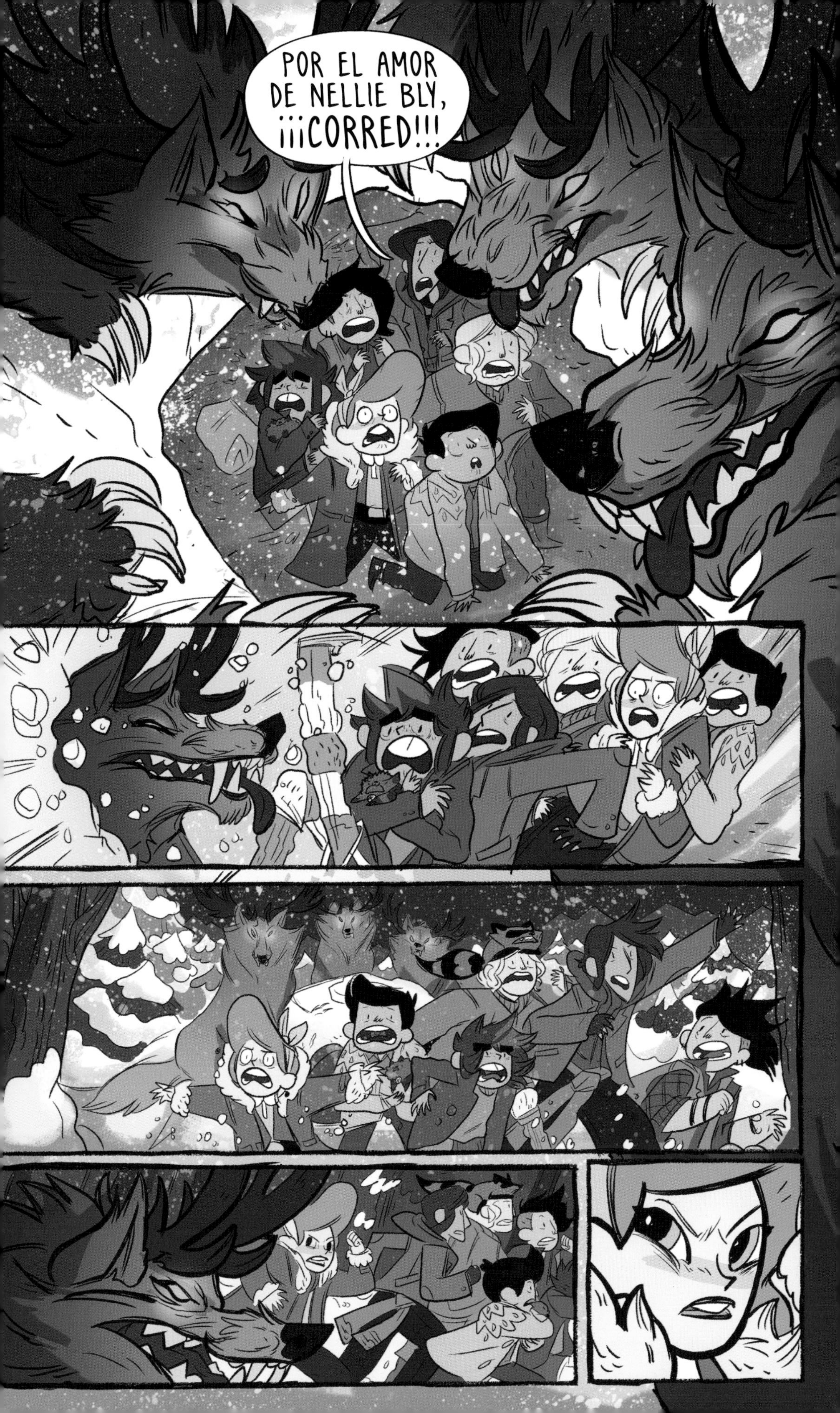
POR EL AMOR DE NELLIE BLY, ¡¡¡CORRED!!!

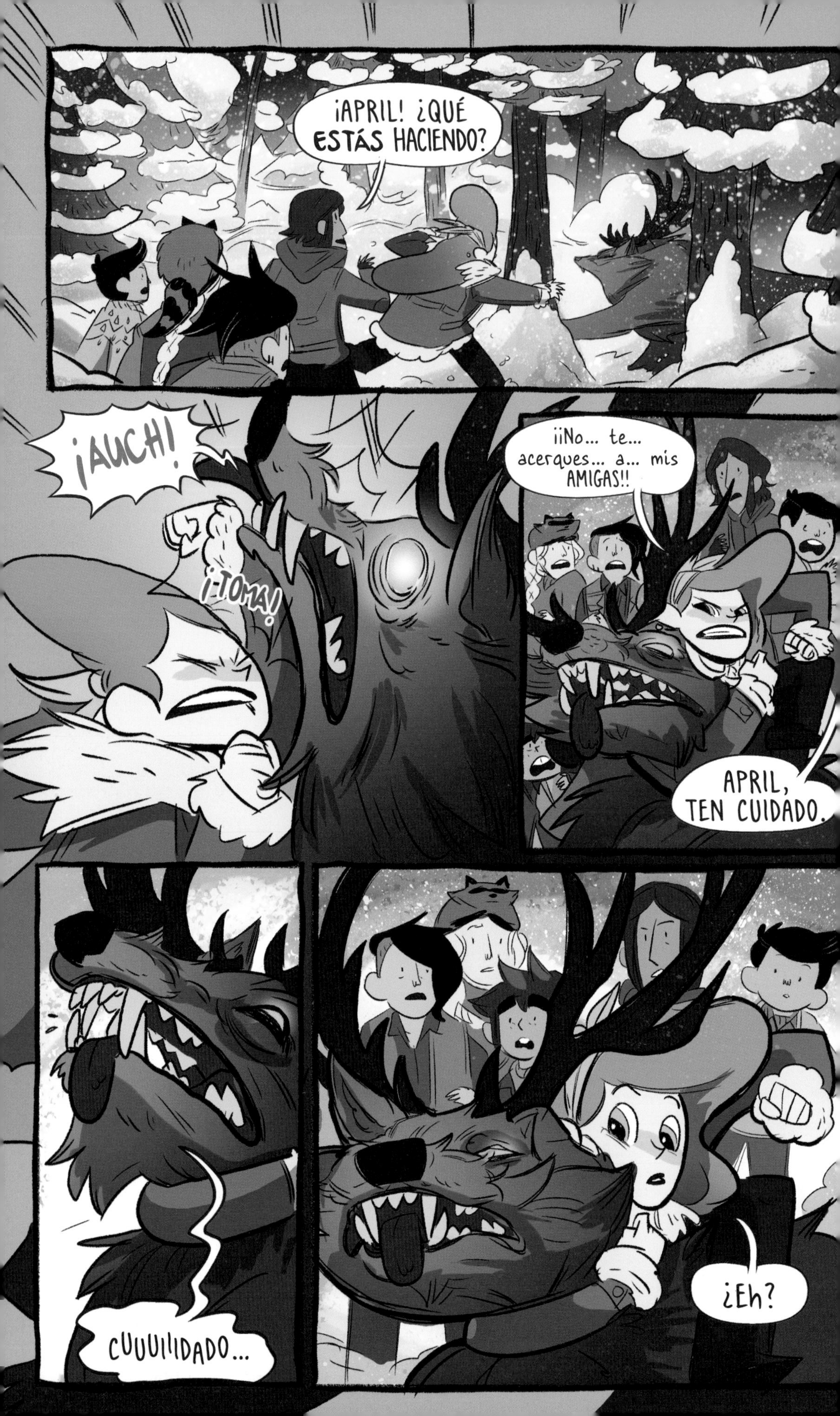
¡APRIL! ¿QUÉ ESTÁS HACIENDO?
¡AUCH!
¡TOMA!
¡¡No... te... acerques... a... mis AMIGAS!!
APRIL, TEN CUIDADO.
CUUUIIIDADO...
¿Eh?

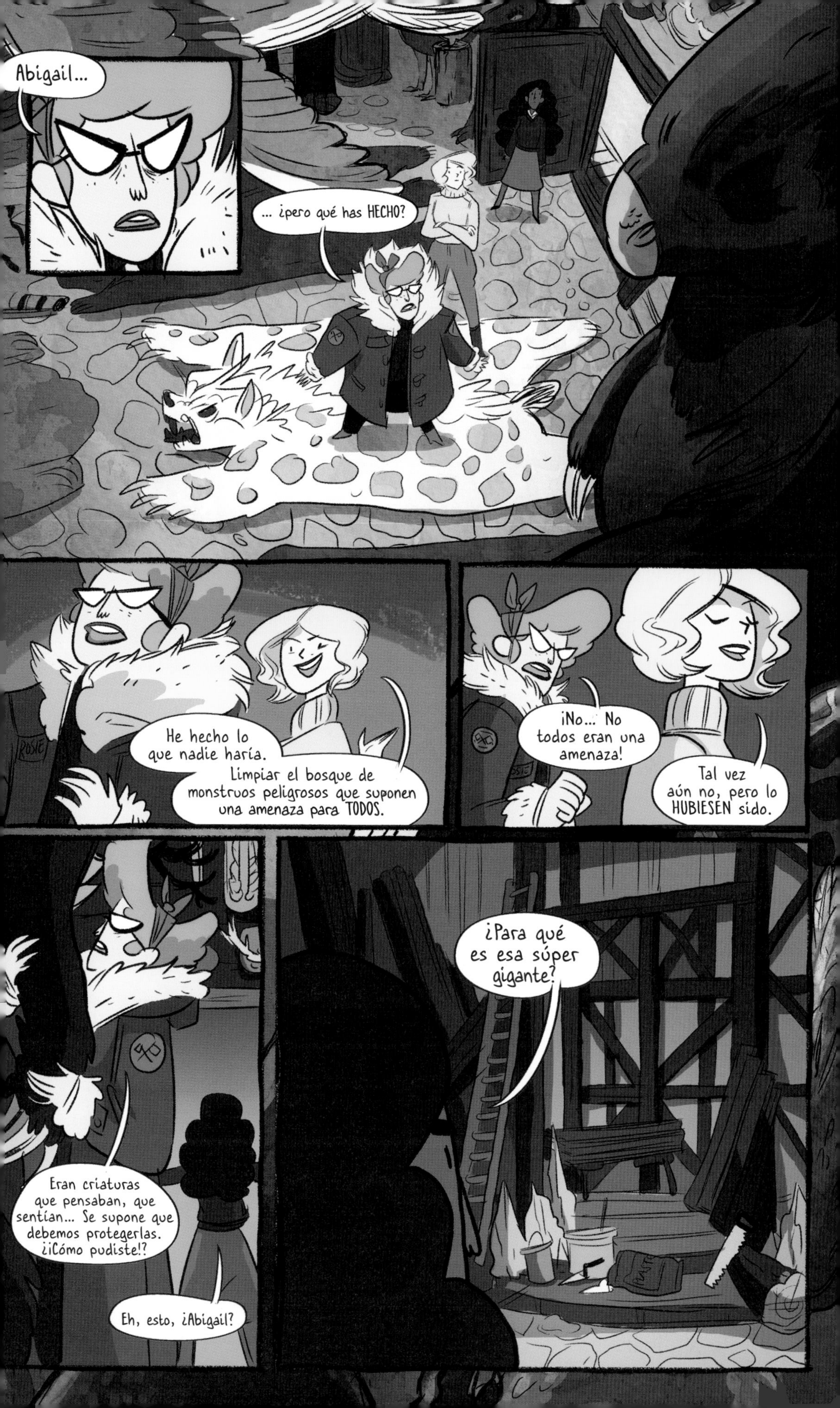

Abigail...
... ¿pero qué has HECHO?
He hecho lo que nadie haría.
Limpiar el bosque de monstruos peligrosos que suponen una amenaza para TODOS.
ROSIE
¡No... No todos eran una amenaza!
Tal vez aún no, pero lo HUBIESEN sido.
¿Para qué es esa súper gigante?
Eran criaturas que pensaban, que sentían... Se supone que debemos protegerlas. ¡¿Cómo pudiste!?
Eh, esto, ¿Abigail?

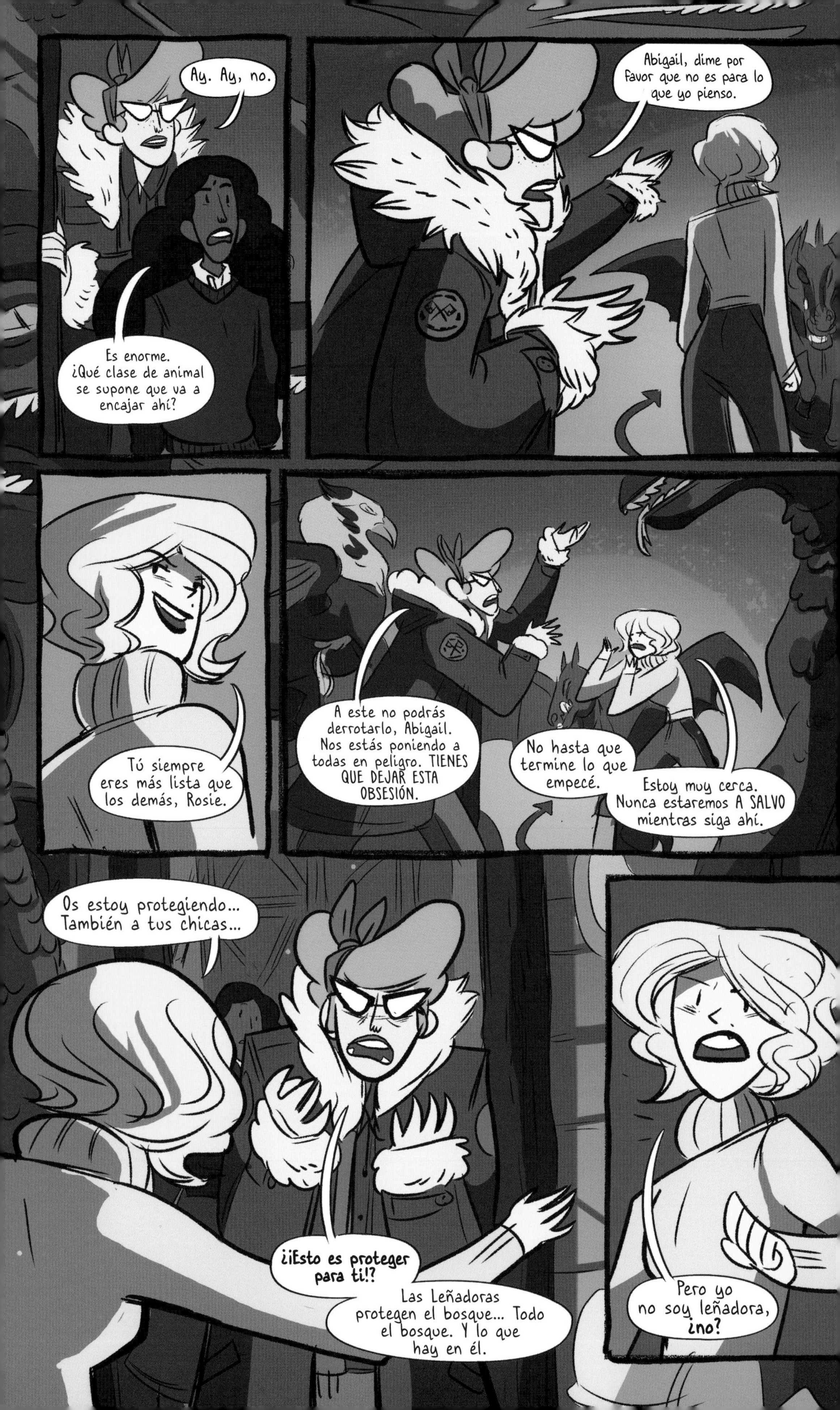
Ay. Ay, no.
Es enorme. ¿Qué clase de animal se supone que va a encajar ahí?
Abigail, dime por favor que no es para lo que yo pienso.
Tú siempre eres más lista que los demás, Rosie.
A este no podrás derrotarlo, Abigail. Nos estás poniendo a todas en peligro. TIENES QUE DEJAR ESTA OBSESIÓN.
No hasta que termine lo que empecé.
Estoy muy cerca. Nunca estaremos A SALVO mientras siga ahí.
Os estoy protegiendo... También a tus chicas...
¡¿Esto es proteger para ti!?
Las Leñadoras protegen el bosque... Todo el bosque. Y lo que hay en él.
Pero yo no soy leñadora, ¿no?

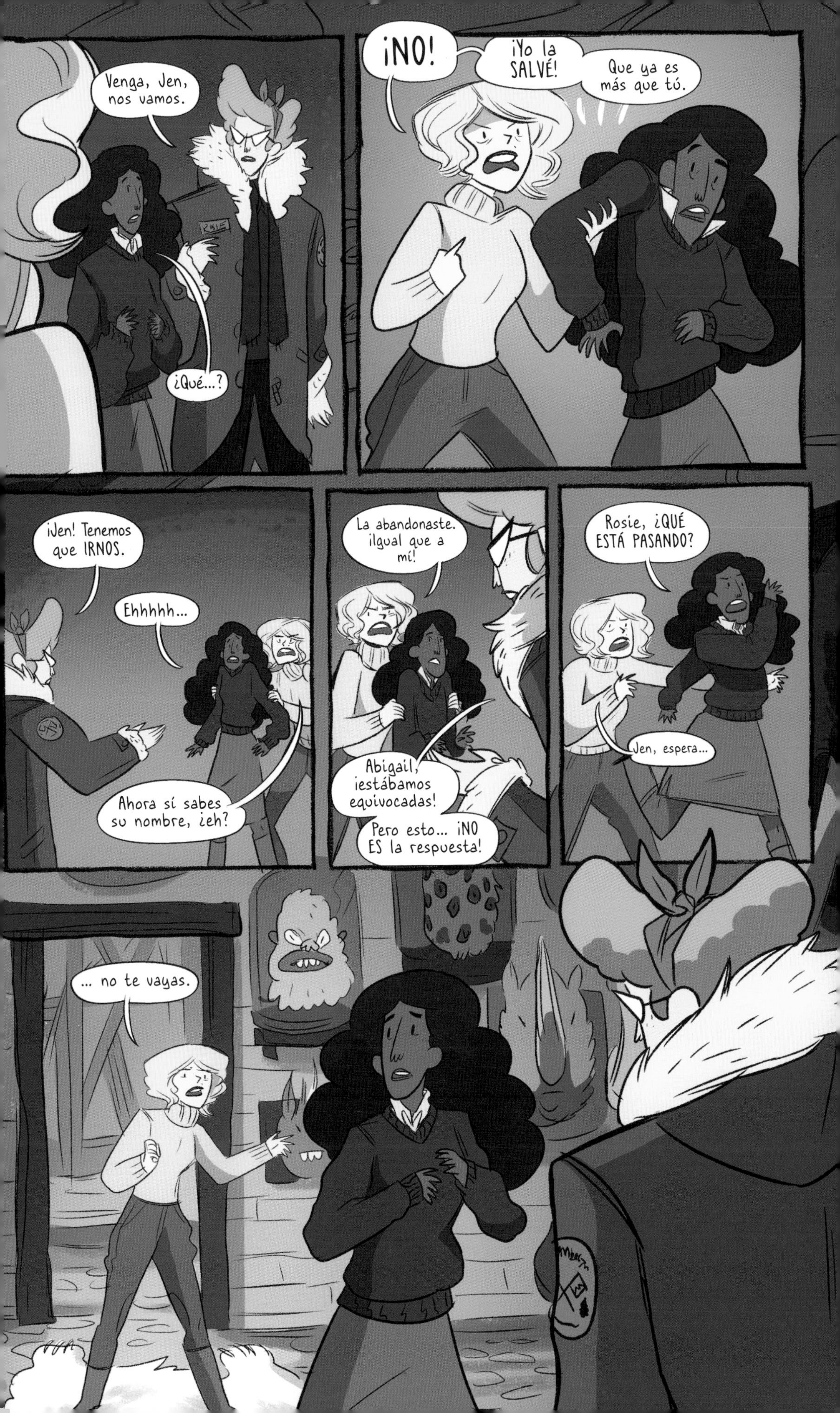
Venga, Jen, nos vamos.
¿Qué...?
¡NO!
¡Yo la SALVÉ!
Que ya es más que tú.
¡Jen! Tenemos que IRNOS.
Ehhhhh...
Ahora sí sabes su nombre, ¿eh?
La abandonaste. ¡Igual que a mí!
Abigail, ¡estábamos equivocadas!
Pero esto... ¡NO ES la respuesta!
Rosie, ¿QUÉ ESTÁ PASANDO?
Jen, espera...
... no te vayas.

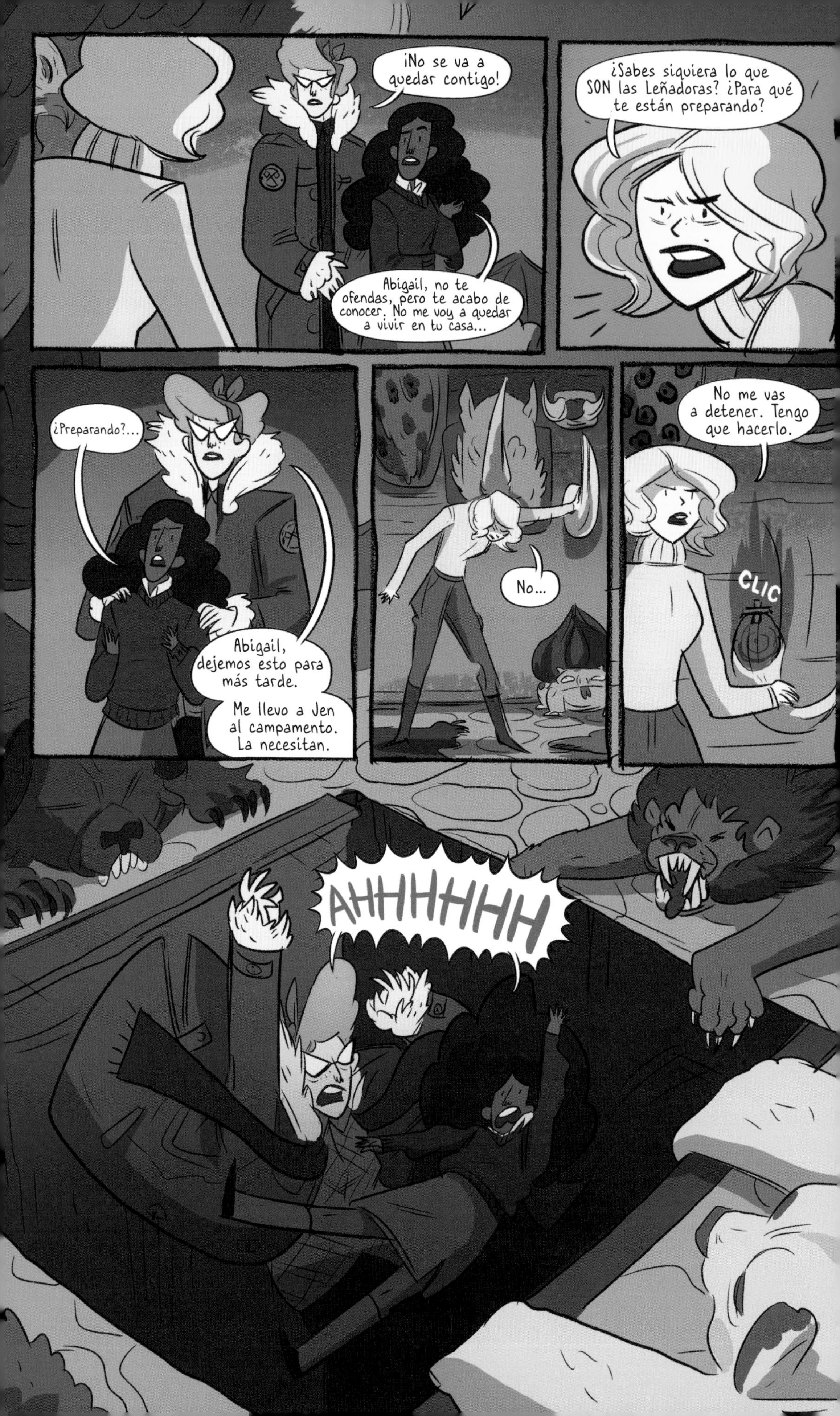
¡No se va a quedar contigo!
Abigail, no te ofendas, pero te acabo de conocer. No me voy a quedar a vivir en tu casa...
¿Sabes siquiera lo que SON las Leñadoras? ¿Para qué te están preparando?
¿Preparando?...
Abigail, dejemos esto para más tarde.
Me llevo a Jen al campamento. La necesitan.
No...
No me vas a detener. Tengo que hacerlo.
CLIC
AHHHHHH

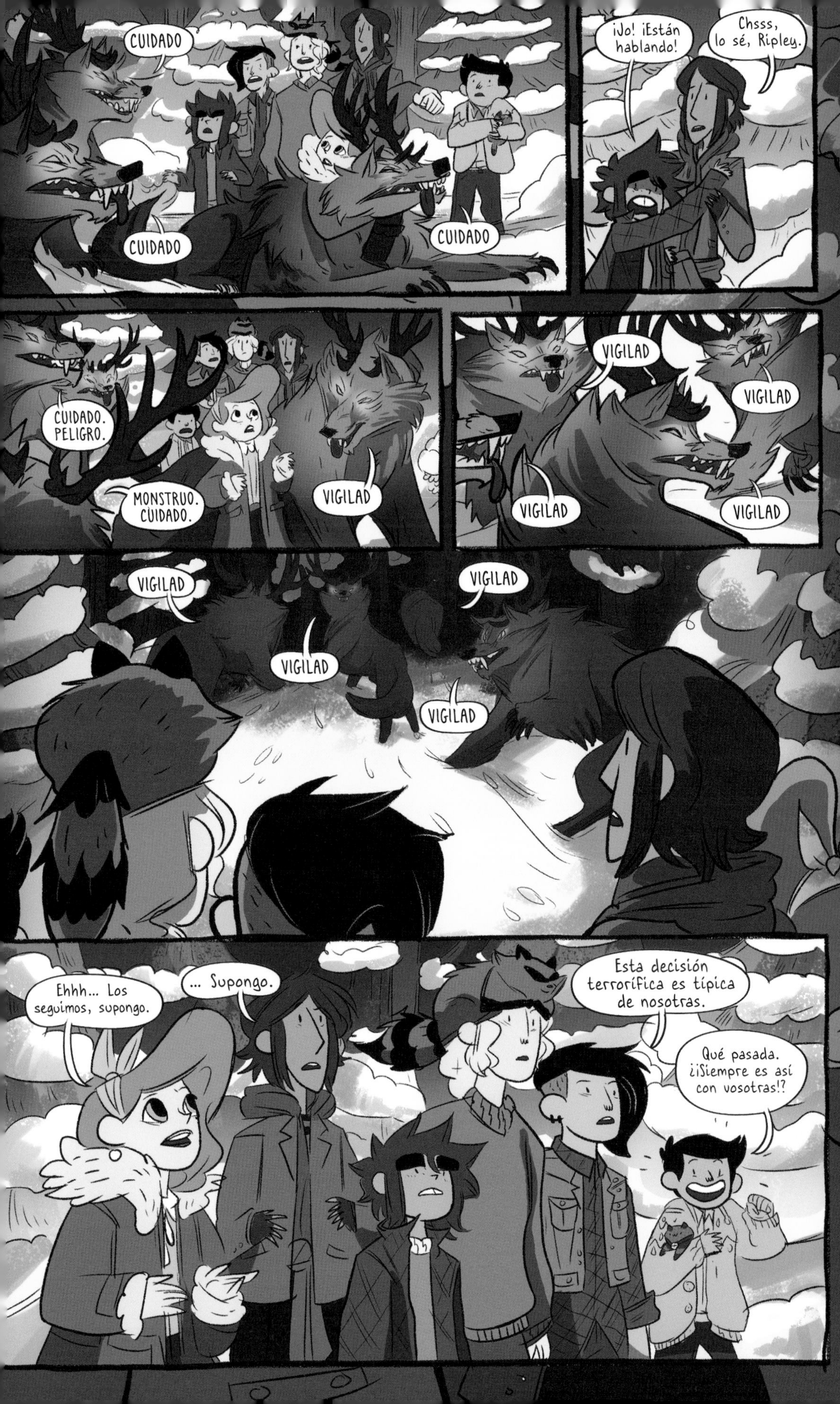
CUIDADO
CUIDADO
CUIDADO
¡Jo! ¡Están hablando!
Chsss, lo sé, Ripley.
CUIDADO. PELIGRO.
MONSTRUO. CUIDADO.
VIGILAD
VIGILAD
VIGILAD
VIGILAD
VIGILAD
VIGILAD
VIGILAD
VIGILAD
VIGILAD
Ehhh... Los seguimos, supongo.
... Supongo.
Esta decisión terrorífica es típica de nosotras.
Qué pasada. ¡¡Siempre es así con vosotras!?

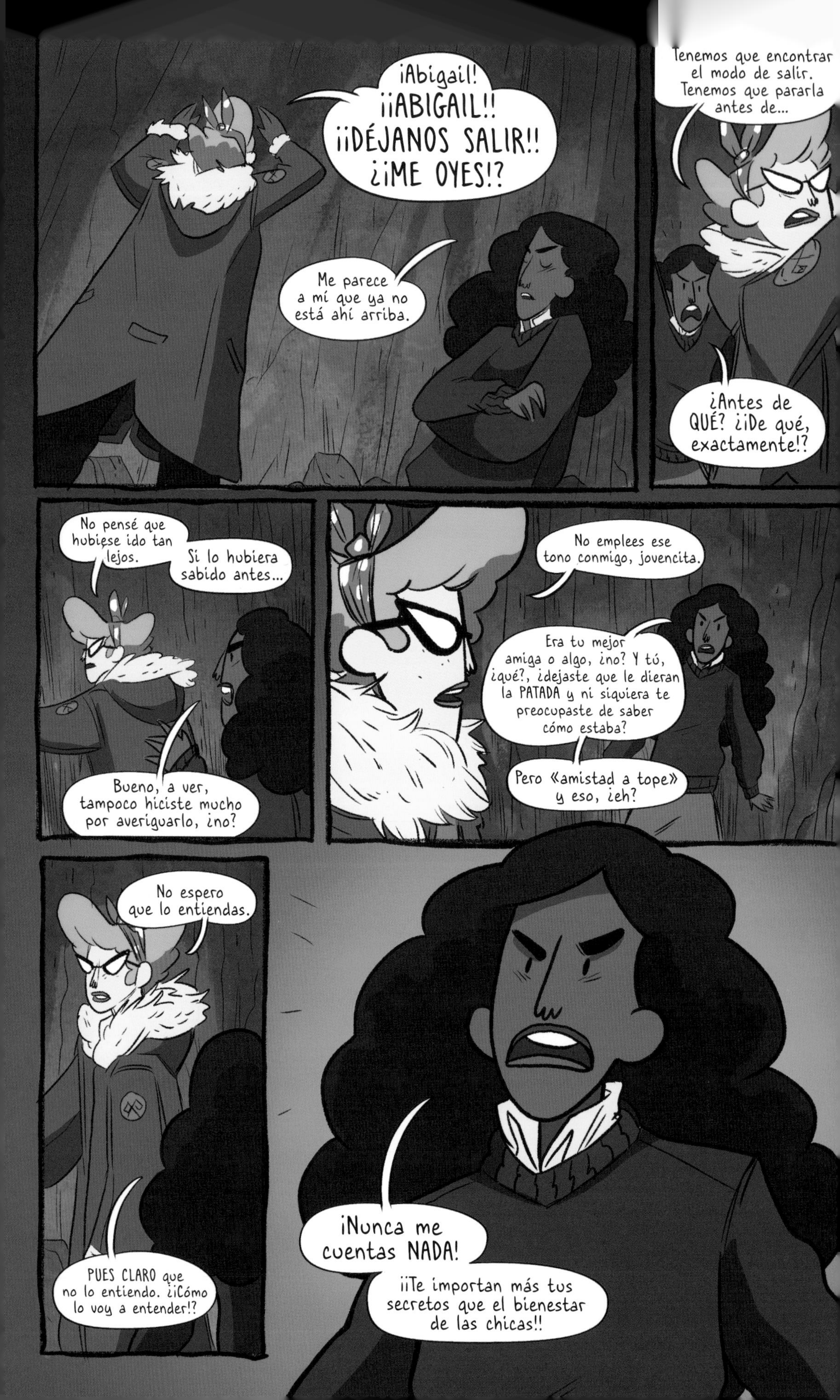

¡Abigail! ¡¡ABIGAIL!! ¡¡DÉJANOS SALIR!! ¿¡ME OYES!?
Me parece a mí que ya no está ahí arriba.
Tenemos que encontrar el modo de salir. Tenemos que pararla antes de...
¿Antes de QUÉ? ¡¿De qué, exactamente!?
No pensé que hubiese ido tan lejos.
Si lo hubiera sabido antes...
Bueno, a ver, tampoco hiciste mucho por averiguarlo, ¿no?
No emplees ese tono conmigo, jovencita.
Era tu mejor amiga o algo, ¿no? Y tú, ¿qué?, ¿dejaste que le dieran la PATADA y ni siquiera te preocupaste de saber cómo estaba?
Pero «amistad a tope» y eso, ¿eh?
No espero que lo entiendas.
PUES CLARO que no lo entiendo. ¡¿Cómo lo voy a entender!?
¡Nunca me cuentas NADA!
¡¡Te importan más tus secretos que el bienestar de las chicas!!

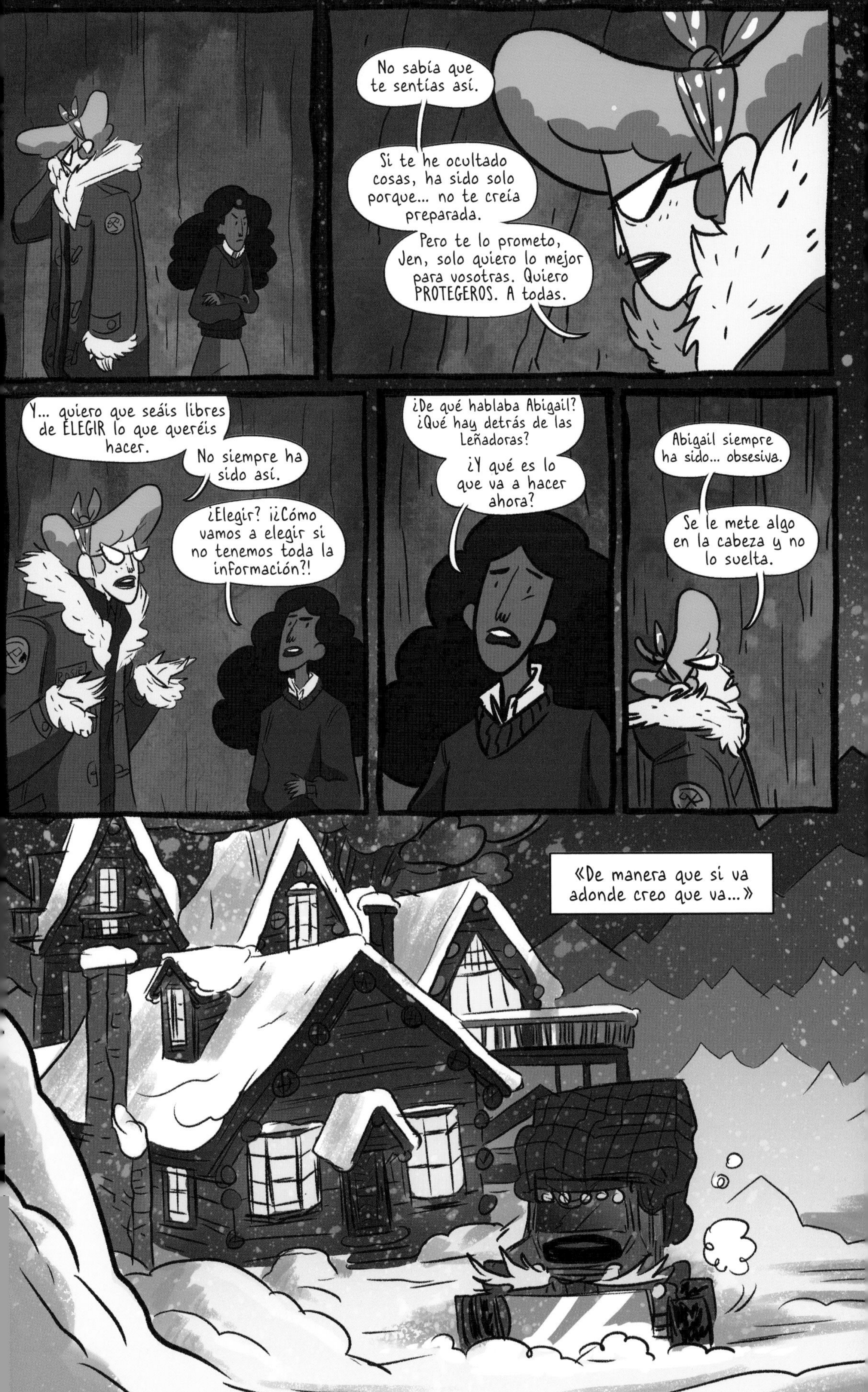
No sabía que te sentías así.
Si te he ocultado cosas, ha sido solo porque... no te creía preparada.
Pero te lo prometo, Jen, solo quiero lo mejor para vosotras. Quiero PROTEGEROS. A todas.
Y... quiero que seáis libres de ELEGIR lo que queréis hacer.
No siempre ha sido así.
¿Elegir? ¡¿Cómo vamos a elegir si no tenemos toda la información?!
¿De qué hablaba Abigail? ¿Qué hay detrás de las Leñadoras?
¿Y qué es lo que va a hacer ahora?
Abigail siempre ha sido... obsesiva.
Se le mete algo en la cabeza y no lo suelta.
«De manera que si va adonde creo que va...»

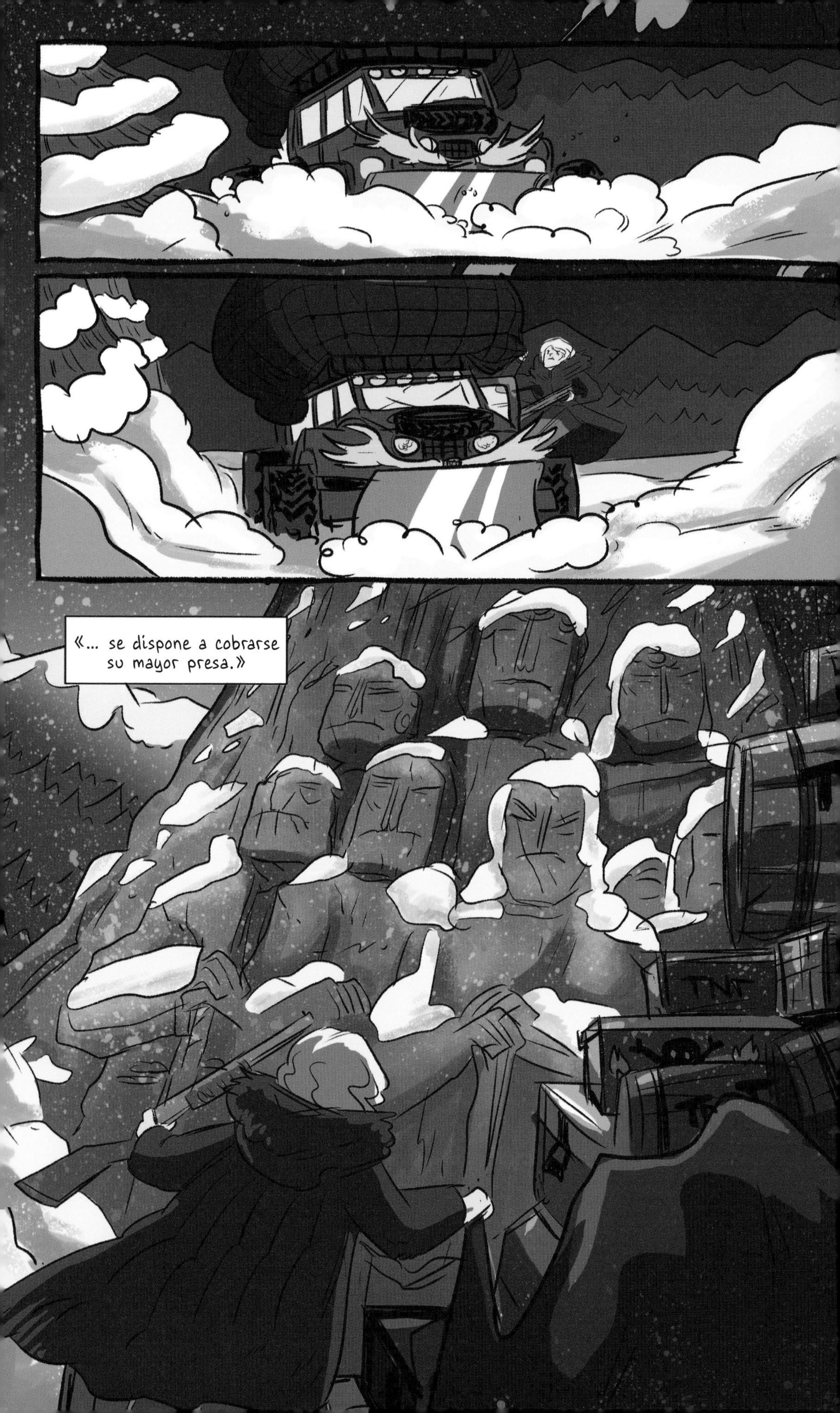
«... se dispone a cobrarse su mayor presa.»
TNT

se com

El u
Ayuda
aspecto
ropa par
Además
Leñador
tener u
parte d
Thiskw
Molon
tienen
ellas

**¡OH, POR EL AMOR DE NELLIE BLY!**

El u
bordado la band
escog
pantal
hechos
activida
boina ve
el cuello
de la amis
Los zapa
ser de tal
Por su pa
juntar con                    o con el del uniforme. Por últi    orares, pulseras y demás joy
no tienen cabida en el uniforme de leñadora.

**EL FRÍO A NOSOTRAS NUNCA NOS MOLESTÓ**

CÓMO LLEVAR EL UNIFORM

Para vestir bien el uniforme, el
es que el uniforme esté en buen
planchado. Asegúrate de que la fal
apropiado para tu altura y constitu
turón se ajuste bien y que los zapatos
hagan juego con los colores del uniform
tu postura y muévete con gracia y dignid
quitas la boina al entrar en algún sitio, aseg rate
de llevar el pelo bien peinado y recogido con una
discreta horquilla o una diadema. Cuando llevas
el uniforme de leñadora estás representando a esta
organización, por lo que debes procurar comportarte de un modo que muestre a todo el mundo que
la cortesía y la consideración son parte fundamental de una leñadora. La gente tiende a juzgar a un
país entero por el egoísmo de unos pocos, a criticar a toda una familia por el mal comportamiento

da a c
en un gru
vida activa
del otros la
futuro, y las
con el fin de
leñadora que
Penniquiqul
chicas molona
pero la mayor
Pueden con           o confeccionarlo ellas
mismas con              es disponibles en la tienda
del campamento.

**¿UNA TRAMPILLA? QUÉ POCO ELEGANTE**

MANUAL DE CAMPO DE LAS LEÑADORAS

# CAPÍTULO 15

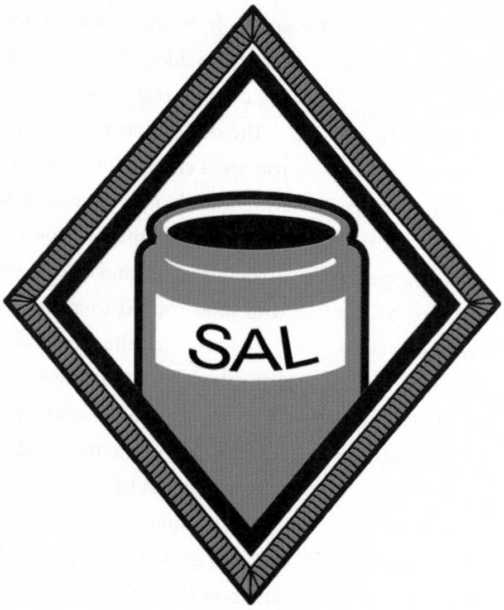
SAL

*Área de especialidad: «Cocina»*

## INSIGNIA DE JUSTO AL PUNTO

*«A veces hay que tener el don de la oportunidad»*

La virtud de llegar en el momento exacto, que dicen. Para una leñadora, estar donde corresponde es parte esencial del día a día. En el campamento aprenderá muchas cosas, como a cuidar de la vida salvaje a su alrededor o a sacarle partido para mejorar su vida y las vidas de los que la rodean. Descubrirá la importancia de los usos y costumbres sociales, al tiempo que podrá disfrutar de la posibilidad de romper las barreras que la sociedad le pueda imponer. Y por encima de todo, una leñadora tomará conciencia de la importancia de ser puntual.

La insignia de Justo al punto no es una simple insignia que enseñe a las exploradoras la importancia de los condimentos, sino que servirá para mostrarles la importancia de saber qué hora es y a usarlo constantemente en su beneficio. ¿Tienes que cocer a fuego lento una pieza de ternera, tallar sillas adicionales para tus invitados y dar de comer a las abejas que te han dejado los vecinos, que están en su ascenso anual al Everest? Aprender a gestionar el tiempo es la solución clave para asegurar que una leñadora no solo sea capaz de hacer todo eso sino de conseguir incluso que le sobre tiempo, tanto que podrá hacer frente a cualquier otra eventualidad que la vida ponga en su camino.

Para conseguir la insignia de Justo al punto, una leñadora debe demostrar su conocimiento de las especias en la cocina; y además de eso, deberá demostrar también sus dotes de gestión del tiempo por medio de varios platos cronometrados. Asimismo, deberá elaborar distintas comidas equilibradas con las que alimentará a su cabaña. Si una cabaña decide hacerse con esta insignia como equipo, tal y como les animamos a hacer, entonces se les pedirá que preparen la comida para la clase entera. Tendrán que reunir los ingredientes ellas mismas, y con ayzuda de su monitora, usarán la cocina. Es también muy importante que la leñadora lo deje todo en orden a su paso, porque

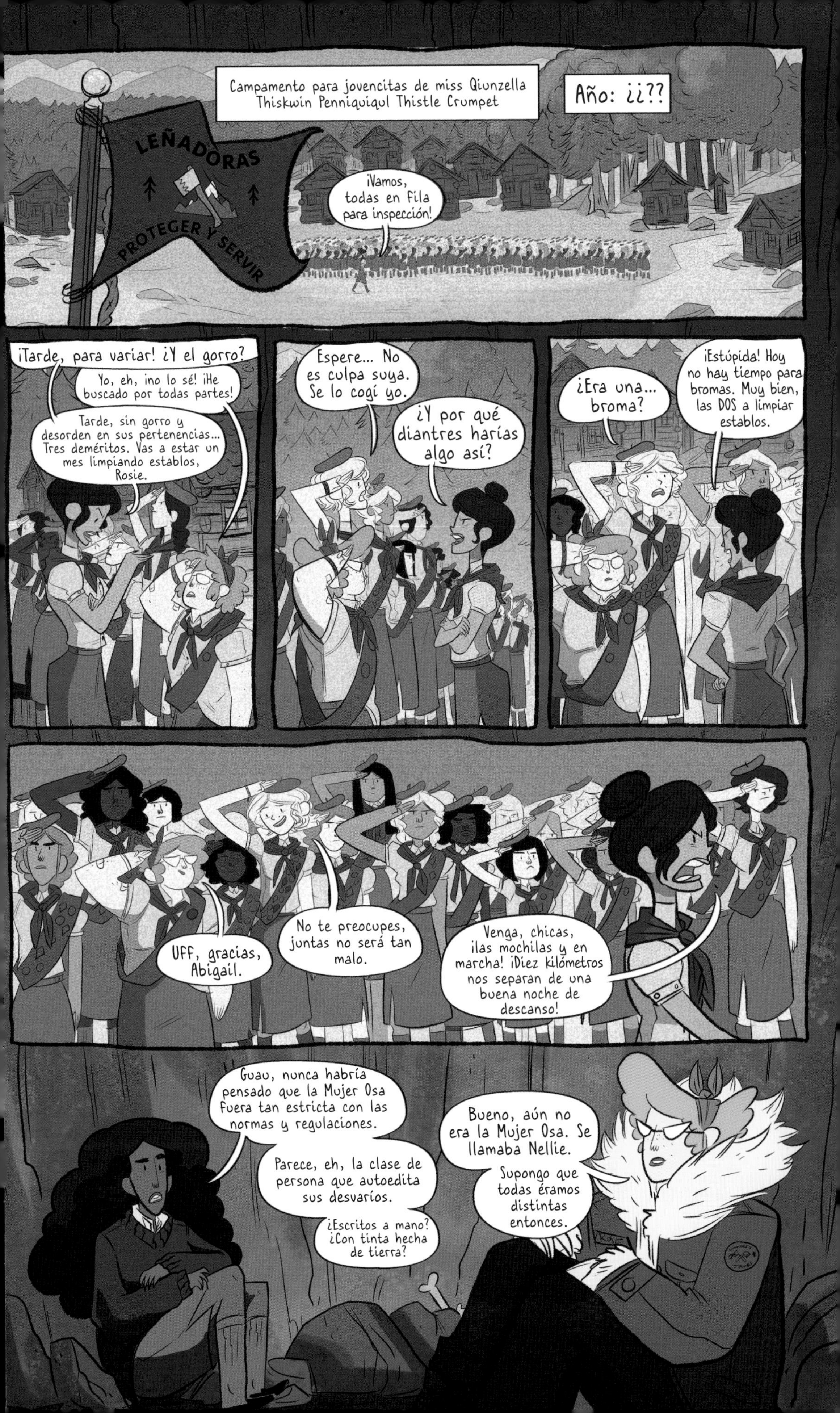
Campamento para jovencitas de miss Qiunzella Thiskwin Penniquiqul Thistle Crumpet
Año: ¿¿??
LEÑADORAS
PROTEGER Y SERVIR
¡Vamos, todas en fila para inspección!
¡Tarde, para variar! ¿Y el gorro?
Yo, eh, ¡no lo sé! ¡He buscado por todas partes!
Tarde, sin gorro y desorden en sus pertenencias... Tres deméritos. Vas a estar un mes limpiando establos, Rosie.
Espere... No es culpa suya. Se lo cogí yo.
¿Y por qué diantres harías algo así?
¿Era una... broma?
¡Estúpida! Hoy no hay tiempo para bromas. Muy bien, las DOS a limpiar establos.
Uff, gracias, Abigail.
No te preocupes, juntas no será tan malo.
Venga, chicas, ¡las mochilas y en marcha! ¡Diez kilómetros nos separan de una buena noche de descanso!
Guau, nunca habría pensado que la Mujer Osa fuera tan estricta con las normas y regulaciones.
Parece, eh, la clase de persona que autoedita sus desvaríos.
¿Escritos a mano? ¿Con tinta hecha de tierra?
Bueno, aún no era la Mujer Osa. Se llamaba Nellie.
Supongo que todas éramos distintas entonces.

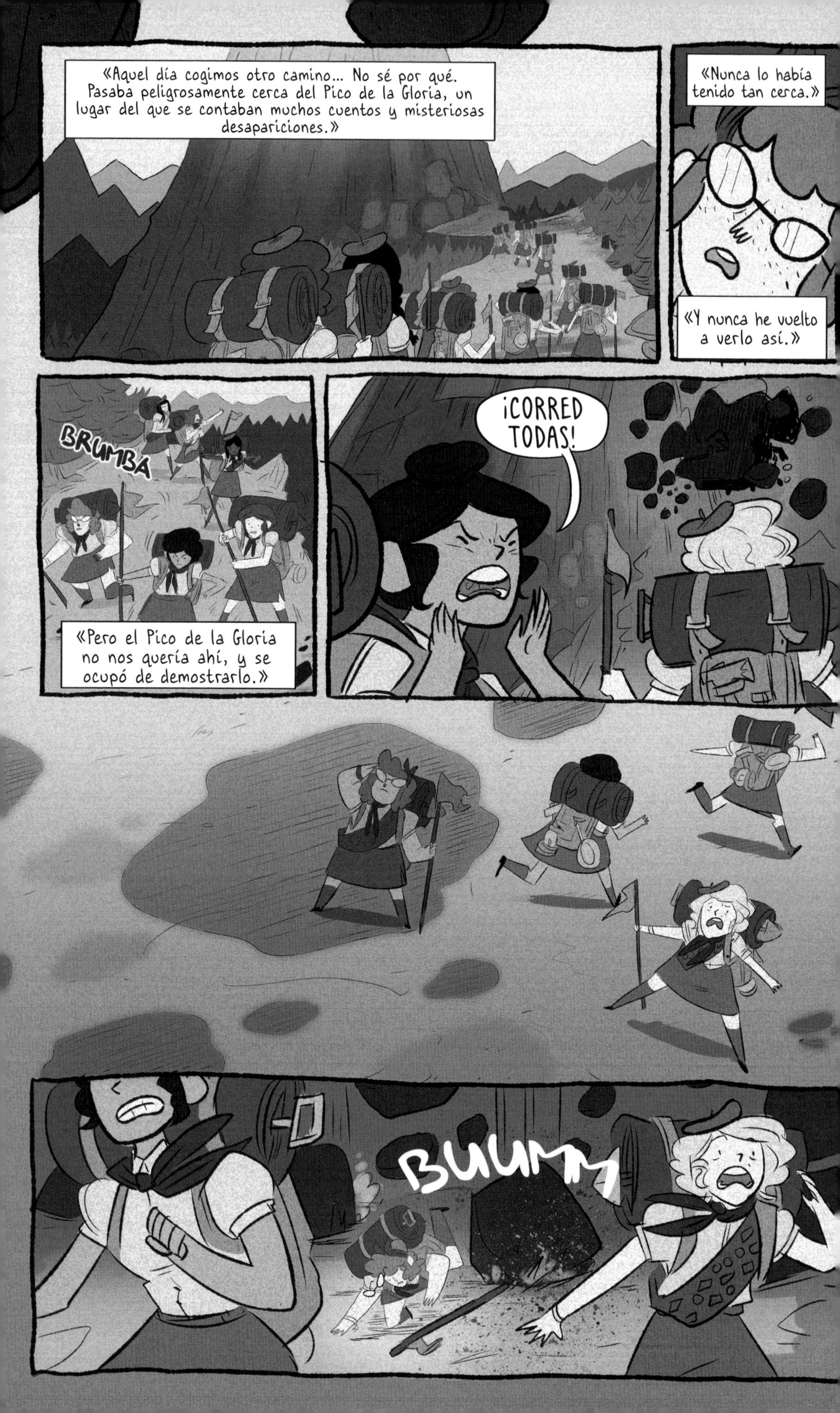
«Aquel día cogimos otro camino... No sé por qué. Pasaba peligrosamente cerca del Pico de la Gloria, un lugar del que se contaban muchos cuentos y misteriosas desapariciones.»
«Nunca lo había tenido tan cerca.»
«Y nunca he vuelto a verlo así.»
BRUMBA
«Pero el Pico de la Gloria no nos quería ahí, y se ocupó de demostrarlo.»
¡CORRED TODAS!
BUUMM

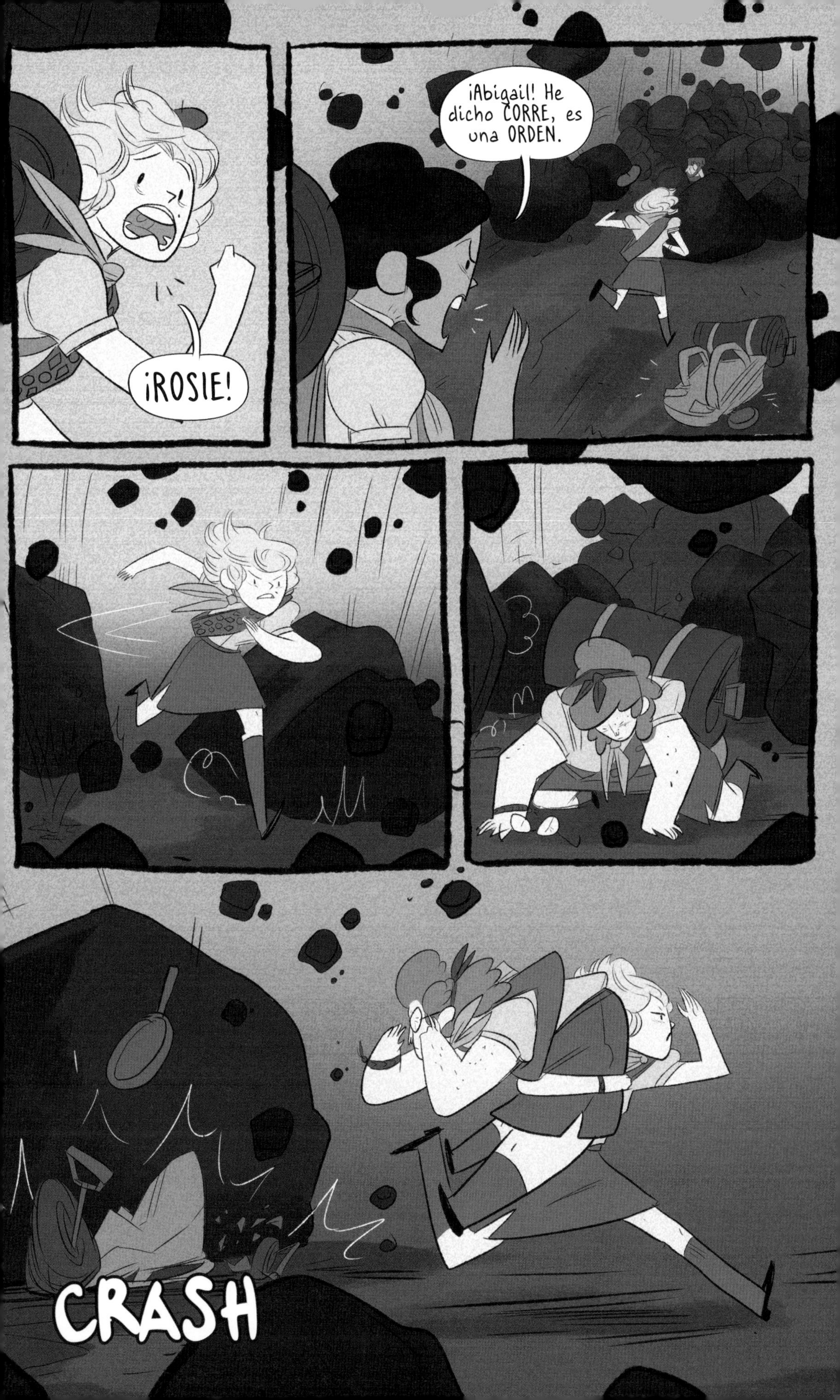
¡ROSIE!
¡Abigail! He dicho CORRE, es una ORDEN.
CRASH

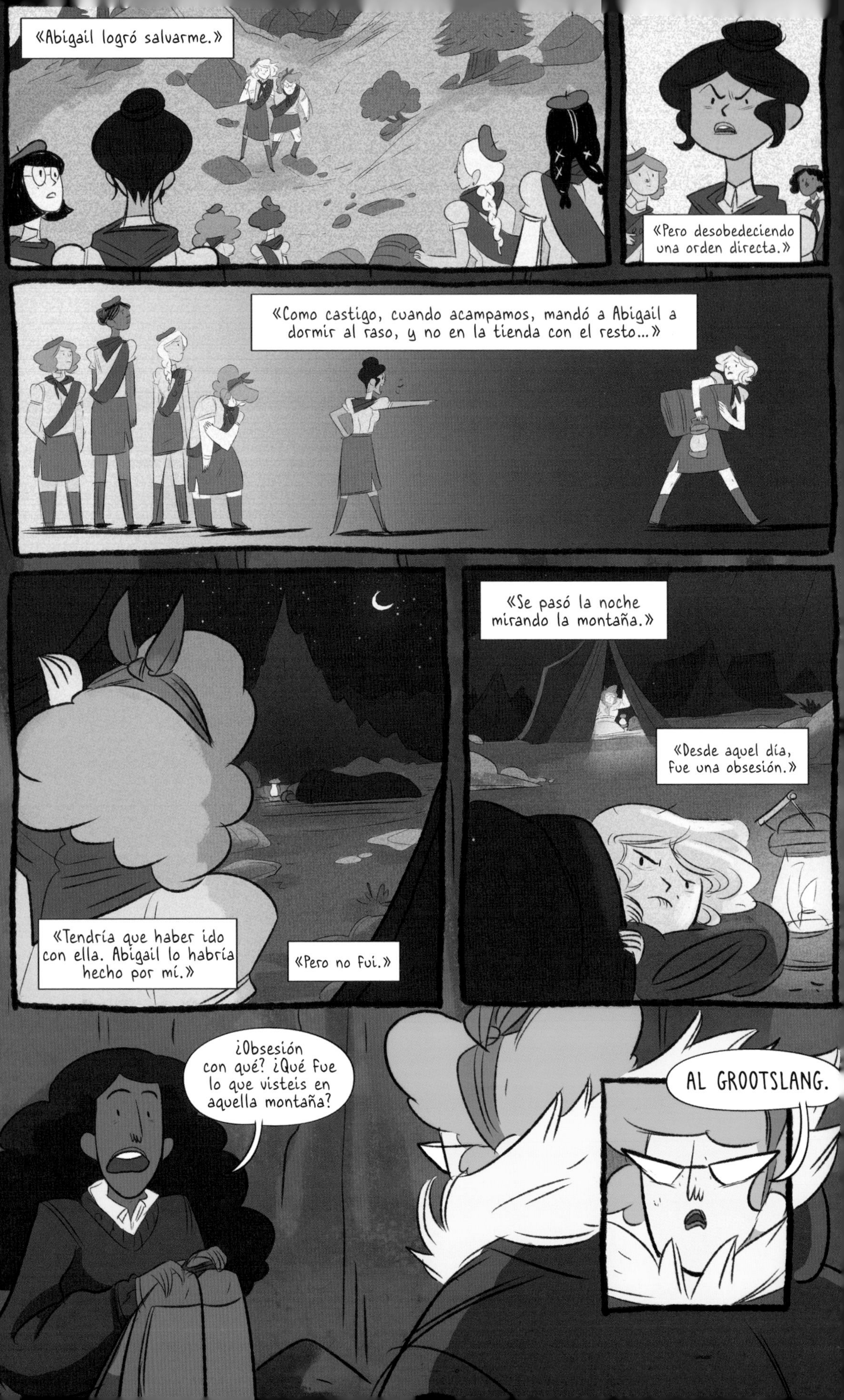
«Abigail logró salvarme.»
«Pero desobedeciendo una orden directa.»
«Como castigo, cuando acampamos, mandó a Abigail a dormir al raso, y no en la tienda con el resto...»
«Tendría que haber ido con ella. Abigail lo habría hecho por mí.»
«Pero no fui.»
«Se pasó la noche mirando la montaña.»
«Desde aquel día, fue una obsesión.»
¿Obsesión con qué? ¿Qué fue lo que visteis en aquella montaña?
AL GROOTSLANG.

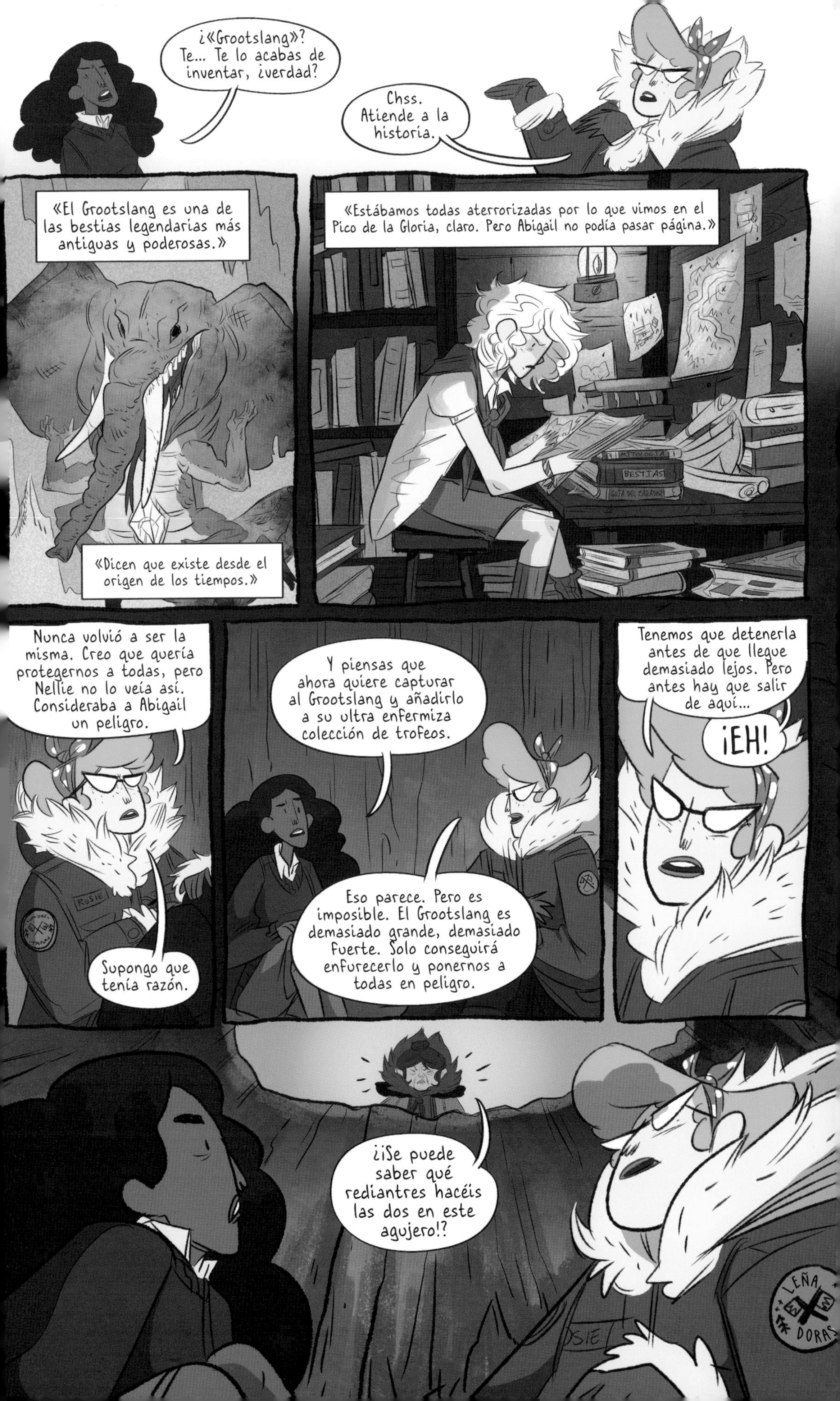
¿«Grootslang»? Te... Te lo acabas de inventar, ¿verdad?
Chss. Atiende a la historia.
«El Grootslang es una de las bestias legendarias más antiguas y poderosas.»
«Dicen que existe desde el origen de los tiempos.»
«Estábamos todas aterrorizadas por lo que vimos en el Pico de la Gloria, claro. Pero Abigail no podía pasar página.»
MITOLOGÍA
BESTIAS
GUÍA DEL CAZADOR
Nunca volvió a ser la misma. Creo que quería protegernos a todas, pero Nellie no lo veía así. Consideraba a Abigail un peligro.
ROSIE
Supongo que tenía razón.
Y piensas que ahora quiere capturar al Grootslang y añadirlo a su ultra enfermiza colección de trofeos.
Eso parece. Pero es imposible. El Grootslang es demasiado grande, demasiado fuerte. Solo conseguirá enfurecerlo y ponernos a todas en peligro.
Tenemos que detenerla antes de que llegue demasiado lejos. Pero antes hay que salir de aquí...
¡EH!
¿¡Se puede saber qué rediantres hacéis las dos en este agujero!?
LEÑA DORAS

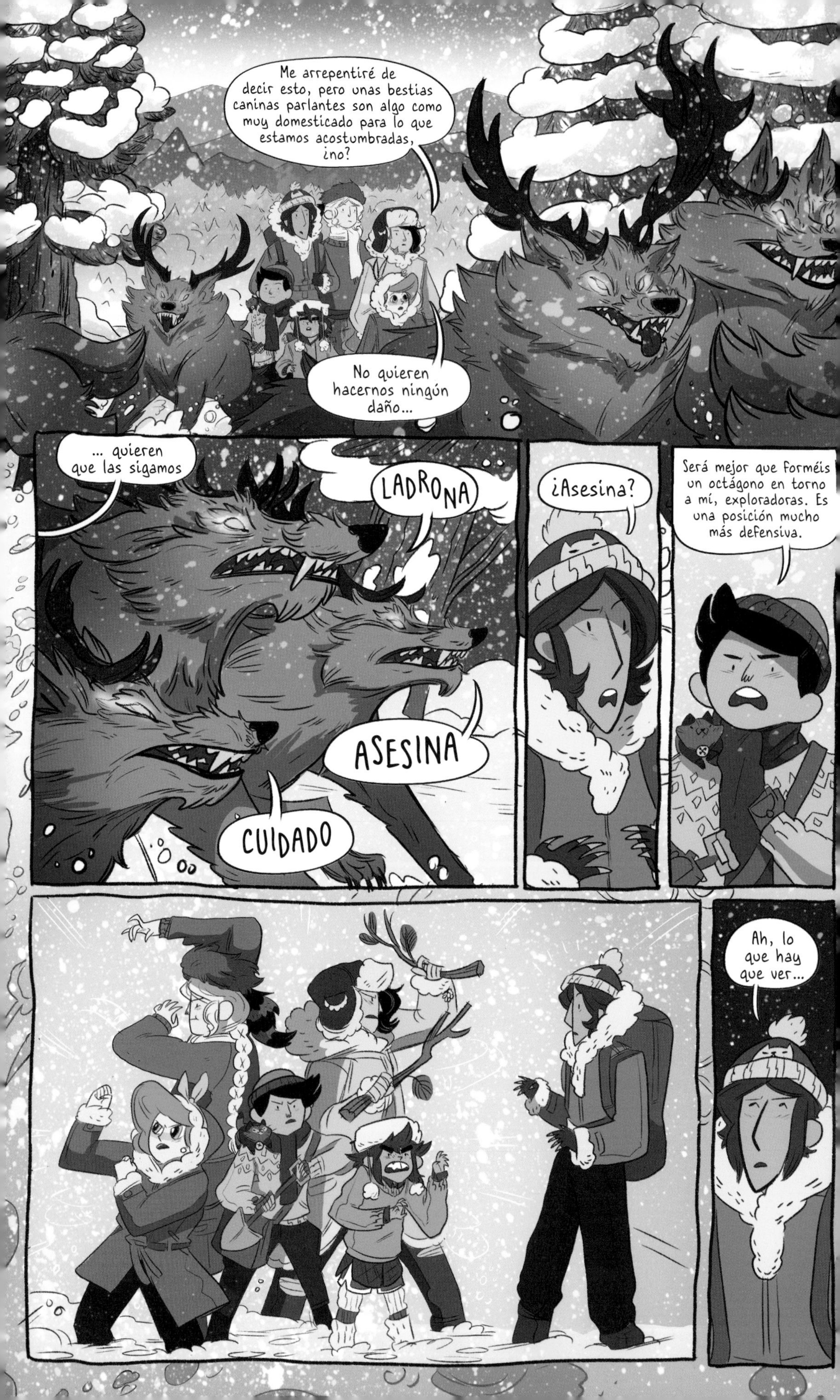
Me arrepentiré de decir esto, pero unas bestias caninas parlantes son algo como muy domesticado para lo que estamos acostumbradas, ¿no?
No quieren hacernos ningún daño...
... quieren que las sigamos
LADRONA
ASESINA
CUIDADO
¿Asesina?
Será mejor que forméis un octágono en torno a mí, exploradoras. Es una posición mucho más defensiva.
Ah, lo que hay que ver...

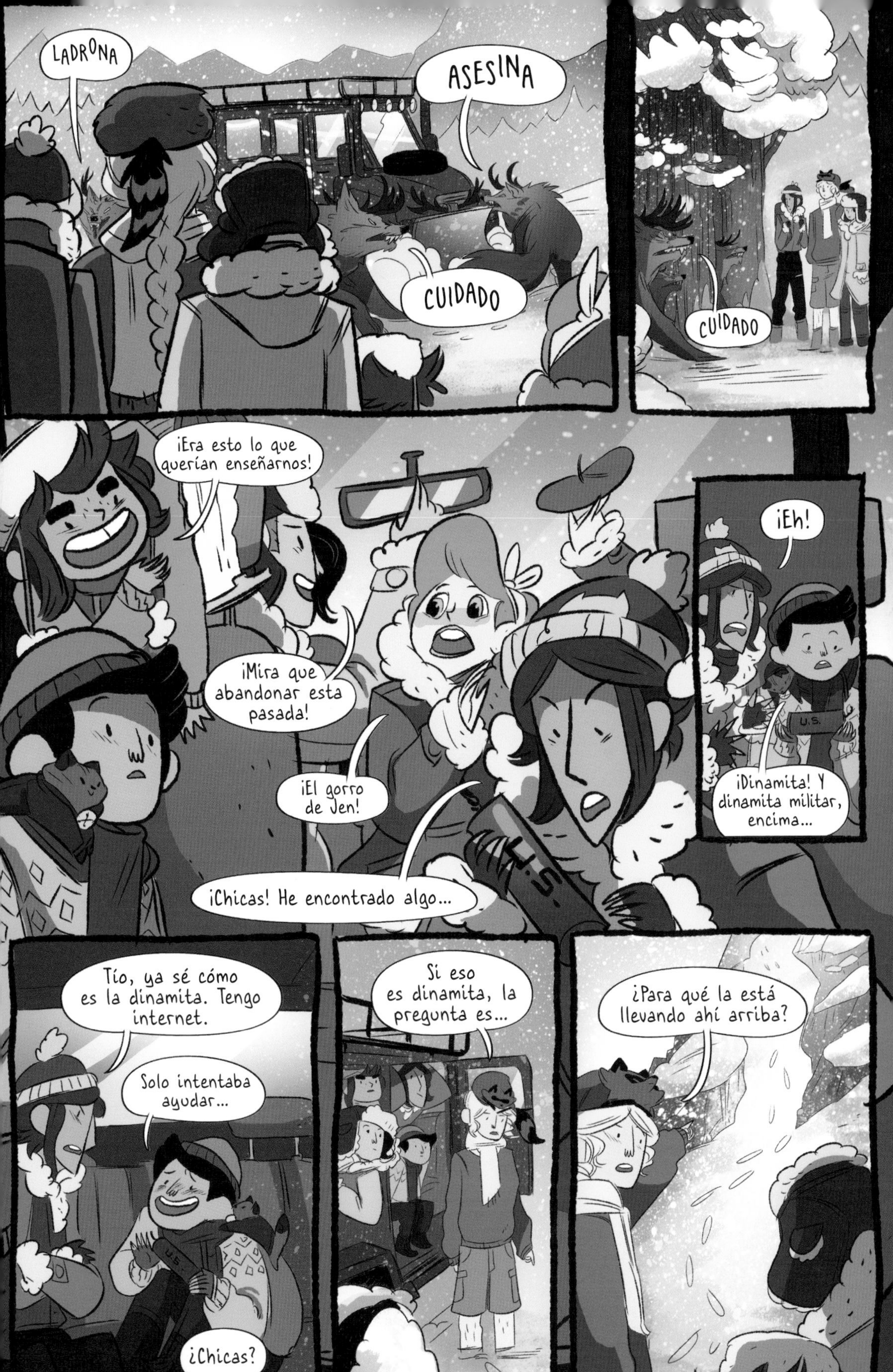
LADRONA
ASESINA
CUIDADO
CUIDADO
¡Era esto lo que querían enseñarnos!
¡Mira que abandonar esta pasada!
¡El gorro de Jen!
¡Chicas! He encontrado algo...
¡Eh!
¡Dinamita! Y dinamita militar, encima...
Tío, ya sé cómo es la dinamita. Tengo internet.
Solo intentaba ayudar...
¿Chicas?
Si eso es dinamita, la pregunta es...
¿Para qué la está llevando ahí arriba?

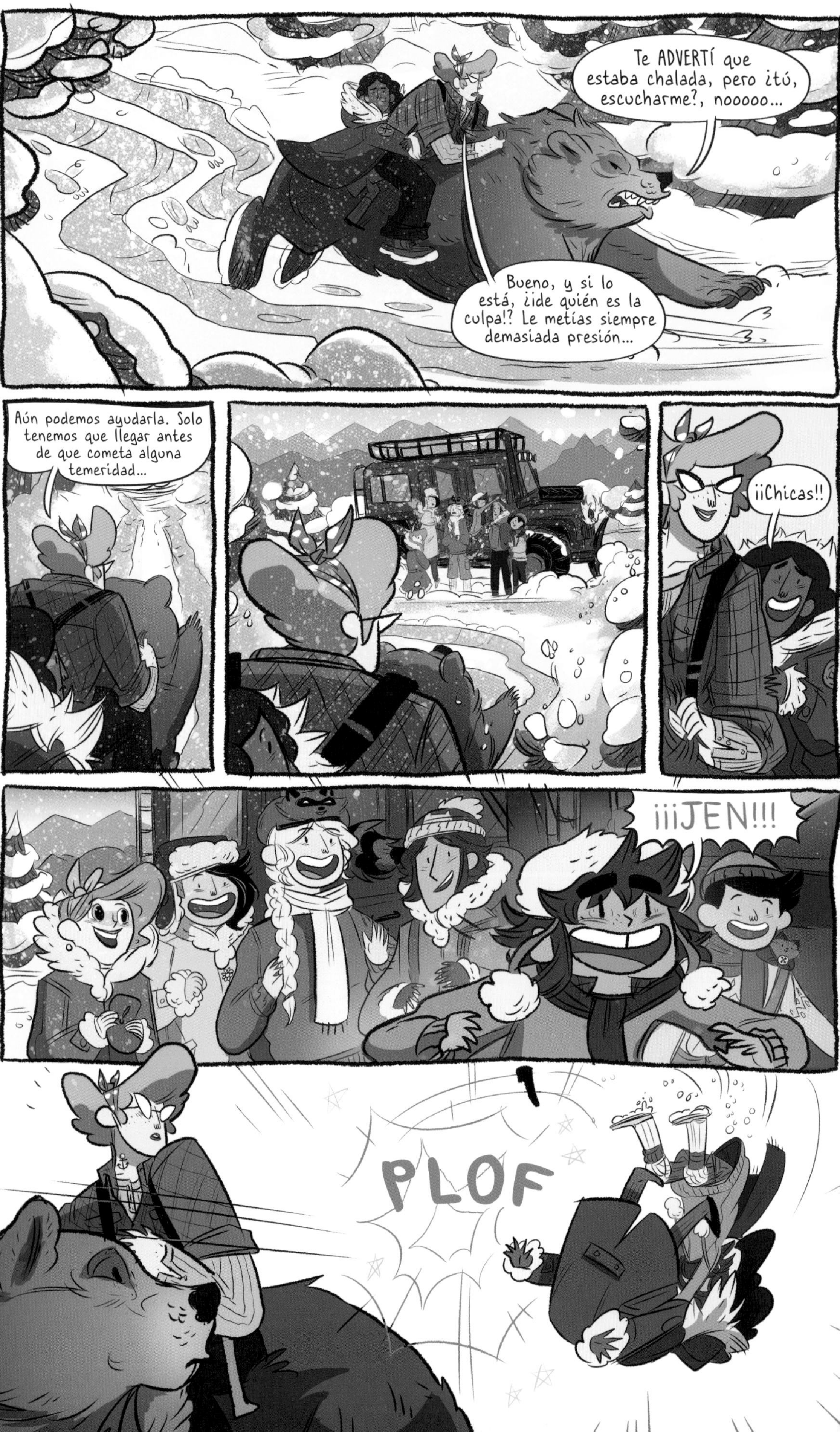

Te ADVERTÍ que estaba chalada, pero ¿tú, escucharme?, nooooo...
Bueno, y si lo está, ¡¿de quién es la culpa!? Le metías siempre demasiada presión...
Aún podemos ayudarla. Solo tenemos que llegar antes de que cometa alguna temeridad...
¡¡Chicas!!
¡¡¡JEN!!!
PLOF

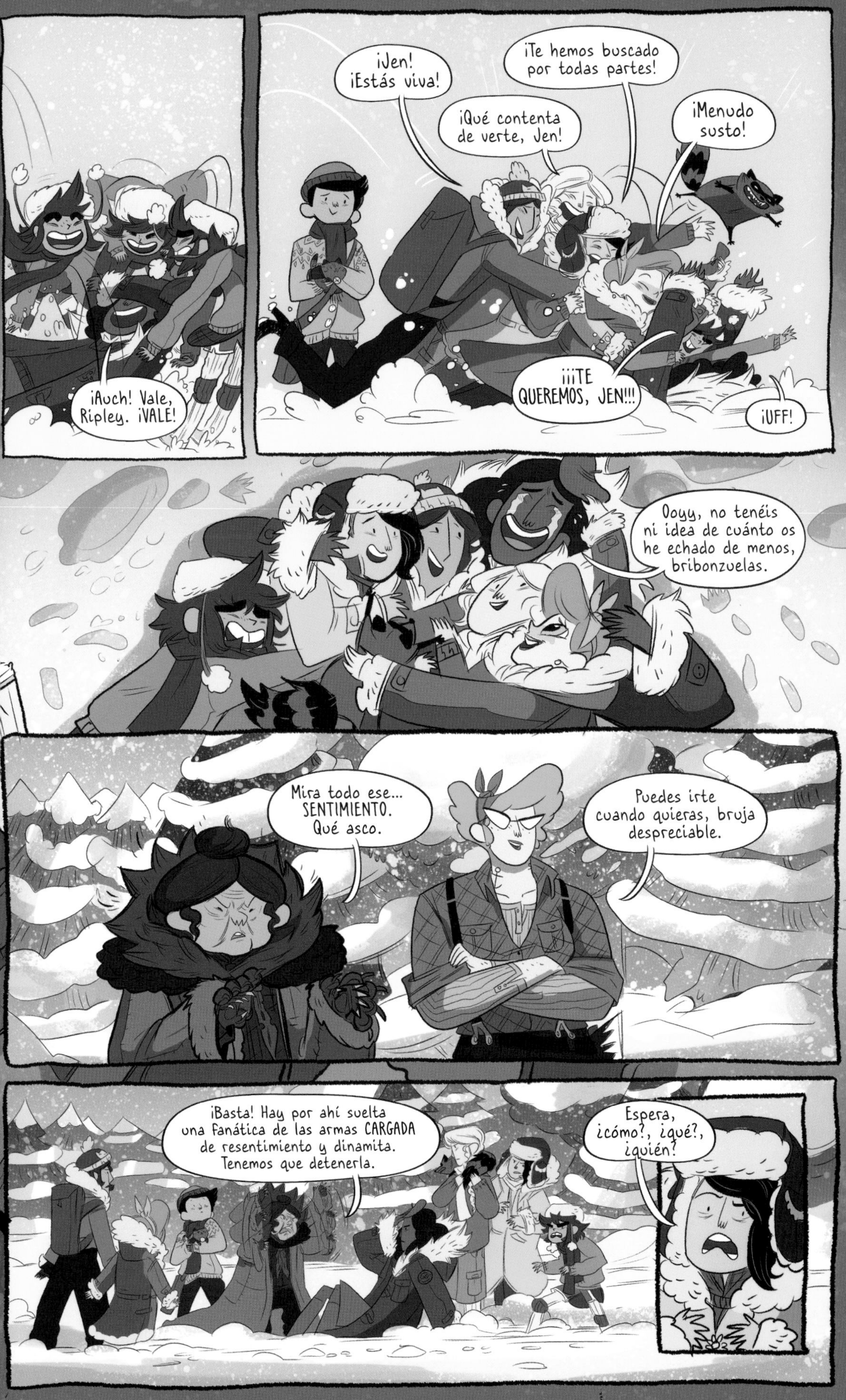

¡Auch! Vale, Ripley. ¡VALE!
¡Jen! ¡Estás viva!
¡Te hemos buscado por todas partes!
¡Qué contenta de verte, Jen!
¡Menudo susto!
¡¡¡TE QUEREMOS, JEN!!!
¡UFF!
Ooyy, no tenéis ni idea de cuánto os he echado de menos, bribonzuelas.
Mira todo ese... SENTIMIENTO. Qué asco.
Puedes irte cuando quieras, bruja despreciable.
¡Basta! Hay por ahí suelta una fanática de las armas CARGADA de resentimiento y dinamita. Tenemos que detenerla.
Espera, ¿cómo?, ¿qué?, ¿quién?

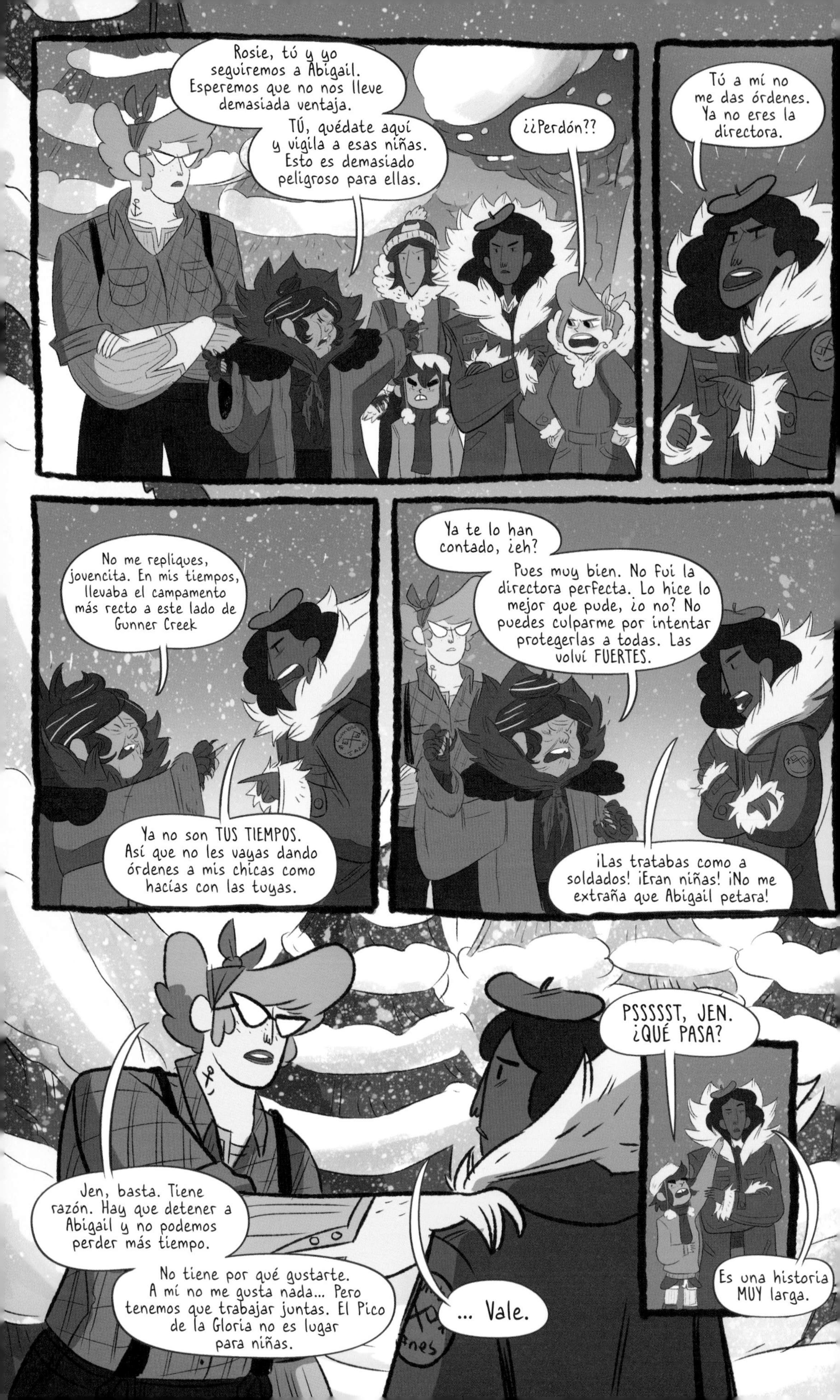
Rosie, tú y yo seguiremos a Abigail. Esperemos que no nos lleve demasiada ventaja.
TÚ, quédate aquí y vigila a esas niñas. Esto es demasiado peligroso para ellas.
¿¿Perdón??
Tú a mí no me das órdenes. Ya no eres la directora.
No me repliques, jovencita. En mis tiempos, llevaba el campamento más recto a este lado de Gunner Creek
Ya no son TUS TIEMPOS. Así que no les vayas dando órdenes a mis chicas como hacías con las tuyas.
Ya te lo han contado, ¿eh?
Pues muy bien. No fui la directora perfecta. Lo hice lo mejor que pude, ¿o no? No puedes culparme por intentar protegerlas a todas. Las volví FUERTES.
¡Las tratabas como a soldados! ¡Eran niñas! ¡No me extraña que Abigail petara!
Jen, basta. Tiene razón. Hay que detener a Abigail y no podemos perder más tiempo.
No tiene por qué gustarte. A mí no me gusta nada... Pero tenemos que trabajar juntas. El Pico de la Gloria no es lugar para niñas.
... Vale.
PSSSSST, JEN. ¿QUÉ PASA?
Es una historia MUY larga.

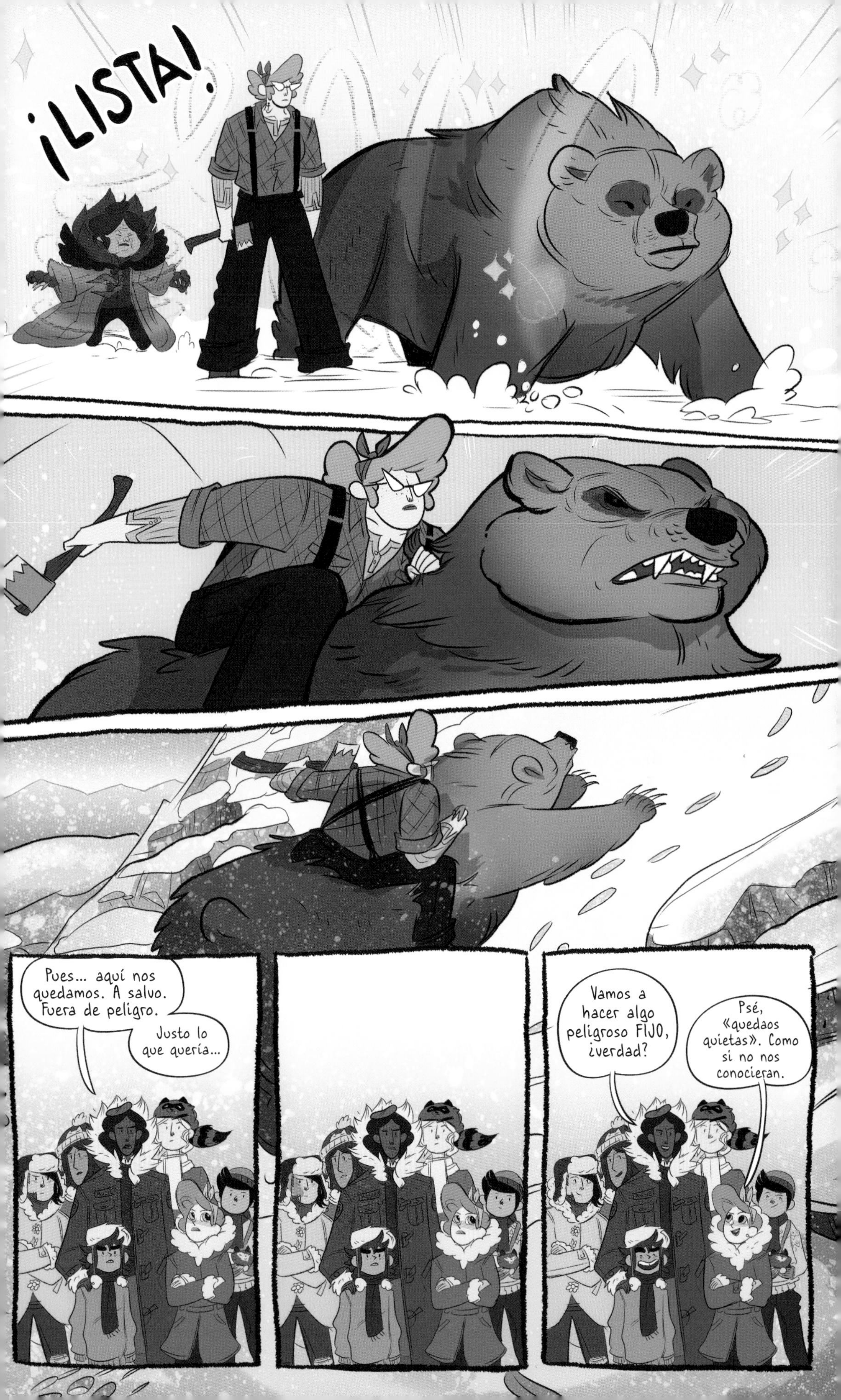
¡LISTA!
Pues... aquí nos quedamos. A salvo. Fuera de peligro.
Justo lo que quería...
Vamos a hacer algo peligroso FIJO, ¿verdad?
Psé, «quedaos quietas». Como si no nos conocieran.

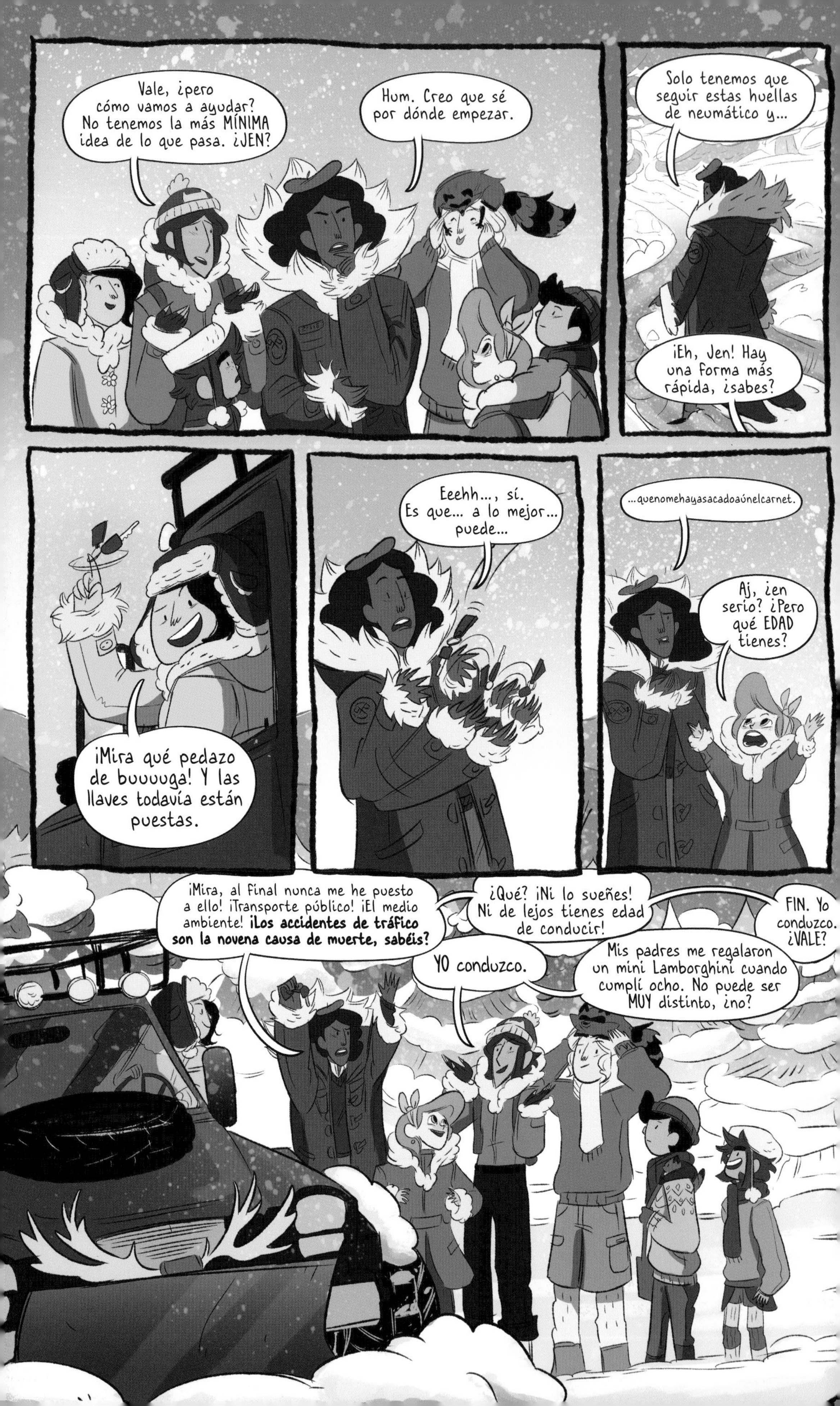

Vale, ¿pero cómo vamos a ayudar? No tenemos la más MÍNIMA idea de lo que pasa. ¿JEN?
Hum. Creo que sé por dónde empezar.
Solo tenemos que seguir estas huellas de neumático y...
¡Eh, Jen! Hay una forma más rápida, ¿sabes?
¡Mira qué pedazo de buuuuga! Y las llaves todavía están puestas.
Eeehh..., sí. Es que... a lo mejor... puede...
...quenomehayasacadoaúnelcarnet.
Aj, ¿en serio? ¿Pero qué EDAD tienes?
¡Mira, al final nunca me he puesto a ello! ¡Transporte público! ¡El medio ambiente! **¡Los accidentes de tráfico son la novena causa de muerte, sabéis?**
¿Qué? ¡Ni lo sueñes! Ni de lejos tienes edad de conducir!
FIN. Yo conduzco. ¿VALE?
YO conduzco.
Mis padres me regalaron un mini Lamborghini cuando cumplí ocho. No puede ser MUY distinto, ¿no?

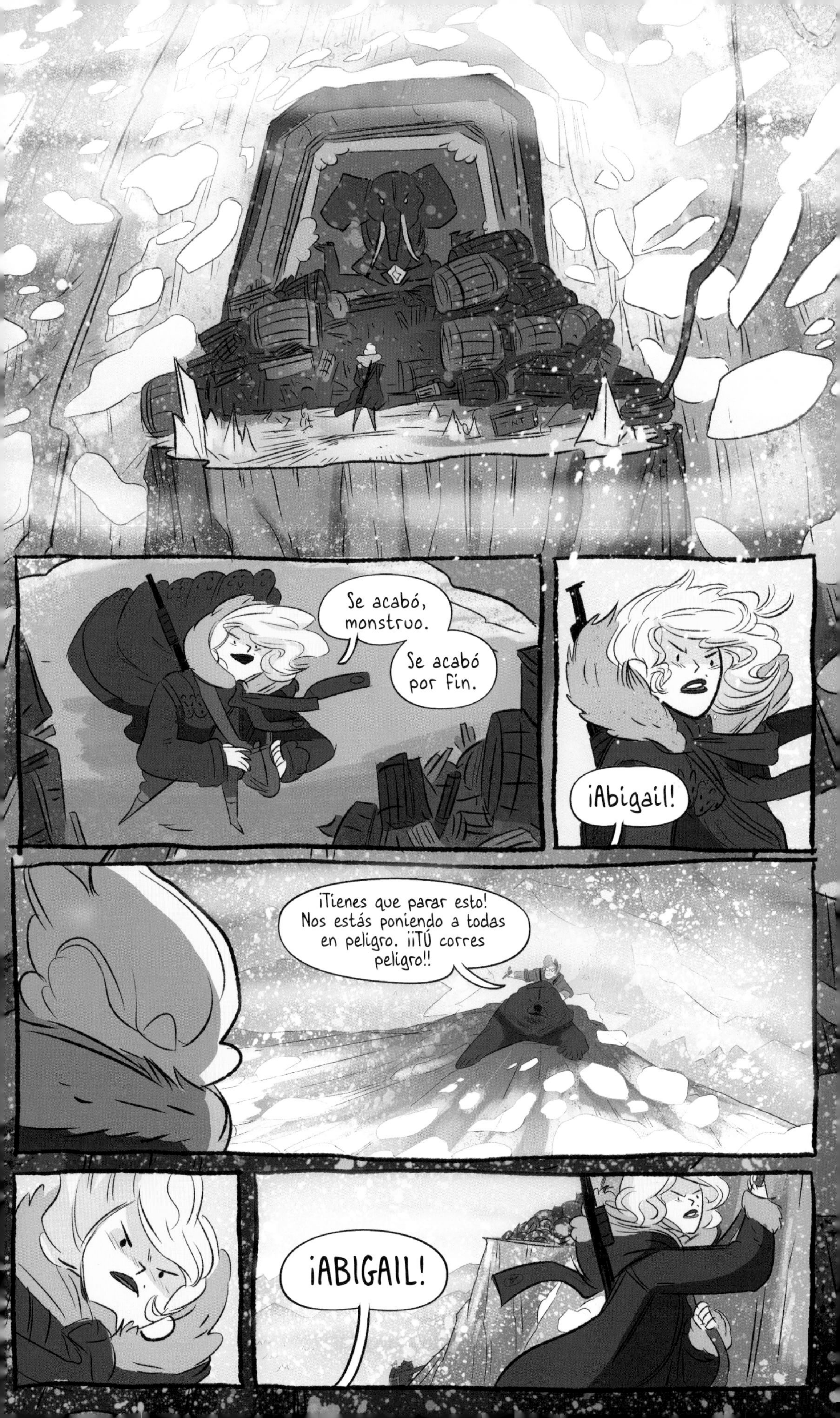
Se acabó, monstruo.
Se acabó por fin.
¡Abigail!
¡Tienes que parar esto! Nos estás poniendo a todas en peligro. ¡¡TÚ corres peligro!!
¡ABIGAIL!

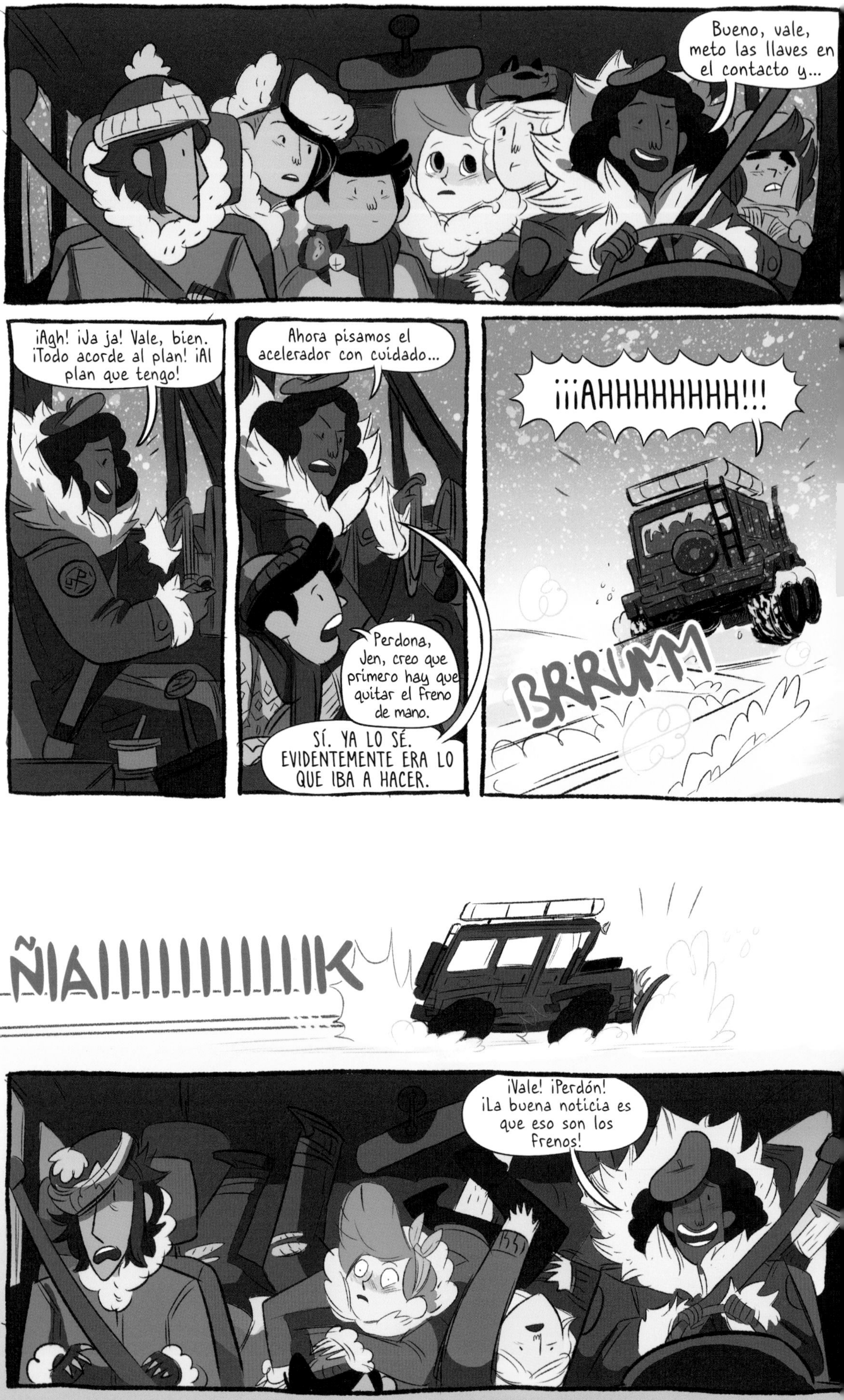

Bueno, vale, meto las llaves en el contacto y...
¡Agh! ¡Ja ja! Vale, bien. ¡Todo acorde al plan! ¡Al plan que tengo!
Ahora pisamos el acelerador con cuidado...
Perdona, Jen, creo que primero hay que quitar el freno de mano.
SÍ. YA LO SÉ. EVIDENTEMENTE ERA LO QUE IBA A HACER.
¡¡¡AHHHHHHHH!!!
BRRUMM
ÑIAIIIIIIIIIIK
¡Vale! ¡Perdón! ¡La buena noticia es que eso son los frenos!

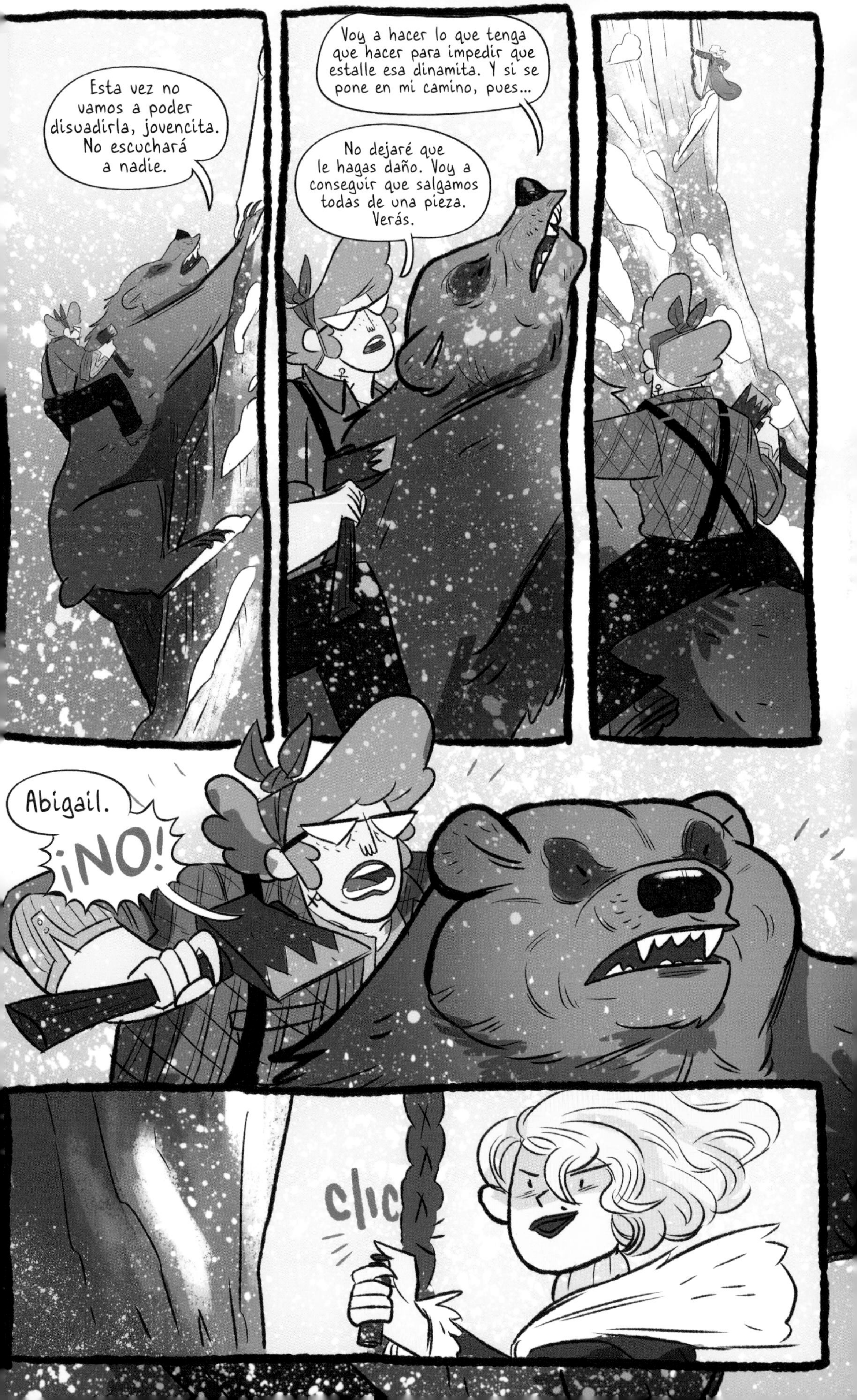
Esta vez no vamos a poder disuadirla, jovencita. No escuchará a nadie.
Voy a hacer lo que tenga que hacer para impedir que estalle esa dinamita. Y si se pone en mi camino, pues...
No dejaré que le hagas daño. Voy a conseguir que salgamos todas de una pieza. Verás.
Abigail.
¡NO!
CLIC

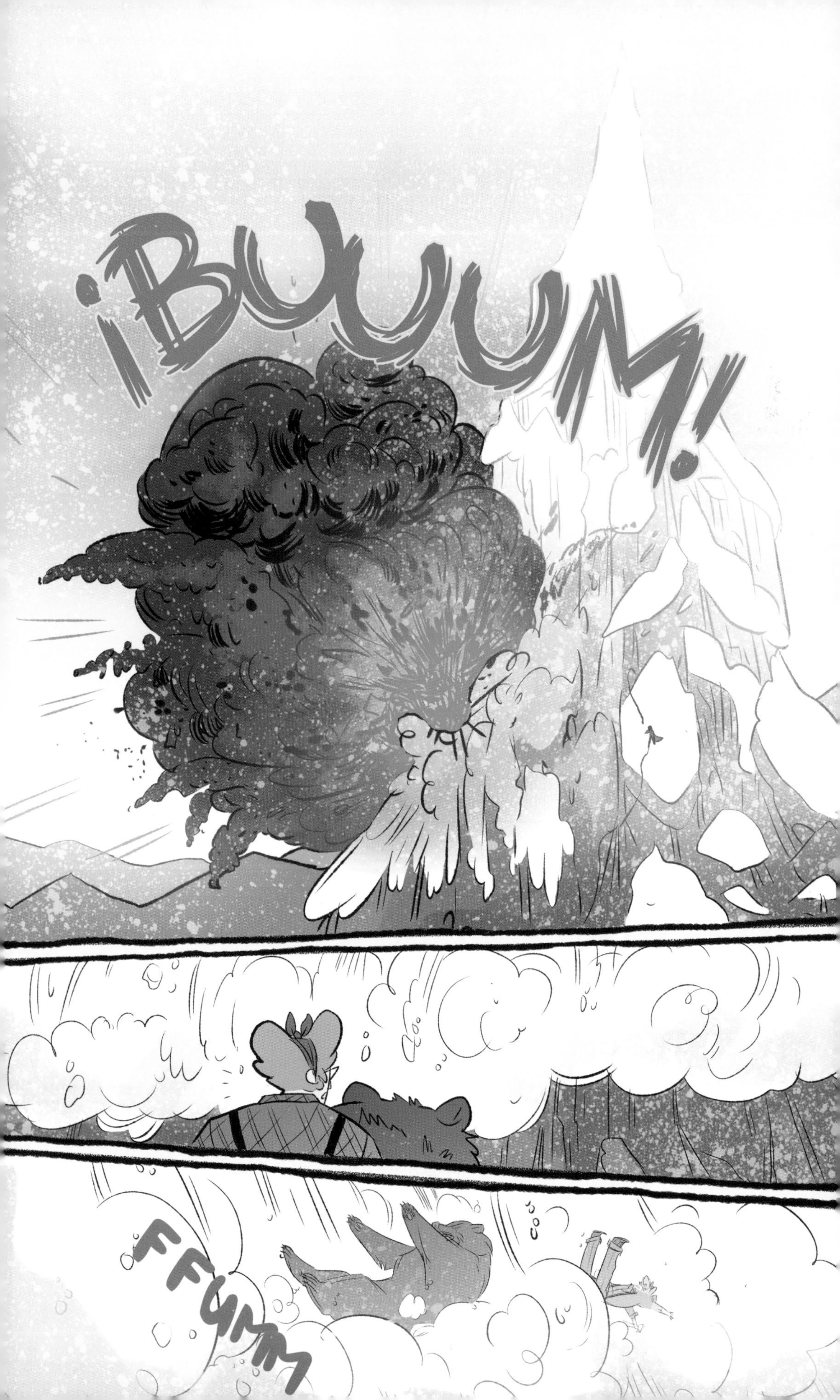
¡BUUM!
FFUMM

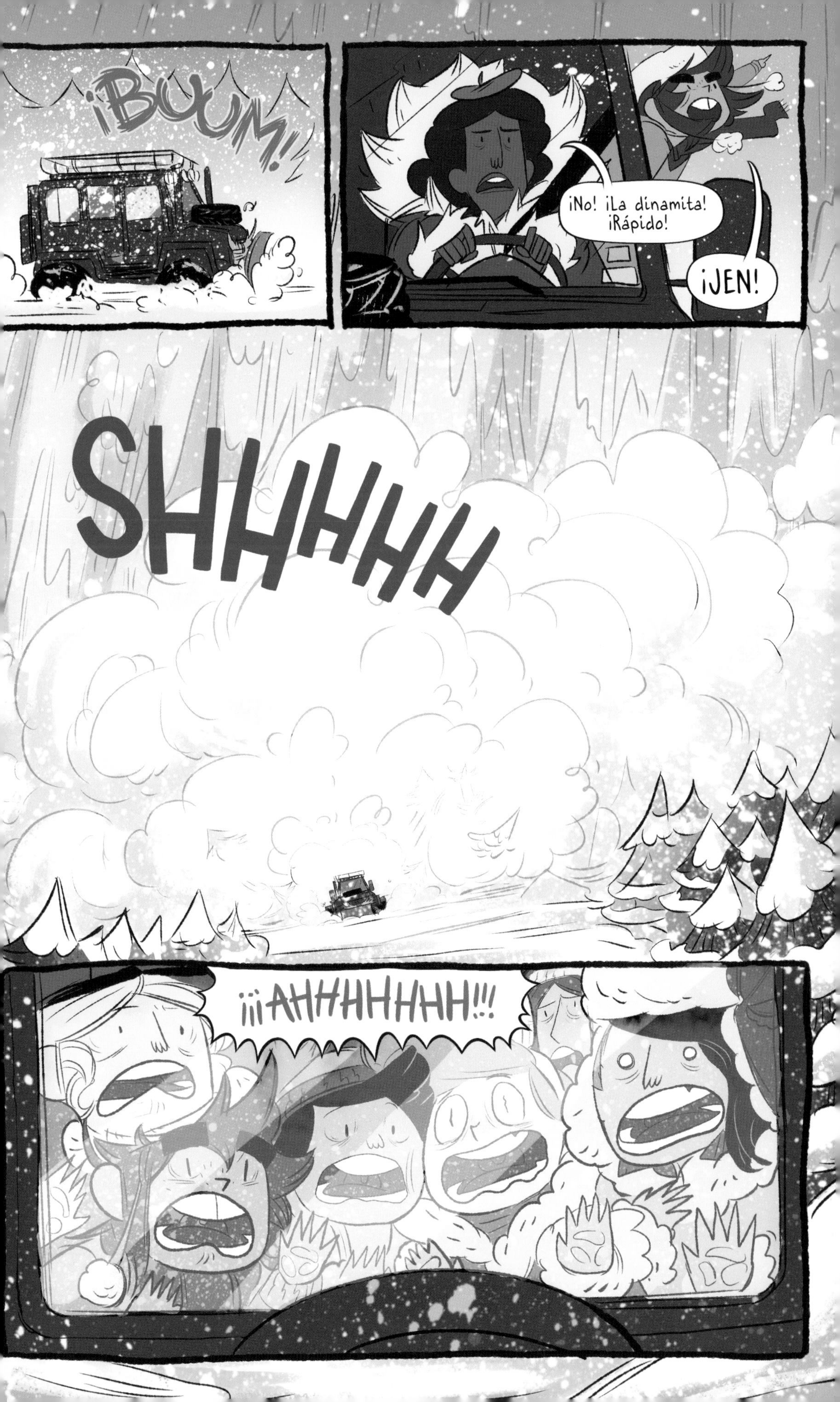
¡BUUM!
¡No! ¡La dinamita! ¡Rápido!
¡JEN!
SHHHHHH
¡¡¡AHHHHHHH!!!

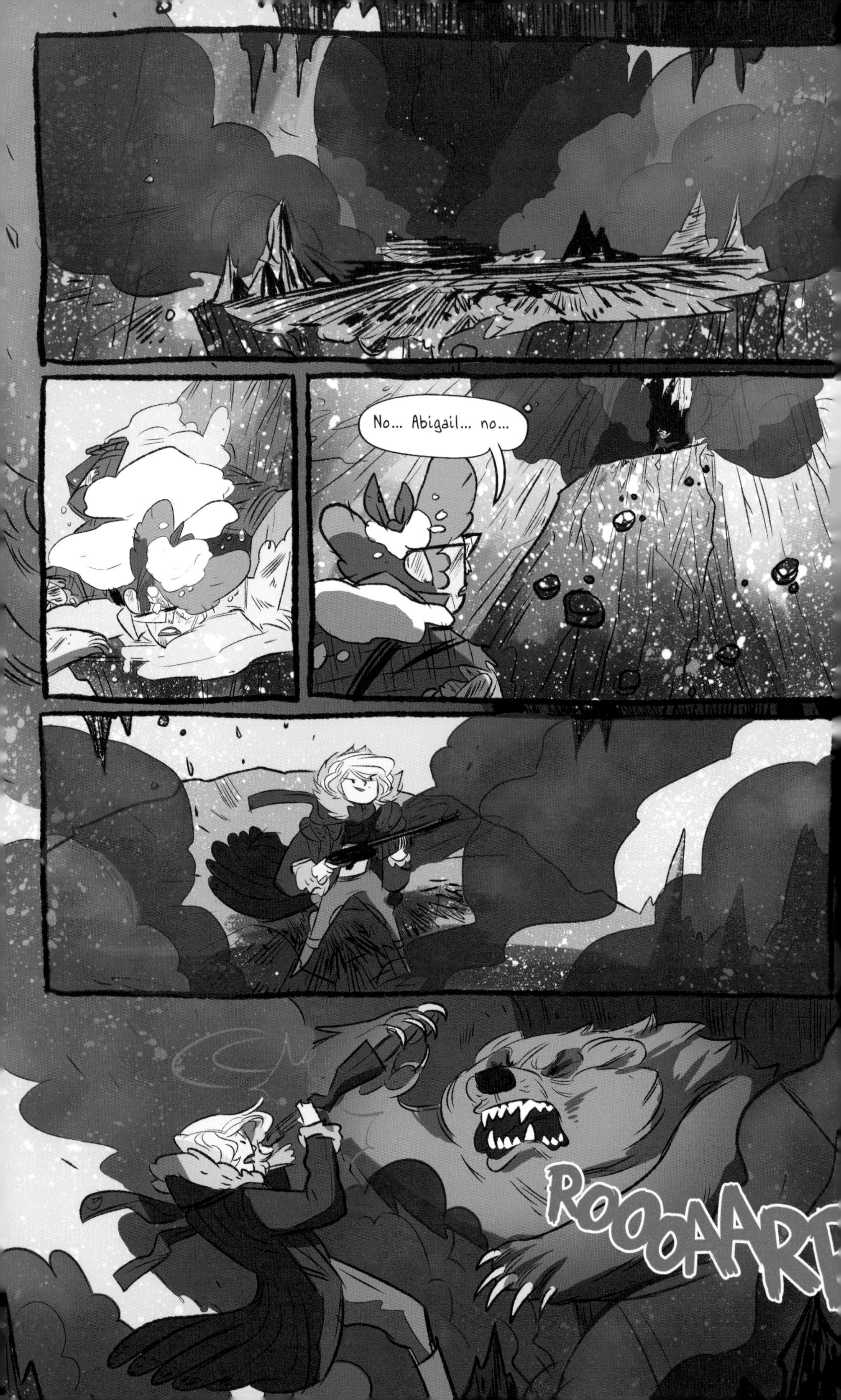
No... Abigail... no...
ROOOAARR

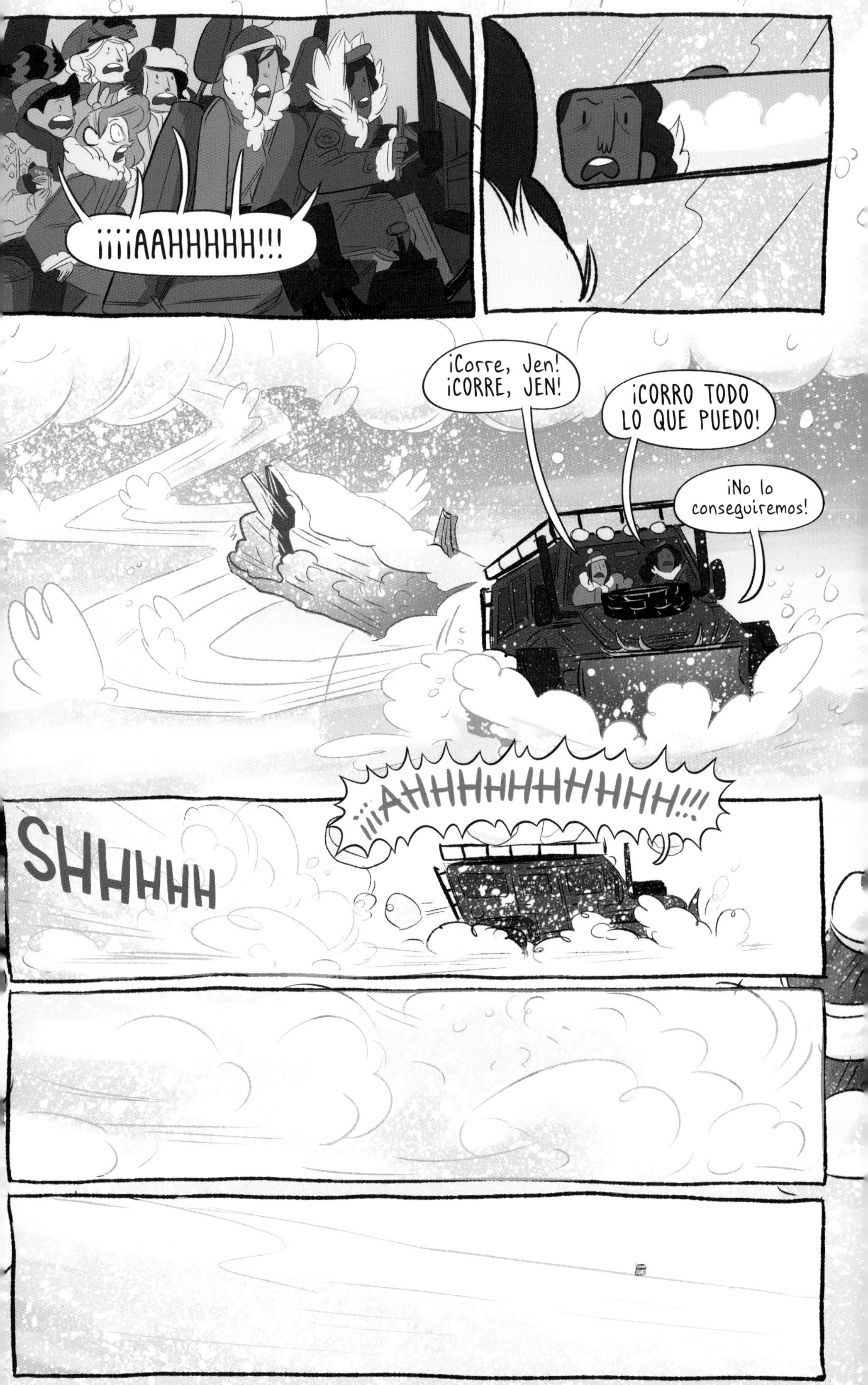
¡¡¡¡AAHHHHH!!!
¡Corre, Jen! ¡CORRE, JEN!
¡CORRO TODO LO QUE PUEDO!
¡No lo conseguiremos!
¡¡¡AHHHHHHHHHH!!!
SHHHHH

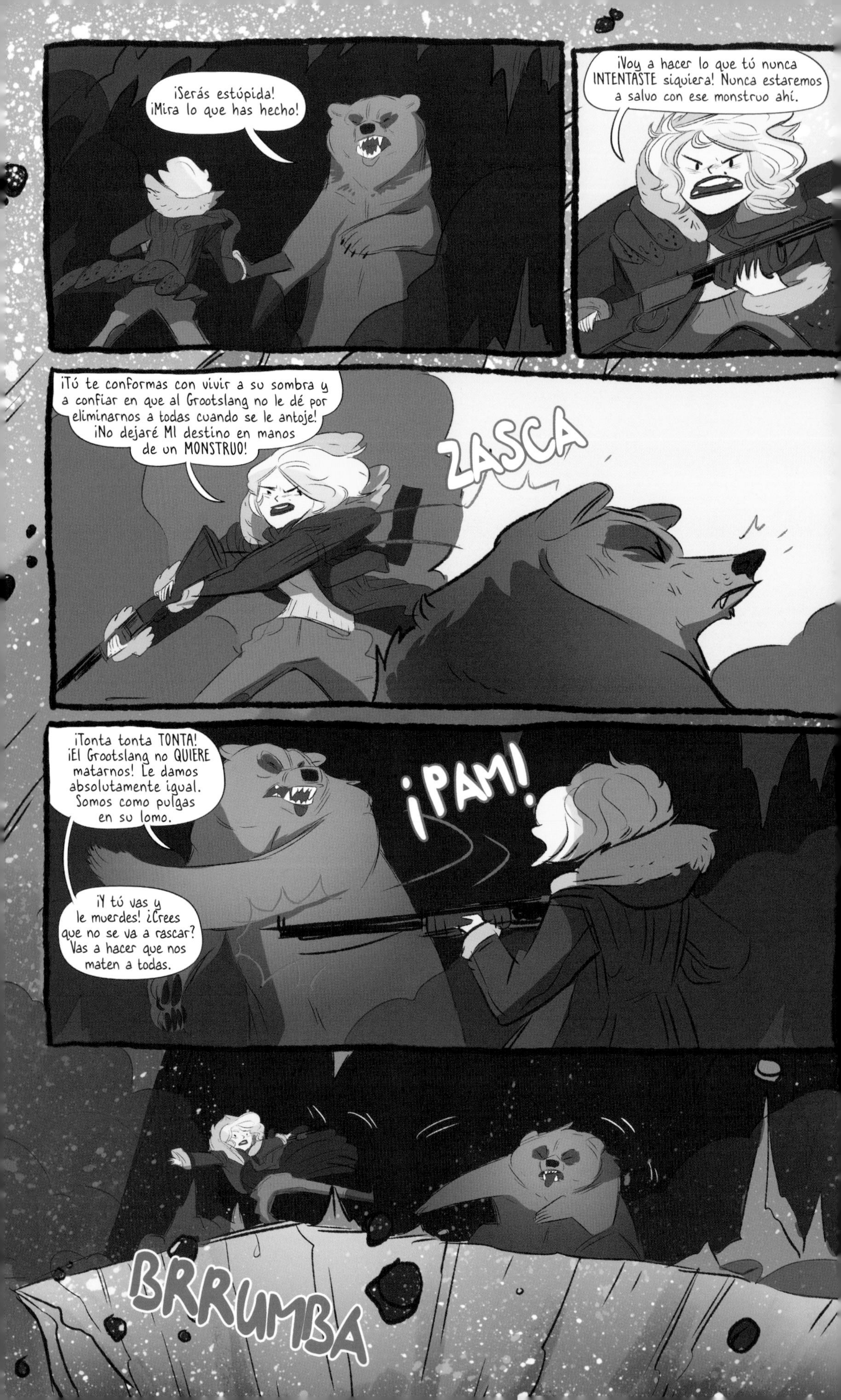
¡Serás estúpida! ¡Mira lo que has hecho!
¡Voy a hacer lo que tú nunca INTENTASTE siquiera! Nunca estaremos a salvo con ese monstruo ahí.
¡Tú te conformas con vivir a su sombra y a confiar en que al Grootslang no le dé por eliminarnos a todas cuando se le antoje! ¡No dejaré MI destino en manos de un MONSTRUO!
ZASCA
¡Tonta tonta TONTA! ¡El Grootslang no QUIERE matarnos! Le damos absolutamente igual. Somos como pulgas en su lomo.
¡Y tú vas y le muerdes! ¿Crees que no se va a rascar? Vas a hacer que nos maten a todas.
¡PAM!
BRRUMBA

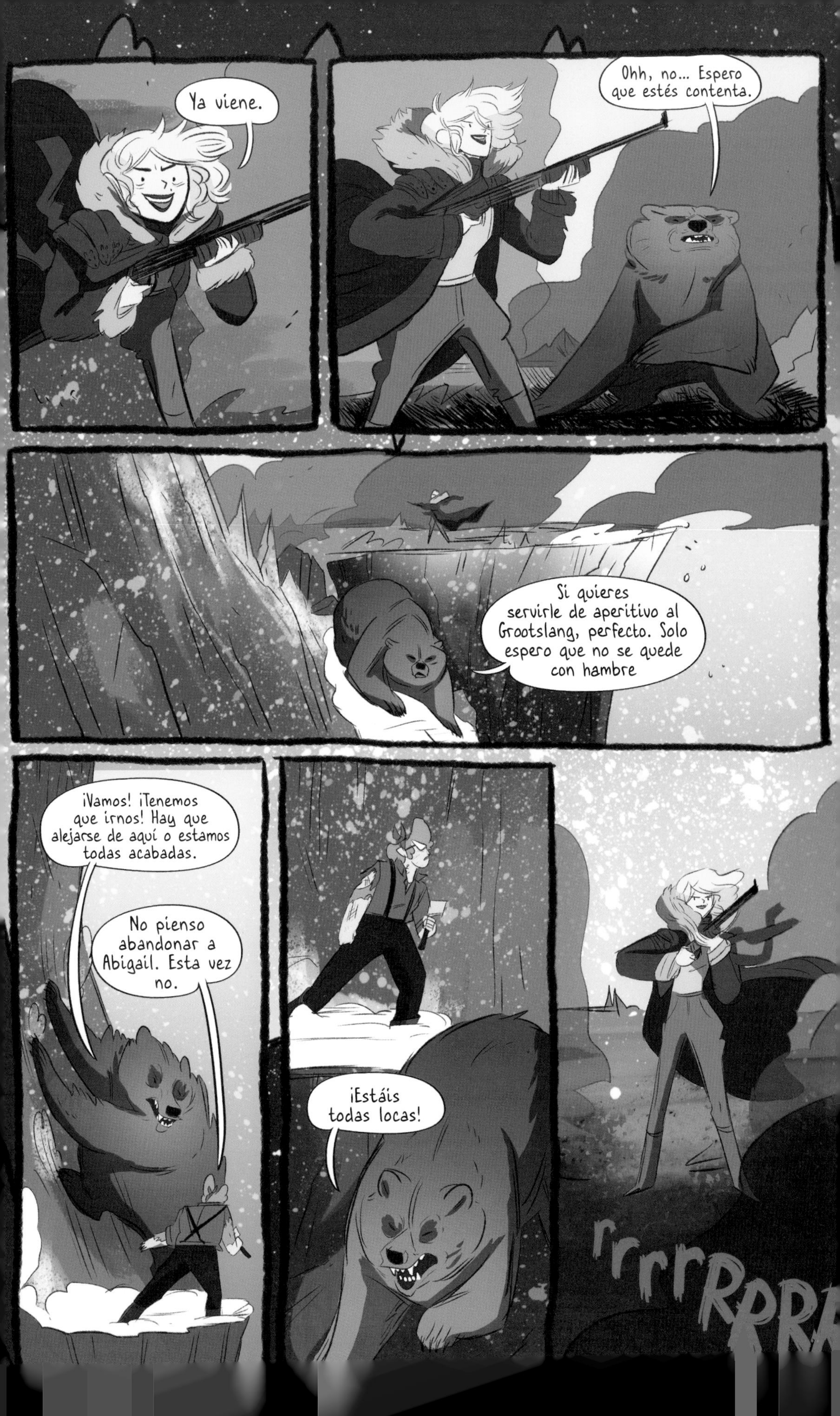
Ya viene.
Ohh, no... Espero que estés contenta.
Si quieres servirle de aperitivo al Grootslang, perfecto. Solo espero que no se quede con hambre
¡Vamos! ¡Tenemos que irnos! Hay que alejarse de aquí o estamos todas acabadas.
No pienso abandonar a Abigail. Esta vez no.
¡Estáis todas locas!
rrrRRRA

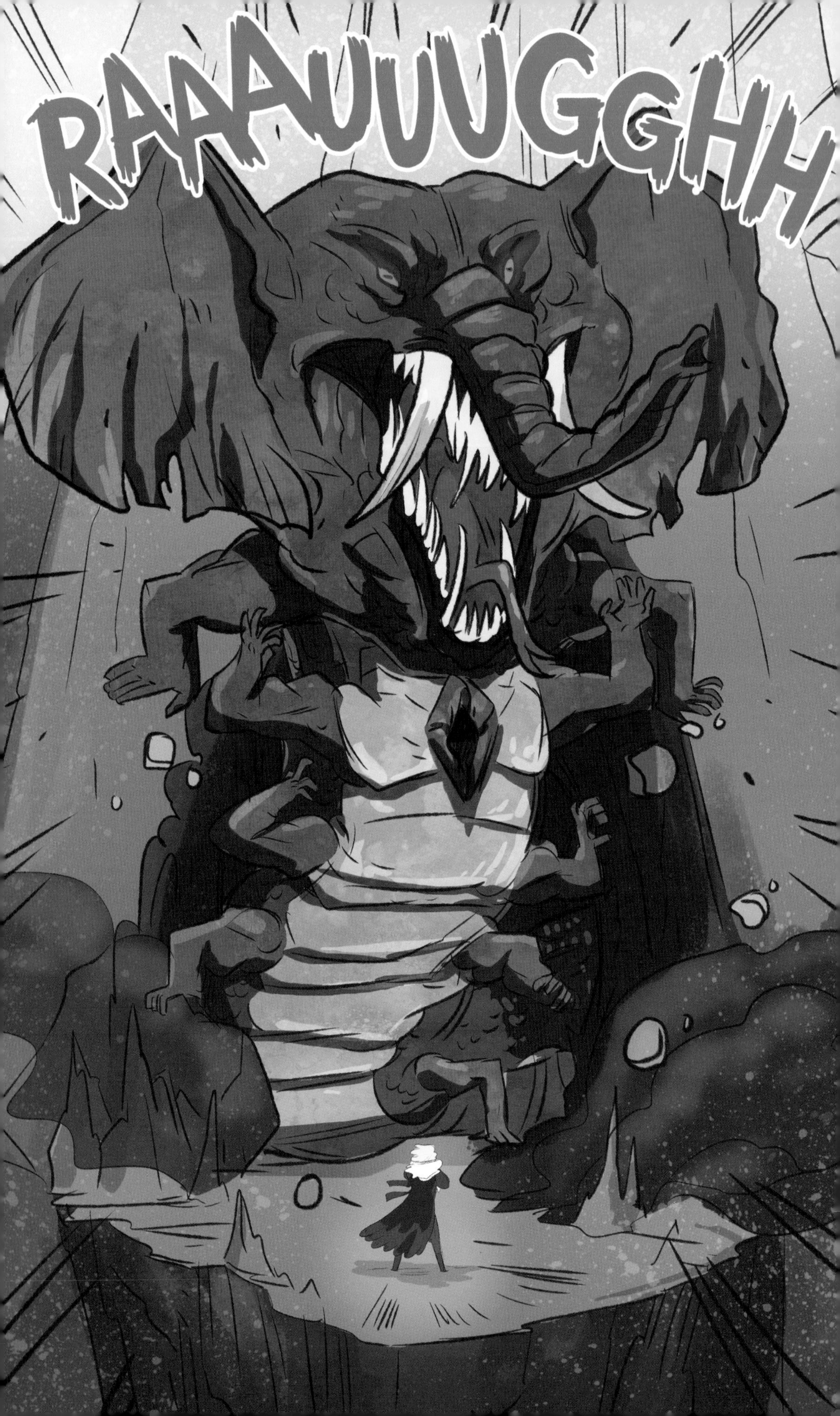
RAAAUUUGGHH

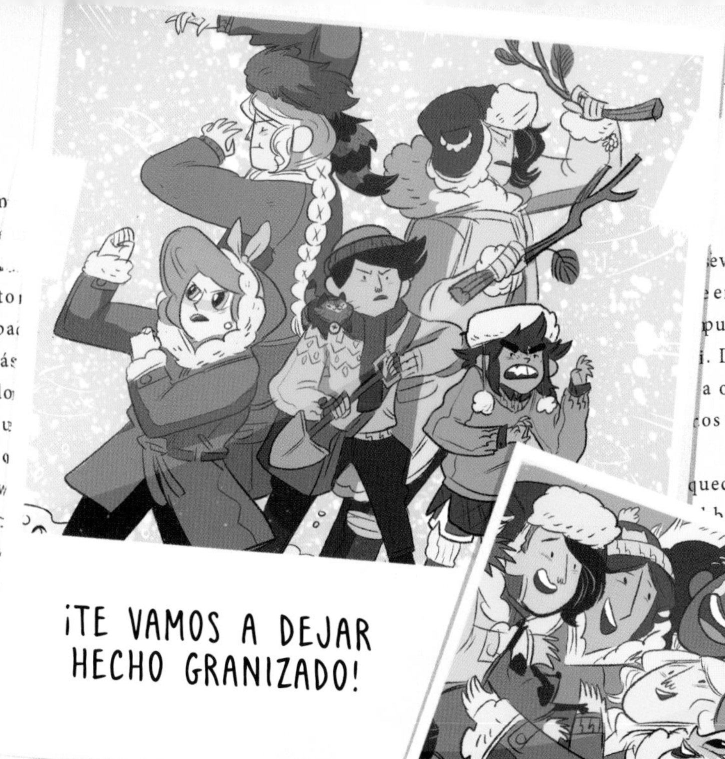
¡TE VAMOS A DEJAR
HECHO GRANIZADO!

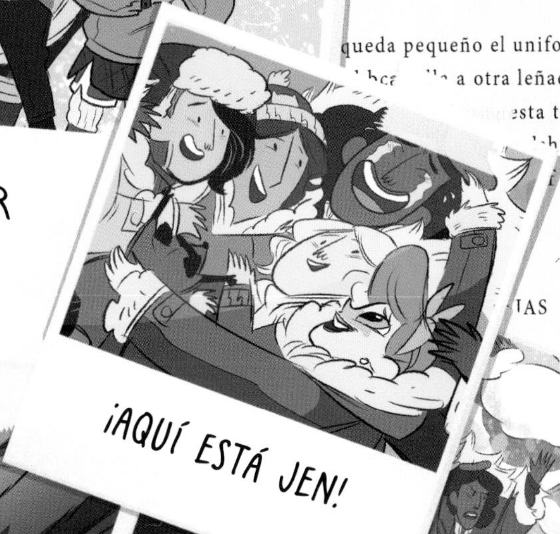
¡AQUÍ ESTÁ JEN!

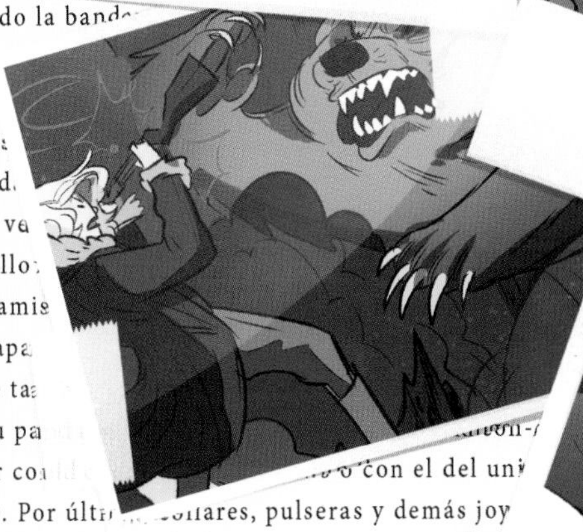

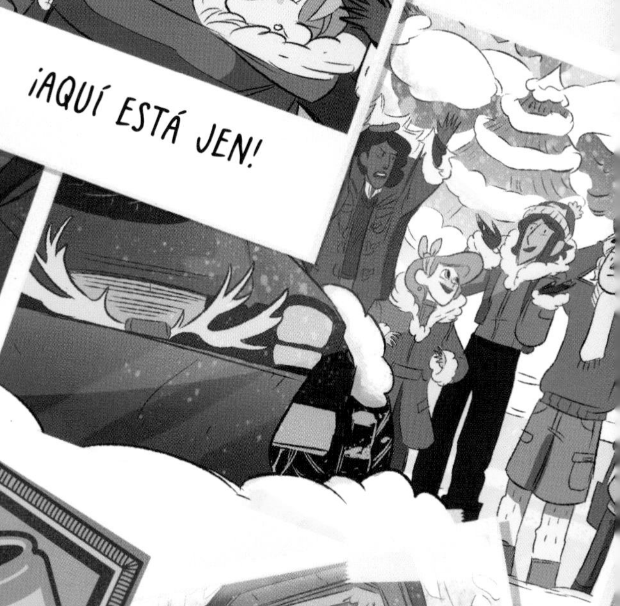

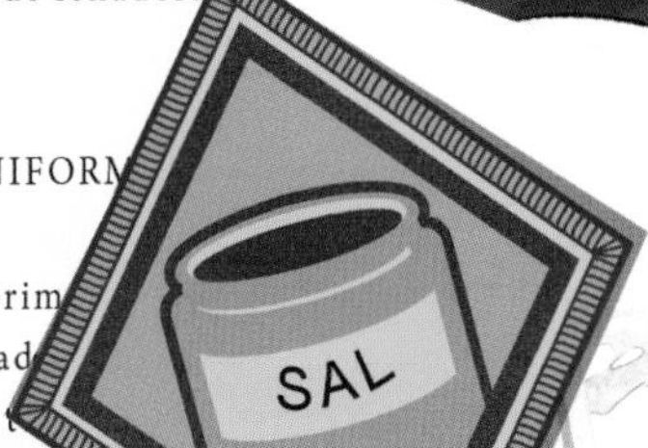
SAL

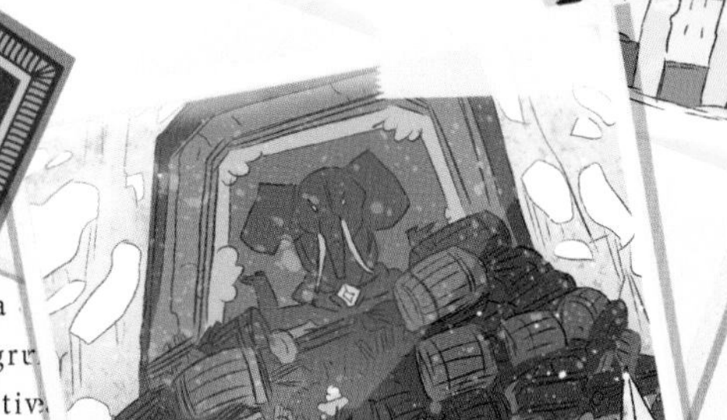
ABIGAIL TIENE UNA
PERSONALIDAD EXPLOSIVA

se com
El
Ayud
aspecto
ropa pa
Además
Leñado
tener u
parte d
Thiskw
Molon
tienen
ellas

EL UNIFORME

levarse en el campamento
en los que las Leñadoras
puede requerirse en otras
. Debería utilizarse como
a opción de uniforme con
os apropiados, y medias o

queda pequeño el uniforme
a otra leñadora
esta tiene
ella

El u
bordado la band
escog
panta
hechos
activid
boina v
el cuello
de la amis
Los zapa
ser de ta
Por su pa
juntar co … con el del uni-
forme. Por últi… collares, pulseras y demás joy
no tienen cabida en el uniforme de leñadora

CÓMO LLEVAR EL UNIFORM

Para vestir bien el uniforme, ehprim
que el uniforme esté en buen estad
chado. Asegúrate de que la falda
apropiado para tu altura y constitución
turón se ajuste bien y que los zapatos y las
hagan juego con los colores del uniforme. Contr
tu postura y muévete con gracia y dignidad. Si te quitas la boina al entrar en algún sitio, asegúrate de llevar el pelo bien peinado y recogido con una discreta horquilla o una diadema. Cuando llevas el uniforme de leñadora estás representando a esta organización, por lo que debes procurar comportarte de un modo que muestre a todo el mundo que la cortesía y la consideración son parte fundamental de una leñadora. La gente tiende a juzgar a un país entero por el egoísmo de unos pocos, a criticar a toda una familia por el mal comportamiento de uno

a a
un gr
da activ
del otros l
futuro, y la
con el fin d
leñadora qu
Penniquiul
chicas molon
pero la mayo … uno.
Pueden co … confeccionarlo ellas
mismas co … es disponibles en la tienda
del campamento.

## MANUAL DE CAMPO DE LAS LEÑADORAS
# CAPÍTULO 16

*Área de especialidad: «Automoción»*

## INSIGNIA DE RODAJE
## SOBRE RUEDAS

*«La seguridad salva vidas»*

Como toda joven con una sólida formación, una leñadora comprende la importancia de la seguridad al volante. La clave es conocer el vehículo por dentro y por fuera. Las Leñadoras serán responsables del cuidado y mantenimiento de un vehículo del campamento el verano que pasen aquí. La monitora encargada del taller enseñará a cada leñadora a identificar las diferentes partes del motor, a entender los problemas comunes que surgen en la carretera y les mostrará maneras de resolver esos problemas con las herramientas que tengan a su disposición.

La vida en la carretera es una experiencia que muchas vivirán en algún momento, y aunque es una experiencia que no todo el mundo disfruta, no cabe duda de que las Leñadoras deben estar preparadas para ella. Desde conocer los elementos de seguridad, como el cinturón, hasta cambiar un neumático: la insignia Rodaje sobre ruedas gira en torno al conocimiento práctico del automóvil. En cuanto que Leñadoras, nuestras ex-

ploradoras tomarán consciencia de la importancia de mantener su vehículo en perfectísimo estado. Adquirirán experiencia en el cuidado de sus pertenencias y ayudarán a sus compañeras con las suyas, y verán el beneficio que reporta destinar tiempo a cerciorarse de que sus adquisiciones sean de buena calidad para que les duren mucho tiempo.

Para conseguir la insignia de Rodaje sobre Ruedas la leñadora deberá escoger el vehículo del campamento con el que quiera trabajar. Adquirirá todo los conocimientos prácticos disponibles sobre dicho vehículo y aprenderá las normas y protocolos de seguridad de su estado natal. Cambiará el aceite y los neumáticos pinchados. Si tiene edad suficiente, aprenderá a conducir sin supervisión y colaborará transportando a otras exploradoras y haciendo los recados que puedan ser necesarios. Conocerá al guarda del parque, que le explicará cuáles son los peligros de conducir por la montaña, con qué tener cuidado en las salidas

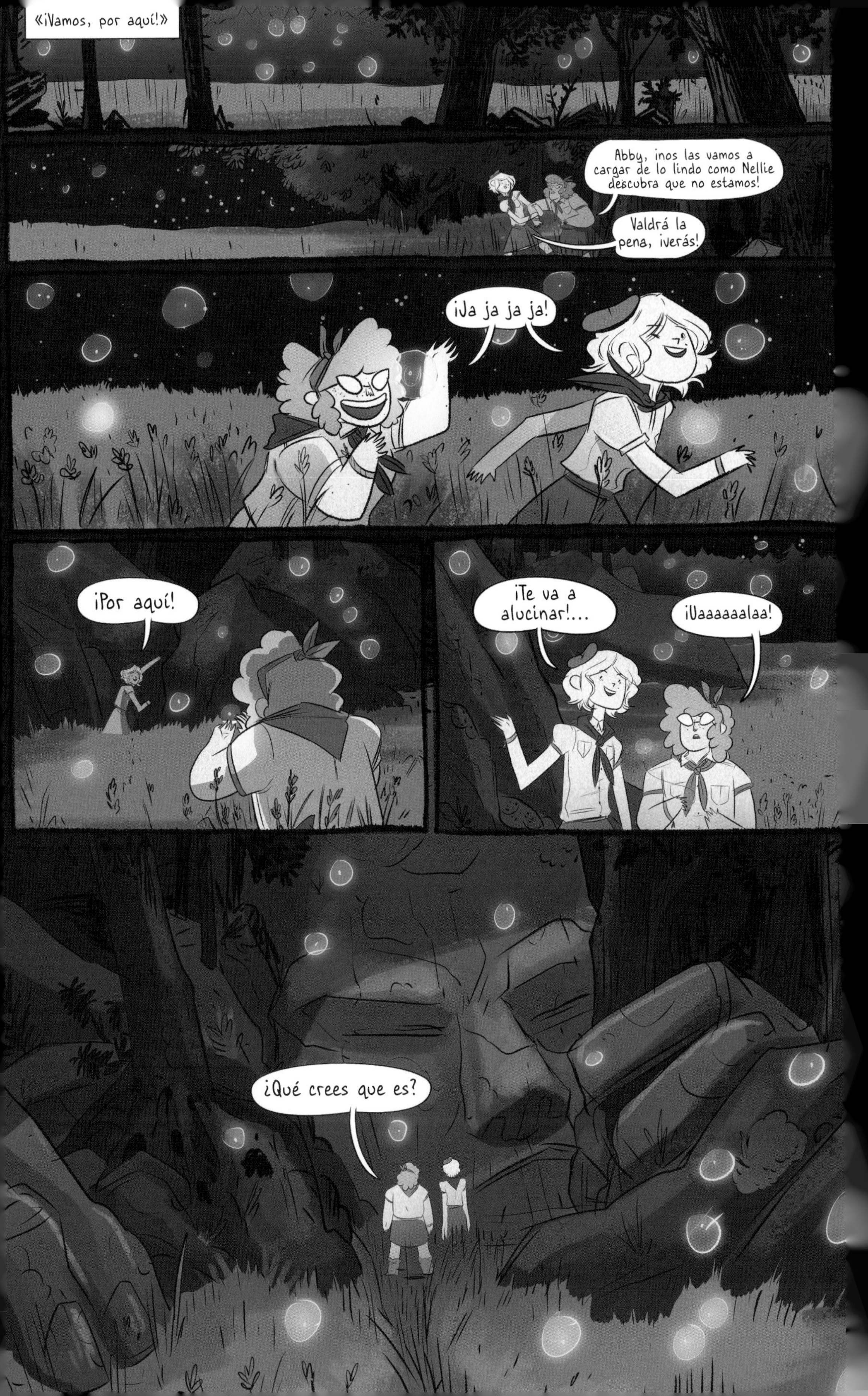
«¡Vamos, por aquí!»
Abby, ¡nos las vamos a cargar de lo lindo como Nellie descubra que no estamos!
Valdrá la pena, ¡verás!
¡Ja ja ja ja!
¡Por aquí!
¡Te va a alucinar!...
¡Uaaaaaalaa!
¿Qué crees que es?

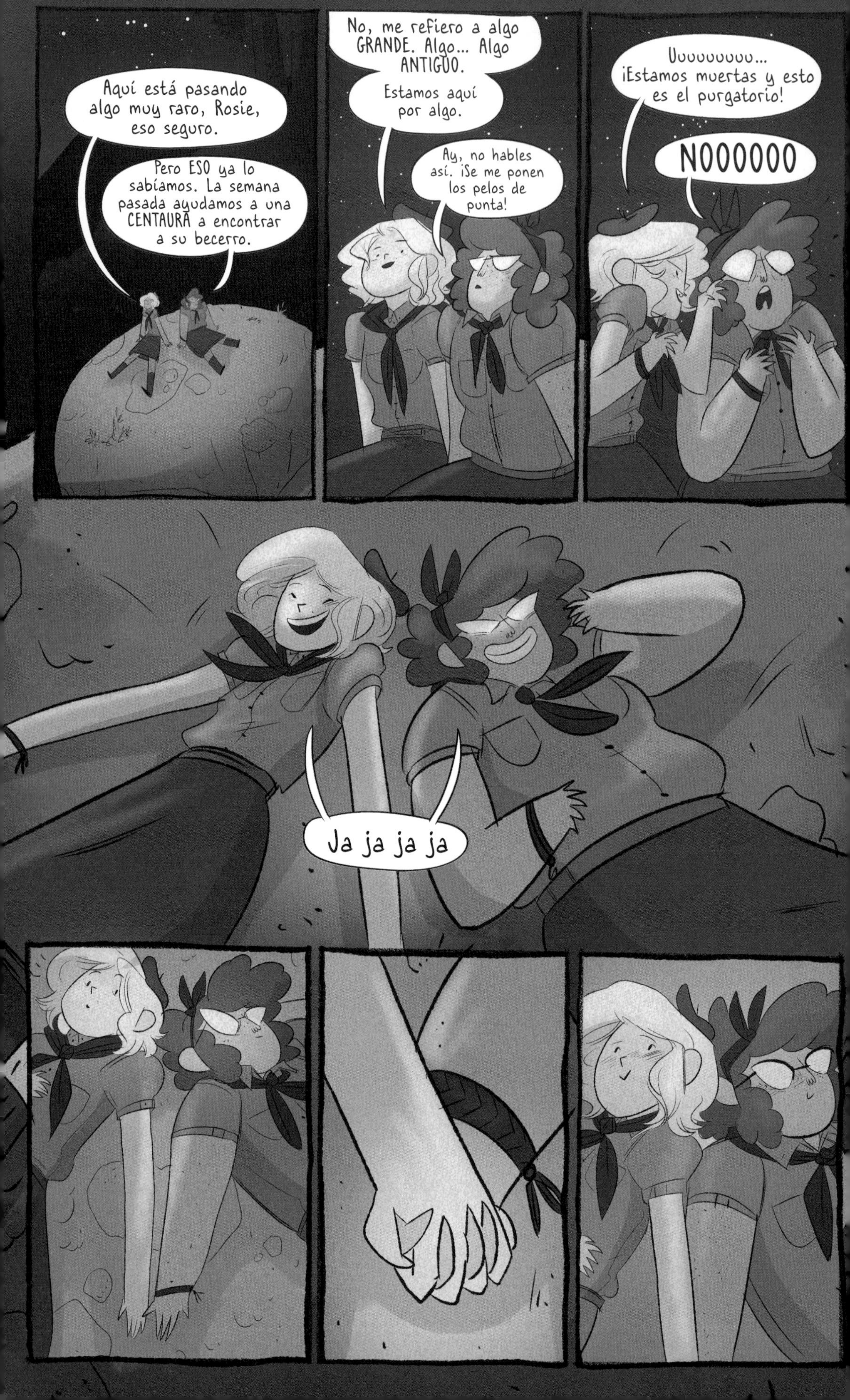
Aquí está pasando algo muy raro, Rosie, eso seguro.
Pero ESO ya lo sabíamos. La semana pasada ayudamos a una CENTAURA a encontrar a su becerro.
No, me refiero a algo GRANDE. Algo... Algo ANTIGUO.
Estamos aquí por algo.
Ay, no hables así. ¡Se me ponen los pelos de punta!
Uuuuuuuuu... ¡Estamos muertas y esto es el purgatorio!
NOOOOOO
Ja ja ja ja

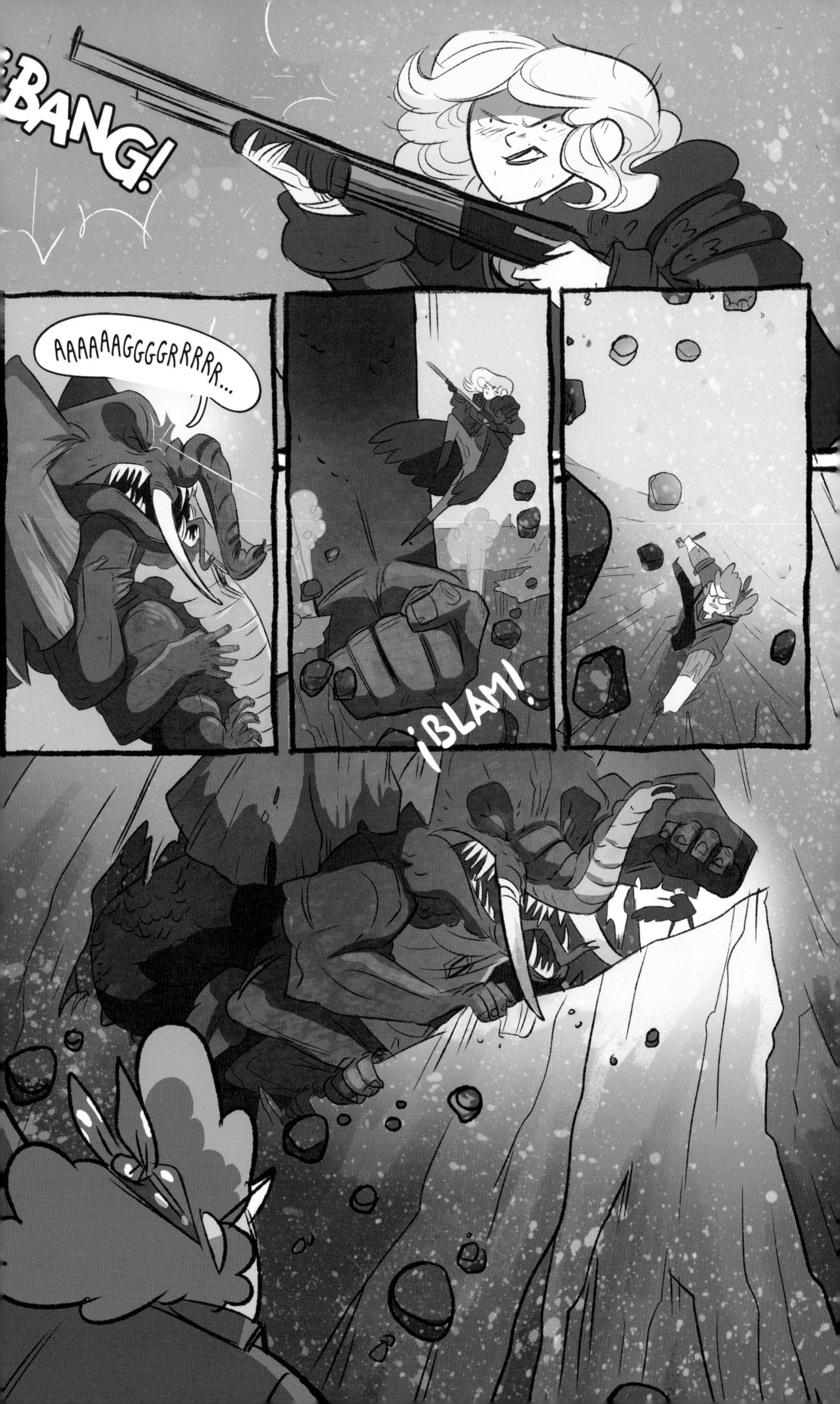
BANG!
AAAAAAGGGGRRRRR...
¡BLAM!

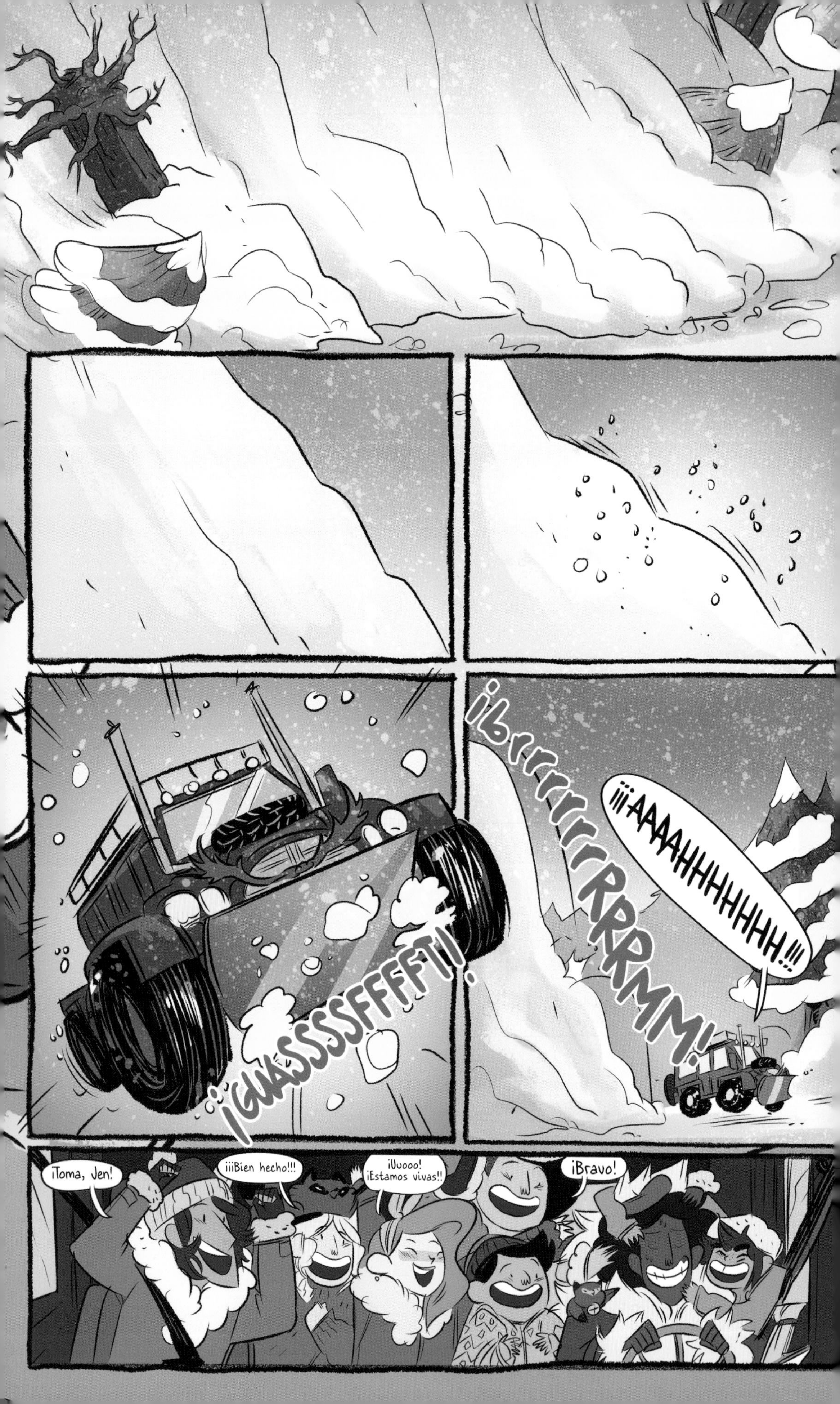
¡GUASSSSSFFFFT!!
¡brrrrrrrrRRRMM!
¡¡¡AAAAHHHHHHHH!!!
¡Toma, Jen!
¡¡¡Bien hecho!!!
¡Uuooo! ¡Estamos vivas!!
¡Bravo!

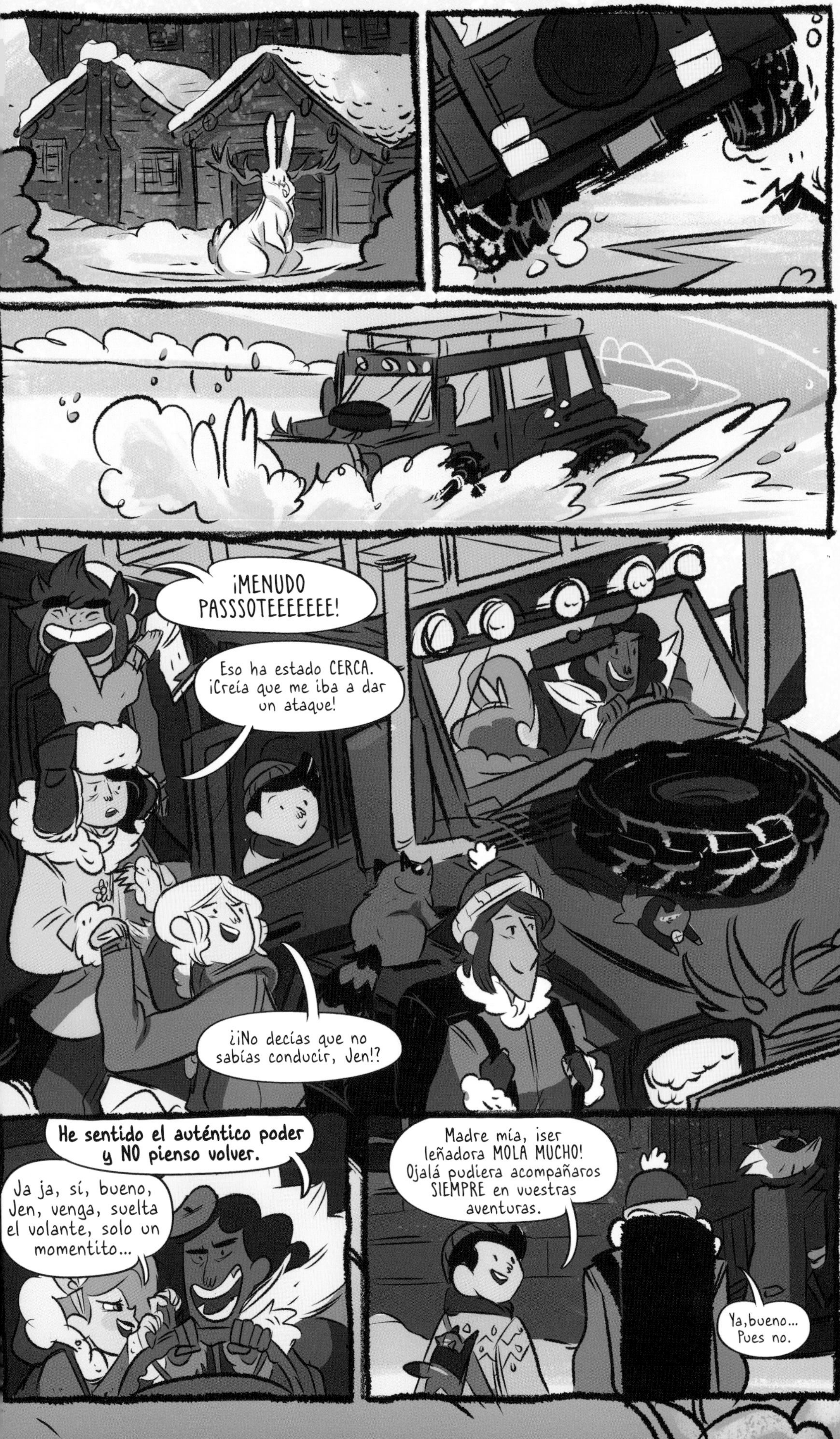
¡MENUDO PASSSOTEEEEEEE!
Eso ha estado CERCA. ¡Creía que me iba a dar un ataque!
¿¡No decías que no sabías conducir, Jen!?
He sentido el auténtico poder y NO pienso volver.
Ja ja, sí, bueno, Jen, venga, suelta el volante, solo un momentito...
Madre mía, ¡ser leñadora MOLA MUCHO! Ojalá pudiera acompañaros SIEMPRE en vuestras aventuras.
Ya, bueno... Pues no.

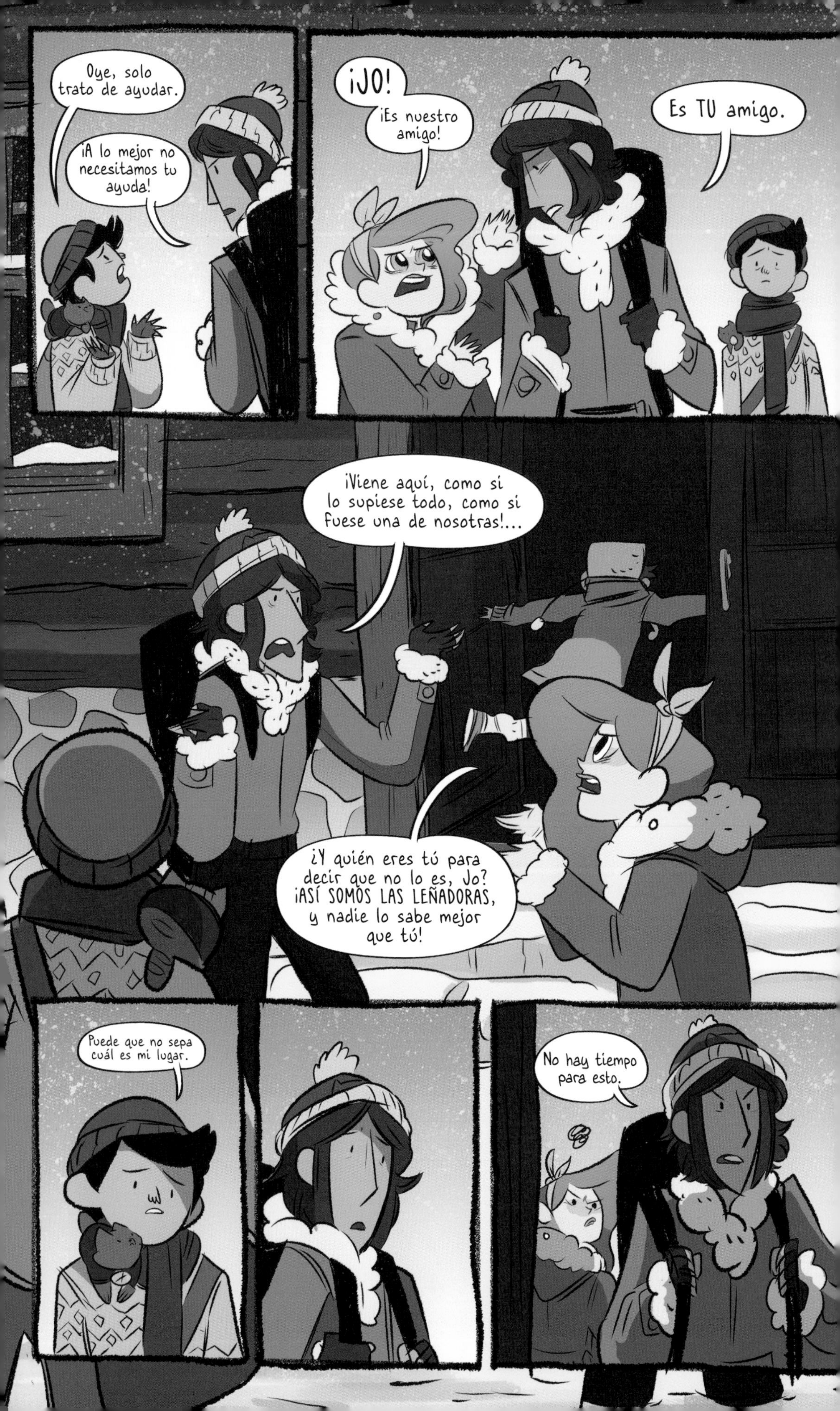
Oye, solo trato de ayudar.
¡A lo mejor no necesitamos tu ayuda!
¡JO!
¡Es nuestro amigo!
Es TU amigo.
¡Viene aquí, como si lo supiese todo, como si fuese una de nosotras!...
¿Y quién eres tú para decir que no lo es, Jo? ¡ASÍ SOMOS LAS LEÑADORAS, y nadie lo sabe mejor que tú!
Puede que no sepa cuál es mi lugar.
No hay tiempo para esto.

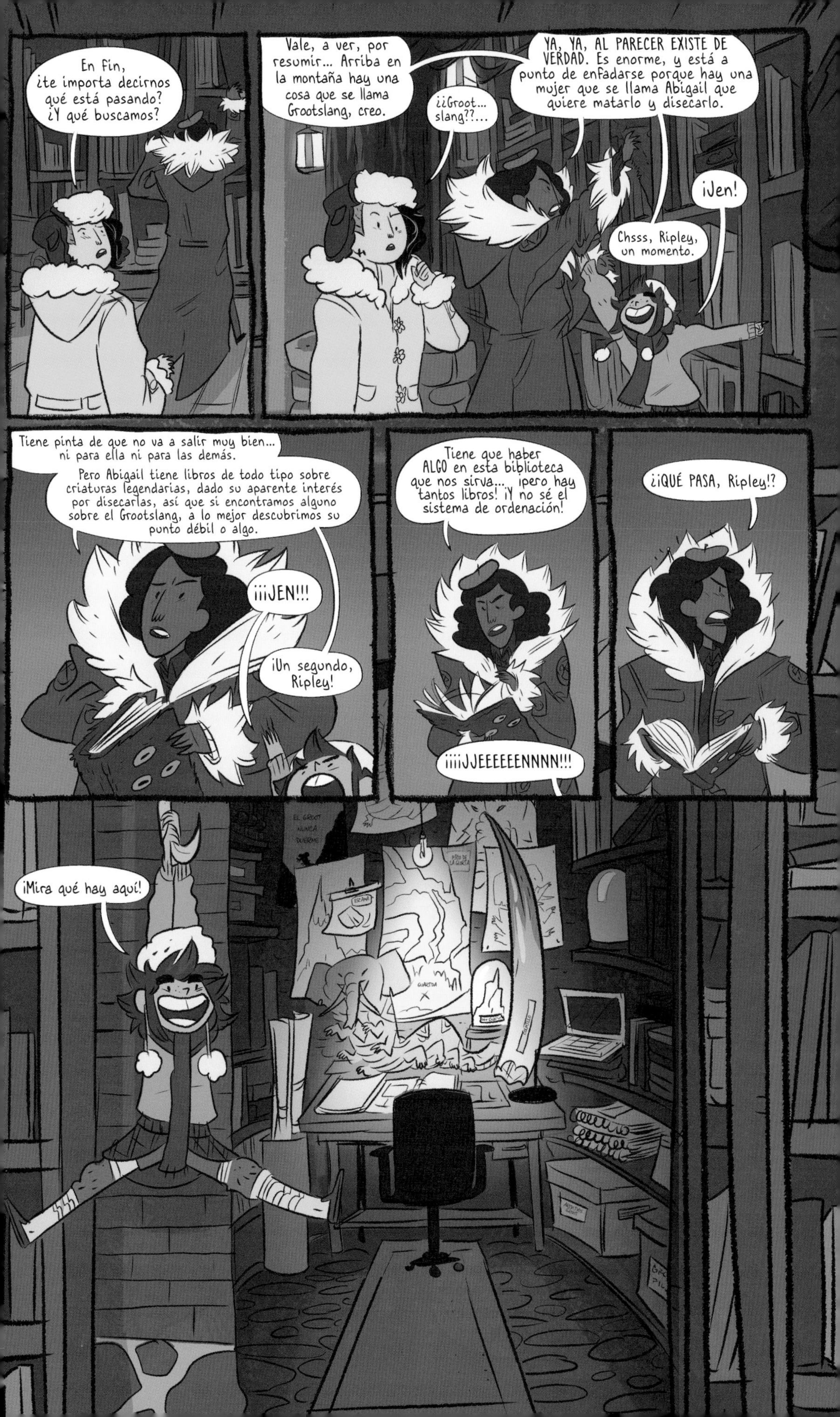
En fin, ¿te importa decirnos qué está pasando? ¿Y qué buscamos?
Vale, a ver, por resumir... Arriba en la montaña hay una cosa que se llama Grootslang, creo.
¿¿Groot... slang??...
YA, YA, AL PARECER EXISTE DE VERDAD. Es enorme, y está a punto de enfadarse porque hay una mujer que se llama Abigail que quiere matarlo y disecarlo.
¡Jen!
Chsss, Ripley, un momento.
Tiene pinta de que no va a salir muy bien... ni para ella ni para las demás.
Pero Abigail tiene libros de todo tipo sobre criaturas legendarias, dado su aparente interés por disecarlas, así que si encontramos alguno sobre el Grootslang, a lo mejor descubrimos su punto débil o algo.
¡¡¡JEN!!!
¡Un segundo, Ripley!
Tiene que haber ALGO en esta biblioteca que nos sirva... ¡pero hay tantos libros! ¡Y no sé el sistema de ordenación!
¡¡¡¡JJEEEEEEENNNN!!!
¿¡QUÉ PASA, Ripley!?
EL GROOT NUNCA DUERME
PICO DE LA GLORIA
ESPAÑA
GUARIDA
¡Mira qué hay aquí!

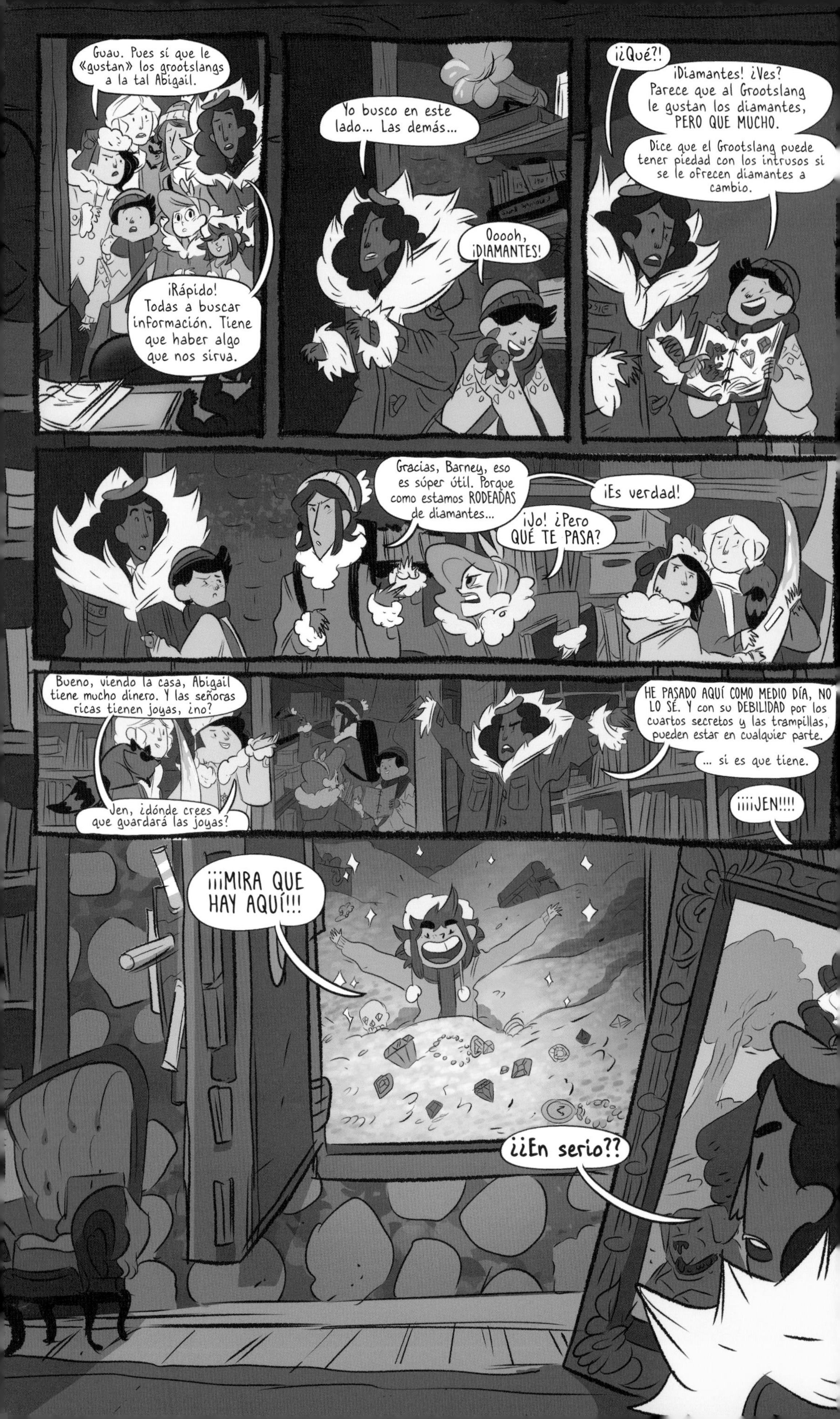
Guau. Pues sí que le «gustan» los grootslangs a la tal Abigail.
¡Rápido! Todas a buscar información. Tiene que haber algo que nos sirva.
Yo busco en este lado... Las demás...
Ooooh, ¡DIAMANTES!
¡¿Qué?!
¡Diamantes! ¿Ves? Parece que al Grootslang le gustan los diamantes, PERO QUE MUCHO.
Dice que el Grootslang puede tener piedad con los intrusos si se le ofrecen diamantes a cambio.
Gracias, Barney, eso es súper útil. Porque como estamos RODEADAS de diamantes...
¡Es verdad!
¡Jo! ¿Pero QUÉ TE PASA?
Bueno, viendo la casa, Abigail tiene mucho dinero. Y las señoras ricas tienen joyas, ¿no?
Jen, ¿dónde crees que guardará las joyas?
HE PASADO AQUÍ COMO MEDIO DÍA, NO LO SÉ. Y con su DEBILIDAD por los cuartos secretos y las trampillas, pueden estar en cualquier parte.
... si es que tiene.
¡¡¡¡JEN!!!!
¡¡¡MIRA QUE HAY AQUÍ!!!
¿¿En serio??

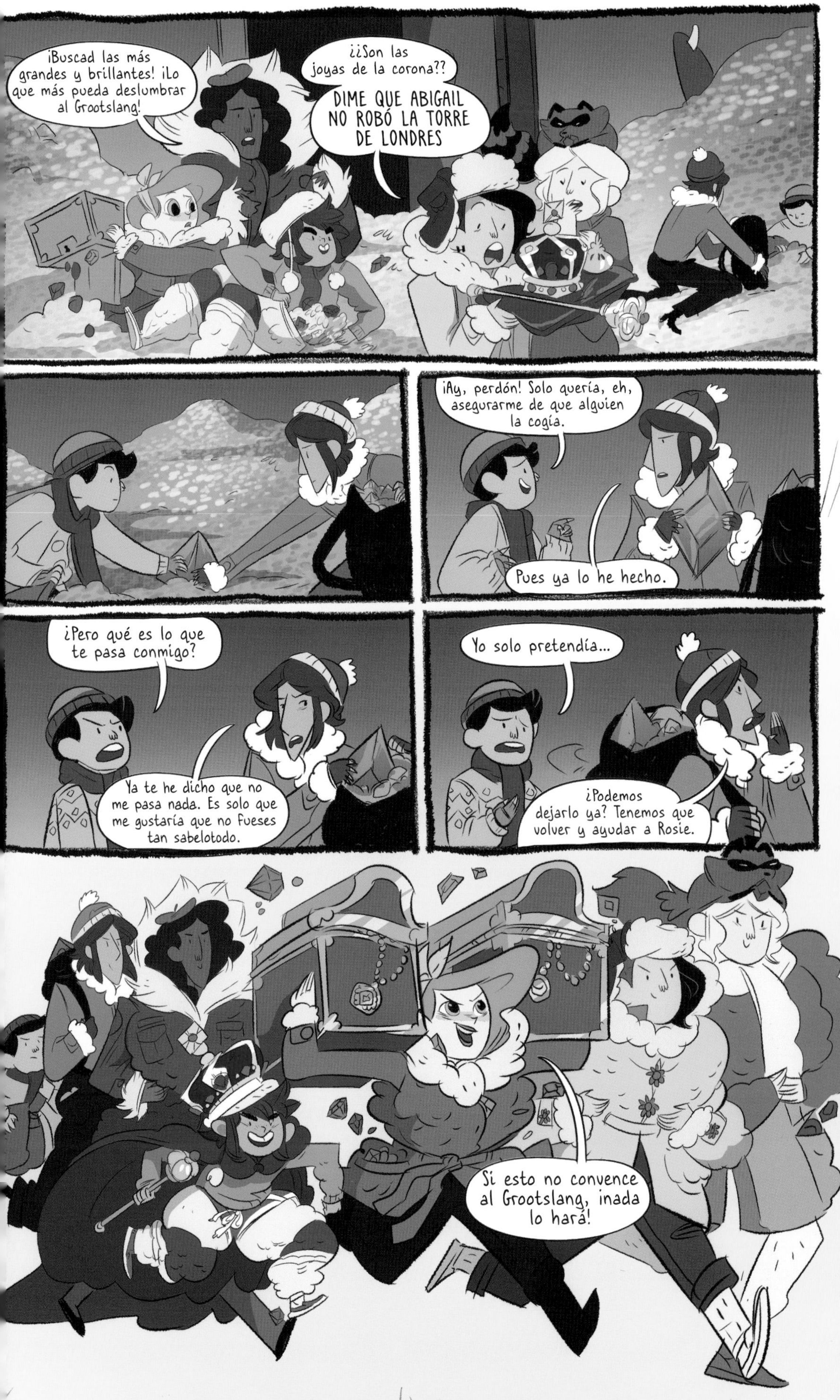
¡Buscad las más grandes y brillantes! ¡Lo que más pueda deslumbrar al Grootslang!
¿¿Son las joyas de la corona??
DIME QUE ABIGAIL NO ROBÓ LA TORRE DE LONDRES
¡Ay, perdón! Solo quería, eh, asegurarme de que alguien la cogía.
Pues ya lo he hecho.
¿Pero qué es lo que te pasa conmigo?
Ya te he dicho que no me pasa nada. Es solo que me gustaría que no fueses tan sabelotodo.
Yo solo pretendía...
¿Podemos dejarlo ya? Tenemos que volver y ayudar a Rosie.
Si esto no convence al Grootslang, ¡nada lo hará!

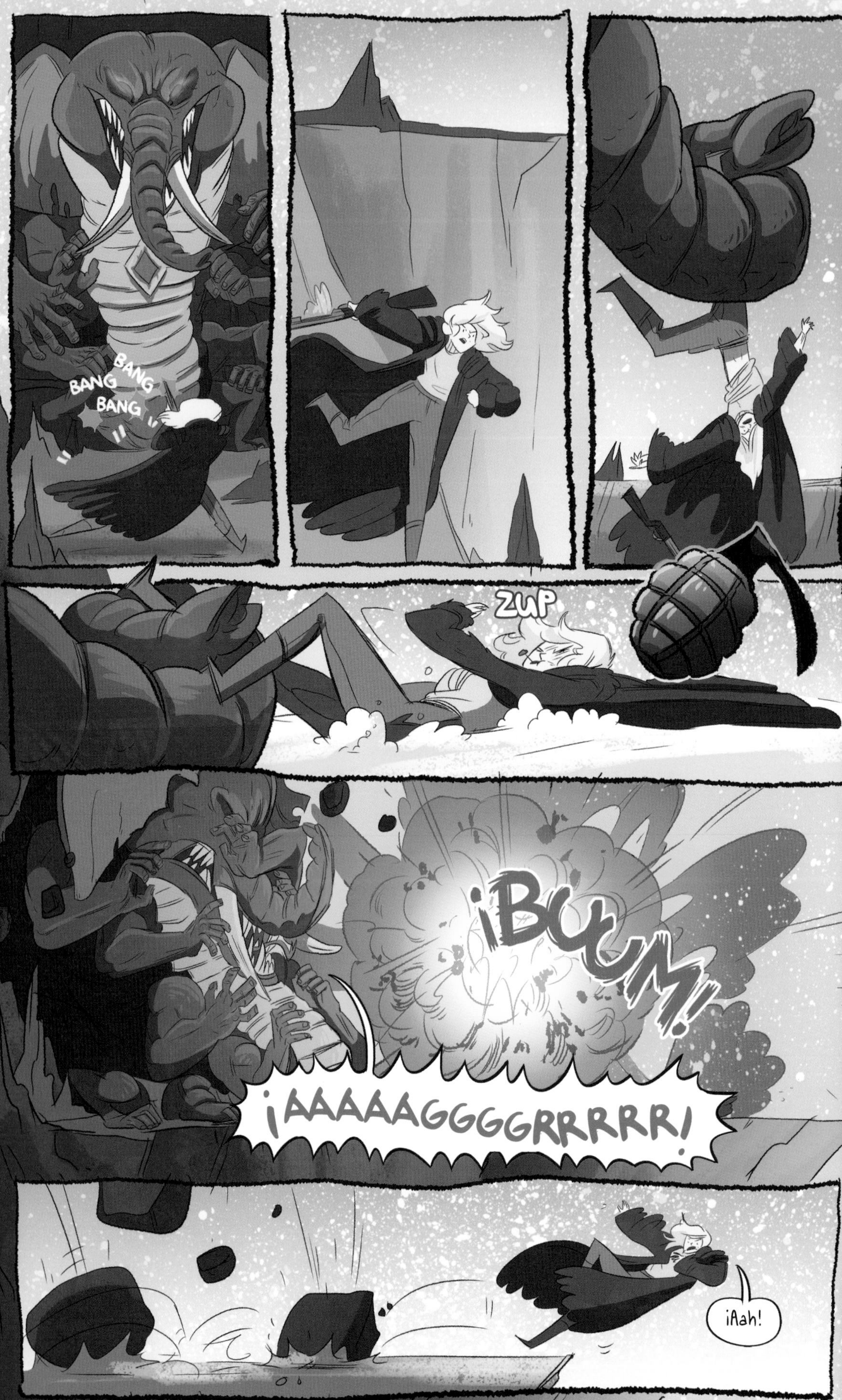
BANG
BANG
BANG
ZUP
¡BUUM!
¡AAAAAGGGGRRRRR!
¡Aah!

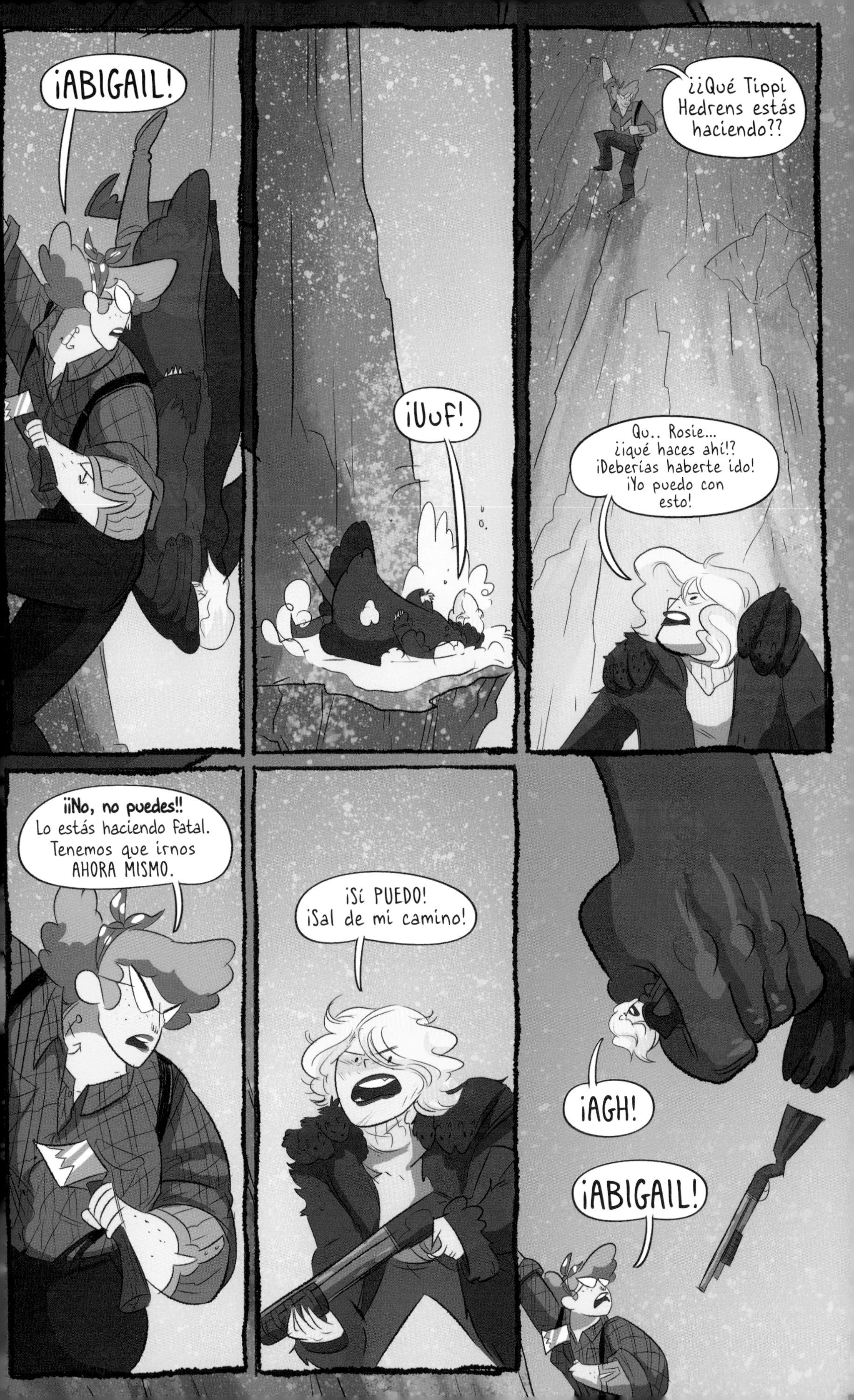
¡ABIGAIL!
¡UUF!
¿¿Qué Tippi Hedrens estás haciendo??
Qu.. Rosie... ¿¡qué haces ahí!? ¡Deberías haberte ido! ¡Yo puedo con esto!
¡¡No, no puedes!! Lo estás haciendo fatal. Tenemos que irnos AHORA MISMO.
¡SÍ PUEDO! ¡Sal de mi camino!
¡AGH!
¡ABIGAIL!

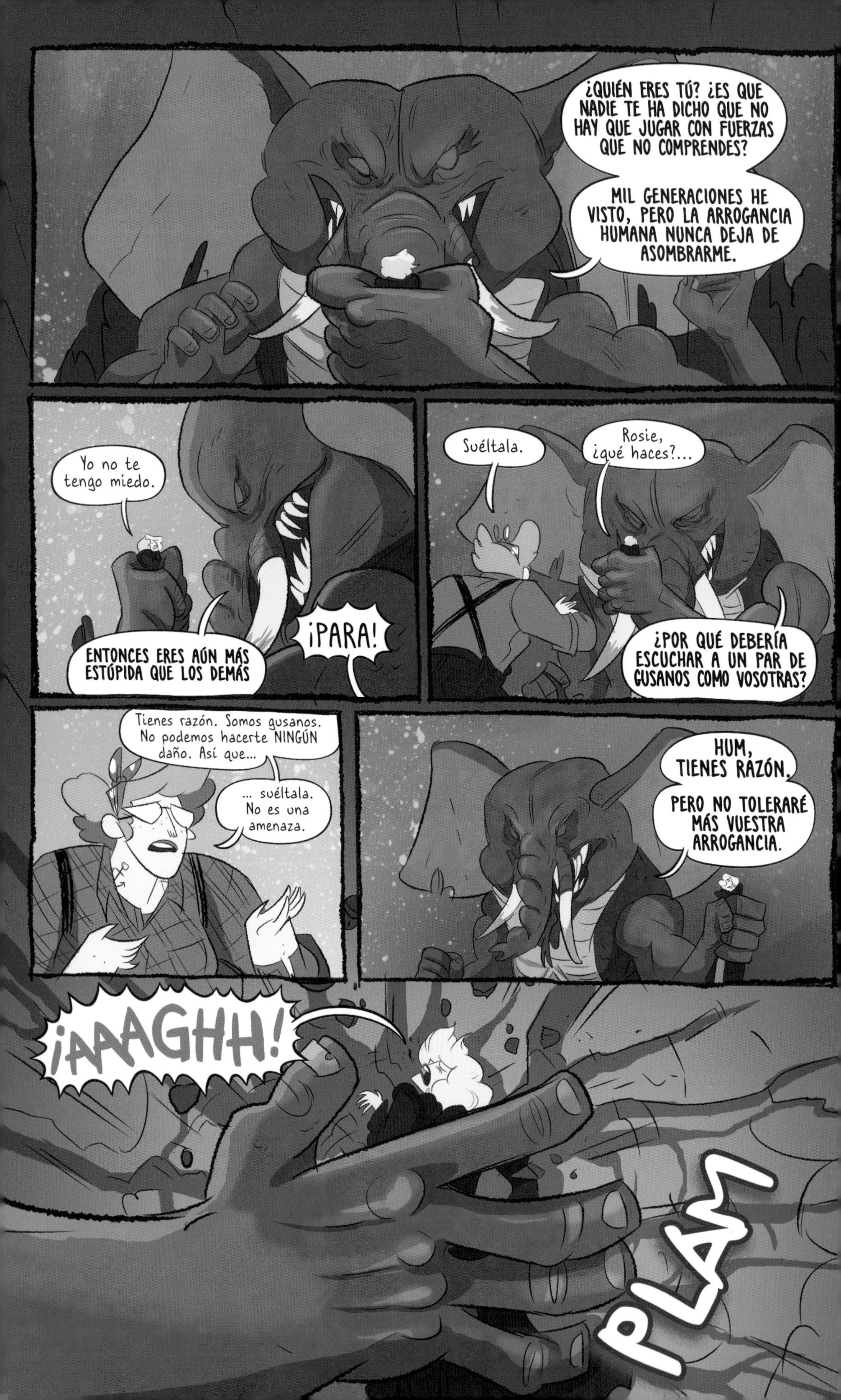
¿QUIÉN ERES TÚ? ¿ES QUE NADIE TE HA DICHO QUE NO HAY QUE JUGAR CON FUERZAS QUE NO COMPRENDES?
MIL GENERACIONES HE VISTO, PERO LA ARROGANCIA HUMANA NUNCA DEJA DE ASOMBRARME.
Yo no te tengo miedo.
ENTONCES ERES AÚN MÁS ESTÚPIDA QUE LOS DEMÁS
¡PARA!
Suéltala.
Rosie, ¿qué haces?...
¿POR QUÉ DEBERÍA ESCUCHAR A UN PAR DE GUSANOS COMO VOSOTRAS?
Tienes razón. Somos gusanos. No podemos hacerte NINGÚN daño. Así que...
... suéltala. No es una amenaza.
HUM, TIENES RAZÓN.
PERO NO TOLERARÉ MÁS VUESTRA ARROGANCIA.
¡AAAGHH!
PLAM

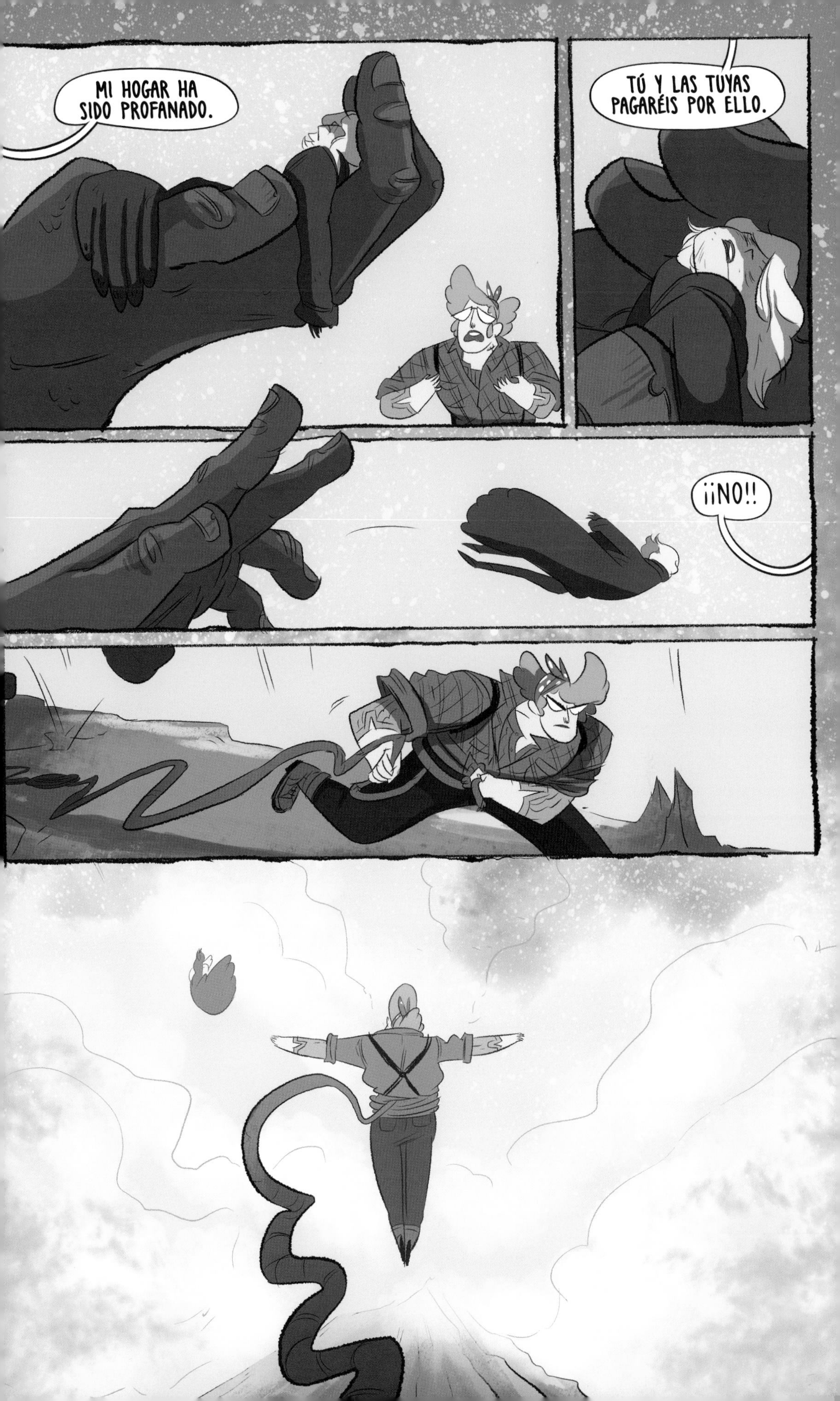
MI HOGAR HA SIDO PROFANADO.
TÚ Y LAS TUYAS PAGARÉIS POR ELLO.
¡¡NO!!

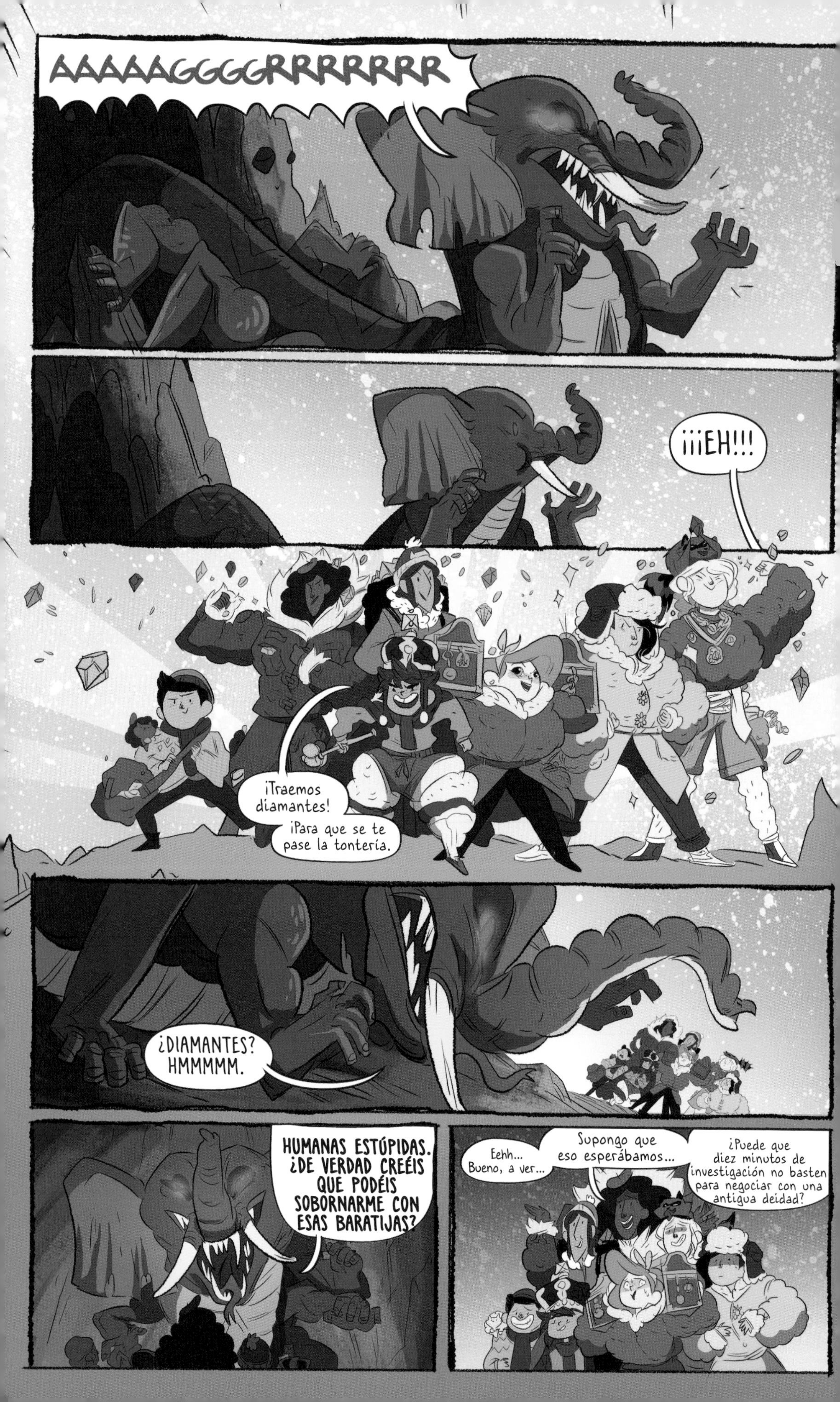
AAAAAGGGGRRRRRRR
¡¡¡EH!!!
¡Traemos diamantes!
¡Para que se te pase la tontería.
¿DIAMANTES? HMMMMM.
HUMANAS ESTÚPIDAS. ¿DE VERDAD CREÉIS QUE PODÉIS SOBORNARME CON ESAS BARATIJAS?
Eehh... Bueno, a ver...
Supongo que eso esperábamos...
¿Puede que diez minutos de investigación no basten para negociar con una antigua deidad?

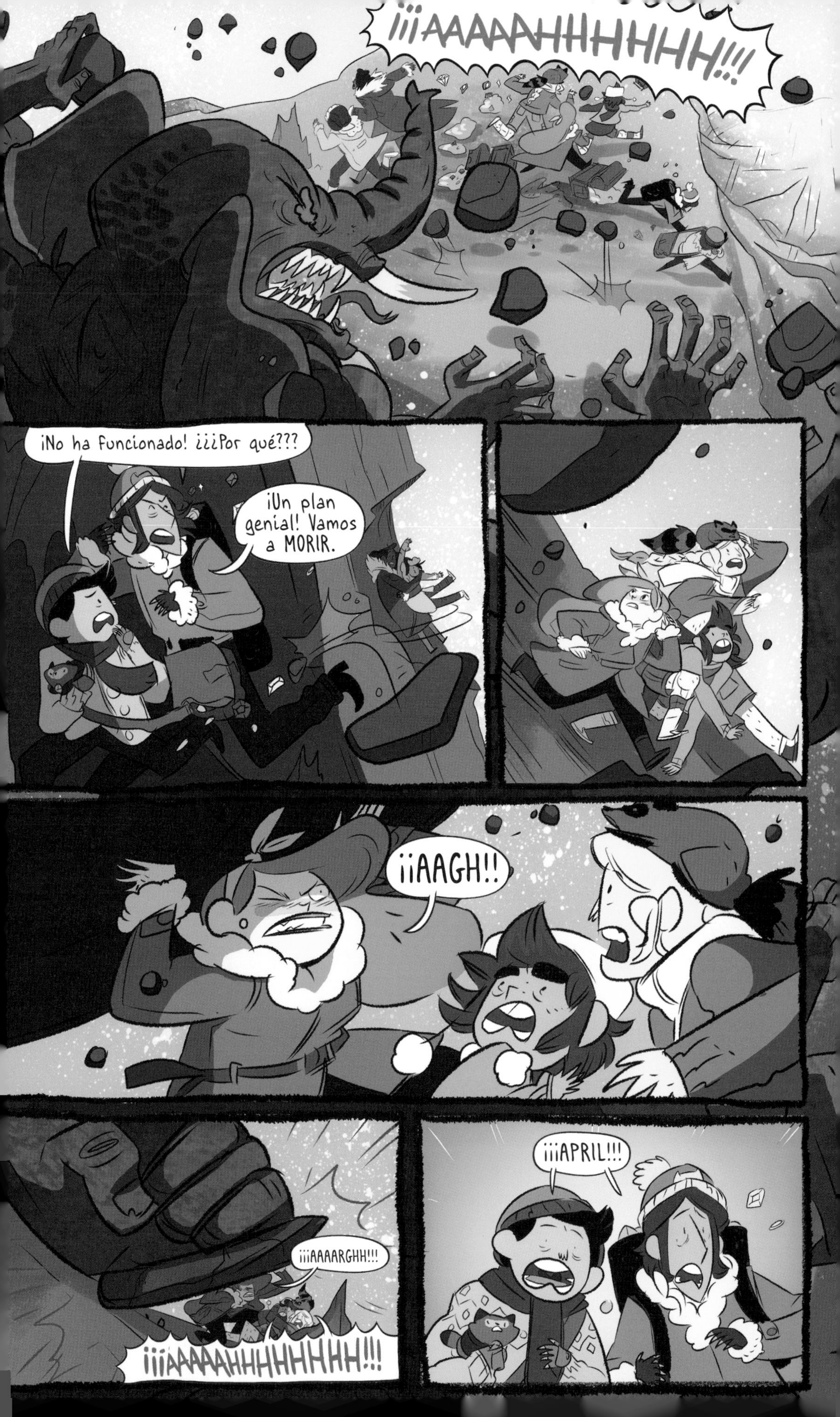
¡¡¡AAAAAHHHHHH!!!
¡No ha funcionado! ¿¿¿Por qué???
¡Un plan genial! Vamos a MORIR.
¡¡AAGH!!
¡¡¡AAAARGHH!!!
¡¡¡AAAAAHHHHHHH!!!
¡¡¡APRIL!!!

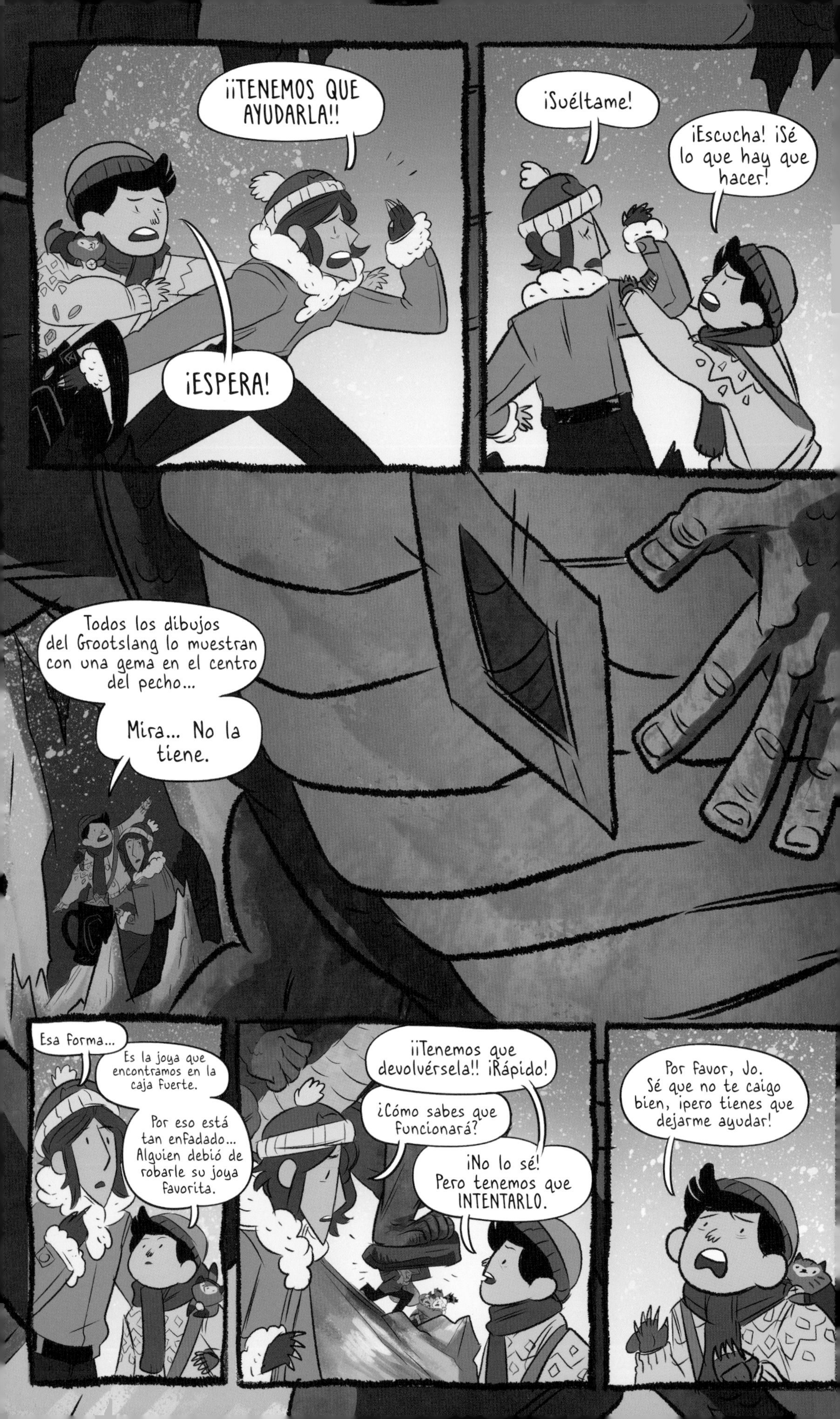
¡¡TENEMOS QUE AYUDARLA!!
¡ESPERA!
¡Suéltame!
¡Escucha! ¡Sé lo que hay que hacer!
Todos los dibujos del Grootslang lo muestran con una gema en el centro del pecho...
Mira... No la tiene.
Esa forma...
Es la joya que encontramos en la caja fuerte.
Por eso está tan enfadado... Alguien debió de robarle su joya favorita.
¡¡Tenemos que devolvérsela!! ¡Rápido!
¿Cómo sabes que funcionará?
¡No lo sé! Pero tenemos que INTENTARLO.
Por favor, Jo. Sé que no te caigo bien, ¡pero tienes que dejarme ayudar!

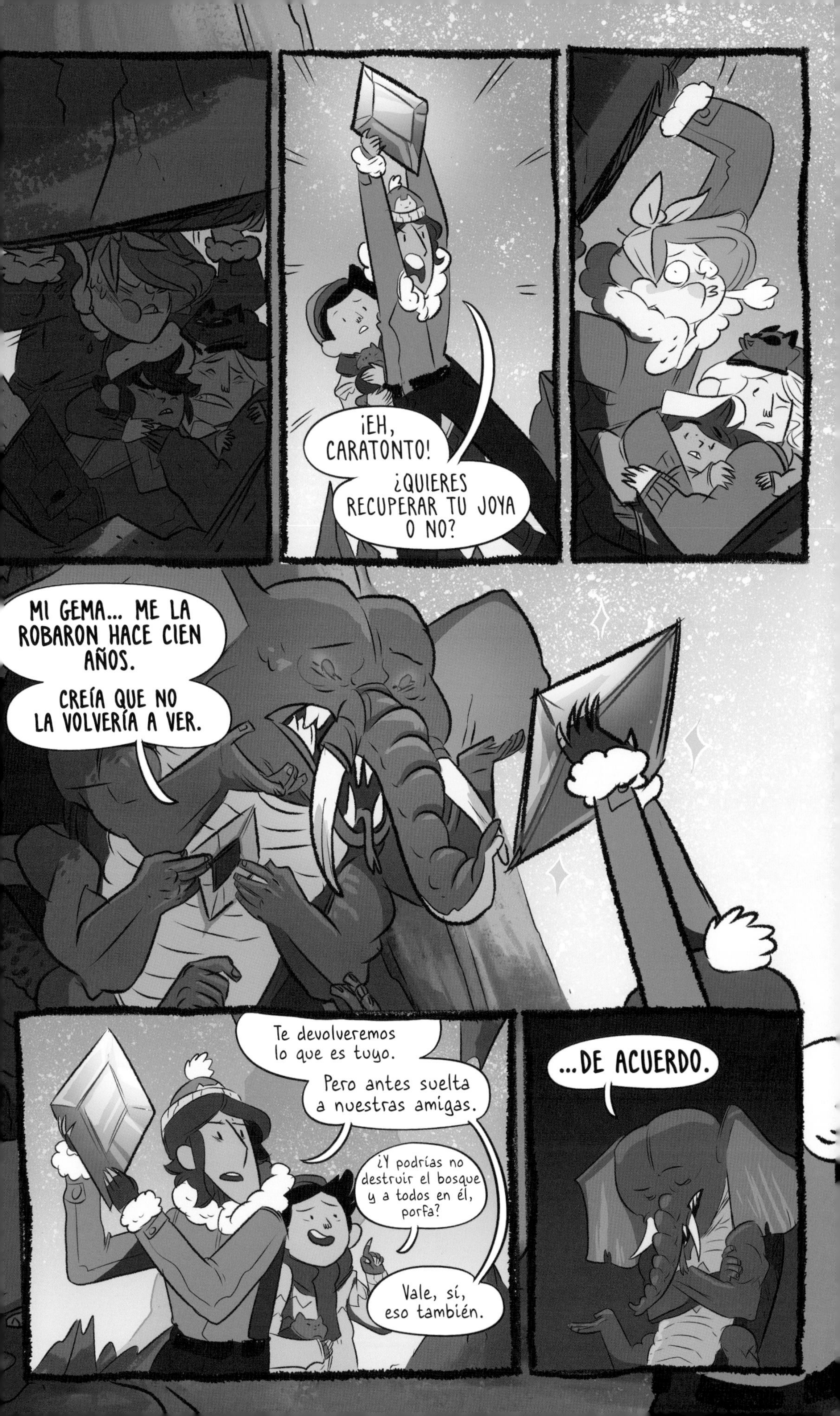
¡EH, CARATONTO!
¿QUIERES RECUPERAR TU JOYA O NO?
MI GEMA... ME LA ROBARON HACE CIEN AÑOS.
CREÍA QUE NO LA VOLVERÍA A VER.
Te devolveremos lo que es tuyo.
Pero antes suelta a nuestras amigas.
¿Y podrías no destruir el bosque y a todos en él, porfa?
Vale, sí, eso también.
...DE ACUERDO.

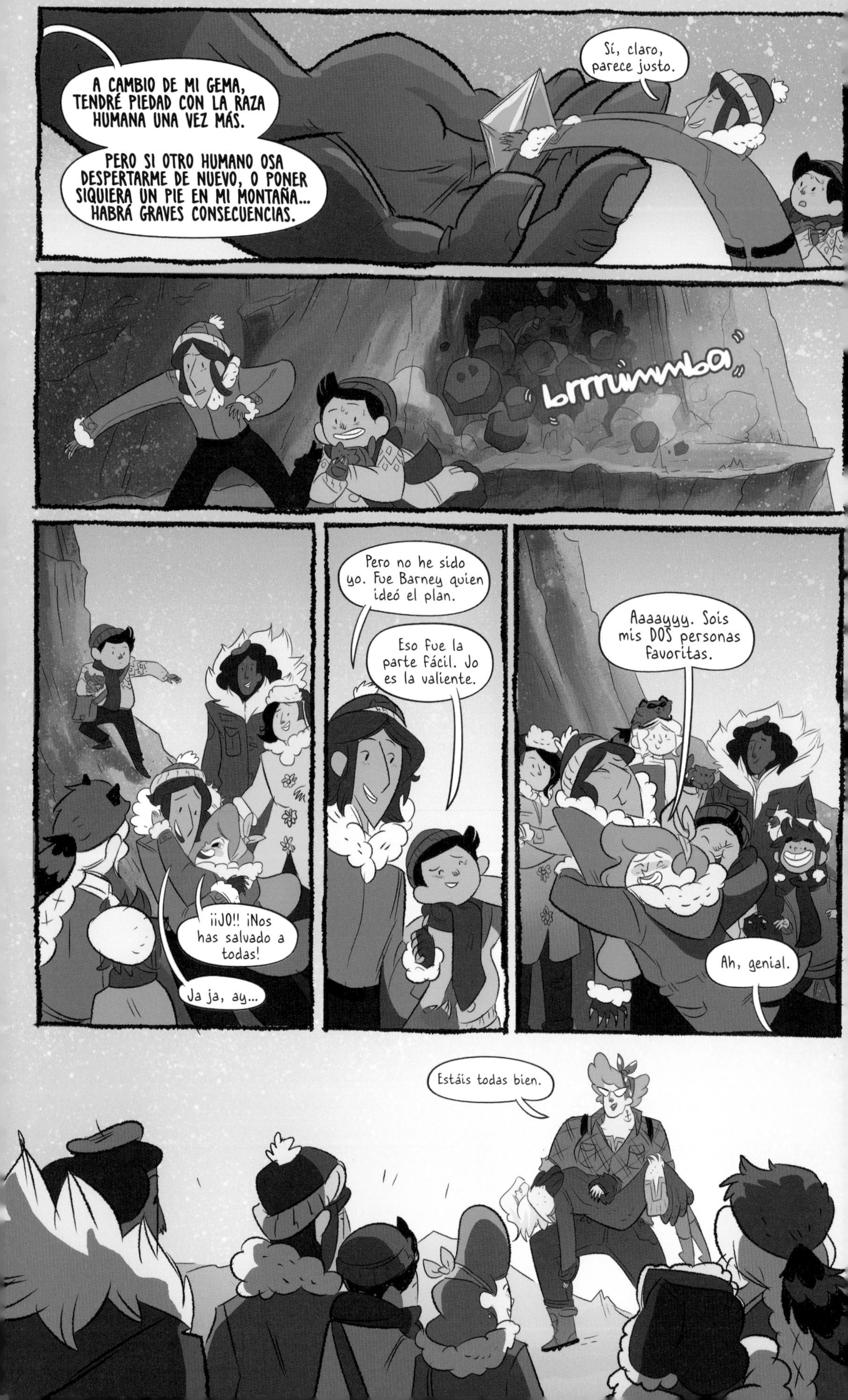
A CAMBIO DE MI GEMA, TENDRÉ PIEDAD CON LA RAZA HUMANA UNA VEZ MÁS.
PERO SI OTRO HUMANO OSA DESPERTARME DE NUEVO, O PONER SIQUIERA UN PIE EN MI MONTAÑA... HABRÁ GRAVES CONSECUENCIAS.
Sí, claro, parece justo.
brrrummmba
¡¡JO!! ¡Nos has salvado a todas!
Ja ja, ay...
Pero no he sido yo. Fue Barney quien ideó el plan.
Eso fue la parte fácil. Jo es la valiente.
Aaaayyy. Sois mis DOS personas favoritas.
Ah, genial.
Estáis todas bien.

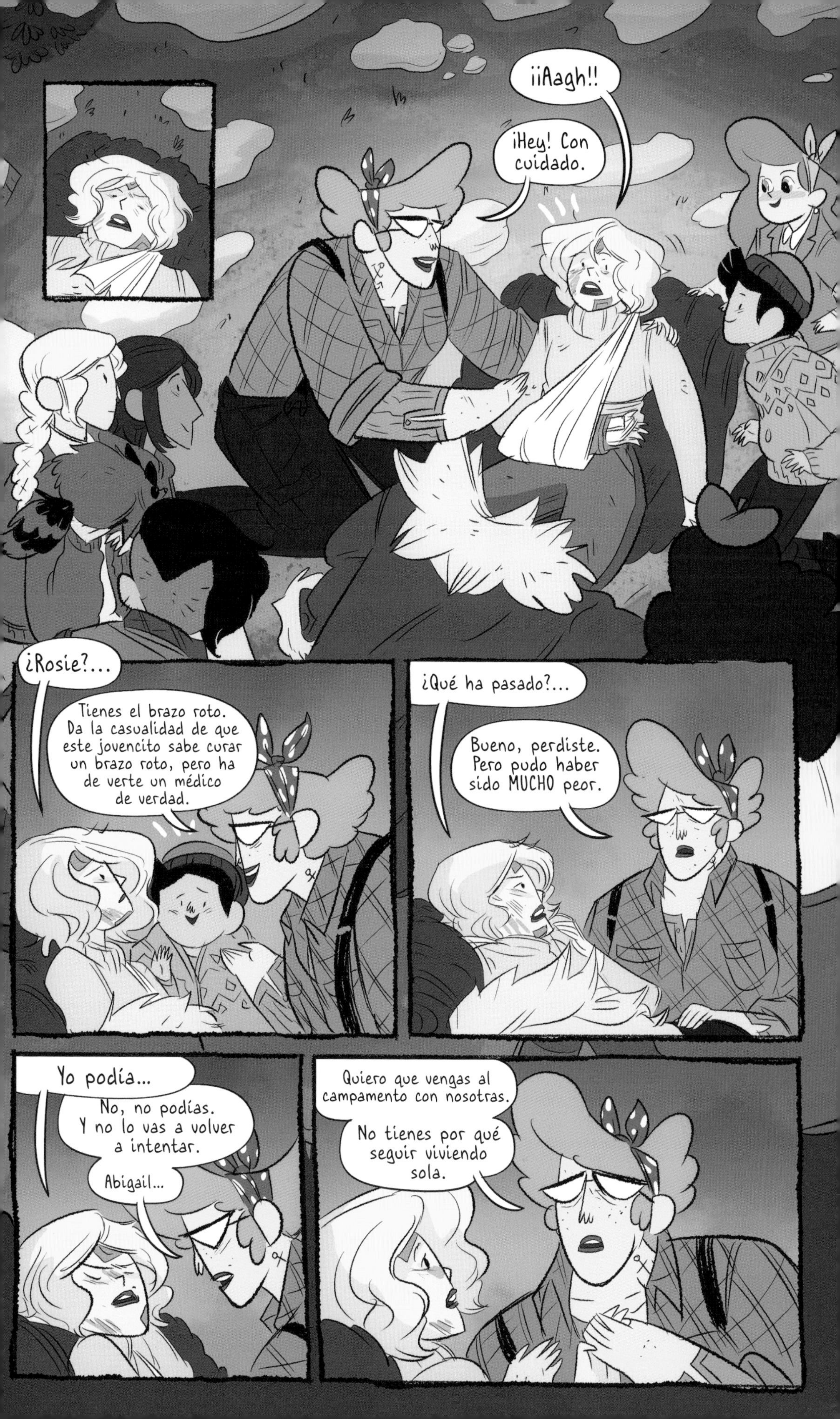

¡¡Aagh!!
¡Hey! Con cuidado.
¿Rosie?...
Tienes el brazo roto. Da la casualidad de que este jovencito sabe curar un brazo roto, pero ha de verte un médico de verdad.
¿Qué ha pasado?...
Bueno, perdiste. Pero pudo haber sido MUCHO peor.
Yo podía...
No, no podías. Y no lo vas a volver a intentar.
Abigail...
Quiero que vengas al campamento con nosotras.
No tienes por qué seguir viviendo sola.

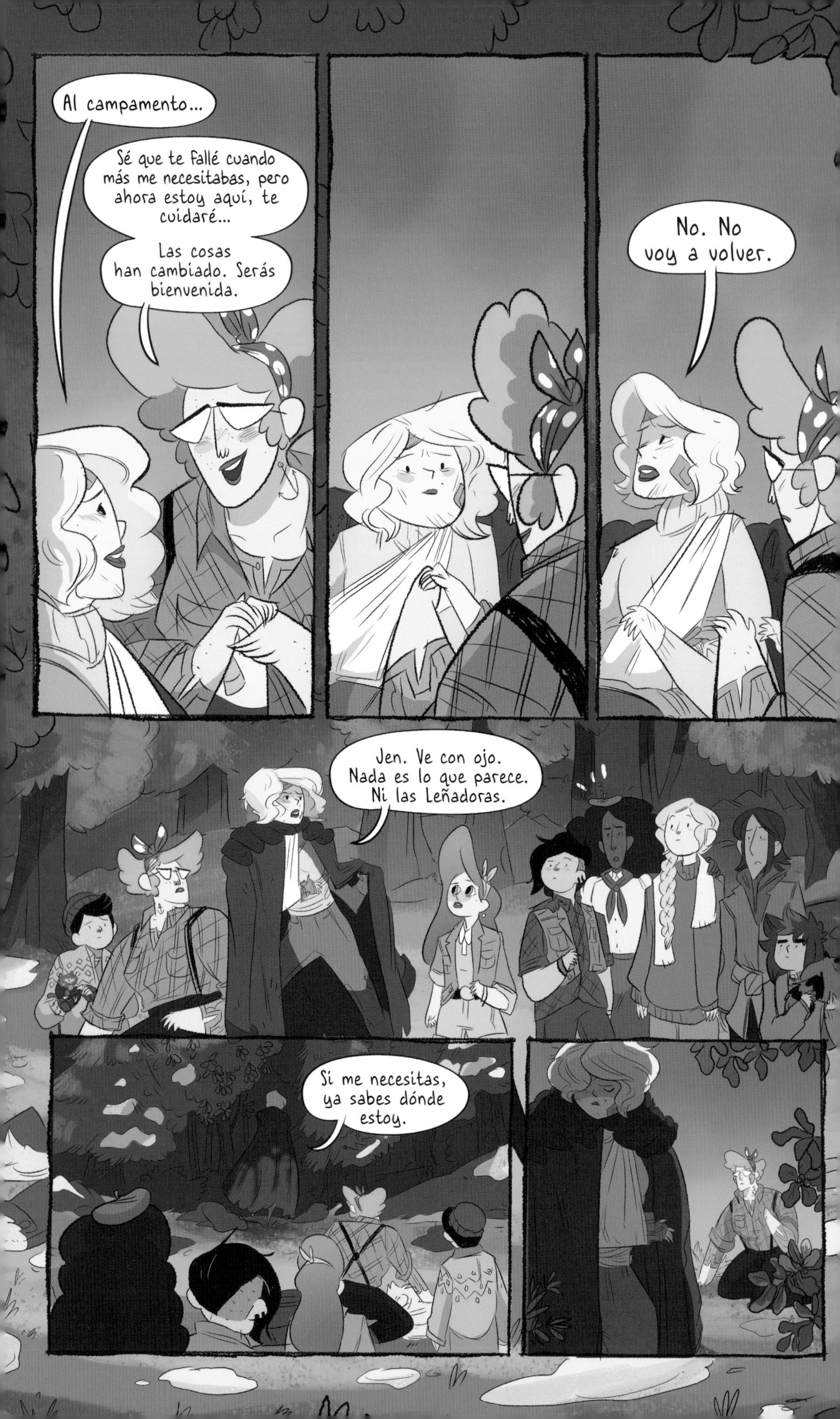
Al campamento...
Sé que te fallé cuando más me necesitabas, pero ahora estoy aquí, te cuidaré...
Las cosas han cambiado. Serás bienvenida.
No. No voy a volver.
Jen. Ve con ojo. Nada es lo que parece. Ni las Leñadoras.
Si me necesitas, ya sabes dónde estoy.

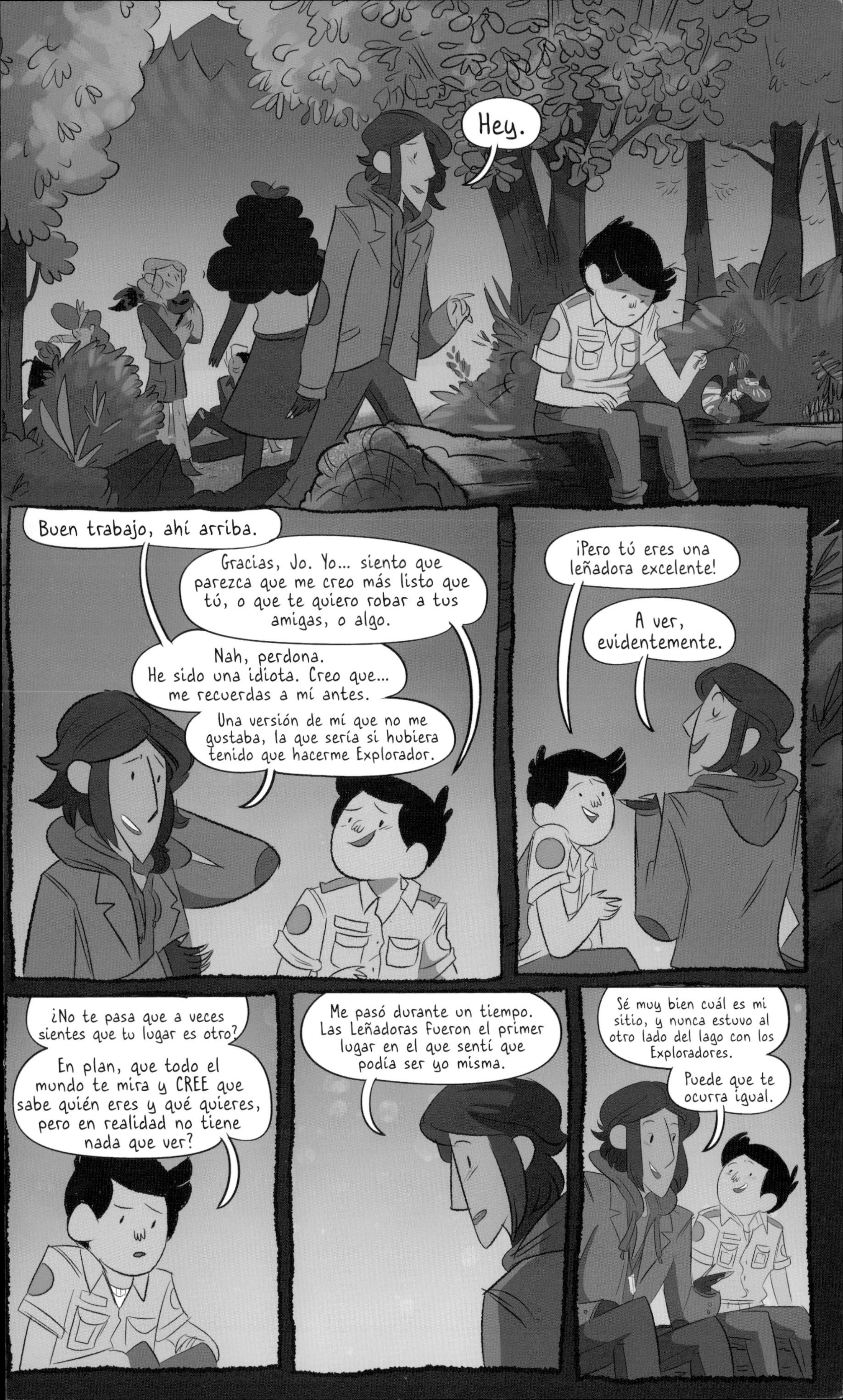

Hey.
Buen trabajo, ahí arriba.
Gracias, Jo. Yo... siento que parezca que me creo más listo que tú, o que te quiero robar a tus amigas, o algo.
Nah, perdona. He sido una idiota. Creo que... me recuerdas a mí antes.
Una versión de mí que no me gustaba, la que sería si hubiera tenido que hacerme Explorador.
¡Pero tú eres una leñadora excelente!
A ver, evidentemente.
¿No te pasa que a veces sientes que tu lugar es otro?
En plan, que todo el mundo te mira y CREE que sabe quién eres y qué quieres, pero en realidad no tiene nada que ver?
Me pasó durante un tiempo. Las Leñadoras fueron el primer lugar en el que sentí que podía ser yo misma.
Sé muy bien cuál es mi sitio, y nunca estuvo al otro lado del lago con los Exploradores.
Puede que te ocurra igual.

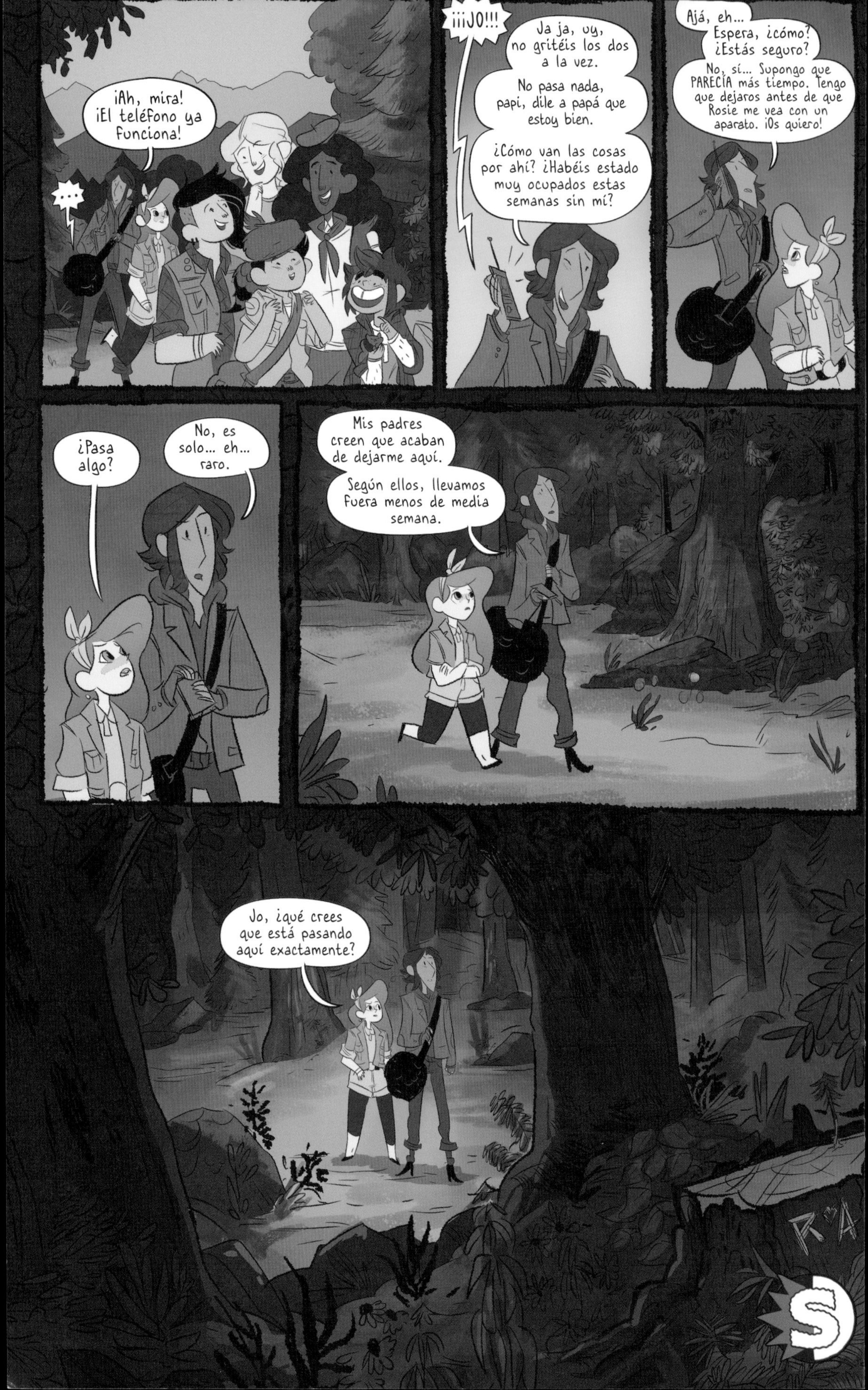
¡Ah, mira! ¡El teléfono ya funciona!
...
¡¡¡JO!!!
Ja ja, uy, no gritéis los dos a la vez.
No pasa nada, papi, dile a papá que estoy bien.
¿Cómo van las cosas por ahí? ¿Habéis estado muy ocupados estas semanas sin mí?
Ajá, eh...
Espera, ¿cómo? ¿Estás seguro?
No, sí... Supongo que PARECÍA más tiempo. Tengo que dejaros antes de que Rosie me vea con un aparato. ¡Os quiero!
¿Pasa algo?
No, es solo... eh... raro.
Mis padres creen que acaban de dejarme aquí.
Según ellos, llevamos fuera menos de media semana.
Jo, ¿qué crees que está pasando aquí exactamente?

# MANUAL DE CAMPO DE LAS LEÑADORAS

*Área de especialidad: «Fauna salvaje»*

## INSIGNIA DEL INSIGNE TEJÓN

*«Cuantas más, mejor»*

El éxito de una leñadora no reside únicamente en las insignias que consiga, aunque puede resultar muy divertido reunirlas todas. Hay centenares de ellas, desde la insignia del Rey de la ocurrencia hasta la insignia de El tinto elemento, en la que las Leñadoras deben aprender a elaborar tintes a partir de la naturaleza que las rodea. En el campamento, queremos que las Leñadoras asuman solo las insignias que sean capaces de encajar durante su estancia, y si alguien consigue abordar el manual entero y el resto de volúmenes, tiene nuestro aplauso. Corresponde a la exploradora buscar a cada monitora, a cada posible maestra; averiguar cuántas insignias puede conseguir en el tiempo que le corresponde pasar en el campamento.

Si una leñadora es capaz de reunir todas las insignias que hay disponibles para ella en un momento determinado, se la compensará con la insignia del Insigne Tejón, así como con una lección sobre cómo ampliar su banda

de manera elegante. Aunque si se hace merecedora de esta insignia hay muchas probabilidades de que haya tenido que ampliar su banda varias veces ya. A la leñadora que decida aceptar este desafío, le recordamos que se promueve la competitividad siempre que esta sea alegre, sana y no perjudique a nadie en el campamento. La insignia del Insigne Tejón es la insignia de las exploradoras que nunca se rinden. Las Leñadoras quieren destacar en todo en lo que tengan ocasión. Esta insignia está reservada a aquellas que saben lo que quieren conseguir y se atreven a embarcarse en el desafío, muy probablemente de la mano de sus amigas.

Para conseguir la insignia del Insigne Tejón, una leñadora debe ser perseverante, llevar la cabeza bien alta y hacer frente a todo obstáculo que se le presente. Cruzará sus propios límites para obtener más insignias, y con la ayuda de sus amigas, completará cualquier tarea que se proponga

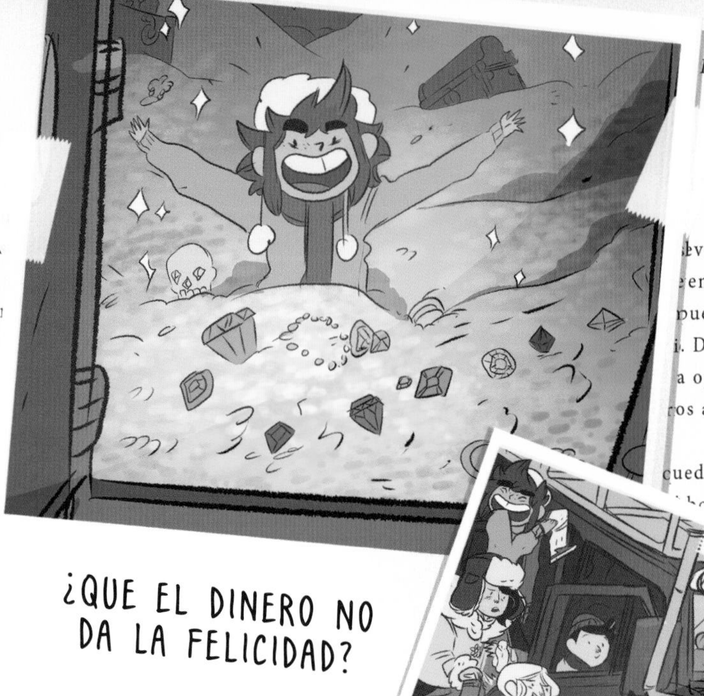
¿QUE EL DINERO NO DA LA FELICIDAD?

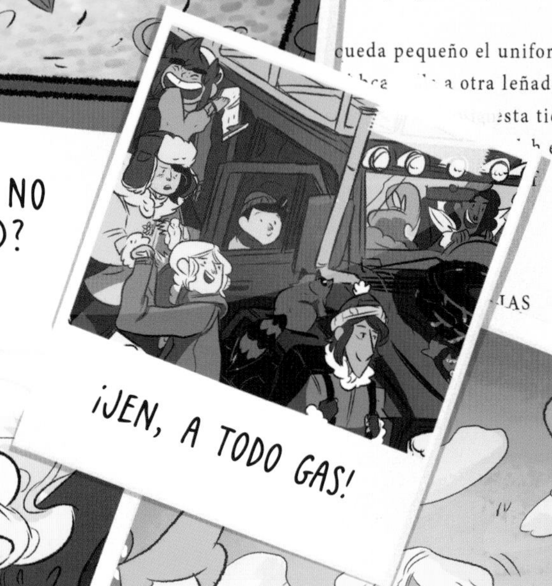
¡JEN, A TODO GAS!

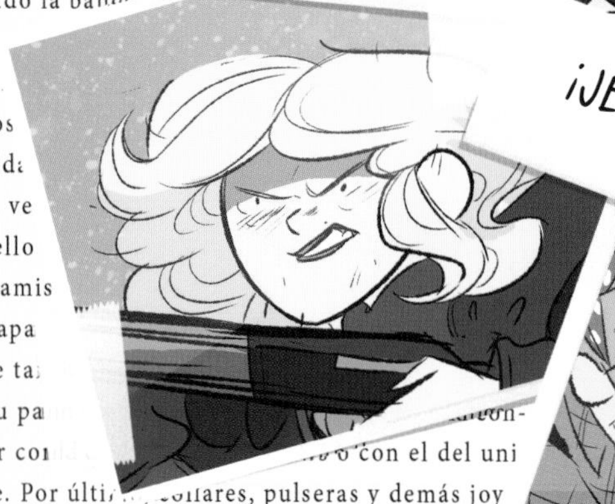

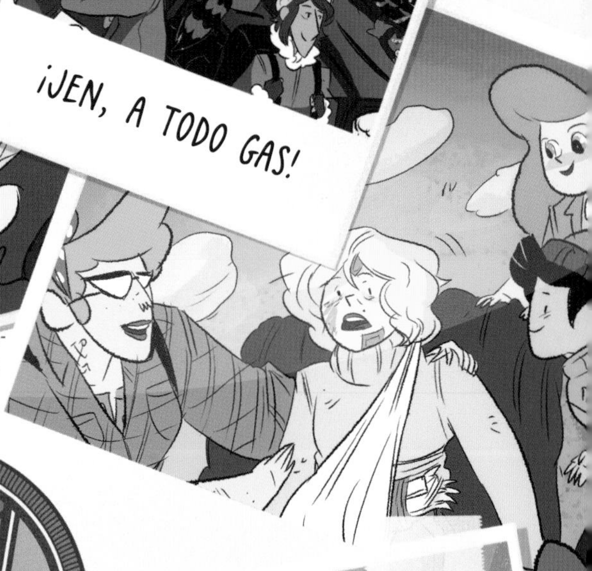

se com
El
Ayuda
aspecto
ropa pa
Además
Leñado
tener u
parte d
Thiskw
Molon
tiener
ellas

EL UNIFORME

llevarse en el campamento
en los que las Leñadoras
puede requerirse en otras
. Debería utilizarse como
a opción de uniforme con
os apropiados, y medias o

queda pequeño el uniforme
a otra leñadora
esta tiene
ella

El u
bordado la band
escog
panta
hechos
activid
boina ve
el cuello
de la amis
Los zapa
ser de ta
Por su pa
juntar co … con el del uni
forme. Por últi… collares, pulseras y demás joy
no tienen cabida en el uniforme de leñadora.

CÓMO LLEVAR

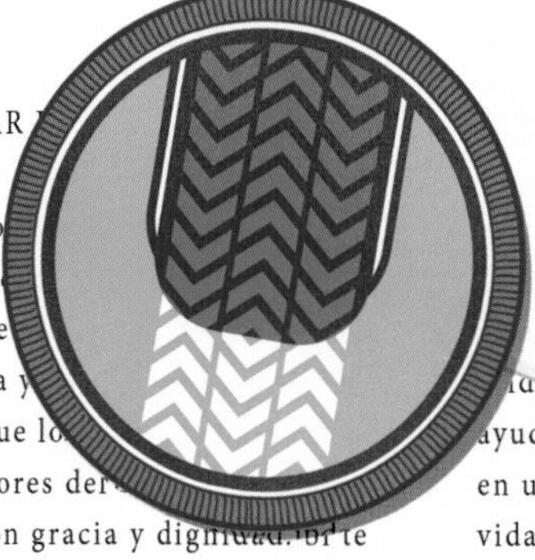

Para vestir bien el unifo
es que el uniforme esté
planchado. Asegúrate de
apropiado para tu altura y
turón se ajuste bien y que lo
hagan juego con los colores de
tu postura y muévete con gracia y dignidad. Si te quitas la boina al entrar en algún sitio, asegúrate de llevar el pelo bien peinado y recogido con una discreta horquilla o una diadema. Cuando llevas el uniforme de leñadora estás representando a esta organización, por lo que debes procurar comportarte de un modo que muestre a todo el mundo que la cortesía y la consideración son parte fundamental de una leñadora. La gente tiende a juzgar a un país entero por el egoísmo de unos pocos, a criticar a toda una familia por el mal comportamiento

ayuda a
en un gru
vida activ
del otros la
futuro, y la
con el fin de
leñadora que
Penniquiqul
chicas molona
pero la mayor … uno.
Pueden con … o confeccionarlo ellas
mismas con … es disponibles en la tienda
del campamento.

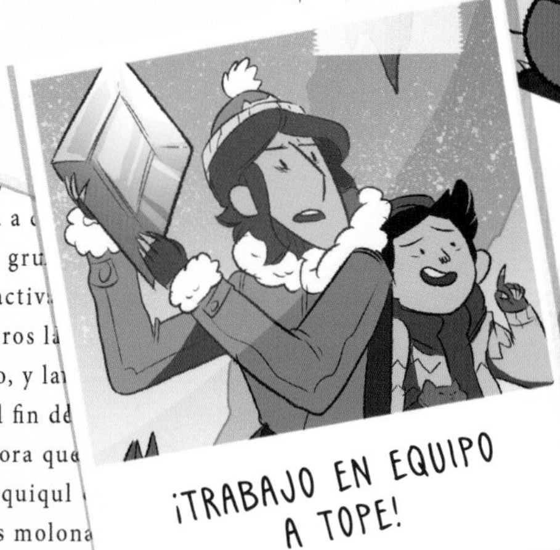
¡TRABAJO EN EQUIPO A TOPE!

L

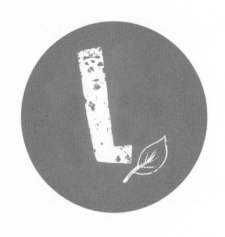